A Faint Cold Fear Thrills Through My Veins
William Shakespeare

Zu diesem Buch

«Baske, setz dich hierher, denn euer Oberst hat sich einen Plan ausgedacht, an den man sich in dieser Kurklinik noch in Jahrhunderten erinnern wird.»
«Was für einen Mist hast du dir denn ausgedacht?»
«Einen Überfall.»

Der Infanterieoberst Don Ernesto Villavicencio ist ganz in seinem Element, eine ausgeklügelte Strategie und die straffe Disziplin seiner Kommandogruppe soll die Aktion mit Erfolg belohnen. Objekt der Begierde: Die Speisekammer der Kurklinik *Faber und Faber* im idyllischen Tal des Río Sangre. Ausgeheckt wird solch ein verwegener Plan nur, wenn man wochenlang in einer weltberühmten Fastenklinik kaserniert, von Gemüsesuppen und Mineralwasser zermürbt, nach einem üppigen spanischen Schlemmermahl lechzt.

Pepe Carvalho wird in dieser Kommandoeinheit die Nachhut bilden, weniger, weil er sich als passionierter Feinschmecker nicht mehr beherrschen kann, sondern vielmehr aus Langeweile.

Carvalho braucht einfach diese Unterbrechung in dem monotonen Alltag der streng geführten Kurklinik, zumal er manchmal mehr als nur Heimweh nach Barcelona, nach seiner Geliebten Charo, dem Gehilfen Biscuter oder auch seinem Job als Privatdetektiv fühlt.

Zwar erobern die tapferen Kameraden das angestrebte Terrain, aber die Beute fällt mager aus, sehr mager. Zumal sie feindliche Truppenbewegungen in Bedrängnis bringen. So wird das Kriegsbeil begraben, und am nächsten Tag breitet sich wieder stille, friedvolle Stimmung über der Kurklinik aus.

Leider existiert da noch ein kleiner Schönheitsfehler: Die Wasserleiche der reichen Amerikanerin im Swimmingpool. Ein Fall für Carvalho? Noch nicht, erst als vermehrt Leichen die idyllische Kurklinik verunstalten und Carvalho den Verdacht nicht los wird, Teil in einem schlecht inszenierten Kriminalroman zu sein, forciert er seine Ermittlungen.

Von Manuel Vázquez Montalbán, Jahrgang 1939, liegen in der rororo thriller-Reihe bereits vor: Carvalho und der tote Manager (Nr. 2680), Tahiti liegt bei Barcelona (Nr. 2698), Carvalho und der Mord im Zentralkomitee (Nr. 2717), Carvalho und die tätowierte Leiche (Nr. 2732), Die Vögel von Bangkok (Nr. 2772) und Die Rose von Alexandria (Nr. 2816).

Manuel Vázquez Montalbán

Manche gehen baden

Deutsch von
Bernhard Straub

rororo
Rowohlt

rororo thriller
Herausgegeben von Bernd Jost

Deutsche Erstausgabe
Veröffentlicht im Rowohlt Taschenbuch Verlag GmbH,
Reinbek bei Hamburg, April 1988
Die Originalausgabe erschien bei Editorial Planeta,
Barcelona, unter dem Titel «El Balneario»
Redaktion Peter M. Hetzel
Umschlagfoto: Thomas Henning / Bettina Scheffler
Umschlagtypographie: Jürgen Kaffer / Peter Wippermann

Satz Bembo (Linotron 202)
Gesamtherstellung Clausen & Bosse, Leck
Printed in Germany
880-ISBN 3 499 42834 2

Die Hauptpersonen

Endlich ist es soweit: *José Pepe Carvalho* gönnt sich den lang ersehnten Aufenthalt in der renommierten Kurklinik *Faber und Faber*. Nach anfänglichen Depressionen durchströmt eine seltsame Euphorie seine Adern, die zum Teil dem Entschlackungsprozeß zu verdanken ist, aber zum Teil auch der Wäsche des vergifteten Gehirns:

Dein Körper wird es dir danken.

Verachte dich nicht selbst! Pflege dein Äußeres!

Gott schenkt das Leben. Du mußt für die Gesundheit sorgen!

Iß, um zu leben! Lebe nicht, um zu essen!

Kaue auch das Wasser!

Jeden Bissen sollst du 33mal kauen.

Dein Körper ist dein bester Freund.

Die Diät ist ein Mittel, um das Leben zu verlängern.

Was für andere ein gesundes Essen sein mag, kann für dich Gift sein.

Es gibt keine Wunderdiät, aber auch keine Wundertabletten.

Stelle dir vor, du seist schlank, und verhalte dich entsprechend!

Im Kühlschrank lauert dein schlimmster Feind!

Wenn das Essen zum Laster wird, hört es auf, ein Genuß zu sein.

Übermäßiges Essen ist eine harte Droge.

Hätten sich doch nur *Doktor Gastein, Mme. Fedorowna, Mrs. Simpson, Karl* und *Helen Frisch, von Trotta* und *Hans Faber* an diese goldenen Regeln vegetarischer Lebensführung gehalten!

In meiner Eigenschaft als oberster Schöpfer dieses Romans erkläre ich, daß jede Ähnlichkeit der darin vorkommenden Orte, Gestalten und Situationen mit realen Orten, Gestalten oder Situationen rein zufällig zustande gekommen sind – oder sie sind die Frucht krankhaften Lesens, dafür ist der Autor nur minimal verantwortlich. Gleichzeitig spreche ich den Kurbädern und Schlankheitskliniken meinen Respekt aus, die so sehr darum bemüht sind, einer ungeheuren Minderheit des menschlichen Geschlechts zu helfen, in Würde alt zu werden.

Schließlich widme ich diesen Roman Francesc Padullés, dem Menschen, der nach Josep Solé Barberà und Rafael Borràs – jeder der beiden aus anderen Gründen – mit der größten Ungeduld die Romane um Carvalho erwartet.

«Europa ist wie ein Kurbad.»
Javier Pradera

Die Triglyzeride sind eine Katastrophe, das hängt mit den erhöhten Zuckerwerten zusammen. Alles, was über der Cholesterolgrenze liegt, ist schlecht, alles darunter gut. Von den Lipidwerten reden wir lieber erst gar nicht. Wenn Sie nicht bereuen und Ihr Leben ändern, sind Sie eine selbstmörderische Zeitbombe.»

«Ich bin nur hierher gekommen, um ein paar Tage lang Buße zu tun. Nach zwei Wochen der Läuterung kann ich wieder zehn Jahre lang sündigen.»

«Glauben Sie das ja nicht! Kurz vor Ihrer Entlassung werden wir noch einmal Ihr Blut untersuchen, und alle gefährlichen Werte werden gesunken sein. Sollten Sie zu Ihrem schlechten Lebenswandel zurückkehren, stehen Sie nach drei Monaten vor dem Abgrund.»

«Wir haben unterschiedliche Vorstellungen vom Leben. Was halten Sie von Kabeljau ‹al pil-pil›?»

«Was ist das?»

«Ein spanisches Gericht aus dem Baskenland.»

«Der Kabeljau ist doch sicherlich frisch?»

«Nein, eingepökelt. Er wird gewässert, mit Öl und Knoblauchzehen gegart und dabei gerüttelt, damit sich, mit der Gelantine, die die Haut absondert, eine Emulsion bildet.»

«Wenig Öl?»

«Viel Öl!»

«Wie schrecklich!»

Doktor Gastein wies die Versuchung des imaginären Gerichtes mit beiden Händen weit von sich. In seiner schlanken Gepflegtheit, die er der vegetarischen Medizin verdankte, wirkte er wie ein männliches Model, umrahmt von einem Fenster, das sich auf den stillen Frieden des subtropischen Parks im Tal des Río Sangre[1] öffnete. *Ein Mikroklima*, sagte sich Carvalho ein ums andere Mal, wenn er über das Wunder der Jacarandas, der hohen Gummibäume, Hibiskussträucher und Bananenstauden staunte. Trotzdem war auch die Mittelmeerflora vertreten. Es gab Pinien, Johannisbrot- und Orangenbäume, Lorbeerbüsche, so hoch wie dicke Türme, und Oleander in gewaltigen Hecken oder als ausladende Bäume mit

1 Blutfluß

blühender Krone. Von dem großen Fenster des zentralen Sprechzimmers aus war die rationale Abfolge der Vegetationsformen zu erkennen: der alte Wald, der das Gelände umgab, und der gepflegte Park mit dem Hauptgebäude und dem maurisch anmutenden Pavillon des Fangos. Was von hier aus wie Wegweiser aussah, um sich in dem Labyrinth der Vegetation nicht zu verlaufen, waren in Wirklichkeit Leitsätze für die Gesundheit, die die Gäste des Kurbades an jeder Wegkreuzung vorfanden, und die ihnen überall auflauerten, über dem Brunnen mit schwefelhaltigem Wasser und über den Eingängen der Sporthalle oder der anderen Gebäude, die zu der großen Gesundheitsmaschinerie gehörten.

Dein Körper wird es dir danken.
Verachte dich nicht selbst! Pflege dein Äußeres!
Gott schenkt das Leben. Du mußt für die Gesundheit sorgen!
Iß, um zu leben! Lebe nicht, um zu essen!
Kaue auch das Wasser!
Jeden Bissen sollst du 33mal kauen.
Dein Körper ist dein bester Freund.
Die Diät ist eine Methode, um das Leben zu verlängern.
Was für andere ein gesundes Essen sein mag, kann für dich Gift sein.
Es gibt keine Wunderdiät, aber auch keine Wundertabletten.
Stelle dir vor, du seist schlank, und verhalte dich entsprechend!
Im Kühlschrank lauert dein schlimmster Feind!
Wenn das Essen zum Laster wird, hört es auf, ein Genuß zu sein.
Übermäßiges Essen ist eine harte Droge.

«Die Schilder? Sicher, einigen Klienten erscheinen sie ein wenig kindisch, vor allem den Spaniern. Die Spanier befürchten immer, kindisch zu wirken oder wie Kinder behandelt zu werden. Uns Mitteleuropäern ist das nicht so wichtig, vielleicht, weil wir nicht den Komplex haben, unreif zu sein. Aber eben die Spanier. Ich möchte Ihnen nicht zu nahe treten, aber die Spanier bilden sich ein, unreif zu sein, obwohl sie es gar nicht sind.»

«Stammen die Schilder von Ihnen?»

«Nein. Sie hängen in allen Kliniken von *Faber und Faber*. Madame Fedorownas hat sie anbringen lassen. Mme. Fedorowna besitzt ein ausgeprägtes Sendungsbewußtsein. Sie hätte eine große Nonne werden können, etwa wie Mutter Theresa in Kalkutta.»

«Eine invertierte Mutter Theresa, für überfütterte Reiche!»

«In gewissem Sinne. Aber nicht alle, die hierherkommen, sind dick, auch nicht alle reich. Sie selbst sind ja auch nicht dick, aber vielleicht sind Sie ja reich.»

«Vielleicht.»

«Die Leute kümmern sich mehr und mehr um ihren Körper. Denn unser Wissen wird immer größer, und wir können unseren Körper immer besser in den Griff bekommen.»

«Eine ausgezeichnete Devise. Ich habe sie auf den Schildern nicht entdeckt.»

«Man muß ja noch etwas für die Sprechstunden übriglassen!»

Gastein lachte und baute damit eine goldene Brücke, über die sich Carvalhos letztes Mißtrauen davonmachen konnte.

«Sie wirken angespannt.»

«Es ist nur Vorsicht, das ist alles.»

«Warum?»

«Es ist weder normal noch natürlich, daß ich mich drei Wochen in einer Kurklinik einschließe, um zu hungern.»

«Sie werden keinen Hunger haben.»

«Doch, im Gehirn!»

«Ah, das Gehirn!»

Dabei führte sich der Arzt die Hand zum Kopf, wie um nachzuprüfen, ob er noch an seinem Platz war. Gasteins Kopf war grau und sein kahler Schädel wie geschaffen, um die Künstlerlocken an den gewölbten Seiten zur Geltung zu bringen. Sonnengebräunt und athletisch, obwohl er in den späten Sechzigern war, hatte der Arzt die Bewegungen eines jungen Mannes, aber sein Blick war alt hinter Brillengläsern, die sich bei hellem Licht verdunkelten. Wenn er spanisch sprach, verrieten nur das verschleppte ‹r› den Ausländer und sein schlecht verhehltes Gefühl, daß er mit Kindern in einer Kindersprache sprach.

Aus der Art, wie er die Losungen auf den Schildern wiederholte, die den Eingang des Sangretales säumten, hätte man schließen können, daß sie von ihm stammten oder daß er sie sich so zu eigen gemacht hatte, als stammten sie tatsächlich von ihm. Carvalho ahnte jedoch im Hintergrund einen zweiten Blick, eine zweite Stimme, die Gastein vielleicht unter Umständen benutzte, die von größerer Bedeutung waren, als der Umstand, Arzt zu sein für Bürger, die ökonomisch und sozial zur Oberschicht gehörten, aber arme und schwache Menschen waren, unfähig, den alltäglichen Versuchungen zu widerstehen, oder deren genetischer Code nicht an die moderne Kultur des Aussehens gekoppelt war, wie sie sich nach den Jahren des weltweiten Wiederaufbaus entwickelt hatte, bei dem auch ein übermäßiger Nachholbedarf an Fetten, Vitaminen und Proteinen eine Rolle gespielt hatte.

«Fühlen Sie sich deprimiert?»

«Etwas.»

«Sorgen Sie dafür, daß Sie mit Ihren Kurgenossen in Kontakt kommen. Das Gespräch hilft, das Fasten zu ertragen, und es schafft einen Anreiz, eine Wettbewerbssituation, damit man nicht schummelt.»

«Schummeln?»

Plötzlich brach Gastein in hemmungsloses Gelächter aus. Es war wie die Enthüllung eines der Dinge, die Carvalho hinter seiner Fassade witterte.

«Sie würden sich wundern, wie kindisch manche unserer Gäste sind. Sie kommen aus eigenem Antrieb. Sie bezahlen große Summen. Alles, was wir ihnen bieten, dient ihrem Wohl. Aber sie nehmen ihrerseits jede Gelegenheit wahr, von hier wegzukommen, in die umliegenden Dörfer zu fahren und zu essen, was sie selbstverständlich nicht dürfen. Außerdem ist es gefährlich. Es kann zu einem plötzlichen Leberkoma führen, und während des Fastens zu essen ist genauso, als würde man eine Plastikbombe im Magen anbringen. Der Reinigungstag befreit den Magen von Verdauungssäften, deshalb werden Sie kein starkes Hungergefühl haben. Sie werden es zwar haben, aber es ist eingebildet, kulturell erworben, nicht vom Fluß der Magensäfte diktiert. Nun stellen Sie sich einmal vor, daß in diesen schutzlosen, der korrosiven Kraft seiner Säfte beraubten Magen zwei Portionen gebratener Sardinen oder eine ‹tapa› mit Jabugoschinken oder Schweinelende gelangen... Stellen Sie sich das vor! Man muß schon sehr verrückt sein, um etwas Derartiges zu tun, aber die Welt wimmelt von Verrückten. Meinen Sie nicht auch?»

«Das ist einer der ersten Schlüsse, zu denen man in meinem Beruf kommt.»

«Was ist Ihr Beruf?»

«Ich bin Privatdetektiv.»

Gastein versteckt sich hinter einem ironischen Grinsen und sein Pfeifen ist unangebracht, dachte Carvalho. Du hast weder das richtige Alter noch siehst du aus wie ein Erwachsener, der pfeift. Aber Gastein hatte gepfiffen.

«Irgendein Auftrag hier in der Gegend?»

«Nein, ich sagte es Ihnen schon, ich habe mir die Kur selbst verordnet. Ich hatte das Bedürfnis, mit Trinken, Essen und Rauchen aufzuhören; mal sehen, ob ich von diesen Drogen loskomme.»

«Ihr Körper wird es Ihnen danken. Ihr Körper ist Ihr bester Freund.»

Carvalho wich seinem Blick aus und schaute zum Fenster hinaus, um die Antwort hinunterzuschlucken, zu der ihn die Moralpredigt reizte. Das war also ‹Das Kurbad›. Ein Gebäudekomplex über der Schlucht des Río Sangre. Weißgetünchte Architektur wie von Juan de Herrera, die Dächer in blutigem Ocker. Auf den Schultern von Dr. Gastein ruhte die präarabische Kuppel eines Teils des alten Kurbades, das Jara del Río schon im Mittelalter berühmt gemacht hatte, als die Abderrahmans, Almasors, Almotamids und die übrigen Khomeinis gekommen waren, um in seinem schwefelhaltigen Wasser ihre Flohbisse zu kurieren. Der restaurierte Pavillon mit der Kuppel, die als Oberlicht diente – erinnerungsträchtige Zuflucht für die alten rheumatischen Einheimischen, die mindestens einmal im Jahr hierher pilgerten, um Bäder zu nehmen, Fangopackungen zu bekommen und die Zipperleins des Körpers und der Seele in den gekachelten Badewannen zu lassen. Aber es war nur noch ein ethisches und ästhetisches Feigenblatt, umgeben von der wuchtigen neuen Badeklinik der Gebrüder *Faber und Faber*, zweier Schweizer Vegetarier, denen ein kleines multinationales Gesundheitsimperium gehörte, damit auf der Grundlage fast vollständigen Fastens und der vegetarischen Regeneration des Körpers gekurt werde. Als Andenken an die Gesundheit vergangener Zeiten hatte sich der Pavillon eine rituelle Klientel und ebenso rituelle Preise für die alten rheumatischen Einheimischen bewahrt, die ihn wie zu einem Bußritual aufsuchten, während die neue Klientel ihn für ihre Fangopackungen kaum nutzte – die dicken, infolge der schlechten modernen Lebensgewohnheiten erkrankten Reichen, Deutsche, Schweizer, Franzosen, Belgier und übergewichtige Spanier aus dem Geltungsbereich des Madrider Dollars oder der Katalanischen Mark.

Empfangen wurde man in einem hellen Speisesaal, wo es nach Frischkäse, aromatischen Kräutern und Tees aus Malz oder Heilkräutern duftete. Zum Auftakt gab es einige Tage lang Obst und Naturreis, um allmählich die Anker zu lichten, darauf folgte ein Tag der Reinigung und Erkältung des Arsches auf der harten Klosettbrille. Die ersten Attacken von Selbstzweifeln angesichts der Aussicht, tagelang nichts anderes als eine Tasse Gemüsesuppe mit Petersilie zur Mittagszeit und ein Glas Fruchtsaft am Abend zu sich zu nehmen. Die – selbstverständlich moralische – Verpflichtung, mindestens zwei oder drei Liter Wasser pro Tag zu trinken, war allgegenwärtig, genau wie das Wasser, in Form von Dutzenden von Flaschen, die in allen Bereichen des ‹Kurbades› aufgebaut waren, als genüge schon die Tatsache ihres Vorhandenseins, um das Bedürfnis danach zu wecken.

Wasser, um viel zu urinieren und dadurch die Fette und anderen toxischen Stoffe auszuscheiden, die beim Stoffwechsel anfallen. «Wasser, viel Wasser! Nützen Sie jeden Moment, jede Gelegenheit, um Wasser zu trinken! Gewöhnen Sie sich an, alle Bedürfnisse mit Wasser zu assoziieren! Sie haben Hunger – trinken Sie Wasser! Sie fühlen sich niedergeschlagen – trinken Sie Wasser! Sie haben Heimweh – trinken Sie Wasser! Sie haben sexuelle Wünsche – trinken Sie Wasser!»

«Hat man denn sexuelle Wünsche?»

«Jeder Klient ist ein Fall für sich, aber es stimmt, sexuelle Wünsche kommen vor, obwohl dadurch, daß die übergewichtigen Klienten in der Mehrzahl sind, tendenziell eine asexuelle Atmosphäre entsteht. Es gibt immer Ausnahmen – und dann treibt die erotische Phantasie ihre Blüten.»

«Kommt es in diesem Konvent für Dicke auch zu Promiskuität?»

«Ich wiederhole noch einmal, es sind nicht alle dick, die hier sind.»

Gastein zeigte aus der Entfernung auf Carvalhos Leber, mit einem Finger, der in der Kunst des Zeigens geübt war, lang, von einem expressionistischen genetischen Bildhauer geformt, überzeugend, stark, leicht und gleichzeitig erbarmungslos.

«Sie haben es Ihrer Leber zu verdanken, daß Sie hier sind. Sie haben viel getrunken.»

«Ich habe viel gelebt.»

«Leben heißt also trinken?»

«Warum nicht?»

«Es wird Ihnen hier bei uns schlechtgehen, wenn Sie sich nicht eine weniger selbstzerstörerische Philosophie aneignen. Man kann den Körper hintergehen, solange man jung ist – jung im biologischen Wortsinn. Sie sind noch jung, allerdings im statistischen Sinne. Sie sind jung, weil Sie erwarten können, noch 25 bis 30 Jahre zu leben – eine Erwartung im statistischen Sinne. Aber Sie können sich nicht mehr allzuviele Ausschweifungen erlauben. Fragen Sie sich einmal selbst: warum bin ich hier? Und antworten Sie die Wahrheit: weil ich vor meinem Körper Angst habe. Weil ich vor mir selbst Angst habe.»

Auf die Angst folgt die Verachtung und die Auslieferung des Willens an ein beliebiges rettendes Agens, das die Medizinmänner vorschlagen. Vielleicht die aufregendsten Erfahrungen, ebenso bittersüß wie durchschlagend, die die Kurgäste erwarten, sind die Einläufe – ein Euphemismus, hinter dem sich die alte Praxis des Klistiers und des morgendlichen Wiegens verbirgt, direkt nach dem Aufstehen, die Damen im Schlüpfer, die Herren im Slip. Der Einlauf versetzt sie zurück in die Zeiten der alten Kindheitsschrekken und der Entdeckung des Schmerzes: Injektionen, Impfungen, Umschläge, Senfpflaster, Klistiere. Der Einlauftag hat etwas von einem kindlichen, moralischen Ritus. Frühmorgens von den Schwestern angekündigt, die mit spitzem Kugelschreiber auf die fatale Indikation tippen und dabei den Patienten ansehen, als nehme sein Gesicht schon die Form eines Arsches an. Heute sind Sie mit einem Einlauf dran. Und da wartet er auch schon, im Klosett, der Behälter für das Wasser, das die verschmutzten Eingeweide reinigt, und das Rohr, das sich erbarmungslos seinen Weg bahnen wird durch die enge Pforte, die die Natur ausschließlich als Ausgang vorgesehen hat und die von Medizin und Sexualität als Schwingtür benutzt wird. Die Krankenschwester kommt mit singender Stimme herein, um von den Schrecknissen abzulenken, sie hantiert im Klosett, während der Patient seinen Arsch ausliefert an den Fremdkörper, den Schließmuskel genauso verkrampft wie die Phantasie und die Würde dessen, der mit dem Gesicht zur Wand liegen muß. Sein Schicksal ist besiegelt, wenn die Frau sich bedrohlich der Liege nähert, und er sie aus der Perspektive eines Insektes betrachtet, das aufgespießt werden soll. Da ist es soweit. Eine vergessene Rauhheit dringt ein ins Labyrinth der endgültigen Verwesung und beginnt, sich ins Körperinnere zu ergießen, vorgebend, ihn von ausgedienten Bestandteilen zu befreien. Die Zeit wiegt schwer wie eine Plastiktüte voll schmutzigen Wassers, und das Gehirn ringt mit dem Schließmuskel, um zu verhindern, daß er sich öffnet und eine Schamlosigkeit zeigt, für die es weder die Zeit noch der Ort ist. Sie kennt diese dialektische Spannung zwischen Gehirn und Arsch genau, die Krankenschwester; sie kündigt ihren Rückzug an, um eventuellen Spritzern zu entgehen. Würde es trotzdem dazu kommen, dann würde sie sie mit einer strikten Professionalität aufnehmen, die sie aber lieber nicht unnötig verschwenden will. Jetzt ist es soweit. Der Patient schließt die Augen und gleichzeitig alle Körperöffnungen, als suche er die Essenz des Loches in seiner symbolischen Repräsentation als Punkt. Es ist soweit. Die singende Stimme der Schwester entfernt sich. Zurück auf dem Bett bleibt die Vergewaltigung, die Eingeweide angefüllt mit ekelerregendem Wasser auf der Suche nach einem Ausgang, und im Gehirn bestätigt sich der Verdacht, daß wir ein Nichts sind, wenn drei, vier oder fünf Minuten später die Fluten den Ausweg finden, und der Patient zur Klosettschüssel eilen und den Süden seines Körpers und seiner Seele entleeren muß, wobei sein Geist schwankt zwischen Assoziationen von Geburtswehen und dem Vergnügen, das es bereitet, sich von den schlechtesten Anteilen seiner selbst zu befreien. Wenn es diese Erfahrung ist, die das Selbstwertgefühl am meisten in Frage stellt, dann ist die erregendste der morgendliche Schritt auf die Waage. So etwas wie die Erwartung einer guten Note für die strikte Einhaltung der geforderten Normen. Die Dicken: abnehmen, die Mageren: zunehmen! Den Blutdruck in seinen Grenzen halten! Auf der Waage oder mit der Aderpresse am Arm erwartet der Patient die Benotung der Schwester, die konditioniert ist, beliebig viele Begeisterungsausbrüche zu wiederholen, um positive Gewichtsverluste oder -zunahmen zu belobigen, und seien sie auch noch so miserabel und in keinem Verhältnis zu dem, was der Patient an Geld und gutem Willen investiert hat. Es gibt Leute, die lorbeergekränzt das Wiegezimmer verlassen und andere, die sich sofort auf die Suche nach einem Strick machen, um sich zu erhängen, oder in Ermangelung dessen nach einem Spiegel, vor dem sie sich selbst ohrfeigen und ihren Stoffwechsel verfluchen können, wenn nicht sogar die eigene Mutter, die sie geboren hat – ein Ausdruck, der bei Verzweiflungsausbrüchen der inländischen Klienten häufiger vorkam als bei den Ausländern, die seit langer Zeit darin geschult waren, die Dinge zu nehmen, wie sie sind, und sie als Wirkungen von Ursachen zu sehen, die nicht mehr aus dem geheimen Code zu tilgen sind, der Körper und Seele bestimmt. «Medizinische Kontrolle ist unerläßlich; darauf beruht die Seriosität unserer Behandlung. Der gesamte Kurplan wird von unseren Ärzten erstellt. Es sind zwei ärztliche Untersuchungen pro Woche vorgesehen, und Sprechstunden, so oft der Klient wünscht. Eine Blutuntersuchung bei Kurbeginn und eine am Ende sind erforderlich, um die Wirkung der Kur nachzuprüfen.»

Gastein war der Chef des medizinischen Teams, auf Grund seines Alters und seiner ausländischen Herkunft, so versicherten es die spanischen Klienten, die argwöhnten, daß *Faber und Faber* mehr Vertrauen zu deutschen und schweizerischen Spezialisten hätte als zu spanischen. Der iberische Beitrag zu der Klinik bestand in der Landschaft, einem Drittel der Klienten und dem subalternen Personal: mehreren Krankenschwestern, Masseuren, dem Gymnastiklehrer und dem Dienstpersonal. Die Mädchen, die putzten, die Zimmer in Ordnung brachten und nach einem genauen Zeitplan mit

Tee belieferten, wurden in den Bergdörfern angeworben, zum einen, weil sie in der Nähe lagen, und zum andern, um in der Gegend eine ökonomische Abhängigkeit zu schaffen, die die letzten Reste von Ressentiments gegenüber der ausländischen Kontrolle über einen Ort abbauen sollten, ohne den das Sangretal seine Hauptattraktion verlieren würde. Ebenfalls aus den Bergdörfern stammten die männlichen Angestellten, die zuständig waren für die Wartung der Kessel, die Reinigung des riesigen, beheizten Swimmingpools, die Arbeiten in dem subtropischen Park, die Instandhaltung des großen modernen Gebäudekomplexes und, als handle es sich um ein Gebäude von künstlerischem Interesse, die Erhaltung des kuppelgekrönten Pavillons. Er wurde eher als ein Monument der Vergangenheit konserviert denn als Werkzeug der Gesundheit, das der modernen Technologie von Nutzen sein könnte. Auf dem Hintergrund des grünen Parks, der zum Ufer des Sangre abfällt, hatte der maurische Pavillon innerhalb der Collage des multinationalen Unternehmens dieselbe Funktion wie eine Salve spanischer Gitarrenakkorde innerhalb einer Sinfonie des französischen Impressionismus mit dem Titel ‹*Afrika*›. Es war ein Zugeständnis an die Sehnsucht nach Exotik und Nostalgie.

«Es wundert mich, daß Sie die Fangoabteilung des alten Kurbades erhalten.»

Gastein blickte von dem Rezept auf, das er gerade ausstellte, und es dauerte eine Weile, bis er Carvalhos Frage begriffen hatte.

«Seit zweihundert Jahren ist eine städtische Verordnung in Kraft, wonach die Einwohner der Umgebung und des Ortes bis Bolinches das Recht haben, das schwefelhaltige Wasser zu nutzen, unabhängig davon, wer der Konzessionsinhaber ist. Die Wassermenge ist geringer geworden und gestattet keine Nutzung mehr im herkömmlichen Sinne, aber es wird teils für den Bedarf der Klinik und teils für diese Verpflichtung genutzt. Ich selbst nannte den Herren Faber noch einen weiteren Grund, als ich ihnen riet, den alten Vertrag zu übernehmen. Alle Badeorte haben eine magische oder religiöse Vergangenheit, wie Sie wollen. Die magischen Bezugspunkte dürfen nicht angetastet werden. Sie sind in gewissem Sinne heilig, finden Sie nicht auch?»

Es war schwierig, das Alter des Arztes zu bestimmen. Auch wenn er nicht durch den weißen Rock seiner Priesterschaft geadelt war, sondern Tenniskleidung trug und den harten Aufschlag von Frau Doktor Hoffmann parierte, der Analytikerin, oder dem Atombombardement der dynamischen Mme. Fedorowna standhielt, die in Abwesenheit der Gebrüder Faber die Kurklinik leitete und die Leitungsaufgaben mit dem Geschäftsführer teilte, Señor Molinas, der in erster Linie Personalchef war. Mme. Fedorowna war eine große, kubische Russin mit dem Gesicht einer gealterten Puppe und einem süßlich-trüben Blick, wie ihn häufiges Fasten hervorbringt. Ihre Funktion in der Klinik bestand darin, in dem Moment an der Seite der Fastenden aufzutauchen, wenn sie die Gemüsesuppe oder den Fruchtsaft zu sich nahmen, um ihnen ins Gesicht zu sehen und zu sagen: ‹Wie wunderbar sind doch die Produkte der Natur! Haben Sie schon einmal bedacht, Señor Carvalho, wie wunderbar die Schöpfung ist, die uns ohne Gewaltanwendung alles gibt, was wir zum Leben brauchen? Denken Sie nur an das kleine, aber zugleich außerordentliche Wunder eines Karottensaftes wie dem, den Sie soeben trinken ...› Dann bestellte Mme. Fedorowna selbst einen Karottensaft, kostete, schnalzte mit der Zunge, um den dunklen, erdigen Geschmack der Karotte zur Entfaltung zu bringen, und ihr Gesichtsausdruck war der einer erfahrenen Weinkennerin, die in der Lage ist, Marke und Jahrgang des Gewächses zu bestimmen. Sie ermunterte Carvalho weiterzutrinken, und in ihrem Blick lag die Bitte, daß seine Augen die innere Freude ausdrücken sollten, die es bereitete, seinem Körper Gesundheit und nichts als Gesundheit zu verschaffen. *Ihr Körper wird es Ihnen danken.* Das war gleichzeitig ein Slogan, ein Wahlspruch und die syntaktische Kompensation für mangelnden Inhalt. *Ihr Körper wird es Ihnen danken.*

«Ich bezweifle das, Mme. Fedorowna, ich bezweifle es sehr!»

«Sie müssen das Vertrauen zu Ihrem Körper wiederfinden!»

«Er ist ein Gauner, Señora, ein ausgekochter Halunke!»

Mme. Fedorowna war etwas aus dem Konzept gebracht, aber schließlich verstand sie, lachte und ordnete Carvalho automatisch unter den Klienten ein, die zynisch, aber sympathisch und auf lange Sicht gute Kunden waren, denn jede Ironie beinhaltet die Unmöglichkeit einer Besserung. Denn die ironischen Klienten waren es, die wiederkamen, denn früher oder später verfielen sie wieder dem Laster des Alkohols, des Fleisches und des süßen Lebens. Sie verließ Carvalho mit einem komplizenhaften Lächeln und begab sich zu einem anderen Klienten, um die Weihe des Karottensaftes zu wiederholen und eine weitere Gehirnwäsche hinsichtlich schlechter Eßgewohnheiten in Angriff zu nehmen.

«Mme. Fedorowna spricht von Säften, Kräutern, Pflanzen, Kartoffeln, fettfreiem Käse ... als seien es Zauberkräfte, Schlüssel zur Gesundheit.»

Gastein hatte das Rezept ausgeschrieben und lehnte sich im Drehsessel zurück.

«Mme. Fedorowna ist eine Frau mit einem starken Glauben. Vor Jahren hatte sie ein schweres Leiden, von dem sie sich dank unserer Diät erholte, und das hat sie nicht vergessen.»

«Sie ist Russin, nicht wahr?»

«In einem allgemeinen Sinne, ja. Aber eigentlich ist sie Weißrussin. Das ist nicht dasselbe.»

«Ist sie vor dem Terror der Sowjets geflohen?»

«Sie ist nicht alt genug, um das zu sein, was man früher einen ‹Weißen› nannte. Sie hat die UdSSR nach dem Zweiten Weltkrieg verlassen, soviel ich weiß. Aber ich weiß auch nicht sehr gut Bescheid über die Geschichte des Klinikpersonals. Sie interessieren sich sehr für das Leben von Mme. Fedorowna?»

«Sie sind Mitteleuropäer, wie es scheint, und dort ist es nicht so ungewöhnlich, plötzlich einer Mme. Fedorowna zu begegnen. Für uns dagegen ist es viel schwieriger, und es erinnert fatal an Gestalten aus der russischen Literatur oder antisowjetischen nordamerikanischen Filmen.»

Gastein reichte Carvalho den Paß der Kurklinik, ein Doppelkärtchen, auf dem das Datum seines Eintritts vermerkt war, sein tägliches Gewicht, die Medikation, der festgestellte Blutdruck, die Einläufe, die er bekommen sollte, die Gesamtanzahl der Fastentage, die Tage der Wiederherstellung der Verdauungsfunktionen und der Tag der Abreise, ebenso die Unterwassermassagen.

«Und die Fangopackungen?»

«Sie wollen Fangopackungen? Das halte ich nicht für nötig. Sie sind doch kein Rheumatiker!»

«Ich muß Ihnen gestehen, daß einer der Hauptgründe für mein Kommen die Fangopackungen waren.»

«Das brauchen Sie von allem am wenigsten!»

«Ich habe noch nie so genau gewußt, was ich brauche.»

«Nun gut. Es ist kein Problem, in Ihrem Paß zusätzlich zwei bis drei Fangobäder pro Woche einzutragen.»

«Stammt der Fango von hier?»

«Nein, das Pulver dazu kommt aus Deutschland. Aber es wird mit dem wenigen schwefelhaltigen Wasser angerührt, das noch fließt. Sie können die Fangobäder in den modernen Einrichtungen neben der Sauna und dem Massageraum nehmen, oder auch im antiken Raum des alten Kurbades.»

«Mit demselben Fango, demselben Wasser?»

«Ja. Aber wir beschäftigen dort noch alte Masseure des früheren Kurbades, bis sie in Rente gehen. Das wird nicht mehr lange dauern.»

«Ich nehme die Fangobäder im alten Pavillon und die übrigen Massagen hier. Wird man von Männern oder Frauen massiert?»

«Masseure haben kein Geschlecht.»

Der Gymnastiklehrer hatte soeben zum hunderstenmal erklärt, daß bei der NASA das Verhältnis zwischen der beschleunigten Atmung des Sportlers und dem Sauerstoffgehalt des Blutes untersucht wurde und hatte, als er das sagte, einen bedeutungsvollen Blick in die linke Ecke des Raumes geworfen, wo General Delvaux dankbar seine Anstrengungen zur Sauerstoffversorgung unterbrach, um den Erklärungen des Moniteurs zu lauschen. Die Blicke aller Teilnehmer, die erschöpft auf ihren Decken am Boden lagen, galten mit einem Auge der Uhr, die noch zehn Minuten Gymnastik anzeigte, und mit dem anderen dem NATO-General. Er hatte die Freundlichkeit gehabt, für eine Cholesterinkur die Klinik der Gebrüder *Faber und Faber* aufzusuchen, ein Mann in den Sechzigern, schlank trotz des gewölbten, vorspringenden Bauches, mit schütterem Haar zwischen rötlich und braun, den Backenbart etwas angegraut, als trage er am Kopf eine unentschlossene ästhetische Kombination in der Art jener braunen Anzüge, die sich über ihre eigene Farbe nicht klarwerden können, weil eine mittelmäßige Farbgebung sie daran hindert, die nicht nur die Existenz mancher Brauntöne, sondern auch fast aller Grau- und Gelbtöne bestimmt. Die Teilnehmer der Gymnastikstunde suchten Zuflucht bei der theoretischen Begnadigung des Lehrers und schauten hartnäckig auf den General, als wollten sie ihm die Verantwortung dafür übertragen, daß der Lehrer weiterredete und die Gymnastik nicht fortführte. Der Militär übernahm die Rolle, obwohl er nichts verstand; er war sich aber seiner strategischen Schlüsselstellung bewußt, ebenso des Umstandes, daß der Lehrer die NATO mit der NASA in Verbindung brachte, zwei Organisationen, die zu einem Universum transzendentaler Abkürzungen jenseits des Horizontes des Durchschnittsspaniers gehörten.

«Kalt! Kalt! Ich haben kalt!»

Das war eine Erklärung, zugleich aber auch eine Beschwerde. Die Blicke wandten sich von dem NATO-General ab und richteten sich auf Mrs. Simpson, eine 65jährige amerikanische Witwe mit einer Versessenheit auf Gymnastik, die offensichtlich einem Körper in permanenter dialektischer Spannung zugute kommen sollte, wo Gymnastik und Massagen gegen den passiven Widerstand von Zellen zwischen Selbstmord und Zellulitis ankämpften. Mrs. Simpson trug das passende Make-up für die Gymnastikstunde. Sie hatte die Brauen mit Rötel nachgezeichnet und ein sanftes Mauve auf den Lippen, diesen tektonischen Graben zwischen konvergenten Faltungen im geologischen Mittelpunkt eines Gesichtes, das wie der Ausschnitt aus einer Karte mit Höhenlinien wirkte, die ein akribischer Kartograph gezeichnet hatte.

«Das Kältegefühl wird Ihnen gleich vergehen, Mrs. Simpson!»

Der Gymnastiklehrer hatte schneidend und kaltblütig gesprochen, und die anderen befürchteten das Schlimmste. In der Tat warf sich der Lehrer mit seinem sehnigen Körper zu Boden, als wolle er in einem symbolischen Akt der Selbstzerstörung seine Nase zerschmettern, aber bevor es dazu kam, verschmolzen die Handflächen mit dem versiegelten Parkett des Fußbodens und die Arme beugten sich, während sie gleichzeitig Gegendruck ausübten und das Körpergewicht in der Schwebe hielten. Nun, da der Fall unter Kontrolle war, gab sich der Lehrer Windungen im Bauchbereich hin, die die Strategie der Spinne und die Kraft von Krakenarmen erforderten. Der Lehrer blieb allein in der Präzision seiner Bewegungen, oder beinahe allein, denn Mrs. Simpson folgte ihm in geringem quantitativem und qualitativem Abstand, zum ungläubigen Erstaunen der übrigen in der Sporthalle Versammelten, die in ihrem eigenen Versagen versanken, keuchend, mit haßerfüllten Blicken auf die vorbildlichen Bewegungen des Lehrers und die erstaunliche Ausdauer der alten Dame. Selbst General Delvaux hatte aufgegeben und verfolgte den Wettkampf zwischen den beiden, wie er taktische Manöver eines benachbarten Heeres verfolgen würde.

«Wahnsinn!»

Das entfuhr Don Ernesto Villavicencio, 60 Jahre alt, kurzarmig, mit den Knöcheln eines Elefanten und einem massigen Körper, der diese Last im Dienste des Herzens eines Infanterieobersts a. D. trug. Obwohl er immer die Nähe des Generals suchte, hatte er diesem die berufliche Verwandtschaft noch nicht enthüllt. Zum Teil einfach wegen der Sprachbarriere, obwohl Delvaux mit einer Miene zuhörte, als verstehe er alle Sprachen, ohne sich für das zu interessieren, was man ihm sagte. Don Ernesto teilte sein Lächeln auf zwischen dem General und der blonden, schlanken Schweizerin, die während der Gymnastik mehr Aufmerksamkeit auf den richtigen

Sitz ihres makellosen Tänzerinnentrikots verschwendete, als auf die Anweisungen des Lehrers. Einer, der wachsam alles und jeden beobachtete, mächtig und kahlköpfig, wich nicht von ihrer Seite. Man hätte ihn für einen athletischen Manager halten können, den der Whisky zwischendurch und das Brüten über negativen Bilanzen ruiniert hatte. Karl und Helen Frisch, die größte erotische Attraktion einer Kurklinik, in der es von Leuten wimmelte, die für die Erscheinung ihres Körpers um Verzeihung zu bitten genötigt waren: entweder übergewichtig, rheumatisch, von Tabak und Alkohol abhängig oder einfach alt und zitternd entschlossen, in der teuren Würde ihr Alter zu verbringen und schließlich zu vollenden, die ihnen die Preise von *Faber und Faber* verschafften. Helen Frisch strich mit den Händen über ihr glänzendes Trikot und prüfte dabei die Festigkeit ihrer langen Glieder, die die Sonne vor kurzem während einer Kreuzfahrt in Amerika vergoldet hatte: Vancouver, San Francisco, San Lucas, Panama, Antigua, Jamaika. Die Augen ihres Gatten verfolgten dabei die Hände, als hätte er sie im Verdacht, in seinen Privatbesitz einzudringen. Während die Augen der Männer bemüht waren, zu dem in dieser Umgebung deplazierten Körper Helens vorzustoßen, bemühten sich die der Frauen in gleicher Weise um Karl. Wohl war er etwas dick und fast kahl, aber er besaß eine muskulöse Rundheit, die an diesem Ort selten zu sehen war, und sein depressives Schweigen machte ihn zu einer rätselhaften, pathetischen Erscheinung. Er wirkte wie ein Mann, der mit 45 seine Pubertät wiedererlangt hatte. Mehr als einer der Klienten hatte Helen und Karl in abgelegenen Winkeln des Parks dabei überrascht, wie ihre Hände mit einer mechanischen Zärtlichkeit über seinen Kopf strichen, der verlassen und wie abgehackt in ihrem Schoß lag, und ihn in einem geheimen Rhythmus streichelten, während sie dabei eine Litanei tröstender Worte murmelte.

«Er schluchzte. Er weinte wie ein Kind. Die Tränen liefen nur so herunter.»

Diese übertriebene Darstellung der Verzweiflung stammte von Telmo Duñabeitia, einem baskischen Industriellen mit 15 Kilo Übergewicht und dem Bedürfnis, sein Blut zu säubern – und seine Abstammung, wie er hinzuzufügen pflegte, denn das sei kein Leben mehr im Baskenland, und wer keine Revolutionssteuer bezahle, sei entweder schwachsinnig oder ein Geizhals. Dies sagte er jedem, der eine ehrliche Auskunft darüber bekommen wollte, wer er war, was er hatte und was er wollte. Zu jung, um so dick zu sein, sagte er sich und tätschelte dabei einen Bauch, der möglicherweise zu dick war, obwohl sich sein Übergewicht auf den massigen Körper des Nachfahren eines ‹aizkolari›[1] verteilte, der seinerzeit ein Sägewerk aufgebaut und eine Dynastie ins Leben gerufen hatte, die wie ein heiliger Berg auf Duñabeitia lastete.

«Leck mich am Arsch, die Alte sieht verdammt gut aus!»

Das war das Urteil des Basken über die schöne Helen, und eines Tages faßte er sich ein Herz und fragte die Schweizerin nach dem Grund ihres Klinikaufenthaltes. Sie hätte das doch nicht nötig, bei ihrem guten Aussehen, wandte der Baske in einem fließenden Englisch ein, das ihm gestattete, seine furnierten Preßspanplatten in die halbe Welt zu verkaufen. Die schöne Helen war in Gelächter ausgebrochen und hatte dann ganz leise geantwortet, sie hätte es nicht nötig, hier zu sein, aber Karl, Karl mache eine schwere Krise durch. Sie hatte es fast unhörbar gesagt, aber doch nicht leise genug, denn Karl stürzte fast hysterisch herbei, um seine Frau vor der baskischen Gefahr zu retten.

Duñabeitia nutzte jede Gelegenheit, wenn ihnen der Gymnastiklehrer den Rücken zuwandte, um entweder den Sport zu parodieren oder sich auf den Rücken zu legen, zur Decke zu starren und den Flug von Vögeln zu verfolgen, die außer ihm keiner sah. Ab und zu blitzten in seinen dunklen Augen geheime Lichter auf, die er unter seine nächsten Leidensgenossen verteilte. Es bedeutete, daß er einen Streich ausheckte. Wer bereit war mitzumachen, erwiderte seinen Blick, und die anderen konzentrierten sich auf die Windungen des Moniteurs, um nicht den leisesten Verdacht aufkommen zu lassen, der Baske könne sie in Versuchung führen mit seinen absurden Ideen, wie z. B. alle Teile des Heimtrainers zu lockern und darauf zu warten, bis ein Unvorsichtiger versuchen würde, ihn zu benutzen – oder den Medizinball während des Spiels plötzlich dem Moniteur an den Kopf zu schleudern, nicht gerade um ihn zu enthaupten, aber um sein Gesicht aus der Fassung zu bringen, dieses Gesicht eines grazilen Hirten in einer Herde von Kühen mit bleiernen Füßen. Wer mit dem größten zynischen Vergnügen die Vorschläge des Basken unterstützte, war Juanito Sullivan Álvarez de Tolosa, ein Großgrundbesitzer aus Jerez, der schlicht und einfach Sullivan genannt werden wollte und sein Überdruß und seine ungeheure Spottlust in den Dienst des baskischen Fabrikanten mit seinen verrückten Einfällen gestellt hatte.

«Zweihundert, zweihundert Familien leben in Saus und Braus

1 Holzfäller (bask.)

durch mein Unternehmen», wiederholte Duñabeitia ein ums andere Mal, wenn er sich mit Mineralwasser oder Heidelbeerblättertee betrank, «und es sind eine Menge Flüchtlinge aus dem Süden dabei, die sind abgehauen vor euch, ihr Scheißgutsbesitzer! Sullivan, ja, ja, das bist du, ein Scheißgutsbesitzer.»

«Beschissen, aber kein Feigling», pflegte der Andalusier darauf zu erwidern, der unentwegt in der Sonne neben dem Swimmingpool lag, wo Mrs. Simpson alle Rekorde an Ausdauer und Gemächlichkeit überbot.

«Wie diese Alte schwimmt! Sieht aus wie eine eingetrocknete Meerjungfrau.»

Sullivans liebster Gesprächspartner war aber ein Mann im Trainingsanzug, in vorgerücktem Alter mit dem dünnen Schnurrbart des früheren franquistischen Beamten, der dauernd um seine Frau herumscharwenzelte, die so dürr war wie der Inbegriff kastilischer Weiblichkeit in den nationalistischen Romanen der vierziger Jahre. Der Mann im Trainingsanzug hatte es sich selbst zur Aufgabe gemacht, Sánchez Bolín [1] zu überwachen, einen dicken und wortkargen Schriftsteller, von dem alle wußten, daß er enge Verbindungen zur kommunistischen Partei unterhielt.

«Wußten Sie schon, daß wir im Kurbad einen Kommunisten haben?» Dies hinterbrachte der Mann im Trainingsanzug der Oberschwester, und da Frau Helda der Angelegenheit keine Bedeutung beimaß, lief er zur Empfangsdame und drang bis zu dem Mann vor, den die Gebrüder Faber mit der Geschäftsführung betraut hatten: Señor Molinas.

«Die Gesinnung unserer Klienten interessiert uns nicht.»

«Nein, aber das ist es auch nicht allein. Ein Kommunist ist und bleibt ein Kommunist, ob nackt oder im Smoking!»

«Und außerdem», so würde er später im kleinen Kreis bemerken, «ist er kein einfacher Kommunist, sondern einer von der ganz abgefeimten Sorte, und wer weiß, woher er die Kohle bezieht, mit der er das Kurbad bezahlt.»

Oberst Villavicencio blieb gegenüber der Sorge des Mannes im Trainingsanzug nicht gleichgültig, und seine kleinen Augen verengten sich noch mehr, als er nach dem Grund für die marxistische Unterwanderung dieses idyllischen Schlaraffenlandes für hinfällige Kranke suchte. Dennoch grüßte er Sánchez Bolín diskret, aber höflich, wenn er ihm auf der Treppe zum Aufenthaltsraum oder im

1 Bolín: kleine Boulekugel

kleinen Wartezimmer der Massageabteilung begegnete, in der Sauna, im Arztzimmer oder beim Betreten oder Verlassen des Fernsehraumes. Sánchez Bolín schien es völlig gleichgültig zu sein, daß sein Aufenthalt im Kurbad eine kleine Sensation bedeutete, und er ließ sich kaum in Gespräche ein. Er nahm die liebenswürdigen und höflichen Redensarten der andern bestenfalls mit einem glasigen Lächeln zur Kenntnis, das kaum zu einer Fortsetzung des Gesprächs einlud. Aber er fing die negativen Schwingungen des Mannes im Trainingsanzug auf und bekam den verdeckten Hinweis, daß dieser eine Kampagne zur Identifizierung seiner Person lanciere. Der Zuträger von Sánchez Bolín war der Baske, und Sullivan an seiner Seite hatte bemerkt: «Zum Teufel, als hättet ihr Rotkehlchen eine ansteckende Krankheit! Meine Cousine Chon war eine hundertfünfzigprozentige Kommunistin, aber bei jeder Prozession in der Karwoche ging sie neben mir. Jetzt ist sie Sozialistin geworden und hat einen Posten bei der Junta von Andalusien, verdient gut, zieht sich gut an und genießt das Leben!

Sánchez Bolín betrachtete den Gymnastiklehrer mit dem Ressentiment des Besiegten und suchte mit seinen kurzsichtigen Augen nach Anzeichen der Schwäche oder Rebellion unter den Mitturnern. In den Augen des Mannes neben ihm glomm ein ironisches Funkeln, und sein Familienname war galicisch, wie er sich zu erinnern glaubte. Carvalho.

«Man schreibt es mit ‹lh›, weil mein Vater es satt hatte, Spanier zu sein, und die portugiesische Staatsbürgerschaft beantragte. Ich weiß nicht wie, aber er hat es geschafft, daß in allen unseren Papieren der Name ‹Carvalho› steht.» Die Damen der Kolonie fanden Carvalho fast genauso pittoresk wie den Basken und ebenso geheimnisvoll wie Sánchez Bolín. Vor allem Doña Solita, die Gattin von Oberst Villavicencio, die eines Tages Carvalho in der Laube im Freien dabei überrascht hatte, wie er, nach Süden gewandt, mit den Fingerspitzen ein Buch hochhob und mit der anderen Hand ein brennendes Feuerzeug daranhielt.

«Hast du gesehen, wie es hieß?» fragte ihr Gatte.

Nein, sie hatte nicht auf den Titel geachtet, aber sie glaubte, daß es sich um ein teures Buch gehandelt hatte, keins von diesen billigen Taschenbüchern, die es an den Zeitungsständen gab, sondern eins von denen, die im Fernsehen empfohlen wurden.

Dieses Detail muß man sich merken, sagte sich der Oberst, der sein Leben lang von einer Situation geträumt hatte, in der er seine angeborenen Führungsqualitäten unter Beweis stellen konnte.

Er war zu spät geboren, um an dem Bürgerkrieg teilzunehmen, aber seine bürokratisch verlaufene Karriere hatte ihn nicht entmutigt; obwohl er trotz der Diplome, die ihn für einen Stabsposten qualifiziert hätten, nur turnusgemäß befördert worden war.

«Wann haben Sie Ihren Abschied genommen, General? Als die Sozialisten an die Macht kamen?»

«Laß diese Frechheiten, Sullivan, oder es knallt. Ich bin nie zum General befördert worden. Ich habe es bis zum Oberst gebracht und mich zurückgezogen, weil ich lieber weiterhin zu meinem Vergnügen gemischtes Viehfutter herstellen wollte, als widerwillig zu dienen in einer Zeit, die all die Werte kaputt macht, für die wir so sehr gekämpft haben.»

Zwei italienische Mädchen traten bei allen Veranstaltungen des Kurbades Seite an Seite auf. Sie waren groß, überschlank, dunkel, hatten Ringe unter den Augen, bekamen eine Spezialdiät, um abzunehmen, und das Turnen bedeutete für sie eher eine Mobilmachung der Knochen als der Muskeln. Ihre Antipoden bildeten die ‹Deutschen Schwestern›, wie Carvalho sie nannte, vier bayrische Mädchen, stämmig und kubisch, die bei den Übungen immer einen geistig abwesenden Eindruck machten, so als zählten sie die Minuten, bis es Zeit war, den Apfelstrudel aus dem Backofen zu holen oder bis die Waschgänge einer ungenügend automatisierten Waschmaschine zu Ende waren.

Von seinem Balkon aus konnte Carvalho in das Zimmer einer der Italienerinnen sehen, ihre müde Müdigkeit und die Kränklichkeit ihres trägen und gleichgültigen Skeletts ausspionieren, das kaum die horizontale Lage verließ, um in Zeitlupe zum Telefon zu greifen oder auf den Balkon zu gehen. Manchmal auch nur um sich eine halbe Stunde lang auf die Fingernägel zu starren und dann zu beschließen, sie mit einem komplizierten Chirurgenbesteck in Form zu bringen.

Ab und zu ging die andere Italienerin, die ein halbes Kilo mehr Vitalität besaß als ihre Landsmännin, durch den Park und hob den Kopf, um sie stets dasselbe zu fragen:

«Silvana, che cosa fai?»

«Niente.»

Der Sportlehrer feuerte sie an, sich zu bewegen, warf ihnen Bälle zu oder hielt ihre Füße am Boden fest, damit sie die Bauchgymnastik richtig ausführten. Sie beschränkten sich unweigerlich darauf, schneller zu atmen und sich in ihr hartes Los appetitloser Äthiopierinnen zu fügen.

«Unter diesem Fett steckt die Muskulatur eines Athleten!» So ermutigte der Moniteur einen jungen Mann mit vielen Polstern, der aus einer altbekannten Erzählung aus der Mancha zu stammen schien. Trotz der wachen Augen hatte er zusammengewachsene Brauen, viele schwarze Haare in Form einer Baskenmütze auf dem Kopf, den sinnlichen Mund eines Nachfahren von Maultiertreibern, die alles tranken, was gut war, dazu kurze, aber stämmige Beine und den Brustkorb eines keltiberischen Samsons. Der Mann aus der Mancha besaß eine Kette von Käsegeschäften, das wichtigste davon befand sich in Madrid und gab den Filialen den Namen ‹Quesos Sánchez Pérez, Gebrüder & Söhne› – und das, obwohl ihn Todesfälle und sonstige Ausfälle unter den Gebrüdern und Söhnen zum Alleineigentümer der Firma gemacht hatten. Viel zu jung für so viel Verantwortung und Reichtum, wurde er von keinem der Häuptlinge der Fastenvereinigung in der Hierarchie anerkannt, und der Oberst behandelte ihn kaum besser als eine Ordonnanz ohne festen Aufgabenbereich.

«Tomás! Mein Vater sagte mal zu mir: trau keinem, bei dem es staubt, wenn er furzt!»

«Also den Witz verstehe ich nicht, Herr Oberst.»

«Du kommst nie dahinter, Kaufmann. Mein Vater wollte mich vor den kleinen Dicken warnen, Mensch! Vor dir zum Beispiel!»

«Ach, hören Sie doch auf, Herr Oberst, und so was in Spanien!»

«Die Leute hier werden immer größer. Unter Franco ist alle Welt gewachsen, und du hättest dich mal ranhalten sollen, den einen oder anderen Käse wirst du doch verzehrt haben? Oder eßt ihr keinen Käse, damit ihr mehr verkaufen könnt?»

Der Käsehändler wurde schnell rot, vor allem, wenn ein kleines, rundliches Mädchen in der Nähe war. Sie fastete, um ein wenig schlanker zu werden und sich mit weniger Komplexen an der Fakultät für Tropenmedizin in Brüssel einschreiben zu können. Amalia hieß die Kleine, «denn meine Mutter ist Baskin», und in das Bekenntnis der Herkunft ihrer Mutter mischten sich der Stolz der überlegenen Rasse und die Furcht vor der eventuellen Möglichkeit, mit dem baskischen Terrorismus identifiziert zu werden. Das Mädchen war belesen, und der Käsehändler aus der Mancha war auch ein Schriftsteller, wie er ihr gestanden hatte. Er hatte ziemlich viele Hefte mit Gedichten dabei, die nicht mehr aus der Pubertät stammten, sondern aus den letzten Jahren. Sie hatten ihm geholfen, den Stress abzubauen, den die Führung der diversen Geschäfte seit dem Tod der Eltern und des Onkels mit sich brachte. Gelegentlich sah man das Paar, wie sie subtropische Winkel aufsuchten, die vom Fango-Pavillon aus nicht einzusehen waren. Sie taten es, damit Tomás ihr in Gartenlautstärke Gedichte über Madrider Nächte vortragen konnte, oder Erinnerungen aus seiner anstrengenden Kindheit als Sohn eines bedeutenden Käsehändlers. Es war das erste Mal, daß Amalia ein Dichter zu Füßen lag, und sie kultivierte diese Beziehung sogar in der Sporthalle, indem sie ihre Matte neben die des Käsehändlers legte und ihm ermutigend zublinzelte, wenn ihm das Blut kochte und er sich krümmte, um die korrekte Gymnastikposition zu finden. Er schaffte es nicht, trotz Amalias Ermutigungen, und obwohl der Lehrer ein ums andere Mal betonte: «Unter diesem Fett steckt die Muskulatur eines Athleten!» Was Amalia anbetraf, so besaß sie trotz ihrer offensichtlichen Rundlichkeit etwas, das der Lehrer innere Elastizität nannte, und allmählich erreichte sie unter diversen ermutigenden Bemerkungen und dem Applaus des Meisters die Normen der Gymnastik. «Sehr gut, Amalia. Nimm keine Rücksicht auf deinen Arsch! Nimm ihn tüchtig ran!»

Eine der stets wiederholten und nicht immer beachteten Empfehlungen an die Klienten war die, sich dem morgendlichen Spaziergang durch das Sangretal anzuschließen, über den Wasserfall des ‹Niño Moro› hinaus, wo sich der Fluß in Mäandern windet und eine Breite vortäuscht, die er nur in den Zeiten der Schneeschmelze wirklich erreicht. Man hat die Wahl zwischen einer schnellen Bestätigung der an einem Fastentag verlorenen Gramme auf der Waage, mit den üblichen Empfehlungen Frau Heldas oder einer ihrer Krankenschwestern, und diesem Spaziergang, von dem die Leute, in einer klösterlichen Reihe hintereinander gehend, müde, aber glücklich zurückkehrten – zufrieden, so früh am Morgen die kostenlosen Reize der Natur geplündert zu haben. Im Schlepptau des Sportlehrers folgte die Expedition in gutem Tempo dem Flußufer.

In Zeiten größerer Prosperität hatte *Faber und Faber* für jede Betreuungsaufgabe über eine Fachkraft verfügt, aber nach der Ölkrise hatte die Verwaltung des Kurbades – ohne daß jemand genauer definiert hätte, welche vertrockneten Energiekanäle nun das florierende Gesundheitsgeschäft im Stich gelassen hätten, allmählich immer mehr Personal abgebaut und verschiedene Funktionen auf die übriggebliebenen Kräfte vereinigt. Daher führte der Gymnastiklehrer auch den ersten Spaziergang im Morgengrauen an, sowie die ausgedehnte und anstrengende sonntägliche Wanderung in die

phierend empfing, aber sein einziges Interesse galt der Ankunft der schönen Helen, um sie umarmen und mit leuchtenden Augen stammeln zu können: «Ich hab gewonnen... ich hab gewonnen!»

«Mein Held! Mein Baby!» sagte die schöne Helen und strich ihm über den Kopf mit den geschwollenen Adern und dem Schweiß der Erschöpfung. Der Baske hatte nur einen vernichtenden Blick für den Schweizer übrig, lediglich Mrs. Simpson brachte ihren Ärger adäquat zum Ausdruck. Sie sagte zu Karl: «Es konnte ja nur ein Schweizer sein», als sie an ihm vorbeiging und auf das Direktionsbüro zusteuerte, um ihren Protest anzumelden. Weder die anderen noch sie selbst wußten genau, wogegen.

Da heißt es immer, daß wir Spanier verrückt sind oder wir Basken gefährlich, aber Sie haben ja selbst diesen Schweizer gesehen, der sich wie ein hysterisches Kind aufgeführt hat, weil die Alte kurz davor war zu gewinnen, oder weil Sie oder ich vor ihm angekommen wären. Ich habe mit den Ausländern darüber gesprochen, und sie amüsierten sich alle sehr, alle außer Mrs. Simpson, klar, das ist was anderes, sie ist ‹Dillinger› im Rock. Aber der Oberst ist sauer, das muß er auch sein. Passen Sie mal auf, was ich Ihnen jetzt sage, und das sage ich als Baske, und ich bin der Meinung, daß die von der ETA mehr Mut haben als alle anderen zusammengenommen – also, obwohl ich meine Revolutionssteuer bezahle und denke, daß, je schneller die spanische Besatzung unser Land verläßt, desto besser, aber trotz alledem kann ich diesen pensionierten Oberst sehr gut leiden; das ist ein Kerl von echtem Schrot und Korn, einer, der vor nichts Angst hat. Obwohl er hinkte, hat er sich vor dem Schweizer aufgebaut und ihm gesagt, daß wir Spanier uns das mit der Schwertspitze nehmen, was wir mit der Hand nicht bekommen, und dann noch, daß man einem, der gut zuhört, nicht viel zu erklären braucht – aber umsonst, ich habe zwar versucht, diese Redewendungen ins Deutsche, ins Französische und ins Englische zu übersetzen, aber ich hab es nicht richtig geschafft. Zur Strafe für diese Idiotie sollten wir mal die Schweizerin durchvögeln! Wie gefällt Ihnen die Kleine? Demnächst mache ich sie an. Ich nehme sie mit nach Bolinches[1] und lade sie zu einem Mineralwasser ein. Ihr Körper ist eine einzige Herausforderung, obwohl sie's durch ihr Geschmuse mit diesem Riesenbaby vertuschen will.» Es

1 abgeleitet von ‹bolín› oder ‹boliche›: kl. Boulekugel

waren die Minuten des Gespräches vor der abendlichen Fernsehrunde. Die Nationalitäten hatten sich getrennt. Die Ausländer hatten sich entweder in den Videoraum zurückgezogen, um englischsprachige Filme anzusehen, oder sie spielten Bridge oder gingen über die Berge nach Bolinches, um die Zeit zwischen dem letzten Fruchtsaft und der endgültigen abendlichen Schließung der Klinik totzuschlagen. Zu anderen Zeiten hatte die Direktion eine Reihe soziokultureller Veranstaltungen eingeplant, eigens dafür gedacht, der Ausländerkolonie Einblicke in die Tiefen der spanischen Seele zu vermitteln, und diesem Vorhaben war das Absatzgeklapper zu verdanken, das jeden Mittwoch vom darüberliegenden Raum die Spanier bei den Freuden des Fernsehens überraschte. Für diese kulturelle Transfusion zog die Direktion immer Juanito de Utrera heran, ‹El Niño Camaleón›, einen Flamencotänzer, der seinerzeit den großen Teich überquert hatte, um in den besten Häusern von Ländern aufzutreten, deren Namen er nicht genau angab. Er hatte ebenfalls unzählige Europatourneen unternommen und dabei überall unauslöschliche Eindrücke vom Wesen des andalusischen Tanzes hinterlassen. Im Bewußtsein dessen, daß er für ein ebenso betuchtes wie erlesenes Publikum auftrat, erschien Juanito de Utrera zu der wöchentlichen Veranstaltung in Begleitung eines Flamencogitarristen, der den Inhalt der Lieder, die er vortragen wollte, in ein dürftiges Englisch übersetzte.

I've walked very hard,
I've walked very hard,
But I did'nt find a face like yours.

Aus der Melodie schlossen die wenigen Spanier, die diese Abende der kulturellen Verbrüderung besuchten, daß es sich um den Text einer Sevillana von García Lorca handelte:

Lo traigo andado
Lo traigo andado
Cara como la tuya no la he encontrado.

Und das in einer Version, die ebenso vereinfacht wie wirkungsvoll war, denn sie führte die Fremden in die tiefsten Tiefen der dargebotenen Ästhetik ein, der eine oder andere stieß ein ‹olé›, aus, und Mrs. Simpson trat, wie die meisten nicht anders erwartet hatten, in die Arena und tanzte die *‹Danse macabre›* von Saint-Saëns in einer Version, die andalusisch wirken sollte. Aber Mrs. Simpson war eine Ausnahme, was von den anderen ihrer, wenn auch betagten, amerikanischen Naivität zugeschrieben wurde, und dies von den gesetzten Europäern, die die kulturellen Darbietungen der Kurklinik als notwendigen Bestandteil ihrer Klinikerfahrung betrachteten, der zudem im Preis inbegriffen war. Es war etwas anderes, wenn es sich bei dem kulturellen Angebot der Direktion um einen kleinen Markt mit diversen heimischen Handwerksprodukten handelte, in der Rezeption oder im Flügelzimmer, im Fasten- oder im Bridgesalon, das heißt in dem Raum, der für Veranstaltungen vorgesehen war und wohin die Fastenden eilten, um ihr überlebensnotwendiges Glas Wasser zu sich zu nehmen, psychologisch unterstützt durch einen äußerlichen Rahmen, der zum ausschließlich linguistischen Gebrauch des Mundes anregte. Sobald ein Bazar veranstaltet wurde, modifizierte der achte Sinn, die Kauflust, sogar den Tonus des Körpers, der dann von der obligaten Entspanntheit des Fastenden zur Angespanntheit eines Tieres auf der Jagd nach günstigen Gelegenheiten überging, die obendrein in einer der liebenswertesten Währungen Europas bezahlt werden konnten. Schmuck und legere Kleidung waren die beliebtesten Objekte, und die Ausstellungsatmosphäre verwandelte sich schlagartig in die einer Börse: Angebot und Nachfrage führten manchmal zu Liquiditätsstockungen, die anderntags auf der Waage zu Buche schlugen. Markt und Kultur interessierten im allgemeinen mehr die Europäer, denn die Spanier, erst vor kurzem zur Modernität erwacht, mißtrauten allem, was ihnen nicht unmittelbar gut und sinnvoll erschien. Alles, was ihre geistige Trägheit oder ihre gutgekleidete Ignoranz aussprach, war ‹un palo›, eine Neuschöpfung, die, obwohl von ihren Sprößlingen geborgt, doch einen ganzen Abend lang dazu herhalten konnte, den Film von Rossellini gutzuheißen – ganz gleich wie er war –, oder eine Reportage über den zehnten Jahrestag des Falls von Saigon.

Während die Männer sich eher für das TV-Journal interessierten, tauschten die Frauen Diätrezepte aus, die ihnen in Zukunft ebensoviele Kilos ersparen wie zusätzliche Gaumenfreuden bringen sollten, die jetzt verboten waren. Es war einfach mitleiderregend, das Schauspiel mitanzusehen, mit welchem Stöhnen der Ohnmacht und Verzweiflung die üppige Lebensmittelwerbung von den Fastenden aufgenommen wurde. Das Trauma des Fastens und die mutmaßliche Rechnung dämpften allerdings die spontane Reaktion, sich auf den Fernseher zu stürzen und die allervergilbtesten Mayonnaisen und härtesten Kekse vom Bildschirm abzulecken, und es kam oft vor, daß, nachdem man der Versuchung zum Selbstmitleid erlegen war, sich ein Tonfall durchsetzte, der beides umfaßte, die moralische Reinwaschung und das Schuldgefühl, und zwar bis zu dem Grad, der Realität und Wunsch zur Deckung bringt.

«Ausgerechnet Mayonnaise schmeckt mir so gut, dabei macht sie doch so dick!»

«Wenn du sie mit Maisöl zubereitest, enthält sie weniger Kalorien, oder mit Paraffinöl, das macht überhaupt nicht dick!»

«Aber Paraffinöl ist ungesund für den Körper! Das habe ich in *ABC* gelesen!»

«Es ist nur schlecht, wenn du es zum Braten verwendest, aber nicht bei Mayonnaisen.»

«Ach, und diese Kekse! Hast du diese Kekse gesehen?»

«Mensch, das sind Bomben! Kalorienbomben! Ich kaufe nur die für Diabetiker, sie sind ohne Zucker und so lecker!»

«Guck! Schau dir diese Werbung an!»

Die unter anderen Umständen verachteten Päckchensuppen erstrahlten im herrlichsten Technicolor, wie es nicht einmal die ‹Columbia Broadcasting› in ihren besten Zeiten zustandegebracht hatte. Es war dieses Bild einer perfektionierten Küche, das die Zuschauer in einen frenetischen Austausch von Rezepten ausbrechen ließ, vor allem von vegetarischen, die sie in Zukunft ebenso glücklich wie schlank und gesundmachen würden. Die Estragon-Auberginen von Doña Solita schafften es, den Fernsehraum in eine Aula voller Studentinnen zu verwandeln, die den obligatorischen Kugelschreiber von Cartier zückten und Notizen machten.

«Die Auberginen und Tomaten gibt man, in Stücke geschnitten, in eine Kasserolle, dazu den Saft einer Zitrone, zwei kleingehackte Sardinen und einen Teelöffel Estragon. Sie werden eine Stunde lang zugedeckt auf kleiner Flamme gekocht.»

«Und das ist alles?»

«Das ist alles. Das Ganze enthält kaum Kalorien.»

«Was heißt hier kaum Kalorien?»

Die Dame, die hier so erstaunt fragte, war eine frühere Apothekerin, die sich die kulturellen Gelüste ihres alleinstehenden Daseins für Gelegenheiten wie diese aufgespart hatte.

«Die Aubergine enthält Sodium, Phosphor, Kalzium, Magnesium, Kalium, Protide, sehr viel Vitamin C und die Vitamine A, PP, B^1 und B^2.»

Dem widersprach ein in seinen Ausführungen etwas weitschweifiger Herr, der dafür die Selbstsicherheit eines Mannes besaß, der im

Interesse seines Antiquitätengeschäftes das halbe Leben zwischen Madrid und New York verbracht hatte. Er meinte, die Aubergine sei ein mittelmäßiges Nahrungsmittel, welches zwar – dies sei sicherlich richtig – wenig Kalorien enthalte, aber eben deshalb auch wenig Energie liefere und für den Herzmuskel unverträglich, ja toxisch sei.

«Sehr relativ, sehr relativ!» argumentierte die ehemalige Apothekerin, in die Enge getrieben, und ging plötzlich zu einem fulminanten Angriff über: «Sie werden doch nicht bestreiten wollen, daß sie diurethische und verdauungsfördernde Wirkung besitzt!»

Nein, nein, das wollte er nicht bestreiten, aber dieselben diurethischen Eigenschaften besitze beispielsweise die Petersilie, und sie habe dabei keinerlei Kontraindikationen.

Die Erwähnung der Petersilie im Kurbad zeugte entweder von einer extremen Selbstsicherheit in der Argumentation oder von einer gefährlichen Unbesonnenheit, denn die Petersilie war der gemeinsame Nenner des Geschmackes der gesamten vegetarischen Fastensuppen, und irgend jemand hatte das Kurbad schon in ‹Peterlilienbad› umgetauft. «Hören Sie auf mit Petersilie! Kommen Sie bloß nicht mit Petersilie!» Es war ein allgemeiner Aufschrei. Aber der Gentleman war nicht bereit abzuschwören und begann eine Verteidigungsrede für die Petersilie, welche gerade von ihrer Genügsamkeit in Form und Ökonomie ausging, um dann durch beziehungsreiche Vergleiche zu dem Schluß zu kommen, daß wenige Lebensmittel, die so wenig kosten, auch so vollwertig sind, reich an Vitamin A wie kein anderes Gemüse, ganz zu schweigen von den Vitaminen C, B^1, B^2 und K. Außerdem verleihe die enthaltene Kalziummenge der Petersilie eine mineralisierende Kraft, und das Verhältnis Kalzium – Phosphor, das bei fast allen anderen Gemüsen nur einen Wert von 1 oder 2 erreicht, gehe bei Petersilie bis zum Wert 4. «Außerdem ist es eines der wenigen Nahrungsmittel, das keinerlei Nebenwirkungen besitzt.»

Angesichts derartiger Gelehrsamkeit verebbte die Welle der Empörung, und die kritischen Stimmen verstummten ziemlich schnell. Manche erinnerten sich sogar an Argumente zugunsten der Petersilie, die Mme. Fedorowna in ihren Unterrichtsstunden zur diätetischen Umerziehung angeführt hatte. Nicht etwa, daß die Spanier diesen Unterricht freiwillig und mit Begeisterung besucht hätten, nein, gewöhnlich war es so, daß Mme. Fedorowna als gute Kennerin der einheimischen Mentalität die Spanier schon vorher in ein Gespräch verwickelte und sie dann mit ihrer mächtigen Erscheinung zwang, in den Vortragsraum mitzukommen. Dort gab sie Ratschläge zur Regeneration des Körpers, denen zufolge man auf 90 % dessen verzichten mußte, was die angenehme Erinnerung an spanische Gastronomie darstellte. Sie waren gewürzt mit einigen ergänzenden Phobien wie der vor süßem Kochschinken, einer industriellen toxischen Teufelei, gegen die sie seit Jahrzehnten einen harten und unnachgiebigen Kampf führte. Nach Mme. Fedorowna war dieser Schinken ebenso leicht zu verfälschen wie Mortadella; er war alles, nur kein Schinken, und allein die chemischen Farb- und Aromastoffe genügten schon, um den einzigen eventuellen Vorzug des Produktes, nämlich seinen niedrigen Kaloriengehalt gegenüber dem verdammungswürdigen Gebirgsschinken, zunichte zu machen. Das Gesicht von Mme. Fedorowna, wenn sie sich daranmachte, den Mythos vom Gebirgsschinken zu zerstören, verfolgte die Insassen bis in ihre Träume von Stangenbrot mit Schinken, das Brot mit Tomate eingerieben, wenn ein Katalane träumte, bei den übrigen Spaniern ohne Tomate. Das war es wohl, was sie Mme. Fedorowna am wenigsten verziehen. Sie hatten ihr sogar die Kritik an der Kartoffeltortilla abgenommen, die sie als eines der diätetischen Übel bezeichnete, das am meisten zum physischen Ruin der Spanier beigetragen habe. Den Männern war der diätetische Flohmarkt des Damenkränzchens nicht gleichgültig, aber ihr Interesse galt eher den Ereignissen in der Welt und in Spanien, und sie liebten es, ihre Meinung zu Personen und Dingen lautstark zu äußern. Es hagelte sarkastische Bemerkungen, sobald einer der regierenden Sozialisten auf dem Bildschirm erschien, und man hörte, wie der Mann im Trainingsanzug eher schrie als sagte: «Ich würde den sofort an die Wand stellen», als Marcelino Camacho auf dem Bildschirm erschien, der Generalsekretär der ‹Comisiones Obreras›[1]. Aber kein Ausruf und kein Kommentar reichten jemals an das heran, was der Baske im Oktober 1982 hier in eben diesem Salon gehört hatte. Als anläßlich des Wahlsieges der Sozialisten der zukünftige Vizepräsident Alfonso Guerra im Fernsehen auftrat, hatte eine große, dunkelhäutige Dame, die an Schmuck und Kleidung nur das Beste vom Besten trug, aufgeschrien: «Afghanistan! Afghanistan!», als fürchte sie, daß die sozialistische Administration zu einer Afghanisierung Spaniens führen könnte. Kaum waren die Worte gefallen: «Ich würde den sofort an die Wand stellen!», betrat der Schriftsteller Sánchez Bolín den Fernsehraum, weshalb gearg-

1 den Kommunisten nahestehende Gewerkschaft

wöhnt wurde, er hätte die Bemerkung vielleicht schon vor der Tür gehört, so daß selbst der Mann im Trainingsanzug nicht ruhig blieb; auch die unangebrachte Geschwätzigkeit des Basken half ihm nicht allzusehr, der sich bemühte, seine Zustimmung hinunterzuschlukken und zu widersprechen. «Also, ich wüßte nicht, warum man Marcelino Camacho an die Wand stellen sollte! Zuallererst würde ich die Arschlöcher an die Wand stellen, die uns dauernd die Steuern erhöhen!»

Jawohl. Genau. Sogar die Damen schlossen sich dieser Suche nach Feinden an, die höher lagen als der Sekretär der kommunistenfreundlichen Gewerkschaft, ohne daß Sánchez Bolín ihnen das in diesem oder im nächsten Leben diese Geste gedankt hätte – denn kaum hatte er festgestellt, daß er wenig Lust habe, sich einen Film von Rossellini anzusehen, nahm er seine ganze Taubheit, Kurzsichtigkeit und seinen Kommunismus wieder mit auf sein Zimmer. Er hinterließ eine peinliche und desillusionierte Situation und einen beunruhigten Oberst Villavicencio, dem die militärischen Befugnisse, die sich der Mann im Trainingsanzug angemaßt hatte, ein Dorn im Auge waren. Dieses Mißfallen behielt er für sich, bis die Fernsehsitzung vorbei war, rückte aber damit heraus, als er hinter seiner leichtfüßigen Gattin die Treppe hinaufstieg.

«Wen zum Teufel will diese Null an die Wand stellen! Der einzige, der hier befugt ist, irgendjemanden an die Wand zu stellen, bin ich!»

«Reg dich nicht auf, Ernesto, sonst geht dein Blutdruck wieder hoch!»

«Soll doch hochgehen, was will und wohin es will! Aber es kann nicht angehen, daß Zivilisten ihre Nase in Dinge hineinstecken, die sie nichts angehen, vor allem, wenn es sich dabei um Basken handelt – denen sollte man eigentlich verbieten, daß sie überhaupt den Mund aufmachen! Sie sind kannibalischer als die Kannibalen und töten, weil es ihnen Spaß macht, genau wie ihre idiotischen Sportarten.»

«Ernesto!»

«Was soll man denn von Typen halten, die sich königlich damit amüsieren, Bäume zu fällen oder Steine zu stemmen?»

«Ernesto!»

«Das soll er bloß nicht noch mal sagen, wenn ich dabei bin, sonst kann er was erleben, den kaufe ich mir!»

«Ernesto!»

«Der wird mich noch kennenlernen!»

Den ersten Tag hatte Carvalho damit verbracht, den Ort und die Leute kennenzulernen, obwohl er sich fragte, was er eigentlich hier wollte, ob er nur dem Rat seines Arztes gefolgt war oder ob ihn einfach der Mythos der Kurbäder angezogen hatte, Krankenhäuser ohne Mauern, wo der Tod in verschnörkelten Korbsesseln oder in alten, schmiedeeisernen ‹Liberty›-Stühlen sitzt, um die sich der Rost mit der weißen Farbe streitet. Aber dann kam der Tag der Darmreinigung und die beiden ersten Tage mit Gemüsebrühe und Fruchtsäften, und so etwas wie Depression trieb ihn in die Nähe des Telefons, er war drauf und dran, Biscuter, Charo oder Fuster anzurufen, tat es aber nicht, denn er war sich nicht sicher, ob er mit normaler Stimme sprechen könnte. Die Einsamkeit des Fastenden ist die schlimmste aller Einsamkeiten.

Später fühlte er sich eingefangen von der Routine der Klinik, der Erwartung des Wiegens, der Gymnastik und des Swimmingpools, und er vereinbarte sogar einen Termin mit dem Tennislehrer, um seine in den Vereinigten Staaten erworbenen Kenntnisse aufzufrischen. Der Lehrer war ein alter und bedächtiger, schlanker Deutscher, der sich darum bemühte, daß Carvalho die Schläge wieder erlernte, aber bitte mit Eleganz. Er führte ihm eigenhändig den Arm und brachte seine Füße mit leichten Tritten in die richtige Stellung.

«Wir spielen hier Tennis, nicht Squash, und auch kein Pingpong! Wenn Sie viel laufen, werden Sie den Ball zwar zurückschlagen können, aber ohne Eleganz. Und wenn Sie ohne Eleganz spielen, wird man Sie nicht auf die besten Tennisplätze einladen.» Carvalho hatte keine Zeit, um verblüfft zu sein. Er befolgte alle Ratschläge von Trottas und hatte nach drei Tagen Übung einen Drive, wie ihn Nurejew nicht besser gehabt hätte, und schlug die Bälle mit der Kraft eines Rod Laver, aber mit der Eleganz von Margot Fonteyn zurück. Dafür schmetterte er wie ein Killer, wie der Lehrer ihm mitteilte.

«Was Sie da machen, das sind keine Tennisaufschläge, sondern Mordanschläge. Denken Sie daran, daß Sie nie auf die besten Tennisplätze eingeladen werden, wenn Sie ohne Eleganz spielen!» «McEnroe spielt ohne Eleganz und wird trotzdem auf die besten Plätze eingeladen!»

«Das ist kein Tennisspieler sondern ein unerfahrener Rowdy, der in einer Zeit Erfolg hat, in der die größten Stilisten verschwunden sind.»

Von Trotta tanzte das Tennis, als sei es die *‹Invitation à une valse›*. Er war untröstlich, wenn er mit den massigen Managern aus Köln oder Düsseldorf spielen mußte, die sich vorgenommen hatten, ihn mit Bällen abzuschießen, und sich bemühten, jede Tennisstunde in das Endspiel von Forest Hill zu verwandeln. Dafür freute er sich über das Spiel von Sullivan – sehr elegant, vielleicht etwas schwach, aber elegant.

Nach dem Tennis kam die Unterwassermassage, das Eintauchen in das warme Wasser der Wanne und der Arm einer Krankenschwester, die einen Schlauch wie einen Elefantenrüssel hielt. Daraus schoß ein Hochdruckstrahl, dessen Aufprall durch das Wasser in der Wanne gemildert wurde. Der Strahl attackierte Carvalhos Fettpolster wie ein gereiztes Frettchen, und Carvalho wunderte sich, daß sich die Fluten nicht mit losgerissenen Fleischfetzen füllten. Nach der Massage lag man entspannt im Wasser, dem Rat folgend, nicht aufzuspringen, sondern langsam aufzustehen, andernfalls drohe ein Kreislaufkollaps. Bei einem dieser entspannenden Bäder hörte er durch die angelehnte Verbindungstür zum benachbarten Massageraum einen heftigen Wortwechsel zwischen zwei Frauen. Zuerst erkannte er die Stimme von Mme. Federowna und dann sah er durch den Türspalt, wie Mrs. Simpson vorbeiging und sich zurückzog. Sie hatten weder Englisch noch Deutsch gesprochen, sondern Russisch. Ein neues Talent, das dem Gesamtbild der alles niederwalzenden Mrs. Simpson hinzugefügt werden mußte. Irgendein Umstand des Gespräches rumorte in seinem Gedächtnis wie ein lästiges Geräusch, etwas, das nicht ins Bild gepaßt hatte, und nach einiger Zeit wurde ihm bewußt, daß ihn der strafende Ton von Mme. Fedorowna und die schrille Verteidigung der alten Sportlerin überrascht hatten. Wenn die Beziehungen innerhalb der Kurklinik ein hervorstechendes Merkmal hatten, dann war es die Korrektheit der Umgangsformen, die Voraussetzung, daß keiner den anderen von irgend etwas überzeugen mußte und niemand irgendwelche Erklärungen schuldig war. Selbst wenn Frau Helda beim Wiegen durch einen plötzlichen Gewichtsanstieg zu dem Schluß kommen konnte, daß der Patient gegen die Vorschriften verstoßen hatte, kam keine Strafpredigt über ihre Lippen, sondern lediglich der Vorschlag, anderthalb Liter Maishaartee zu trinken, ein Diurethikum, das das im Organismus angesammelte Wasser austreiben würde. Es war undenkbar, daß Mrs. Simpson gegen irgendeine Norm derart verstoßen hätte, so daß Mme. Fedorowna zornig geworden wäre, es sei denn, sie wäre dabei ertappt worden, wie sie süßen gekochten Schinken verzehrt oder eine Kartoffeltortilla in die Klinik eingeschmuggelt hätte. Abgesehen davon blieb das Verhalten der alten

Amerikanerin unverändert, eine permanente zur Schaustellung der siebenten Jugend, in der sie sich befand, sowohl in der Sporthalle wie im Swimmingpool, oder bei der einfachen Übung, schwerelos wie eine Ballerina einherzuschweben, die soeben im Scheinwerferlicht der besten Filme von Stanley Donen zu einem Rendezvous mit Gene Kelly eilt.

Carvalho nutzte die Massagen, um sich mit den Masseurinnen zu unterhalten, bis er an eine Mauer von Diskretion stieß, die das Privatleben der Klinik umgab. Carvalho war neugierig auf die menschlichen Einzelheiten der Firma *Faber und Faber*, und die Masseurin sagte ihm, es seien zwei Brüder um die 60, die nur zweimal jährlich die Klinik besuchten und sonst nur bei außergewöhnlichen Vorkommnissen.

«Was heißt außergewöhnlich?»

Einbruchsversuche. Besonders einer, bei dem ein Lieferwagen auf das Gelände vorgedrungen war. Glücklicherweise war er von einem Patienten mit Schlafstörungen entdeckt worden, der im Park spazierenging. Als er sich genähert hatte, war der Lieferwagen weggefahren. Es mußte ein sehr umfangreicher Raub geplant worden sein, wenn ein Lieferwagen erforderlich war, und es wurde sogar spekuliert, daß das Archiv der Kurklinik geraubt werden sollte, und zwar im Auftrag einer Gruppe von Finanzleuten, die den Aufbau eines gleichartigen Unternehmens geplant hatte. Die Küchenrezepte sind alle geheim, teilte ihm die Masseurin mit gesenkter Stimme mit. Welche Rezepte? Alle, von der Fastensuppe bis zu den verschiedenen kalorienarmen und kalorienreichen Diätgerichten. Der Mythos von Schlankheit und natürlicher Ernährung hatte sich sogar des Personals bemächtigt, nicht der Arbeiter, die ihren traditionellen Gerichten treu blieben, aber der einheimischen Angestellten, die sogar von Zeit zu Zeit fasteten, nicht aus Solidarität mit den Insassen, sondern um den Segen der Entgiftung zu genießen und dadurch den Erfahrungen der Klienten näher zu sein. Dieser Glaube wurde durch das Niveau der Durchschnittsklienten gefördert, ebenso durch die vereinzelten Besuche bedeutender Gestalten aus dem ‹Gold Gotha›, der Aristokratie des Geldes und der Intelligenz. Zum Beispiel wurde dauernd gemunkelt, Christina Onassis werde demnächst eintreffen, und manchmal kam sie sogar. Ein anderer Stammgast war Orson Welles, und man erinnerte sich sogar an einen Aufenthalt von Audrey Hepburn, die ein paar Kilo zunehmen wollte, um das Problem zu lösen, daß sie nicht hineinpaßte in ein Kino, wo der menschliche Körper mehr denn je bestimmten Standards leicht verdaulicher Schönheit zu entsprechen hatte. Unvergeßlich war die Erinnerung an die Ankunft eines arabischen Scheichs mit seinem ganzen Harem und an die Schwierigkeiten des Managers, einen Gebäudetrakt ausschließlich für die Frauen des Scheichs zur Verfügung zu stellen. Der Sarazenenprinz war ein Gelehrter auf den Spuren des Islam in Spanien. Er wußte, daß seine Vorfahren an diesem Ort ihre reinigenden Bäder genommen hatten, und der Anblick des orientalisch anmutenden Äußeren des erhaltenen Pavillons hatte ihn so bewegt, daß er versprochen hatte, eine gewisse Summe eigens zu dem Zweck zu spenden, daß auf der westlichen Anhöhe eine Moschee gebaut würde, mit Blick auf Bolinches und das Mittelmeer, hoch über dem sanften Wasserfall des Río Sangre, dem ‹Salto del Niño Moro›.

«Ist Mrs. Simpson ein Stammgast?»

«Sie ist jetzt zum viertenmal hier, seit ich hier arbeite.»

«Sie ist sehr eigenwillig.»

«Ja, sehr.»

«Für ihr Alter ist sie beneidenswert vital.»

«Da haben Sie recht. Diese Frau hält sich überdurchschnittlich gut. Sie sagte mir, daß sie jeden Tag eine Stunde lang Gymnastik treibt, und ich kann mich schon nach einer Viertelstunde kaum noch auf den Beinen halten.»

«Wird sie oft unverschämt?»

«Unsere Klienten werden niemals unverschämt, mein Herr», antwortete die Masseurin auf Carvalhos unverschämte Frage. Er lag auf dem Bauch. Sein Körper gehörte den energischen und aseptischen Handbewegungen des Mädchens, und sein Gehirn widmete sich teils der Neugier auf alles, was an diesem Ort vor sich ging, und teils einem neuen Genuß, der besser als alles andere die Wahrheit des Slogans verdeutlichte, der die ganze Atmosphäre der Kurklinik prägte: «Der eigene Körper ist der beste Freund des Menschen.» Carvalho entdeckte seinen Körper neu. Er beobachtete ihn tatsächlich aufmerksam vom Aufstehen bis zum Schlafengehen. Kaum hatten seine Füße den Boden berührt, ging er zum Urinieren, um durch das Abschlagen der nächtlichen Wassermassen bei der zweiten Station des narzißtischen Kreuzweges weniger Gewicht auf die Waage zu bringen. Die Gymnastik oder die Kasteiung des sündigen Körpers. Die Sauna, die ihm das überflüssige Wasser entzog und die Poren öffnete, damit die akkumulierten Giftstoffe der vielen eisgekühlten ‹orujos› und der Orgien mit ‹Confit d'Oie›, die er zu vorgerückter Stunde mit seinem Steuerberater Fuster gefeiert hatte, ausgeschieden werden konnten, sowie die Rückstände aus den regelmäßigen Mahlzeiten des häßlichen, kleinen Biscuter, die ihm dieser mit dem Eifer einer nährenden Mutter dauernd anbot und auf seinem Schreibtisch im Büro aufbaute wie Opfergaben für einen Furcht und Schrecken verbreitenden Gott des Hungers. Carvalho betrachtete seinen Körper nach jeder aufbauenen Erfahrung im Spiegel des Badezimmers. Aber keine war so sehr geeignet, das Gefühl dafür zu vermitteln, was sein Körper ist und was er nicht ist, wie die manuelle Massage, bei der die Hände des Experten Fettpolster und Mängel anprangern, die Schlaffheit des Vorgefundenen und die verlorene Festigkeit der Muskeln. Nach anfänglichen Depressionen durchströmte eine seltsame Euphorie die Adern, die zum Teil dem Entschlackungsprozeß zu verdanken war, aber zum Teil auch der Wäsche des vergifteten Gehirns, das wie ein gefräßiges und stets durstiges Tier programmiert war. Es war wie die beseelte Reinheit eines Geistes, der durch spirituelle Übungen aufgebaut worden war, eine Reinheit, die erst vollkommen werden würde durch einen Kniefall vor Gott, und die Bitte um Vergebung aller begangenen Sünden. Wann würde der Moment kommen, in dem er, vor der Herrlichkeit des Sangretales kniend, die Götter der richtigen Ernährung um Vergebung bitten würde – er, Pepe Carvalho, vergiftet von ‹Bacalao al pil-pil›, jungen Bohnenkernen mit Venusmuscheln, Kartoffeln mit Chorizo ‹a la riojana›, Brioches mit Foie-gras und Knochenmark, Reis mit Sepiatinte, Tomatenweißbrot – Verführerin zu zahlreichen außerplanmäßigen Imbissen – Stockfischreis, Seehechtpudding und Miesmuscheln in Weinsauce – der neuesten Spezialität, mit der Biscuter noch seine Schwierigkeiten hatte. Wenn er zurückblickte, stand er vor der Notwendigkeit, einen See eisgekühlten ‹orujos› zu überqueren und dann einen Fluß von Weißwein hinaufzuschwimmen. Seine Besessenheit von bestimmten Anbaugebieten hatte sich periodisch verändert und ihn schließlich zu einem Verehrer des Marqués de Griñón werden lassen; dabei wußte er nicht, ob dies der unbezweifelbaren Qualität des Weines zuzuschreiben war oder ob sich nicht dahinter ein tangentialer Annäherungsversuch an die Frau Marquesa verbarg, Isabel Preysler, eine philippische Lou von Salomé. Hatte ihre Vorgängerin Nietzsche, Rilke und Freud in ihre Sammlung eingereiht, so übertrug sie jene ruhmreiche Triade in postmoderne Zeiten und machte daraus Julio Iglesias, den Marqués de Griñón und einen Wirtschaftsminister, der ihretwegen seine Familie und die Kontrolle über den Staatshaushalt im Stich ließ. Das Kapitel der Rotweine wollte er übergehen, jener Rotweine, die er auf einem dunklen Hintergrund von Blut sah. Blutig. Wie blutig und ruiniert mußte seine Leber nach dieser jahrelangen Mißhandlung sein! Der eigene Körper ist der beste Freund des Menschen, hörte er sich selbst sagen, nicht ohne Besorgnis, denn trotz der offensichtlichen Freude über sein Wohlverhalten, das Fasten und das körperliche Training sagte ihm irgend etwas, daß die neurotischen Dämonen Hunger und Durst nur an einen nicht näher zu bestimmenden Ort seines Gehirnes verbannt waren und dort auf der Lauer lagen. Diese Botschaft gefiel ihm. *Noch mehr!* sagte Carvalho vor dem Spiegel zu sich selbst. Sein Oberkörper war nackt und sein Finger deutete auf die Stelle, wo sich etwa die Leber befinden mußte.

«Von mir aus kannst du platzen, du Dreckstück!»

Obwohl er nur ein Relikt war, hätte man meinen können, der maurische Tempel des Schlammes gebe dem ganzen Komplex der Kurklinik seinen eigentlichen Sinn. Er war seine Geschichte, sein uraltes Gedächtnis, und gleichzeitig befand er sich im hypothetischen Mittelpunkt des Kreises, von dem die Segmente ausgingen, die dann den Umfang der modernen Hauptgebäude bestimmten. Tagsüber strahlte die blendend weiß gekalkte Fassade im Sonnenlicht; bei Nacht, wenn der Mond schien, bot er seine ganze Leuchtkraft auf, um die gespenstische Silhouette eines Gebäudes zu verschönen, das die Seele einer Ruine hatte. Die Klinikpatienten gelangten zu ihm hinunter über einen ab und zu von Stufen unterbrochenen Weg, der zu seinem schmiedeeisernen Haupttor führte. Die Patienten aus dem Ort betraten ihn durch eine Hintertür, durch die man andererseits auch die Südpforte des Parks erreichen konnte und dann vor einer der wasserreichsten Schluchten stand, die den Sangre speisen. Sobald man durch das schmiedeeiserne Haupttor eingetreten war, stand man vor dem Brunnen, einer Imitation des Löwenbrunnens der Alhambra, gekrönt von einer kleinen Skulptur, die in früheren Zeiten kontinuierlich heißes, schwefeliges Wasser geliefert hatte. Heute wurde es durch einen Wasserhahn dosiert, um sein fortschreitendes Versiegen aufzuhalten. Blattförmige Stuckornamente an Säulen und Decken, Kacheln, an hohen, restaurierten Kapitellen, zu beiden Seiten eine lehmziegelüberwölbte Galerie, rechts für Frauen, links für Männer. Flure mit Bänken aus gekacheltem Zement, deren Türen zu den Fangokabinen führten, kleinen Räumen von fünf Quadratmetern, in denen es eine Zementbank mit Matratze gab und offene Tröge, in denen das schwefelige Wasser zirkulierte. Damit wurde das antirheumatische Pulver deutscher Herkunft zu Schlamm angerührt. Spärliche Beleuchtung, Schwefelgeruch, einheimische Masseure in verwaschenen Unterhemden und kurzen Hosen, die wie Unterhosen aussahen. Bei diesen Masseuren war nichts von der Durchdrungenheit vorgegebener Formalitäten zu verspüren, die man von einem modernen Masseur erwarten kann. Es waren alte Praktiker, die mit großen Händen den Schlamm auf die schmerzenden Stellen des Patienten klatschten und ihn in schwefelgelbe Laken hüllten, um ihn zu einer mit eigenen Exkrementen eingehüllten Mumie zu machen. Der Schlamm besitzt die Konsistenz der schwefligen Scheiße der Erde, und in seiner hingestreckten, in Leichentücher gehüllten Position glaubt der Patient zu fühlen, wie ein seltsamer Dünger in seinen Körper eindringt, über ihm das von Feuchtigkeit tropfende Gewölbe und auf den Augen den Druck spärlichen Lichts, das Menschen und Dinge wie Silhouetten im Fegefeuer erscheinen ließ. In der Hingabe des Körpers an den Schlamm lag etwas von dem Glauben an die Existenz von Dingen, die wir nicht sehen können, und die Wiederherstellung eines Kontaktes mit Gut und Böse in der Verbindung mit der Erde selbst. Es war der Lehm, der Ur-Lehm, aus dem wir, wie die Heilige Schrift sagt, gemacht sind, der kam, um das Zipperlein zu kurieren und den Rost aus den Gelenken des Körpers zu kratzen.

Aber Carvalho war noch kein Rheumatiker und hatte sich etwas ganz anderes vorgestellt. Schlammbad hieß für ihn, in einen Schlammteich einzutauchen, der geradewegs aus den Eingeweiden eines erloschenen Vulkans stammt. Dieses Erlebnis reduzierte sich nun darauf, von einem einheimischen Maurer mit Lehm beworfen zu werden, dem nur noch die Kelle fehlte, um mit routinierter Hand eine Mauer aus Rheumatikern und Gichtkranken hochzuziehen, eine Mauer aus Fleisch, die dann verputzt wurde, um mit dem Strahl aus einem Schlauch gesäubert und wieder zu sauberen Nackten gemacht zu werden, eher matt als glänzend in der gelben Atmosphäre jener Katakomben. Überall das Geräusch von kontrolliertem oder unkontrolliertem Wasser, dazu das Gefühl, daß das unkontrollierte Wasser von weit her kam und, verborgen vor den Barbaren aus dem Norden, die es gefaßt und verändert hatten, um es der Gesundheitsindustrie anzupassen, in ein zweites Leben des alten Kurbades mündete. Es bestand keine exakte Übereinstimmung zwischen dem äußeren Umfang des Pavillons und den genutzten Räumen, woraus Carvalho schloß, daß es unbenutzte Räume geben mußte.

«Es gibt eine kurze, zugemauerte Galerie und eine Treppe zu einem Kellergeschoß, das nicht benutzt wird. Genau dort kommt das schwefelhaltige Wasser aus dem Berg und es heißt, es gebe einen offenen Stollen, der ziemlich weit in den Cerro del Algarrobo hineinführt. Er heißt Cerro del Algarrobo, der ‹Berg des Johannisbrotbaumes›, aber nicht, weil es dort nur einen davon gibt, er ist ziemlich voll davon.»

Der einheimische Masseur mißtraute jedem, der aus der neuen Kurklinik kam und das Wagnis unternommen hatte, zu einem Nebengebäude herabzusteigen, das die ausländischen Klienten normalerweise eher als Teil der Landschaft betrachteten denn als ein Mittel zur Heilung. Andererseits bewegte er sich mit natürlicher Selbstverständlichkeit unter den meist in Schlafröcke gehüllten Alten, die warteten, bis sie an der Reihe waren. Er war ein Meister der Friseurladengespräche und wirkte wie eine Mischung aus Maurer, Friseur und Schafscherer nach Feierabend, dieser Masseur, der Carvalho behandelt hatte, war ein Relikt einer alten Methode, die Heilkräfte der Erde auszubeuten. Die Patienten der neuen Kurklinik traten bei den Gesprächen fast nie in Erscheinung, weder als Gesprächspartner noch als Thema, beinahe so, als seien sie gar nicht vorhanden. Die Zahl derer, die im alten Pavillon Schlammbäder nehmen wollten, war klein, meistens näherten sie sich ihm nur, betrachteten ihn, als seien sie soeben einem Reisebus entstiegen, der sie auf eine Tagesrundfahrt zu den archäologischen und geographischen Sehenswürdigkeiten mitgenommen hatte. Deshalb überraschte es Carvalho, Mrs. Simpson zu sehen, die in einem gesteppten Nylonmorgenmantel und auf den kräftigen, hohen Absätzen von quastenverzierten Pantoffeln auf die Damengalerie zusteuerte. Die munteren Rufe, die die Amerikanerin zur Begrüßung ausstieß, durchbrachen jede Logik des Pavillons; die Friseurladengespräche verstummten, die männlichen und weiblichen Masseure erstarrten, und jede Mumie auf ihrer Liege war sich dessen bewußt, daß gerade ein unerwarteter Besuch in der Absicht, sich bemerkbar zu machen, aufgetaucht war. Die meisten Eingeborenen hielten lautes Rufen für unpassend bei einer Dame, vor allem, wenn sie so gut betucht war. «Wenn das Geld nicht wenigstens für gute Manieren sorgt, wozu ist es dann gut?» – «Na, um sich einen schönen Lenz zu machen, wie die dort oben.» – «Was heißt hier einen schönen Lenz? Die werden dort schlechter behandelt als meine Schweine! Sie kriegen nicht mal

Johannisbrot. Jeden Mittag bekommen sie etwas Abwaschwasser und am Abend einen Obstsaft und müssen dafür bezahlen wie Rockefeller. Und das alles nur, weil es ihnen zu gut geht! Die würde ich hinstellen und Autobahnen bauen lassen, dann würden die Wehwehchen ganz schnell vergehen! Ich würde sie aus den Büros holen und Straßen bauen lassen, dann würden sie die anderen weniger schikanieren und brauchten keine Diät zu machen.» Dieses Gespräch hörte Carvalho mit, als er gerade in sein Leichentuch aus Schlamm gehüllt worden war. Zum erstenmal seit langen Jahren fühlte er sich einer Gruppe zugerechnet, er, der immer so stolz darauf war, ein Grenzgänger zu sein, ein Außenseiter, der die Grenzen aller abgesteckten Jagdgebiete klassifizierbaren Verhaltens mißachtete. Für die Stammgäste in der Katakombe gab es keinen Unterschied zwischen ihm und General Delvaux, den deutschen Schwestern oder dem Großgrundbesitzer Sullivan, den katalanischen Vertretern oder den deutschen Managern, die jeden Morgen versuchten, den armen von Trotta mit ihren Bällen zu durchlöchern. Hatten sie nicht recht? Er besaß nicht ihr Geld, aber er spielte das Spiel mit. Sowohl der Form als auch dem Ziel nach – er versuchte, mit Würde zu altern, indem er sich das Altwerden eines Reichen finanzierte oder zumindest die Angst vor Altersschwäche und Tod mit Kurbadspielen vertrieb.

«Ich wollte nicht mit denen tauschen.»

«Sie wissen nicht, was Sie da sagen! Diesen Leuten geht es hier 14, 20 oder 30 Tage lang schlecht, und nicht mal so schlecht, denn sie tun etwas für ihre Gesundheit, wie sie sagen. Aber dann kommen sie aus der Klinik und leben genau wie vorher, sind genau wie vorher und genauso reich wie vorher.»

Auch er würde wieder er selbst sein, zu seiner aufgeschobenen Realität zurückkehren, zu der fortschreitenden Melancholie Charos mit ihren beiden kaputten, lebenswichtigen Spielzeugen, ihrem Beruf und ihrer Beziehung mit Carvalho, und zu Biscuter. Er würde Biscuter umerziehen müssen und ihm kalorienarme Küche beibringen.

«Tun Sie etwas für Ihre Gesundheit, Chef! Ich studiere in der Zwischenzeit ein Buch, das ich mir gekauft habe, mit Rezepten, die für den Körper gut sind.»

«Übertreib nicht, Biscuter! Man darf ihnen nicht zu weit nachgeben!»

«Wem?»

«Wem? Denen!» hatte Carvalho zur Antwort gegeben und es Biscuter überlassen, die Feinde unter dem Rest der Menschheit herauszufinden. Während der Autofahrt zum Sangretal hatte er mit sich selbst über die Folgerichtigkeit seines Verhaltens gestritten. Er hatte Angst vor einem hilflosen, langen und bettlägerigen Alter, investierte jedoch einen Teil seiner Ersparnisse in eine zukünftige Altersqualität – eine Investition, die ihm keiner danken würde, nicht einmal er selbst. Fast alle Leute in der Kurklinik glaubten an ihre eigene Gesundheit, ja sogar an deren soziale Nützlichkeit, und hielten für stilvoll, ihren Kindern stets eine stattliche Erscheinung zu bieten. Das war das einzige, was sie erschreckte, was sie tief bewegte: Die Furcht vor einem möglichen Verrat ihrer eigenen Biologie. «Irgendwann bringe ich mal einen Kochtopf mit und mache einen pikanten Reis mit Schnecken und Kaninchen, direkt neben dem Park der Kurklinik. Dann werden sich diese verhungerten Gestalten ärgern!» Carvalho stand im Morgenrock vor der halbgeöffneten Tür und betrachtete das rachsüchtige Männchen, das auf seine Fangopackung wartete.

«Schon der Geruch wird sie verrückt machen.»

«Sie werden es nicht zulassen, daß du das machst!»

«Wer soll mir denn verbieten, im Wald meinen Reis mit Kaninchen zu kochen?»

«Ich. Wie macht man denn diesen Reis, Señor Luis?»

«Also, das ist das einfachste der Welt. Ein ‹sofrito›[1] mit allem, was dazugehört, Kaninchen, kleingehackte Chilischoten, Knoblauch und grünen Pfeffer, dazu die vorgekochten Schnecken, wenn der Reis halb gar ist, damit sie schön ganz bleiben.»

«Aber Paprika stößt mir immer auf.»

«Dann nimmst du eben Safran, Mensch, auf diese Kleinigkeit kommt es nicht an.»

«Und was mache ich gegen die Gicht?»

«Aha, gegen die Gicht. Vor dem Reis Primperán und nach dem Reis Natronpulver. So mache ich es immer, seit ich die Gicht habe, und ich hab mir schon manchen pikanten Reis zwischen die Kinnladen geschoben.»

«Und dann auf zum Fango, weil Sie sich kaum mehr auf den Beinen halten können!»

«Ich steh so fest auf den Beinen wie eh und je. Die Schlammbäder nehme ich, weil das schon mein Vater und mein Großvater getan haben... Das machen hier alle schon seit Römerzeiten so, und nicht

1 eine Art Tomatensauce

nur wegen des Rheumas, das gab es früher noch nicht so häufig wie heute.»

«Was Sie nicht alles wissen!»

«Das Rheuma ist eine moderne Geschichte, das habe ich in einem Buch gelesen. Früher starben die Leute an einem Axthieb, oder weil sie zu viel oder zu wenig zu essen hatten, aber sie hatten nicht so viele Wehwehchen wie heute.»

Sie erkannten Carvalho als einen aus der Kurklinik, grüßten ihn höflich und fogten ihm mit neugierigen Blicken. Carvalho blieb bei dem alten Männchen stehen, der im Warteraum saß, eine kleine Säule aus zerbrechlichen Knochen mit dem Kopf eines gerupften Vogels.

«Verzeihen Sie, aber ich habe Ihr Rezept für den pikanten Reis mit Kaninchen gehört und möchte gern wissen, ob Paprika dazugehört oder nicht.»

«Es ist ein ganz bescheidener Reis, keine große Sache.»

Der Alte lachte mit geschlossenen Augen, um seinen Verdacht zu verbergen, daß seine kritischen Äußerungen gehört worden waren. «Natürlich können Sie Paprika dazugeben, und wenn die Schoten gebraten und abgezogen sind, um so besser, Sie können grüne oder rote nehmen. Irgendein Gemüse dazu, am besten junge Bohnen, von den dicken, die etwas rauher schmecken.»

«Sie wissen, was gut ist, Großväterchen!»

«Beim Essen machen mir nicht mal die Franzosen etwas vor, und die sollen ja die besten Köche sein!»

Carvalho hob die Hand zum Abschied, aber der Alte hielt ihn mit einem Zuruf auf. «Junger Mann, wenn der Reis richtig gut werden soll, daß man sich danach die Finger leckt, dann braten Sie die Kaninchenleber und hacken sie zusammen mit dem Knoblauch und den Chilischoten.» Dabei zwinkerte er ihm zu.

«Du alter Fuchs! Die Geheimtips behältst du immer für dich, und bei den Fremden läßt du die Katze aus dem Sack!»

«Der war in Ordnung. Der ißt gerne gut!»

Carvalho trat an den Brunnen mit dem schwefelhaltigen Wasser, und blieb genau vor Mrs. Simpson stehen, die ganz entrückt irgend etwas betrachtete, das nur sie allein sah.

«Dieses Wasser ist so alt wie die Welt, Mrs. Simpson.» Die Alte schaute auf, wahrscheinlich überrascht über das eher amerikanische als kontinentale Englisch, in dem Carvalho sie angesprochen hatte. Ein nichtssagendes Gesicht mit einem Make-up, das ohne Zweifel genau auf Fangopackungen abgestimmt war. Ein schreckliches Gesicht, es sah aus wie eine Landkarte von Katastrophen, bedeckt von einer tristen weißen Creme. Mit einer ebenso liebenswürdigen wie kühlen Stimme sagte sie: «Die Welt hat vor vierzig Jahren aufgehört, mich zu interessieren.»

Endlich, am Rande des Swimmingpools, wagte Oberst Villavicencio General Delvaux die Enthüllung zu machen, daß er der Armee angehörte, nun ja, angehört hatte, «obwohl, Herr General, Sie wissen ja, das Bewußtsein der Armee ist universell, ein Militär ist und bleibt ein Militär, solange er lebt».

Die Tatsache, daß er es ihm enthüllte, hatte nicht direkt zur Folge, daß der andere es ihm auch sofort abnahm. Es schien so, er lächelte, aber schon ging er zur Treppe, um seine täglichen Unterwasserübungen zu absolvieren als Duñabeitia erklärte, daß Delvaux wegen des äußerst mangelhaften Französisch des Oberst kein Wort verstanden habe, und sich dann als Dolmetscher anbot. Delvaux hörte aufmerksam zu, trat dann einen Schritt zurück und rief aus: *«C'est extraordinaire!»*

Villavicencio salutierte seinerseits militärisch, obwohl alle beide nur ihre Badehose anhatten, und dann drückte er ihm herzlich die Hand, verlegen, weil das Geheimnis nun gelüftet war, aber mit innerer Befriedigung.

«C'est extraordinaire!» sagte der Belgier, zu seiner Frau gewandt, einer schwächlichen, farblosen Rothaarigen, die Villavicencio betrachtete, als könne sie es nicht begreifen, daß er ein Militär sein sollte.

«Zu Befehl, Herr General! Ich betrachte mich immer noch als im Dienst, trotz meiner Demission, zu der ich durch Umstände gezwungen war, die meine vaterländische Gesinnung auf eine harte Probe stellten.»

Diesmal verhielt sich der Baske nicht korrekt und hinterging Villavicencios Vertrauen, indem er Delvaux sagte, dieser habe den Dienst quittiert, weil ihm die Sozialisten in Anwendung des Unvereinbarkeitsparagraphen seine Viehfutterfabrik wegnehmen wollten. Delvaux fand die Angelegenheit immer noch außergewöhnlich, grüßte vage und ging zum Swimmingpool, während Duñabeitia von Villavicencio mit Fragen bestürmt wurde.

«Was hast du ihm da von Unvereinbarkeiten gesagt? Du siehst, ich habe dich verstanden!»

«Ich sagte ihm, daß du und die Sozialisten unvereinbar seid. Weil du das so verdreht ausgedrückt hast, Mann, daß er es gar nicht verstehen konnte!»

«Wir Militärs haben die Gewohnheit, uns verschlüsselt auszudrücken.»

«Aber die Belgier verwenden nicht denselben Code wie wir in Spanien.»

«Die verschlüsselte Ausdrucksweise ist ein Code in sich selbst.»

«Menschenskind, ich habe getan, was ich konnte.»

«Dir traue ich nicht über den Weg. Hier übersetzt du meine Worte, wie es dir gerade paßt, und dort im Baskenland knallst du mich ab, wenn du mich erwischst.»

Doña Solitas Versuch, diese Bemerkung zu verbieten, kam zu spät; ihre einfache Geste, mit dem Stricken aufzuhören und einen Finger an die Lippen zu legen. Der Baske schien den Vorwurf überhört zu haben, denn er warf sich bäuchlings auf die Liege, um die Schweizerin zu betrachten, die sich auf den Rasen gelegt hatte und ihre Brüste sonnte. Neben ihr lag ihr melancholischer Ehemann.

Villavicencio verbreitete sich weiter darüber, wie interessant ein Austausch von Meinungen und strategischen Informationen mit dem Belgier wäre, «aber nicht mit dem da als Dolmetscher, der geht nachher her und erzählt alles brühwarm denen von der ETA.»

«Halten Sie den Mund, Oberst, und lassen Sie mich dieses Wunder anschauen. Und Sie, Señora Solita, entschuldigen Sie, aber es gibt Dinge, denen man einfach nicht widerstehen kann.»

«Schauen Sie ruhig, junger Mann, schauen Sie genau hin, denn dazu ist man jung und wir Frauen haben es im Grunde gern, wenn man uns anschaut.»

Der Baske hatte eine keltiberische Reaktion von Seiten des Obersts erwartet, aber er stellte wieder einmal fest, daß dieser, wenn Doña Solita ihr Urteil gesprochen hatte, im Geist die Hacken zusammenschlug, als sei es ein Befehl von einem Vorgesetzten – außerdem wagte es der Militär nicht in Gegenwart seiner Frau, die Schweizerin anzustarren, er tat es nur verstohlen und mit einer Miene, die ausdrücken sollte, so wild sei es ja nun auch nicht – dabei glühten seine Augen und der Schnurrbart zitterte über einem Mund, der nicht wußte, wohin mit dem ganzen Speichel, der sich dort ansammelte. Man hatte drei Ausblicke zur Wahl: die Pflanzen, die Stalagmiten der Mineralwasserflaschen, die überall wuchsen, und die Schweizerin. Östlich von Helen röteten sich die deutschen Schwestern in der Sonne, in drei enganliegenden schwarzen Badeanzügen, erinnerten sie an Dominosteine von hinten. Im Westen lag eine gut sortierte Auswahl europäischer Frauen, die ihre Brüste der Sonne darboten; Brüste wie Spiegeleier oder Birnen in Sirup oder eingeschrumpfte Punchingbälle. Die Spiegeleierbusen sahen aus wie diese Eier vom Backblech, die es in Cafeterias gibt – Eier, bei denen das Eiweiß mit einer gewissen traurigen Schlaffheit koaguliert und der Dotter dem anachronistischen Fluch des ‹Alles oder Nichts› zum Opfer fällt: entweder er schwabbelt, weil er zu roh ist, oder er hat durch das lange Garen seinen Aggregatszustand verändert. Die Birnenbrüste brauchten anscheinend das Netzwerk blauer Adern, um der Versuchung des Verfalls zu widerstehen, da ihre innere Festigkeit der Verschwörung der Drüsen zum Opfer gefallen war, und sobald sich die Besitzerin des Birnbaums in die Sonne legte, sahen ihre Brüste aus wie das mißratene Werk eines Konditors, wie Puddinge, bei denen sich die Milch nicht richtig mit dem Biskuit verbunden hatte. Und was die Brüste anging, die wie ein geschrumpfter Punchingball aussahen – sie wurden in der Hoffnung auf ein Wunder der Wärme und des Frühlings der Sonne ausgesetzt. Der Baske hatte die Idee, daß sie, wenn man die Lippen an die Brustwarzen legen und blasen würde, wieder das würden, was sie einmal gewesen waren, und auf den Gesichtern der aufgereihten Sonnenbadenden würde sich ein zufriedenes und dankbares Lächeln ausbreiten, ohne daß sie das Bedürfnis hatten, die Augen aufzuschlagen und nachzusehen, wer der begnadete Bläser war. Dann teilte der Baske die Männerbäuche, die sich der Sonne entgegenreckten, ebenfalls in Grundkategorien ein: der Gurkenbauch eines männlichen Schwangeren in der Horizontale, der Hängebauch auf der Jagd nach den eigenen Hoden und die Stahlkammer, in die alles hineinpaßt. Doña Solita lachte über die Klassifikationen des Basken, die, als er sie der spanischen Kolonie von Schlankheitsjüngern und Darmgereinigten anbot, passend zurechtgestutzt waren. «Nein, was für amüsante Dinge der Junge erzählt! Erklären Sie es mir näher, sonst sterbe ich vor Lachen!»

«Also gut, meine Theorien über die Brüste lassen wir mal beiseite, denn es sind Damen anwesend, und sicherlich gut ausgestattete – und konzentrieren wir uns auf die Männerbäuche. Ich würde sagen, der unangenehmste ist die schwangere horizontale Gurke, denn der Betrachter hat den Eindruck, daß die Entbindung jeden Moment erfolgen kann, und zwar explosionsartig. Er ist der aggressivste Bauch. Dann kommt der Hängebauch, der wie eine Gletschermoräne aussieht, die alles vor sich herschiebt. Er ist der häßlichste, aber man braucht ja nicht hinzusehen. Der dritte, der

Stahlkammerbauch, ist unverzichtbar, denn sein Eigentümer sieht aus wie ein Schrank, vom Adamsapfel bis zu den Geschlechtsteilen – entschuldigen Sie den Ausdruck! – und darin ist Platz für die Eingeweide, den Familienschmuck und sogar das Schwarzgeld.»

«Nein, er ist wirklich amüsant, der Baske, Ernesto!»

«Sehr amüsant, der Baske, sehr amüsant.»

«Mit irgend etwas muß man ja die Zeit totschlagen, denn ich bin ein aktiver Mensch, und wenn das Wiegen, die Massage, die Gymnastik und der Einlauf erledigt sind... kurz und gut, das ganze Theater, dann weiß ich nicht mehr, was ich machen soll, und bekomme Depressionen. Wenn ich meine Depressionen habe, erkenne ich mich selbst nicht mehr wieder, ich könnte mich in jedes Abenteuer stürzen, je verrückter, desto besser. Manche überwinden ihre Depressionen, indem sie sich italienische Seidenkrawatten kaufen oder Schweizer Schokoladentaler, aber ich kriege einen Hang zum Größenwahn, und wenn ich deprimiert bin, könnte ich einen Zeppelin klauen oder den perfekten Raubüberfall durchführen.»

«Wie amüsant, hör nur, wie amüsant!» wiederholte Doña Solita wieder, hingerissen von der Fähigkeit des Basken, sie in Erstaunen zu versetzen.

«Ich will Ihnen noch etwas verraten: ich habe schon manchmal geplant, meine eigene Fabrik zu überfallen. Ich habe das alles schon ganz genau durchdacht. Man muß vor allem auf die Reaktionen meiner Schwester und ihres ältesten Sohnes achten, die etwas schwierig vorherzusehen sind, denn meine Schwester ist Verkaufsleiterin, und mein Neffe macht die Public Relations. Aber es gibt einen Tag im Monat, das ist normalerweise ein Freitag, da haben die beiden einen festen Zeitplan, und ich weiß jederzeit, wo sie sind. An diesem Tag mache ich den Überfall, und kein Schwein merkt etwas davon. Bis sie es bemerken, bin ich schon über alle Berge, und mit mir die Tasche mit dem Zaster.»

«Und was würden Sie dann tun?»

«Na, zurückgehen und alles erzählen! Im Endeffekt wäre das, was ich mitnehmen würde, lächerlich, denn unsere Kasse ist immer nur halb gefüllt, damit nicht eines Tages ein Überfall passiert und uns ruiniert – bei der Unsicherheit in den Städten heutzutage!»

«Ja, warum würden Sie sich denn dann selbst überfallen?»

«Das weiß ich auch nicht, Señora, fragen Sie mich nicht! Vielleicht, um den Nervenkitzel zu erleben und trotzdem keine Straftat zu begehen. Was zählt, ist, sich der Herausforderung zu stellen. Das Resultat ist das Unwichtigste an der Sache.»

Sullivan kam gähnend an. Er trug schwer an der Last seines Handtuches, trotz der Eleganz, mit der er es trug, und sein Morgenmantel war so schlaff wie sein Körper.

«Jetzt stehst du erst auf?»

«Ja.»

«Es ist doch schon Zeit für die Gemüsesuppe!»

«Na ja, heute nacht war ich mit einem Freund in Bolinches, der zu Besuch kam. Also ich kann euch sagen! Ich bin ganz schön spät zurückgekommen.»

«Und... und ganz schön blau», sagte der Baske mit versagender Stimme, innerlich zitternd vor Aufregung, und die Schwingungen dieser Erregung übertrugen sich auf Don Ernesto und bewirkten, daß Doña Solita zu stricken aufhörte, für den Fall, daß sich die Geschichte lohnte. Sullivan sah sich nach allen Seiten um, senkte die Stimme und erzählte: ein paar Stückchen Jabugoschinken und eine halbe Goldbrasse, in Hagelsalz gegrillt!

«Verdammte Unzucht! Eine halbe Goldbrasse vom Grill! Habt ihr das gehört, der Typ macht sich einen schönen Lenz, während wir anderen hier beinahe verhungern!»

Der Baske war empört, nicht wegen der Tabuverletzung, sondern wegen der mangelnden Kameradschaft des Gutsbesitzers. «Ein ganz schöner Eigenbrötler, dieser Gutsbesitzer», wiederholte der Baske mit wachsendem Zorn, «so läuft das in Andalusien, und dann schickt ihr die ganzen Saisonarbeiter zu uns, die ihr nicht braucht, und wir können sie im Baskenland durchfüttern.»

Sullivan war baff über diese Reaktion, und der Oberst wurde nachdenklich. Er wog das Für und Wider der Situation ab, und obwohl er Sullivan das Recht nicht absprach, sich mit einer halben Goldbrasse vom Grill zu vergiften, war er doch nicht weit davon entfernt, sich als der hungrige Dumme zu fühlen und beleidigt zu sein, wie es der Baske tat.

«Mensch, stell dich nicht so an! Nächstes Mal gehst du nach Bolinches und ißt einen Schinken, der von Fett trieft, wenn du willst!»

«Darum geht es nicht, Mann, bestimmte Dinge macht man einfach nicht, und wenn man sie schon macht, dann erzählt man sie nicht!»

«Aber das warst du doch selbst, der mich gebeten hat, zu erzählen!»

«Und wie war es heute früh beim Wiegen?»

«Ich war gar nicht dort.»

«Er war nicht beim Wiegen! Habt ihr das gehört? Er war nicht beim Wiegen.»

Sullivan gestikulierte heftig mit den Armen, um bei dem Ehepaar Verständnis für sein Verhalten zu finden, dann mußte er Colom und dem Ladenbesitzer und der elastischen kleinen Dicken Erklärungen abgeben, die das Schimpfen des Basken angelockt hatte.

«Und wie teuer kam dich das Menü?» fragte der junge Ladenbesitzer.

«Hat es dir hier drin nichts ausgemacht?» wollte der Katalane wissen.

«Ich hab Mumm in den Knochen. Das mit dem Leberkoma haben die sich nur ausgedacht, um uns bei der Stange zu halten, genau wie die Priester das mit dem Rückenmarksschwund, wenn man sich einen runterholt.» Der Baske war weggegangen, um seinen Zorn verrauchen zu lassen, und maß mit seinen Schritten den ganzen langen Weg um den Swimmingpool. Er hatte die Hände über dem Arsch gekreuzt und führte Selbstgespräche.

«Menschenskinder, den hat's ganz schön erwischt!»

«Sehen Sie, Sullivan, hier steht man ganz schön unter Strom. Das macht das Fasten, es macht uns ganz besonders empfindlich.»

«Dieser Baske ist wie ein Kind, das sag ich dir!»

«Im Grunde langweilt sich hier jeder, der keinen Spaß daran hat, sich zu betätigen oder zu lesen, und Duñabeitia grübelt den ganzen Tag nur. Das ist nicht gut!»

Der Oberst bekräftigte die Erklärung seiner Gattin und überhörte den Ausruf des Verständnisses aus dem Mund des jungen Mädchens. Oder er hörte ihn nur mit halbem Ohr, wie das ganze Geplapper, das er sich aus Höflichkeit anhören mußte, das ihn aber mit seinen weit hergeholten Argumenten nicht überzeugte. Das junge Mädchen war entzückt von der Spontaneität des Basken. Seine Reaktion war ehrlich gewesen, und das mußte man ihm zugute halten in einer Zeit allgemeiner Unaufrichtigkeit, in der man sagte, was man nicht tat, und tat, was man nicht sagte. «Hier werden viele Worte gemacht und wenig getan.»

Darauf reduzierte der Oberst die Meinung des Mädchens, und als seine Behauptung nicht die erwartete Neugier erregte, kniff er ein Auge zu und murmelte: «Verstehen Sie, was ich meine?»

«Also, ehrlich gesagt, nein.»

Der Oberst durchsiebte den jungen Käsehändler mit einer ganzen Salve von vernichtenden Blicken.

«Das ist doch ganz klar, Mensch! Wenn ich sage, das gibt es, dann gibt es das auch. Und wenn ich einen ganzen Schinken aufessen will, dann esse ich ihn auch auf, und wenn die ganze Welt kopfsteht. Rekrut, los, lauf zu dem Basken und sag ihm, daß ich ihn hier erwarte! Ich hatte gerade eine Idee, die ihn auf andere Gedanken bringen wird!»

Der Käsehändler tat es und man sah, wie er mit dem Basken einen dialektischen Kampf ausfocht, bis er ihn überzeugt hatte und ihn mitbrachte, die Stirn gerunzelt und den Blick starr auf die Fliesen am Rande des Swimmingpools gerichtet.

«Baske, setz dich hierher, denn euer Oberst hat sich einen Plan ausgedacht, an den man sich in dieser Kurklinik noch in Jahrhunderten erinnern wird.»

«Was für einen Mist hast du dir denn ausgedacht?»

«Einen Überfall.»

Der Oberst zwinkerte Colom zu, denn er war von der geistigen Ernsthaftigkeit der Katalanen überzeugt und wollte, daß er sich der Partie anschloß. Dieser lachte kurz auf, brummelte ein paarmal ‹Immer zu einem Scherz aufgelegt, der Oberst!› und ging weg, um nicht in die Verschwörung hineingezogen zu werden.

«Du bleibst bei deinem Strickstrumpf, und wir kümmern uns um unsere Sachen!» befahl der Oberst seiner Frau und winkte Sullivan, den Basken und den Käsehändler zu sich heran, um ihnen seinen Plan zu erläutern.

«Ich brauche Männer mit Schneid, die vor keiner Schwierigkeit zurückschrecken und zu jedem Opfer bereit sind, wenn eine entsprechende Beute winkt.»

«Genau das sind wir», urteilte Sullivan.

«Wir sind aber noch nicht genug. Nach Maßgabe der verschiedenen Aufgaben, die ich euch in meiner Eigenschaft als Gruppenchef zuteilen muß, benötigen wir noch ein fünftes Element. Ich habe den menschlichen Bestand kurz überblickt, mit dem wir rechnen können, und bin zu dem Schluß gekommen, daß die restlichen Männer der spanischen Kolonie entweder zu alt sind oder zu katalanisch, das heißt zu eigenwillig und zu wenig vertrauenswürdig bei Plänen sind, wo es auf Kühnheit und den Überraschungseffekt ankommt. Durch Eliminierung bin ich schließlich auf den einen gekommen, der sich Carvalho nennt. Auf den kann man zählen, er ist ein schneidiger Typ und hat Erfahrung. Was haltet ihr von ihm als fünftem Element?»

«Meiner Meinung nach hat er Mumm, Herr Oberst.»

Sullivan legte die Hand an einen hypothetischen Mützenschirm. «Also, dann mußt du ihn für unsere Sache gewinnen. Ich nenne es: Operation Kalorienüberschuß.»

«Kalorienüberschuß, das gefällt mir, klingt vielversprechend.»

Trotz seiner direkten und wenig komplexbeladenen Art fiel es Sullivan nicht leicht, Carvalho auf die Vorschläge des Oberst anzusprechen, die der Baske, der Käsehändler und er selbst schon rückhaltlos unterstützten. Er machte Umschweife, sprach vom ‹taedium vitae› und den irrationalen Situationen, die sich manchmal in abgeschlossenen Lebensräumen entwickeln.

«Jeder Bezugsrahmen», führte Sullivan aus, «entwickelt seine eigene Kultur, seine eigene Art zu sprechen, zu denken und zu handeln.»

Carvalho fiel es seinerseits schwer, Sullivan als Philosophen des Verhältnisses von Bewußtsein und Verhalten zu akzeptieren, aber er ließ ihn reden und wartete darauf, daß er das Geheimnis lüftete oder sich herausstellte, daß er einfach Lust hatte, zu philosophieren.

«Eigentlich ist es ja so: der Oberst, der ja, unter uns gesagt, wie die Karikatur eines Offiziers aussieht, aber trotzdem ein ganzer Kerl ist, also er hat ein Ding ausgeheckt, das für ihn allein eine Nummer zu groß ist, er braucht die Mitarbeit von vier Typen, ‹die zu allem bereit sind›. Und wir haben uns gedacht, der Fünfte sollten Sie sein! Weil Sie sich genauso langweilen wie wir alle.»

«Ich weiß nicht, wie sehr Sie sich langweilen, aber ich gebe zu, daß ich mich ab und zu tatsächlich langweile.»

«Es geht um eine Aktion, die gleichzeitig Strafexpedition und Beutezug sein soll.»

«Gegen wen?»

«Gegen *Faber und Faber*. Das heißt, gegen die Verwaltung dieser Kurklinik und gegen diese unglückselige, repressive Philosophie, mit der sie uns traktieren. Wir wollen einen nächtlichen Überfall auf die Küche vorbereiten, mit dem Ziel, alles Eßbare mitzunehmen, das wir finden.»

«Das wird nur Diätnahrung sein.»

«In der Küche gibt es von allem etwas, denn die Angestellten sind nicht alle Vegetarier und außerdem, egal was sie haben, es ist immer noch besser als diese miserable Gemüsebrühe, die wir bekommen. Machen Sie mit?»

«Ich bin dabei.»

«Um zwölf, nach der zweiten Gymnastikstunde treffen wir uns in der Sporthalle. Seien Sie pünktlich! Wie der Oberst sagt, Pünktlichkeit ist die Basis jeder militärischen Aktion.»

Eine tiefsitzende Erziehung zum Respekt vor der militärischen Macht – atavistisch, nahm Carvalho an – war eingegraben in das Unterbewußtsein eines Volkes, das seit der Zeit von Viriat[1] oder, wenn man ihn nicht mitrechnet, von Scipio Africanus, seine Kämpfe gegen die Militärs regelmäßig verloren hatte – diese Erziehung zwang ihn, während des ganzen Vormittags an die genaue Uhrzeit des Treffens zu denken. Bei dem monotonen Dasein in der Kurklinik waren Dinge willkommen, die man mit Ungeduld erwarten konnte und die dem Ablauf der Zeit einen Sinn gaben, besser als die Strichlisten der leeren Mineralwasserflaschen oder der großen Tassen mit Gemüsesuppen, die ihn noch von dem großartigen Tag der ersten festen Nahrung trennten, einem Apfelbrei. Die Aufregung, daß es bald zwölf Uhr war, ließ ihn in der Sprechstunde bei Gastein die Fragen des Arztes nach seinen Schwierigkeiten mit dem Fasten und der speziellen Atmosphäre der Klinik zerstreut und unkonzentriert beantworten. Ohne zu wissen wie, hielt er plötzlich eine «Rechentafel» in Händen und mußte den Ausführungen des Arztes größere Aufmerksamkeit schenken.

«Es wäre wünschenswert, daß Sie sich allmählich geistig auf die Zeit nach dem Fasten vorbereiten. Auf dieser Rechentafel finden Sie den Anteil an Proteinen, Fetten, Kohlehydraten und Kalorien, den die häufigsten Nahrungsmittel der Spanier enthalten, dieser Allesfresser. Sie sind Katalane?»

«Ich wohne und arbeite in Katalonien.»

«Also gut. Alle Katalanen reagieren sehr betroffen, wenn sie erfahren, daß 100 Gramm ‹butifarra›[2] 541 Kalorien entsprechen. Wußten Sie, daß eine knappe Handvoll Nüsse über 600 Kalorien enthält? Und 100 Gramm gefüllte Oliven sind schon 200 Kalorien!»

«Hören Sie auf. Das macht mich fertig!»

«Sie werden mich vielleicht für einen Sadisten halten, aber Sie müssen rechnen... Rechnen Sie! Sie haben nicht zu viel Fett auf den Muskeln, aber Ihr Cholesterinspiegel ist zu hoch. Jegliche kalorienreiche Nahrung führt zur Vermehrung des Fettes.»

«Ich wiederhole noch mal, hören Sie auf! Ich gehe, ich will mit meinem Kummer alleine sein.»

1 iberischer Heerführer

2 katal. Blutwurst

«Und rechnen Sie! Rechnen Sie!»

Aufgefordert, seine Phantasie spielen zu lassen, kalkulierte Carvalho ein aufregendes Menü, während er auf dem Balkon seines Zimmers in der Sonne lag. 50 g Kaviar 70 Kalorien. Eine winzige Kleinigkeit. 1 Seehechtrücken in Cidre, 400 Kalorien. Paella mit Meeresfrüchten, 700 Kalorien. Etwas Vorsicht bei den übrigen Gerichten, und wenn dabei einer dick wird, dann will er es nicht anders. Was den Fettgebrauch anging, so war die reichliche Verwendung von Olivenöl bei der Paella unvermeidlich, aber beim Rest des Menüs konnte darauf ganz verzichtet oder seine Menge stark reduziert werden. Die gastronomische Zukunft sah immer rosiger aus, solange er die Exzesse mit ‹Confit d'Oie› vermied, bei dem er nicht unter 500 Kalorien wegkam, auch wenn er die Bestie vorher um den größten Teil ihres Fettes erleichtern würde. Er fand es empörend, daß die Natur in 100 g Reis 371 Kalorien gesteckt hatte und daß 100 g des leckersten Brotes, nämlich des ofenfrischen, es bis auf 380 Kalorien brachten. Dafür kam ein miserables, widerliches hartes Ei, dieser weiche, blasse Tumor, nicht einmal auf 90 Kalorien, ein gemeiner Fraß, der nach Impotenz der Phantasie schmeckte. Ein gutes ‹Foie-gras› enthielt 600 Kalorien, dafür kam ein ekliger Farmhähnchenschenkel nur auf 120. Wegen diesem Zeitvertreib wäre er beinahe zu spät zu dem Treffen mit dem Oberst gekommen, aber er schaffte es noch rechtzeitig. Die Verschwörer waren alle versammelt und umringten die erste militärische Autorität am Platze.

«Sehr gut! Dafür, daß es sich heute um das erste Treffen handelt, hat alles hervorragend geklappt. Meine Herren, ich bin kein Freund vieler Worte, bis zum Tag X und der Stunde Y gibt es wenig zu sagen und viel zu tun! Ein militärisches Ziel muß vor allem anderen gut bekannt sein und deshalb steht uns eine Periode der Observation bevor, nachdem wir die Vorabinformationen, die uns hier und jetzt schon zur Verfügung stehen, gesammelt haben. Als erstes, du, Rekrut...»

«Tomás.»

«Tomás, du studierst die allgemeinen Bewegungen im Hause. Man muß die günstigste Nacht herausfinden. Den Feind schlagen, wenn er es am wenigsten erwartet!»

«Dafür braucht sich Tomás nicht in Bewegung zu setzen, Herr Oberst. Der morgige Abend ist für den Gesellschaftstanz reserviert. Fast alle werden im Salon sein.»

«Richtig, Sullivan. Du wärst ein großartiges Mitglied des militärischen Geheimdienstes. Den Tag X haben wir also schon. Jetzt ist es notwendig, uns auf die Uhrzeit, den richtigen Moment zu konzentrieren, wenn die Küche leer oder nur mit einer minimalen Anzahl von Wachelementen bestückt ist, die wir ausschalten können.» Sullivan nahm mit dem Ernst eines Schülers, der ein ‹summa cum laude› anstrebt, ein Notizbuch und einen Kugelschreiber aus der Tasche seines Morgenmantels und begann mitzuschreiben.

«In der Küche geht um halb elf das Licht aus», behauptete der Baske kategorisch. «Ich buche immer dasselbe Zimmer, und von meinem Balkon aus sehe ich alles, was im Speisesaal vor sich geht, und ich kann sehen, ob in der Küche gearbeitet wird oder nicht.»

«Seht ihr? Seht ihr die faszinierende Logik der Sache? Schon haben wir Tag und Stunde. Mal sehen, alle Uhren vergleichen... Jetzt haben wir viertel nach zwölf. Morgen Abend punkt zehn Uhr dreißig treffen wir uns wieder hier. Es wäre nützlich, einen Plan für die Erkundung des Geländes zu erstellen, wo wir uns bewegen werden. Die Rekognoszierung ist der Schlüssel zur Präzision der späteren Truppenbewegungen. Bei einem anständigen Feldzug nach Gottes Gebot müßten wir um das zu erkundende Objekt herum Beobachtungsposten ausheben, aber das ist hier unmöglich. Man muß die Gegebenheiten des Geländes nutzen. Achtung! Die Beobachtung muß permanent, unauffällig, mehrfach und umfassend sein. Permanent, damit uns keine Fakten entgehen, die wertvolle Informationen liefern könnten. Unauffällig, damit der Feind die Beobachtungsposten nicht ausfindig macht und sie mit seinem Beschuß ausschaltet, was die Beobachtung erschweren oder unmöglich machen würde. Mehrfach, damit jede Einzelheit gleichzeitig von mehreren Organen gesehen werden kann, was die Zuverlässigkeit erhöht und gestattet, die Informationen zu überprüfen. Umfassend, das heißt organisiert auf allen Stufen, um den Wirkungsgrad zu erhöhen. Alles klar?»

«Eine Frage noch, Herr Oberst.»

«Schieß los, Sullivan, aber keine Rhetorik, bitte! Direkt zur Sache. Was gut durchdacht ist, dafür findet man auch schnell die richtigen Worte, wie Victor Hugo gesagt hat.»

«Herr Oberst, du hast von Organen geredet; genauer gesagt, meine Notizen lauten: ‹...mehrfach, damit jede Einzelheit gleichzeitig von mehreren Organen gesehen werden kann, was die Zuverlässigkeit erhöht...› etc. etc. Welche Organe meinst du damit?»

«Laß deine Witze, Sullivan, die Sache ist ernst!»

«Das ist kein Witz, Ernesto, ganz und gar nicht! Welche Organe meinst du?»

Der Oberst explodierte mit einer herzlichen Wut, die nicht frei war von professioneller Strenge. «Ich meine nicht das Organ zum Pissen, darauf wolltest du doch hinaus, Sullivan, ich kenne dich doch! Organe! Ja, Organe. Verschiedene Personen oder was auch immer, mit der Funktion, ein und dasselbe von verschiedenen Standorten aus zu beobachten. Habe ich mich klar ausgedrückt?»

«Glänzend, Herr Oberst.»

«Schieß los, Baske.»

«Müssen wir bewaffnet kommen?»

«Das würde dir so passen, bewaffnet kommen, verdammt noch mal, du alter Etarra[1]! Du bist ein ganz ausgekochter Etarra. Wegtreten! Alle in den Salon, die Brühe wird ausgeteilt und es ist nicht gut, wenn wir uns verdächtig machen.»

Einer nach dem anderen ging hinaus, mit derart übertriebenem Ernst im Gesicht, daß Sullivan und der Baske, als sie sich auf der Treppe zum Salon hinauf begegneten, ihre starre Miene keine Sekunde länger aushielten und in lautes Gelächter ausbrachen, das sich in heiße Tränen auflöste.

«Verdammte Scheiße, er nimmt das Ganze tatsächlich ernst!»

Carvalho ging an den beiden vorbei, die sich vor Lachen krümmten, und Tomás, der ihm dicht auf den Fersen folgte, versuchte, an seine Seite zu gelangen, um ihm etwas mitzuteilen.

«Ich habe es dem Mädchen erzählt, der kleinen da, Amalia.»

«So.»

«War das falsch?»

«Nein.»

«Ich sagte es Ihnen nur, damit Sie sich nicht wundern, falls Sie sie sehen und sie etwas zu Ihnen sagt.»

Die Fastenden hatten ihre Schalen mit der Suppe in Empfang genommen und sich auf die Tische verteilt, als versuchten sie, die Substanzlosigkeit der Brühe durch die Substanz des Rituals zu ersetzen. Sie zogen die einzelnen Schlucke in die Länge, die einen aus einem tiefen Haß gegen den angebotenen Geschmack, die anderen, um die Illusion eines ausgiebigen und sättigenden Essens hervorzurufen, und manche, um zu gleicher Zeit ein interessantes Gespräch zu führen über geplante Ausflüge nach Bolinches, Einkäufe und

1 ETA-Mitglied

sogar Aussichten auf die Zukunft, wenn sie wieder den Status eines Allesfressers erlangt haben würden – obwohl ihnen nicht entgangen war, daß sie von nun an in ihrem Innern für immer die Angst davor tragen würden, mit Genuß zu essen; Schuldgefühle bei einem Genuß, der während ihrer gesamten Erziehung als reine Notwendigkeit getarnt gewesen war. Amalia kam Tomás und Carvalho mit einem sehr zufriedenen Lächeln entgegen, gleichzeitig im Bewußtsein der Wichtigkeit der Sache. Mit gesenkter Stimme fragte sie. «Alles klar?»

«Jawohl.»

«Phantastisch. Ich finde die Idee genial. Ihr werdet die Furien entfesseln. Es wird wie eine große Reinigung sein, Tomás.»

«Sag dem Oberst nichts davon... Ich will nicht, daß jede Menge Leute Bescheid wissen.»

«Dieser Oberst ist einfach toll. Ein Geschenk des Himmels. Ich beneide euch! Ich hätte ja so gerne mitgemacht, aber der Oberst will keinen Weiberrock dabei haben. Wenn er einen Weiberrock akzeptiert hätte, hätte er mich auch enttäuscht.»

Das schüchterne Mädchen war also mit anderen Worten eine brillante Rednerin. Carvalho verzog sein Gesicht zu einem leichten Lächeln der Aufmerksamkeit, mußte es aber mit der lawinenhaften Mme. Fedorowna teilen, die ihn wie die Gastgeberin eines Banketts mit Liebenwürdigkeiten überschüttete.

«Trinken Sie! Lassen Sie es sich schmecken! Aber schön langsam, schön langsam. Lassen Sie es sich auf der Zunge zergehen!»

Carvalho versuchte sein Lächeln zu einer abgeschlossenen Botschaft zu formen, das heißt zu einem ganzen Gesprächsbeitrag, der auch die Verabschiedung beinhaltete, aber Mme. Fedorowna übersprang alle Barrieren, auch die der Stummheit, und drang in pädagogischer Absicht in sein physisches Territorium ein.

«Es ist heute eine wunderbare Suppe aus Kartoffeln und Gurke. Das allerbeste Duirethikum, schmackhaft, kräftig, und dann dieses herrliche Kreuzkümmelaroma! Der Kreuzkümmel ist ein großartiges Gewürz und dazu praktisch unschädlich. Er greift den Magen weniger an als der Pfeffer. Schmeckt Ihnen der Kreuzkümmel, Señor Carvalho?»

«Am richtigen Ort, ja.»

«Zum Beispiel?»

«Bei bestimmten Gemüseeintöpfen, mit Kürbis, Kartoffeln, Schinkenknochen, Kichererbsen, Stockfisch... Wenn man will, als Ersatz für den rohen Schinken.»

«Schinkenknochen!» sagte Mme. Fedorowna zu sich selbst und suchte im Speicher ihrer botanischen Kenntnisse die Pflanzenart, zu der dieses Produkt gehörte. Als sie feststellte, daß es nicht vegetarisch war, sondern daß es sich dabei, wie der Name sagte, um den Knochen aus einem Schweineschinken handelte, schwankte sie zwischen einer angeekelten Grimasse, die Carvalho eventuell beleidigt hätte, und einem kleinen Lachen schelmischer Komplizenschaft, das die bewußtseinsverändernde Wirkung tagelanger ideologischer Überzeugungsarbeit in Frage gestellt hätte. Sie entschied sich daher für das Lächeln einer Taube, die nichts gehört hat, und ohne Carvalhos Lebensraum zu verlassen, suchte sie mit den Augen ein anderes menschliches Opfer aus, um sich ihm zu nähern und ihre Erläuterungen über die Kartoffel- und Karottensuppe fortzusetzen.

Carvalho hatte Hochachtung vor ihrer Fähigkeit zur Selbstbeherrschung und folgte dem majestätischen Flug des alten und blonden Blickes, der nach geeigneteren Nestern suchte, und fragte sich dabei wieder einmal, ob die grauen Trübungen im Weiß ihrer Augäpfel gute oder schlechte Anzeichen für eine gute oder schlechte Ernährung seien. Es waren die Augen einer Nonne, das Weiße im Auge einer Nonne, ein Weiß, das so genau abgegrenzt war wie das der zweifarbigen Sommerschuhe in der Nachkriegszeit oder das der gestärkten Schürzen der Krankenschwestern.

Während dieser aufmerksamen Betrachtung der Augen von Mme. Fedorowna bemerkte er, wie sich die Pupille auf ein Minimum verengte, als gehe das Kleinwerden der Augen Hand in Hand mit der Konzentration eines aggressiven Blickes auf einen bestimmten Punkt im Saale. Als die Augen von Mme. Fedorowna einen durchbohrenden Ausdruck annahmen, schlossen sich ihre Lippen und bildeten eine grausame Linie; ihr Mund blieb mit Anstrengung geschlossen, um zu verhindern, daß ihm Schimpfworte oder Schlimmeres entschlüpften. Mme. Fedorowna haßte jemanden oder etwas in diesem Saal, und wie Tänzer kehrten ihre Augen wieder und wieder zu der alten Mrs. Simpson zurück, obwohl das Lächeln langsam auf ihr Gesicht zurückkehrte und ihre Augen wie eine Litanei mehrmals die aufgeschobene Aussage ausdrückten: «Einen Schinkenknochen, wie? Das hätte gerade noch gefehlt.»

Tomás kam als erster, und er wurde unsicher, als er sah, daß der Oberst allein in der Sporthalle war. Der Oberst ging durch den ganzen Raum und blieb ab und zu stehen, um seine eigene meditative Haltung im Spiegel zu bewundern. Mit einer leichten Handbewegung schnitt er den Versuch des Jungen ab, militärisch zu grüßen, und hing weiter seinen Überlegungen nach, die ohne Zweifel der bevorstehenden Aktion galten. Dann kam der Baske, der eher hereinschlich als eintrat, da er wünschte, dem Kommando alle erforderlichen militärischen Merkmale zu verleihen. Und nach ihm kam Carvalho. Der Oberst schaute kritisch auf die Uhr, als Sullivan eine Viertelstunde zu spät auftauchte.

«Das würdest du bei einer Aktion im Krieg nur einmal machen. Ich würde dich an die Wand stellen lassen.»

«Bei einer Aktion im Krieg würde ich erst gar nicht auftauchen.»

«Auch noch Defätismus! Du kommst vor ein militärisches Schnellgericht und ab an die Wand! Aber lassen wir das. Achtung!» Er hielt sich zurück, obwohl er ein ‹Stillgestanden!› hinzufügen wollte, aber er konnte nicht umhin, die Versammelten kritisch zu mustern, als lasse er sie Revue passieren. «Sehr gut, Sullivan, wunderbar, dieses weiße Hemd, damit uns jeder schon vom Kilimandscharo aus sehen kann! – Dieser Bauch, Junge, mit diesem Bauch wirst du eher rollen als kriechen. Und du, Baske, dich will ich während der ganzen Aktion in meinem Blickfeld haben und keine Sekunde lang im Rücken. – Sie, Beobachter, Sie gehen als Nachhut und melden jeden auffälligen Vorfall hinter unseren Reihen!

So weit, so gut. Ich weiß nicht, ich weiß nicht, was ich mit diesem Haufen tolpatschiger Zivilisten anfangen soll. Vor allem stehe ich vor einem ernsthaften Problem der militärischen Kasuistik: was stellen wir eigentlich dar? Eine Patrouille, eine Guerillaeinheit oder eine Antiguerillagruppe? Außerdem darf man nicht vergessen, daß wir eine Truppe von Unbewaffneten – ich wiederhole von UNBEWAFFNETEN Männern sind, die ein militärisches Ziel verfolgen.»

«Wenn Sie gestatten», meinte Sullivan, «mir fällt gerade ein, daß man dies, meiner Meinung nach, als eine Gruppe von Kriegsdienstverweigerern beschreiben könnte, deren kleinster gemeinsamer Nenner die Bedingung ist, keinen umzubringen.»

«An der Front werden keine Bedingungen gestellt! Also, was ist eine Patrouille?» Allen offenbarte sich ein ganz neuer, didaktischer Villavicencio, der, um die Wichtigkeit bestimmter Wörter zu unterstreichen, seine Stimme fortschreitend anhob, als wolle er sie aus der Syntax herausheben und von der Erde abheben lassen.

«Eine Patrouille ist jede kleine Anzahl oder jeder Kern von Männern, die eine Einheit bilden oder zur Erfüllung eines Auftrages gegenüber der eigenen Einheit oder ‹dem Feind› abkommandiert sind. Im allgemeinen besteht eine Patrouille aus zwei Kernen, einem für die Erfüllung des ‹speziellen Auftrages›, den die Patrouille erhalten hat, und dem anderen für die Sicherheit und den Schutz der Patrouille selbst. So, hier beginnen schon die Schwierigkeiten, denn wir haben nicht genügend Männer, um diese beiden Kerne zu bilden. Aber nicht alle Schwierigkeiten lassen sich darauf zurückführen. Welche Aufträge hat eine Patrouille? Was meinst du dazu, Baske, Sergeant...»

«Wieso denn plötzlich Sergeant, was soll das?»

«Ab jetzt bist du Sergeant. Sag mir, welche Aufgabe hat eine Patrouille zu erfüllen? Keine? Null? Menschenskind, das sind mir die richtigen Unteroffiziere heutzutage! Also gut. Eine Patrouille kann die Vorhut einer kleinen Einheit bilden, die bestimmte Arbeiten durchführt, oder einen Geländepunkt vor der Einheit erkundet, die sich auf dem Marsch oder in Stellung befindet. Sie kann an einem Punkt des Geländes vor oder an der Flanke ihrer Einheit oder Stellung in Stellung gehen, um den Gegner zu beobachten und zu überwachen, die An- und Abwesenheit des Feindes festzustellen...»

«Verzeihung, Herr General! Wenn nun die Patrouille die Abwesenheit des Feindes feststellt, hört sie dann auf, eine Patrouille zu sein?»

«Was redest du da für einen Quatsch?»

«Das Problem ist nicht aus der Luft gegriffen. Ich erinnere mich, daß wir uns damals, in der Universität, als ich als Roter mit meiner Cousine Chon studierte, uns mit dem metaphysischen Widerspruch des Begriffes ‹Diktatur des Proletariats› auseinandersetzten. Kann man von einer Diktatur des Proletariats sprechen, wenn die Bourgeoisie de facto gestürzt und beinahe vernichtet ist? Ist demzufolge eine Patrouille ohne Feind, auf Grund der Abwesenheit des Feindes, wie du so treffend formuliert hast, Oberst, ist das dann noch eine Patrouille?»

«Eine Patrouille bleibt so lange eine Patrouille, bis der Chef das Gegenteil anordnet!»

«Jetzt ist mir alles viel klarer, Herr Oberst.»

«Weiter, und ich dulde jetzt keine Unterbrechungen mehr, die aus Zeitgründen unsere notwendigen Ziele in Gefahr bringen. Ich sagte, daß eine Patrouille die An- oder Abwesenheit des Feindes feststellen kann, den Feind beobachten, in einer Zone mit Hindernissen den Weg freimachen, und...» Er schaute sie der Reihe nach an, um sie wachzurütteln und auf die Bedeutung dessen aufmerksam zu machen, was er jetzt sagen wollte. «...und HINTERHALTE legen. Das sind die wesentlichen Merkmale, die uns helfen zu definieren, was das ist, eine Patrouille. So, nun muß man des weiteren denken, daß wir uns ein paar Merkmale der Guerilla und der Antiguerilla zu eigen machen. Der Guerilla: Wahrung der Freiheit der Initiative durch Mobilität, Kenntnis des Geländes, Unterstützung durch die Bevölkerung und Anwendung geeigneter taktischer Methoden. Antiguerilla: hier gibt es weniger Übereinstimmungen, aber eine gewisse Übereinstimmung besteht: zum Beispiel die Koordination zwischen ‹zivilen› und ‹militärischen› Aktionen. Ich fasse zusammen: wir sind eine Patrouille in Ausführung einer ‹Strafaktion›, also dessen, was die Nordamerikaner vor allem im Kino unter dem Namen ‹Kommando› populär gemacht haben.»

«Wir sind ein Kommando!» rief Sullivan begeistert aus.

«Aus diesem Grunde habe ich einen Plan zur Erkundung des Aktionsortes und der Bewegungen erstellt, die die Patrouille auf dem Gelände ausführen muß. Wir werden die Sache im Handstreich erledigen, und dabei sind zwei Phasen zu unterscheiden: Organisation und Durchführung. Sehen Sie sich diese Skizze an!»

Er entrollte eine kleine Landkarte und hängte sie mit Klebeband an das Fenster der Sporthalle. Vor den Augen der Patrouille erschien ein Gewirr von durchgezogenen und unterbrochenen Linien auf einem topographisch dargestellten Kampfgelände. Unter den Linien, die alle auf einen Winkel zuliefen, der mit der Spitze auf die Küche der Kurklinik wies, stand in säuberlich mit Schablone ausgeführter Schrift:

1. Ziel
2. Wachen
3. Stoßrichtung einer wahrscheinlichen feindlichen Reaktion
4. Zielpunkt
5. Gruppe Sicherung
6. Gruppe Unterstützung
7. Mitglieder des Kommandos zur Ausschaltung von Wachen
8. Gruppe Angriff
9. Sammlungsgebiet

«Ziel? Die Küche, und konkret die Speisekammer. Wachen: als solche können wir Señora Encarnación und ihren Mann betrachten, man kann sogar ihren Sohn miteinbeziehen, wenn er nicht nach Bolinches gegangen ist, um den Rowdy zu spielen. Hoffen wir, daß es nicht nötig sein wird, sie auszuschalten, damit sie nichts ausplaudern – aber falls sie auftauchen, müssen sie ausgeschaltet werden.

Bei dem gegebenen Mangel an Männern und Waffen bildest du, Baske, den Stoßtrupp. Du, Dicker, deckst den linken Flügel und bildest gleichzeitig die Gruppe Sicherung. Du, Sullivan, bist der rechte Flügel und gleichzeitig die Gruppe Unterstützung. Sie, Detektiv, gehen als Nachhut und sehen, was wir bei den Gegebenheiten des Geländes nicht sehen können. Überwachen Sie vor allem die Fenster des Salons, denn an diesem Abend wird getanzt, und jeder x-beliebige kann herausschauen. Ich selbst marschiere genau im Zentrum dieses Winkels, und sobald der Baske mir das Signal gibt, rücke ich zum Ziel vor. Das ist der Moment, in dem die anderen mich unterstützen müssen. Aber erst in DIESEM MOMENT. Der Baske muß niesen, und das heißt dann: Weg frei. Wenn Wachen da sind, muß er ein weißes Taschentuch schwenken. Dann rücke ich schneller vor, um bei ihrer Ausschaltung mitzuwirken. Ja, ja, ich weiß, es ist sehr unorthodox, aber mehr ist nicht drin. Noch Fragen?»

«Dürfen wir Gefangene machen?»

«Was soll diese Frage, Sullivan?»

«Oberst, du hast von der Ausschaltung des Ehepaares gesprochen, das Küche und Speisesaal betreut, aber wie? Lassen wir sie über die Klinge springen oder nehmen wir sie mit?»

«Sei nicht so albern, Sullivan. Wenn wir sie mitnehmen, dann wird unsere Aktion füher als nötig entdeckt. Aber bedauerlicherweise können wir sie weder über die Klinge springen lassen noch niederschlagen oder gefesselt zurücklassen. Unterscheiden wir also eine *theoretische* von einer *praktischen* Ausschaltung! Bei der theoretischen Ausschaltung exekutieren wir sie – Zack! – bei der faktischen schreien wir sie ein paarmal an und sagen ihnen, sie sollen uns nicht stören. Fassen wir zusammen! Unsere Bewegungen werden sein: Annäherung, Attacke, Rückzug und Auflösung.»

Carvalho schaltete sich ein. «Sie haben den Nachtwächter vergessen, Oberst, der die äußere Umgebung des Anwesens überwacht. Normalerweise dürfte er nicht hereinkommen, aber wenn er kommen sollte, stoßen wir mit einer bewaffneten Wache zusammen, die nicht über unsere tatsächlichen Absichten im Bilde ist. Was tun wir, wenn der Wachmann mit der Pistole vor uns steht?»

«Dann bekommt er ein paar Tritte in die Eier und ein paar Flüche an den Kopf. Genausogut könnte uns der Mond aufs Haupt fallen. Ich kenne den Stoff, aus dem ihr Intelligenzler gemacht seid. Sie führen dich *intelligent* aufs Glatteis und dabei sterben sie in Wirklichkeit vor Angst. Wenn einer zu viel Hirn hat, dann hat er zu wenig Mumm. Alles klar. Sobald wir unser Ziel erreicht haben, treten wir den Rückzug an, in umgekehrter Reihenfolge wie wir gekommen sind, also zuerst der Baske, der Dicke, Sullivan, der Detektiv, und ich gehe als letzter. Treffpunkt am Eingang des alten Pavillons. Zeitlimit... Los, Uhren vergleichen! Meine zeigt 9.45 Uhr.»

«Eine Stunde früher als auf den Kanarischen Inseln», meinte Sullivan mit unverschämt heiterer Miene, er konnte sich nicht bis zum Ende des Satzes beherrschen und brach in ein brüllendes Gelächter mit viel Speichel aus. Auch der Baske fiel einem Lachanfall zum Opfer und trommelte mit den Fäusten an die Wand, um seine Fassung wiederzugewinnen. Der Oberst sah sie verächtlich an und klopfte ungeduldig mit einem Fuß auf den Boden. Der Junge machte sich Sorgen um die Reaktion des Obersts, und Carvalho versuchte zu demonstrieren, daß er mit dem Ganzen nichts zu tun hatte. Als der Heiterkeitsausbruch vorüber war, schickten sie sich an, in der festgelegten Reihenfolge hinauszugehen. Der Baske ging in den Garten und beobachtete alle wichtigen Orientierungspunkte. Links oben war der hell erleuchtete Saal und die Schattenspiele der tanzenden Paare. Rechts, am Ende des Abhanges, lag der Fangopavillon, ihm gegenüber, in etwa 100 Metern Entfernung der Swimmingpool, und links davon der Küchentrakt mit dem Speisesaal.

«Scheiß doch der Hund drauf!» rief der Oberst gedämpft aus. «Hat denn keiner daran gedacht, etwas zum Dunkelfärben der Gesichter mitzubringen? Wenn ich nicht an alles denke! Dieses Hemd, Sullivan, das verrät dich. Zieh es aus! Uns bleibt nichts anderes übrig, als geduckt bis zu den Oleanderbüschen zu schleichen, und wenn wir dort sind, hinlegen und über den Rasen robben! Es ist fast offenes Gelände, wir sind zu sehr dem Feindbeschuß ausgesetzt.»

Das Kommando schwärmte in Rhombusform aus, und der Baske ging mit gutem Beispiel voran, geduckt, fast in der Hocke, und kaum hatte er die Linie der Oleanderbüsche überquert, warf er sich zu Boden und robbte auf Ellbogen und Knien vorwärts. Mit ungleichem Ergebnis taten es ihm seine Kameraden nach, und der

Oberst war nicht der einzige, der seine Unfähigkeit zu robben vertuschte, indem er in der Hocke dem Vorposten folgte. Dann hob der Oberst den Arm, um den Vormarsch zu stoppen, und wartete, was der Baske über das Ziel berichtete. Sein Niesen war das Signal, daß der Weg frei war, und die vier restlichen Mitglieder der Patrouille überquerten das Gelände, das sie trennte, bis alle vor der Seitentür der Küche zusammenkamen.

«Nichts Neues, Herr Sergeant?»

«Nichts Neues, Herr Oberst.»

«Verluste?»

«Der Funker hat uns im Stich gelassen.»

«Warum?»

«Seine Frau erwartet ein Kind.»

«Damit wird sich das Kriegsgericht befassen. Jetzt machst du die Tür auf, Dicker!»

«Sie ist geschlossen.»

«Gerade deshalb! Mach sie auf!»

«Sie ist aber von innen abgeschlossen.»

«Fürchterlich! Du solltest mal einen richtigen Krieg erleben, das ist es, was du brauchst, du nutzloser Wicht! Ist das vielleicht eine Antwort? Sie ist geschlossen! Man kann nicht eine ganze Operation stoppen mit der Ausrede, die Tür sei geschlossen.»

«Übernehmen Sie die kollektive Verantwortung, wenn ich mir erlaube, die Scheibe kaputtzumachen?»

«Angenommen.»

Carvalho nahm ein Mehrzweckklappmesser aus der Tasche, an dem er einen Glasschneider angebracht hatte. Er setzte ihn im rechten Winkel über der Scheibe an, an der Stelle, die dem Schloß am nächsten war, und da er über keinen Saugnapf verfügte, gab er bekannt, daß das Glas beim Fallen Lärm machen würde.

«Räuspere dich, Baske, mal sehen, ob die Tarnung klappt.»

Der Baske räusperte sich in dem Moment, als Carvalho das Glas eindrückte, so daß es zu Boden fiel und zersprang.

Das Geräusch hatte nicht allzuviel Aufsehen erregt. Carvalho steckte die Hand hinein und dann den ganzen Arm, bis er mit den Fingerspitzen den Schlüssel berührte, der dort steckte und ihn umdrehen konnte. Die Tür öffnete sich durch ihr eigenes Gewicht. «Einer nach dem anderen!» mahnte der Oberst. Sie waren im Speisesaal, die Tische waren schon für das Frühstück der Patienten gedeckt, die das Fasten hinter sich hatten. Aber es war nichts Eßbares zu finden außer Plastikfläschchen mit Saccharin und kleinen Gefäßen mit Kleie, dem fundamentalen Element, um die Verdauungsfunktionen derer, die gefastet hatten, wieder in Gang zu bringen.

«Hier gibt es nichts zu requirieren. Gehen wir weiter in die Küche.»

Hinter der Flügeltür lag die Küche, und dorthin gingen sie, als plötzlich das Licht anging, so daß sich alle fünf automatisch zu Boden warfen. Jemand hatte von außen die Küche betreten, lärmte mit den Töpfen und machte Schubladen auf und zu. Seine Schritte näherten sich dem Speisesaal, die Flügeltür öffnete sich und eine Zehntelsekunde später schien helles Licht auf die Tische und auf die Kommando-Gruppe. Niemand konnte Villavicencio ein gutes Reaktionsvermögen absprechen. Mit einem Satz war er auf den Beinen und rief: «Hände hoch! Ergeben Sie sich!»

Der Baske unterstützte ihn, und sie gingen zu zweit auf den Mann von Doña Encarnación zu, der nur zögernd begriff, worum es ging, oder es vielleicht nie begreifen würde, denn als er zu grinsen begann, weil er eines der Gesichter wiedererkannt hatte, stieß ihn der Oberst an die Wand, zwang ihn, die Hände im Nacken zusammenzulegen, und durchsuchte ihn sorgfältig.

«Dicker, du schaltest den Gefangenen aus. Fessele ihm die Hände und knebele ihn!»

Aber Sullivan war schon dabei, Servietten zu einem Strick zusammenzuknoten und in Sekundenschnelle war das angstvolle Keuchen des Gefangenen von einer Schlange aus gelben Servietten erstickt und seine Handgelenke mit den bunten Bändern gefesselt. Der Oberst stieß die Tür zur Küche auf und sie standen in einer Landschaft aus Edelstahl und Kacheln. Es war eine saubere, hygienische Küche mit verschiedenen großen Herden und ungeheuren Kesseln, aber ohne die geringste Spur von etwas, das man hätte zum Mund führen können. Sie hoben die Deckel von den Kesseln, sie waren leer, und die ganze Hoffnung konzentrierte sich zuerst auf die Wandschränke der Speisekammer und dann auf die beiden großen Kühlschränke, aber an den Türen hingen Vorhängeschlösser mit elektronischem Schließmechanismus, und Carvalho erklärte sich außerstande, sie zu öffnen.

«Bring den Gefangenen her!»

Der Käsehändler brachte ihn mit großer Zuvorkommenheit und sagte ihm, er solle sich keine Sorgen machen, das Ganze sei ein Scherz. Aber weder der Oberst noch der Baske waren zum Scherzen aufgelegt.

«Hören Sie mal, Señor», sagte der Oberst klar und deutlich zu ihm. «Wir betrachten Sie als Kriegsgefangenen, allerdings rechnen wir Sie zu der Gruppe der Priester und Sanitäter, weshalb Sie, wenn Sie mit uns kooperieren, so schnell wie möglich in Ihr Heimatland zurückkehren dürfen. Trotz des Umstandes, daß an Ihrem linken Arm die Binde fehlt, die Ihre Identität beweisen würde.»

«Aber wie soll denn dieser Mann eine Binde tragen, wo er doch nicht einmal wußte, daß wir Krieg haben.»

«Schweig, Sullivan, oder du bekommst Arrest! Die Gesetze und Gebräuche des Krieges sagen es klar und deutlich: Er hat am linken Arm eine Binde zu tragen, resistent gegen Feuchtigkeit und mit dem Kennzeichen versehen, dem Roten Kreuz, dem Roten Halbmond oder dem Roten Löwenhund der Sonne auf weißem Grund. Ausgegeben und abgestempelt von der Militärbehörde. Außerdem ist eine spezielle Ausweiskarte mitzuführen. Nimm dem Gefangenen den Knebel ab! Sag ihm, er soll nicht schreien, oder es wird ihm leid tun, ansonsten wird ihm nichts geschehen. Sie müssen zugeben, daß die Armbinde fehlt, die Sie als subalternen Angestellten, Sanitäter oder sonst etwas ausweisen könnte. Daher könnten wir Sie als Angehörigen der kämpfenden Truppe betrachten. Nun gut, Schwamm drüber! Sie brauchen uns nur zu erklären, wie wir die Speisekammer oder den Kühlschrank aufbekommen.»

«Hm, also, das sieht sehr schlecht aus, Herr Oberst, weil wir die Schlüssel jeden Abend der Frau Leiterin aushändigen müssen, seit hier im letzten Herbst Marmelade gestohlen wurde.»

«Verflixt und zugenäht! Was nun?»

Der Baske verteilte Fausthiebe in die Luft und wollte sich nicht mit dem Scheitern der Expedition abfinden. Er riß Schubladen auf und rüttelte an den Vorhängeschlössern.

«Sag ihm, daß wir seine Aussage nachprüfen, und wenn er uns angelogen hat, wird er an die Wand gestellt!»

«Hier ist ein Apfel!» meldete die unsichere Stimme des Käsehändlers, und alle Augen bestätigten die unbezweifelbare Präsenz eines Apfels in einer Ecke der Arbeitsplatte der Köche. Einer. Ein einziger Apfel. Der Apfel. Der Urapfel an sich. Der Baske stürzte sich darauf, um als erster seine Zähne hineinzuschlagen, aber Sullivans Zähne waren schon in der Frucht, bevor die Hand des Obersts dazwischenfahren konnte.

«Die gesamte Beute ist Eigentum des Oberkommandos, und dieses wird ihre gerechte Verteilung veranlassen. Das Ganze war ein Fehlschlag. Rückzug! Löscht die Lichter, und den Gefangenen nehmen wir mit, damit er keinen Alarm schlägt. Sullivan und du, Tomás, Ihr seid mir für den Gefangenen verantwortlich. Ihr dreht mit ihm einmal eine Runde ums Schwimmbecken und kommt dann herunter zum Sammelpunkt. Baske, geh du voran, für den Fall, daß wir überrascht werden, und Sie, Detektiv, gehen am Schluß und passen auf, vor allem auf die Leute im Salon!»

Als sie im Garten waren, hörten sie sogar die Musik, nach der getanzt wurde. Jemand hatte die Fenster geöffnet, ein Slowfox wurde gespielt, ‹*Tres Monedas en la Fuente*›, – ‹*Drei Münzen im Brunnen*› – wenn Carvalho sich richtig erinnerte. Er folgte dem Oberst und erreichte in seinem Kielwasser den Eingang des Pavillons, wo Duñabeitia schon auf sie wartete. Die anderen kamen nicht, und der Oberst ließ sich auf die Stufen nieder, die zum Pavillon hinunterführten.

«Ich habe euch die ganze Zeit beobachtet, jeder einzelne von euch hat das Zeug zum Soldaten, und ob! Ich meine nicht die Tapferkeit im heißen Gefecht, die der Theoretiker Villamartín die ‹sanguinische› Tapferkeit nennt, sondern die ‹zähe› und die ‹kalte› Tapferkeit. Versteht ihr, wovon ich rede? Ich sage euch den Text auswendig, so, wie ich ihn auf der Akademie gelernt habe: ‹Es gibt eine Tapferkeit, die man die sanguinische nennen kann, jene angriffslustige, fröhliche, turbulente, gedankenlose Tapferkeit, die vorwärts stürmt, ohne sich umzusehen, die aber, vielleicht durch eine gewaltsame Reaktion zurückgeworfen, sich unter Umständen in Angst und Panik auflöst. Es gibt die zähe Tapferkeit, die Tapferkeit in der Stellung, die zwar nicht mit Impetus vorrückt, aber auch durch keine menschliche Gewalt zum Rückzug zu bewegen ist. Dann gibt es noch die Tapferkeit, die sich auf die Gefahr «vorbereiten» muß, mit abgestuften Emotionen, die angesichts einer unvorhergesehenen Gefahr verschwindet. Es gibt die Tapferkeit als Kind der Eigenliebe, aber sie braucht Theater und Zuschauer. Es gibt auch die kalte Tapferkeit, die Tapferkeit dessen, der sich inmitten der Gefahr bewegt, als gehe sie ihn überhaupt nichts an, und der den Eindruck erweckt, als tauche der Tod in seiner Rechnung als Faktor nicht auf. Das ist die Tapferkeit des Generals, der in seinem Hauptquartier seine ganze Aufmerksamkeit auf die Landkarte richtet, ohne den Staub zu bemerken, den die Kugeln vor seinen Füßen aufwirbeln. Es ist die Tapferkeit des Offiziers, der die Situation ganz genau beobachtet, die Ausrichtung und Gegebenheiten einer Festung oder einer Stellung im Schützengraben, genau so, als befinde er sich auf dem Übungsgelände. Es ist die stoische Tapferkeit großer Männer.› Genug zitiert, ich will nur noch hinzufügen, das war die Tapferkeit Francos. Wo bleiben die Kerle denn?»

Obwohl sie sie gelöscht hatten, brannten die Lichter im Speisesaal und in der Küche wieder. Etwas war dort im Gange, und ebenfalls in der Nähe, denn sie hörten Zweige rascheln und menschliches Atmen, das aus dem Gebüsch kam. Sullivan lief ohne Deckung auf sie zu, um ihnen, trotz Dunkelheit, sein verärgertes Gesicht zu zeigen.

«Blödsinn ist und bleibt Blödsinn. Der Dicke ist mit dem Gefangenen abgehauen, also, er ist mit ihm durchgebrannt und hat mir zugerufen, wir seien zu weit gegangen. Jetzt wird man uns wohl aus der Klinik rauswerfen.»

«Unsere Aktion wird schon richtig verstanden werden, und was den Dicken da angeht, wenn ich den erwische, den mache ich fertig! Ich weiß nicht, wie diese heutigen Generationen aufwachsen. Sie machen sich über alles lustig und haben vor nichts Achtung, vor dem sie Achtung haben sollten. Und dabei macht der Junge gar nicht den Eindruck, daß er zu irgendeiner Modewelle gehört, aber man sieht, daß die heutige Zeit alles kaputt macht.»

Aus der Küche drangen Stimmen, die Musik verstummte, plötzlich gingen fast gleichzeitig alle großen Fenster des Salons auf und die Tänzer schauten heraus, als ob ein Spektakel angekündigt worden sei. Das Kommando blickte von den Fenstern zu dem Licht in der Küche, von wo sich jetzt die hellen Strahlen einer Taschenlampe näherten.

«Hinter dieser Taschenlampe kommt der Typ mit der Pistole. Und die ist echt. Man wird uns für Gauner halten, geschieht uns ganz recht, wir haben es nicht anders verdient.»

«Sei ruhig, Baske. Mutig den Tatsachen ins Auge geblickt! Wenn er vor uns steht, ergeben wir uns, und ich werde eine öffentliche Erklärung über unsere hervorragende taktische Übung abgeben.»

«Halt! Keine Bewegung! Ich habe eine Pistole, die ist schärfstens geladen.»

«Wir wollen uns ehrenhaft ergeben! Ich bin Oberst Villavicencio von der Infanterie in besonderer Mission, und das hier sind meine Männer. Ich erinnere Sie daran, daß wir nach Kriegsrecht nur zur Nennung von Vor- und Familiennamen verpflichtet sind, der Beschäftigung, Geburtsdatum, Soldbuchnummer und dem entsprechenden Vermerk. Die Verhöre sind in einer Sprache zu führen, die der Gefangene versteht, und es ist unter keinen Umständen gestattet, Druck auszuüben oder physische oder moralische Folter anzuwenden, um weitere Informationen zu erhalten.»

«Gut gut, lassen wir endlich die Witze. Es ist kaum zu glauben, gestandene Männer wie Sie und führen sich auf wie Halbstarke!»

«Mit irgend etwas muß man sich amüsieren, Chef!»

Der Baske trat zu dem Wachmann, hinter dem der in der Küche Gefangene mit einem Nudelholz in der Hand herkam, und Mme. Fedorowna, deren indignierte Blässe von der Dunkelheit verborgen wurde. Es hatte den Anschein, als verliere das Skelett des Obersts die rigide Starrheit, die es den ganzen Abend an sich gehabt hatte, Villavicencio entspannte sich, trat auf den Wachmann zu, gab ihm die Hand und beglückwünschte ihn zu der perfekten Durchführung seiner Aktion.

«Sie haben das Überraschungsmoment gut ausgespielt.»

«Waren es nur Sie? Die vier, die hier sind, und der Jumge, der zu mir kam und mir Bescheid sagte?»

«Jawohl. Ein Kommando, das ganz offensichtlich der Bedeutung der Aktion nicht gewachsen war.»

«Und welche Rolle spielte diese Dame hier?» Die Körper wandten sich um und folgten dem Strahl der Taschenlampe, der Mrs. Simpson zeigte, die sich an die Tür des Pavillons preßte. Alle erstarrten und verstummten, bis auf Mrs. Simpson, die sich wieder in Bewegung setzte und zwischen ihnen hindurch, ohne jede Erklärung, zur Kurklinik zurückging. Mit langen Schritten in feuchten, dreckigen verschmierten und quietschenden Segeltuchschuhen.

Man hätte in Mrs. Simpsons Fall sogar von einem sportlichen Tod sprechen können. Ihre Leiche wurde gefunden, wie sie im Wasser des Swimmingpools trieb, aber es war nicht ihr Stil, sich als Leiche der Willkür des Todes und der Wellen auszuliefern, sondern sie hielt eine gewisse Muskelspannung aufrecht, als wolle sie aus dem Jenseits eine letzte Botschaft der Körperbeherrschung schicken. Der Mann, der für die Sauberhaltung des Swimmingpools zuständig war, hatte sie entdeckt und Mme. Fedorowna und den Geschäftsführer benachrichtigt. Aber nach wenigen Sekunden hatte die Nachricht schon das Vorzimmer des Wiege-Raumes erreicht und sogar noch rechtzeitig für die, die sich zum Morgenspaziergang am Río Sangre anschickten. Daher mußte Mme. Fedorowna ein Gedränge von Klienten um die Leiche von Mrs. Simpson herum über sich ergehen lassen. Dr. Gastein beugte sich über sie, um routinemäßig den Tod festzustellen. Nur neue Klienten schienen erschüttert oder überrascht zu sein; die älteren Insassen kannten die sportlichen Laster von Mrs. Simpson und wußten, daß sie oft im Morgengrauen ins Schwimmbecken sprang und als Aperitif für die folgenden morgendlichen Aktivitäten in korrektem Stil ihre tausend Meter zurücklegte. – Ein Schwindelanfall, eine kurze Bewußtlosigkeit hatten ohne Zweifel zu dem Unfall geführt, und nur Carvalho glaubte, eine besondere Absicht in der Ausdauer zu sehen, mit der Gastein den Kopf und den Hals des Opfers leicht hin und her bewegte, und in dem zusätzlichen Ernst, der seine Züge bedrückte. Gastein fixierte Mme. Fedorowna, als wolle er ihr eine Botschaft übermitteln, die nur sie allein verstehen konnte, und er erhob sich, nachdem er über das Gesicht der Toten eine Decke gezogen hatte, die schon über ihren Körper gebreitet war. Blicklos ging er durch die Schaulustigen, die ihm den Weg freimachten, und als er an Carvalho vorüberging, dauerte es eine Weile, bis er realisiert hatte, welche Beobachtung der Detektiv äußerte.

«Schädelbasisbruch.»

Als Gastein begriffen hatte, was Carvalho da gesagt hatte, wandte er sich ihm mit kritischem Gesicht zu und fragte: «Sind Sie Mediziner?»

«Nein, aber Sie.»

Die beiden Männer sahen einander an, ohne daß einer den Blick senkte, und Gastein neigte den Kopf, um weiterzugehen, während er murmelte: «Schon möglich.»

Carvalho behielt seine Beobachtung für sich und bewegte sich während des ganzen Vormittags wie in Zeitlupe, genau wie die übrigen Kurgäste. Er ging von Grüppchen zu Grüppchen, die sich die sportlichen Taten von Mrs. Simpson in Erinnerung riefen – und die rationale Rache derer, die sie besiegt hatte, bestand jetzt in der Argumentation, man hätte es ja kommen sehen, es sei ja unmöglich, daß eine Frau in diesem Alter Aktivitäten von derartiger Quantität und Qualität entfalten könne. Einige sorgten für Aufsehen, indem sie über eine Art des ‹superenergetischen› Selbstmordes theoretisierten, den viele alte Menschen begehen. Sie setzten sich über ihre eingeschränkten Möglichkeiten und ihre Schmerzen hinweg und stürzten sich in Hyperaktivismus, durch den sie bewußt und freiwillig das Ende herbeiführen. Fast alle wollten lieber in hektischer Aktivität sterben als auf dem Krankenlager; binnen einer Stunde fand Mrs. Simpson Eingang in das Buch des vorbildlichen Sterbens.

Der Streifenwagen der Polizei erschien protokollgemäß, um die amtliche Untersuchung durchzuführen und die Ambulanz zu eskortieren, die Mrs. Simpsons Leiche und Señor Molinas zum Gerichtsmedizinischen Institut nach Bolinches brachte. Eine Autopsie sei in solchen Fällen unumgänglich, argumentierte Mme. Fedorowna gegenüber einer Schar von Klienten, die ihr Fragen stellten über die Zukunft der sterblichen Reste von Mrs. Simpson und die Notwendigkeit einer Bestattungszeremonie in der Kurklinik. Mme Fedorowna beteuerte, die Religionszugehörigkeit der Toten sei ihr nicht bekannt, aber falls es notwendig werden würde, würde man auf ein eklektisches Ritual zurückgreifen, ganz schlicht und funktional, das die religiösen Gefühle weder der Mehrheiten noch der Minderheiten verletzen würde. Man könnte einen Trauergottesdienst nach vegetarischem Ritus abhalten, meinte Sullivan, der sich vor Lachen krümmte und vor dem ärgerlichen Schnauben flüchtete, das seinem Mangel an Respekt galt – so wurde jedenfalls in dieser Situation bemerkt. «Ich will nicht bestreiten», sagte Villavicencio zu Sullivan», daß ihr andalusischen Grundbesitzer manchmal amüsant seid, aber ihr seid imstande und bringt für einen Witz euren eigenen Vater um.»

«Und wieso nicht, wenn der Witz gut ist?»

Carvalho war nicht in der richtigen Stimmung für derartige Dialoge und bemerkte, wie sich seine innere Muskulatur anspannte in Erwartung der Ereignisse, die nur er wittern konnte. Er bezog im Salon Posten und setzte sich so, daß er das Kommen und Gehen vor den Direktionsbüros im Auge hatte. – Die Rückkehr eines in sich gekehrten Molinas. Die Aufforderung an Mme. Fedorowna und Gastein, zu einer Besprechung zu kommen. Dann eine Besprechung mit dem Personal, das für Instandhaltung und Überwachung des Geländes zuständig war, und das Durchsickern der Frage, ob jemand kurz nach Tagesanbruch Mrs. Simpson in der Nähe des Schwimmbeckens gesehen hätte – um den Zeitpunkt des Unfalls zu bestimmen, wie es hieß. Carvalho erwartete, bald die Sirene eines Polizeiwagens zu hören, oder, wenn nicht das, so doch das unverwechselbare Geräusch von zugeschlagenen Türen, und das Auftauchen von zwei oder drei Männern im Türrahmen mit flinken Augen und sparsamen Bewegungen. Die Autopsie sollte am selben Tag noch durchgeführt werden. Man war schon dabei. Es wurde versucht, die Verwandten von Mrs. Simpson in den Vereinigten Staaten ausfindig zu machen. Aber bei Anbruch des Abends war noch nichts passiert, und das Tun und Treiben der Kurklinik kehrte in seine gewohnten Bahnen zurück. Der Abend versprach sogar interessant zu werden, denn ein englischsprachiger Videofilm war angekündigt worden, *‹Zwei auf gleichem Weg›*, mit Audrey Hepburn und Albert Finley – sie eine Exklientin der Klinik und er, nach seiner Neigung zum Übergewicht zu urteilen, ein mehr als wahrscheinlicher zukünftiger Klient. Andererseits sollte im Fernsehen ein Ausscheidungsspiel um den Europapokal zwischen einer spanischen und einer belgischen Mannschaft übertragen werden, Madrid gegen Anderlech, wie es hieß, und es ereigneten sich präventive und hartnäckige strategische Truppenbewegungen, um Positionen zu besetzen, die einen guten Blick auf das Spielgeschehen erlauben würden. Das ging so weit, daß es an jenem Abend des Wettkampfes an der Tür des Fernsehraumes zu einem Gerangel kam und Mme. Fedorowna einen zusätzlichen Fernsehapparat im Salon aufstellen mußte. Die Spaltung des Publikums vollzog sich nach geographischer Herkunft: die Europäer versammelten sich um den Fernseher im Salon und die Spanier um den im Fernsehraum. Kein äußerer Faktor hatte diese Spaltung herbeigeführt, sondern ein innerer, der Schweizer, Deutsche, Franzosen und Belgier auf der einen Seite vereinigte und die Spanier auf der anderen. Die italienischen Mädchen verschwanden bei Einbruch der Dämmerung. Sie hatten Depressionen und schliefen stundenlang, wobei ihre geschlossenen Augen in den heiteren Seen ihrer dunkelgeränderten Augenhöhlen ruhten. Carvalho ging vom Film zum Fußballspiel, aber zwischendurch begab er sich ab und zu hinauf zur Rezeption, um zu sehen, ob das eintrat, was er erwartete. Nach elf Uhr war es dann soweit. Man hörte keine Sirene, aber das Zuschlagen der Wagentüren klang überall gleich, ironisch amüsiert schloß er die Augen. Als er sie wieder aufschlug, standen sie da, zu zweit, der breitere weiter vorne, ein bleicher junger Mann mit etwas nachlässiger Kleidung und einem sparsamen Gang. Sein Kollege war ein träger Dicker mit Walroßbart, dessen Augen schnell über Personen und Dinge glitten. Nach einer respektvollen Verbeugung vor der Empfangsdame verschwanden sie schnell im Büro von Molinas: Gastein tauchte unerwartet auf, der um diese Zeit sonst nie in der Klinik war, und Mme. Fedorowna begleitete ihn. Nach einigen Minuten öffneten sich die geschlossenen Türen und ein niedergeschlagener Molinas kam heraus, nach ihm die beiden Inspektoren. Sie hielten einen Meter Abstand, als würde sein Schatten Unglück bringen. Man tuschelte in der Mitte des Salons mit Mme. Fedorowna, und die Russin gab sich selbst und der Empfangsdame, die bis um zwölf Uhr Dienst hatte, eine Reihe von Anweisungen. Sie gingen in verschiedene Richtungen auseinander, und Carvalho sah, wie die Polizisten, Molinas und Gastein schweigend und distanziert in der Mitte des Salons zurückblieben. Nach einiger Zeit gingen Türen auf, und Klienten kamen die Treppe herauf – man hatte alle zu einer dringenden Versammlung im großen Saal zusammengetrommelt. Selbst die italienischen Mädchen waren genötigt, sich aus ihrer Lethargie aufzuraffen, sie kamen als Nachzügler und brachten ihr Äußeres in Ordnung. Señor Molinas stand dort, wo sonst Juanito de Utrera stand, ‹El Niño Camaleón›, und wandte sich in spanischer, englischer, französischer und deutscher Sprache an die Klienten. Die Mitteilung war kurz. Da es notwendig war, einige Begleitumstände von Mrs. Simpsons Tod aufzuklären, wurde darum gebeten, daß weder Klienten noch Personal für die Dauer der polizeilichen und gerichtlichen Maßnahmen die Klinik verließen.

Selbst die Klienten, die in den beiden nächsten Tagen entlassen werden sollten, mußten dableiben. Die Kosten ihres Extraaufenthaltes würden zu Lasten der Firma *Faber und Faber* gehen. Molinas betonte, es handele sich dabei um eine reine Routinemaßnahme: es bedeute nicht, daß aus dem Vorfall alarmierende Schlüsse gezogen würden, und unter ähnlichen Umständen wäre an jedem anderen Ort genauso verfahren worden – eine rätselhafte Erklärung, die den Umständen in dem über jeden Verdacht erhabenen Ort eine Sonderstellung einräumte. «Die Polizei», fügte Molinas hinzu, wird Ihnen Fragen stellen, und ich bitte Sie, ihnen entgegenzukommen. Je mehr Sie ihnen entgegenkommen, desto schneller werden die Untersuchungen beendet sein.» Nach allgemeinem Schweigen fragte ein Deutscher, ob das Verbot, die Kurklinik zu verlassen, im buchstäblichen Sinn gelte: Ob es verboten sei, die physischen Grenzen der Kurklinik zu verlassen.

«In der Tat», erklärte Molinas mit singender Stimme. «Morgen – es ist zu hoffen, daß es nur morgen sein wird – darf niemand die Kurklinik verlassen, später wird möglicherweise die Grenze auf den Gemeindebezirk ausgedehnt, aber es muß für mindestens zwei oder drei Tage mit einer intensiven Folge von Verhören gerechnet werden.»

Diese Erklärung mobilisierte diejenigen, die die schwächsten Nerven hatten; sie gingen zu den Telefonen, um sich mit Konsulaten und Botschaften in Verbindung zu setzen. Molinas versuchte, sie zurückzuhalten, und bat sie, in den Videoraum zurückzukehren oder sich das Fußballspiel anzusehen, denn die Herren Inspektoren hätten mit Rücksicht auf die spezielle Diäternährung und die nötige

Ruhe die Verhöre auf den morgigen Tag verschoben, und es lohne sich nicht, unnütz die Konsulate zu alarmieren. Dies hätte nur negative Konsequenzen für die Kurgäste, denn es würde die Presse mobilisieren und einen Belagerungszustand herbeiführen, der für niemanden angenehm war. Es entstand ein Gedränge wie auf einem Flughafen, wo das letzte Flugzeug startet und die Passagiere mit dem Gefühl auf der Erde zurückläßt, die letzte Chance verpaßt zu haben, oder wie auf einem Bahnhof, wenn der Zug abfährt und Leute zurückläßt, die vor einem nicht näher konkretisierbaren Terror auf der Flucht sind und rennen und rennen, bis der Bahnsteig unter ihren Füßen verschwindet. Eine Gruppe verärgerter Deutscher, der sich der Antiquitätenhändler anschloß, bezeichnete die getroffenen Entschlüsse als untragbar. Es würden ihre Interessen geschädigt und deshalb zwangsläufig zu Schadensersatzansprüchen und Regreßforderungen führen.

Carvalho studierte die Reaktion des einen Polizisten. Was passierte, schien ihn kalt zu lassen. Er hatte das Körpergewicht auf ein Bein verlagert und das andere entspannt, seine Schultern waren locker und sein Blick verlor sich in einer Falte seines eigenen Denkens. Dann kam der Moment, wo es ihm zuviel wurde. Er sagte Molinas etwas ins Ohr. Der Verwalter unterhielt sich daraufhin besorgt mit dem Polizisten. Die Gesten des Beamten waren nun voller Entschiedenheit und Energie; er verlangte, Molinas solle die Situation klären, sonst würde er selbst eingreifen. Er bellte ihm etwas ins Ohr, und Molinas blieb nichts anderes übrig, als in den verschiedenen Sprachen zu wiederholen: «Inspektor Serrano fragt mich, was Ihnen lieber ist: Soll er Sie hier verhören, wo Sie Ihren normalen Lebensrhythmus beibehalten können, oder in Bolinches auf der Wache?»

Serrano wußte die Antwort schon im voraus. Er blieb ungerührt, denn die zunächst stattfindende Verschärfung des Protestes war nur die Vorstufe dafür, daß die Mehrheit zur Mäßigung rief, und durchsetzte, daß die erträglichere Lösung akzeptiert wurde.

Der Inspektor schloß sich dem Rückzug der Klinikleitung an, ohne jemanden dabei anzusehen. Seinen Jägerblick sparte er sich für die Gelegenheit auf, wenn er sie einzeln vor sich haben würde. Kaum hatten sie den Saal verlassen, bildeten sich nationale Gruppen. Die stärkste war die deutsche, gefolgt von den Belgiern und Spaniern, danach kam ein französisches Sextett, ein Quintett von Schweizern und die beiden italienischen Mädchen. Molinas kam zurück, und als er die Situation erkannt hatte, wandte er sich an die

Gruppe der Spanier und bat sie mehrmals: «Helfen Sie mir!», ohne dies näher zu erläutern. Dann ging er abrupt zu den anderen Grüppchen, wo er mit Lächeln und Versprechungen um sich warf: «Nein, meine Herren, nein! Eine Aufsplitterung der Initiativen wäre... Ich verstehe ihre Nervosität sehr gut, aber ideale Bedingungen haben wir nur, wenn die Klinikleitung der einzige anerkannte Vermittler zwischen den Klienten und der Polizei bleibt, außerdem werden die Gebrüder Faber demnächst eintreffen. Angesichts der Situation haben sie beschlossen, so schnell wie möglich hierherzukommen.»

Die Nachricht von der bevorstehenden Ankunft der Gebrüder Faber beruhigte die Deutschen und die Schweizer. Dafür beunruhigte es die Franzosen noch mehr, während die Belgier sich indifferent verhielten, obwohl diese Indifferenz vielleicht der Kühlheit ihres erklärten Führers zuzuschreiben war, General Delvaux, der wie die gleichmütigen Helden der Artus-Sage über den Dingen zu stehen schien. Die erste internationale Verbindung knüpfte Villavicencio, der sich in Begleitung des Basken vor Delvaux aufbaute und zu ihm sagte: «In diesen außergewöhnlichen Zeiten ist es notwendig, daß Persönlichkeiten mit Sinn für Disziplin und Führungsqualitäten die Verantwortung übernehmen, um zu vermeiden, daß es zu einer Massenhysterie und ihren irreparablen Folgen kommt.»

«In der Tat», antwortete Delvaux, wobei er den ganzen Kopf benutzte, um seine Zustimmung zu bekräftigen, «in der Tat, es ist außergewöhnlich, *c'est extraordinaire, c'est extraordinaire*!»

«Ich verbleibe in Erwartung Ihrer Initiative, Herr General», fügte Villavicencio hinzu und machte kehrt, während der Baske übersetzte. Als er wieder zur Gruppe der Spanier stieß, berichtete er von seiner Aufforderung an den Belgier und fügte hinzu: «Ich mußte es tun.» Fast alle stimmten dem zu, nur die Katalanen ergingen sich in dunklen Anspielungen. Einem entfuhr sogar die leise Bemerkung, das alles sei eine ‹poca soltada›, eine Formel, die das Gefühl fast zur Aggressivität steigerte, daß Villavicencios Tat eine sinnlose Dummheit gewesen sei. Aber in der Gruppe erwartete man nicht allzuviel von der möglichen Mitarbeit der Katalanen, man hielt sie für übermäßig introvertierte Leute, die sich ohne Sinn für die Gemeinschaft immer abseits hielten und seit dem 18. Jahrhundert mit den Chromosomen ihrer Eltern die feste Überzeugung vererbt bekamen, daß alle Bewohner der Welt jenseits des Ebro ein Haufen unzuverlässiger Verrückter, und alle, die jenseits der Pyrenäen wohnten, Gauner waren.

Die Gebrüder Faber trafen im Lauf des Vormittags in der Kurklinik ein. Der größere, dickere und glatzköpfige Bruder ging voran, und ihm folgte eine maßstabsgerecht verkleinerte Ausgabe seiner selbst. Sie trugen eine der außerordentlichen Situation angemessene Miene zur Schau, mußten aber den Ausdruck von Besorgtheit verstärken, als sie feststellten, welche Erschütterung die ganze Kurklinik erlebte. Fast niemand war zum Wiegen erschienen, und die gesellschaftlichen Aktivitäten bestanden darin, entweder nach Nationalitäten getrennt, die Liegen am Schwimmbecken zu bevölkern oder um die Direktionsbüros herumzulungern, wo Inspektor Serrano, sein Assistent und eine Schreibkraft Aussagen aufschrieben. Die Ankunft von Hans und Dietrich Faber unterbrach die Verhöre, und die beiden Polizisten liehen den kritischen Vorschlägen ihr Ohr, die in einem sehr sanften Redestrom von den dicken, glänzenden Lippen Hans Fabers flossen. Er war nicht mit der Maßnahme einverstanden, die Klienten in der Kurklinik einzusperren, als seien sie alle eines eventuellen Verbrechens verdächtig. Darüber hinaus sei noch nicht einmal die Hypothese des Verbrechens bewiesen, und es fiel ihm nur das Wort ‹überstürzt› ein, um das zu kennzeichnen, was hier vor sich ging. Serrano hörte mit übertriebener Aufmerksamkeit zu und brauchte lange, um sich zu einer Antwort durchzuringen, wobei er Molinas als Dolmetscher benutzte. Daß Señora Simpson ermordet worden sei, liege auf der Hand, nicht nur auf Grund des Schädelbasisbruches, sondern weil an ihrem Körper auch andere Spuren von Gewaltanwendung gefunden worden seien, die näher zu beschreiben nicht der richtige Zeitpunkt sei. Ausgehend von den Gegebenheiten der Kurklinik sei der Fall quasi eine Variante des Mordes im verschlossenen Zimmer, von daher sei es logisch, daß alle Bewohner des Hauses den polizeilichen Maßnahmen zur Verfügung stehen mußten, bis man ein annähernd korrektes Bild von der Situation jedes einzelnen und seines Aufenthaltsortes zum Zeitpunkt des Verbrechens habe. Ein verschlossenes Zimmer? Seit wann war die Kurklinik ein verschlossenes Zimmer?

«Sie ist ein Raum, der von bewohnten Orten weit entfernt liegt, aber über die Straße und die Wege über die Berge leicht zu erreichen ist. Jeder Beliebige könnte hierherkommen, eindringen, Mrs. Simpson ermorden und wieder verschwinden. Der Mörder kann schon Tausende von Kilometern weit weg sein.»

«Jede Untersuchung entspricht den besonderen Merkmalen des Falles, und die Typologie dieses Falles macht es erforderlich, daß wir alle verhören, die zum Zeitpunkt des Verbrechens hier unter einem Dach lebten. Ich werde dafür sorgen, daß dieser Vorgang beschleunigt wird.»

Nun zog Faber seinen alles entscheidenden Joker, und diesmal auf spanisch.

«Demnächst, Señor Serrano – Sie heißen doch Serrano, nicht wahr? –, werden Sie einen direkten Anruf vom Innenminister bekommen, mit dem ich heute vormittag vor meiner Abreise aus Zürich sprach. Wie Sie wissen werden, zählen einige ehemalige Minister und die Inhaber hoher Ämter auch des gegenwärtigen Staatsapparates zu unseren Klienten. Ich hoffe, daß eine gegenseitige Zusammenarbeit zum Triumph der Gerechtigkeit führen und dafür sorgen wird, daß unser Unternehmen so wenig lädiert wie möglich aus der Sache hervorgeht.»

«Ich habe schon mit dem Minister gesprochen», antwortete Serrano, der der Tatsache an sich genausowenig Bedeutung beimaß wie dem theatralischen Ton, mit dem Faber seine Beziehungen zu Politik und Verwaltung ausgespielt hatte.

«Der Herr Minister billigt die Maßnahmen, die ich ergriffen habe, und auch den Geist, in dem sie ergriffen worden sind.» Faber schloß die Augen und reichte dem Polizisten die Hand. «In diesem Falle will ich mich nicht in Ihre Arbeit einmischen. Je schneller Sie sie zum Abschluß bringen, desto besser für alle Beteiligten.»

Er änderte Tonfall und Sprache, als er sich an Molinas und die übrigen leitenden Angestellten wandte, und bat das Team wieder in den Konferenzsaal der Direktion. Faber sprach mit seinem Bruder und lauschte seinen Antworten, aber nur so, als würden sie ihn interessieren. Zwei Räume wurden geschlossen. In dem einen tagte die Klinikleitung, in dem andern wurden die routinemäßigen Verhöre der Insassen fortgesetzt: sie wurden nach dem Grad ihrer Bekanntschaft mit Mrs. Simpson befragt, wann sie sie das letzte Mal gesehen hatten, ob sie ihnen vielleicht irgendeine Enthüllung gemacht hatte, die mit dem Verbrechen in Verbindung stehen könnte, und ob sie Juwelen getragen hatte, die nicht in der spärlichen Inventarliste der Polizei aufgeführt waren. Allmählich machte die Nachricht die Runde, daß das Zimmer von Mrs. Simpson durchsucht worden und ihre Stahlkassette verschlossen, aber leer im Schrank gefunden worden war. Mrs. Simpsons Geld war verschwunden, nicht aber ihre Kreditkarten und der Schmuck, den sie trug, als man sie im Swimmingpool fand. Raub paßte als Motiv nicht zu den Begleitumständen des Mordes. Wo war er ausgeführt worden? Im Zimmer, als der Gangster von Mrs. Simpson überrascht worden war? Wie hatte es der Mörder dann geschafft, die Leiche aus einem Zimmer im ersten Stock hinauszuschaffen und vierhundert Meter weit zum Swimmingpool zu schleppen, ohne gesehen zu werden, ohne Lärm zu machen, der jemanden aufgeweckt oder den Nachtwächter alarmiert hätte? Derartige Überlegungen wurden in jeder Gesprächsrunde angestellt, und außer den Italienerinnen war der Gatte der Schweizerin der einzige, der sich nicht für die Vorfälle interessierte. Niedergedrückt von einer inneren Melancholie saß er in einer Ecke des Salons, während seine Frau mit den Deutschen oder den Schweizern plauderte. Schwester Helda mußte das Ritual aufrechterhalten, das dem Klinikaufenthalt seinen Sinn gab, und machte die Opfer der Einläufe darauf aufmerksam, daß ihre Stunde nahte. Mme. Fedorowna ersuchte die Massagechefin, die ausgefallenen Massagen telefonisch zu reklamieren. Die Tendenz zur Normalisierung der Lage setzte sich durch, je mehr die traumatische Erinnerung an Mrs. Simpson als der Wasserleiche unter einer billigen Decke verblaßte, und vor allem dank der Schnelligkeit und Einfachheit der Verhöre. Das Bewußtsein in bezug auf die Kurklinik spaltete sich: Auf der einen Ebene war sie eine Kurklinik in nächster Nähe und doch weit entfernt, objektiv ein Gebäude in einer Landschaft, in dem ein Verbrechen geschehen war; auf der anderen Ebene war es dieselbe Kurklinik wie immer, ein Zentrum entspannter und auf lange Sicht behaglicher Bußübungen für die Sünden, die man gegen den eigenen Körper begangen hatte. Die innere Logik des Corpsgeistes fast aller, die dort isoliert waren, brachte sie immer mehr dazu, den Fall von Mrs. Simpson als Episode einer Fernsehserie zu betrachten, innerhalb derer sie sich wie Zuschauer fühlen konnten oder wie Außenstehende, die in der Lage waren, früher als das übrige Weltpublikum zu erfahren, wie es ausging. Die spanischen Morgenzeitungen meldeten die Sache als Unfall, ohne den Namen der Einrichtung zu erwähnen, und unter den Kurgästen wurde schon spekuliert, daß die Nachricht im Fernsehen kommen könnte, ja sogar, daß die Fernsehkameras schon vor den Toren der Klinik auf die Genehmigung der Gebrüder Faber warteten.

Die Verhöre folgten keiner logischen Reihenfolge, weder alphabetisch noch nach Zimmernummern, und wurden in Gegenwart von Molinas durchgeführt, der als Dolmetscher fungierte. Aber Carvalho sah eine besondere Bedeutung darin, daß er an fünfzehnter Stelle aufgerufen wurde, als erster der Spanier. Er hatte es geahnt und betrat das Büro mit dem Vorsatz, weiterhin die Rolle eines normalen Kurgastes zu spielen, aber es genügte schon, das Grinsen des schnauzbärtigen Polizisten zu sehen, um zu verstehen, daß es schwer sein würde, dies zu schaffen. Als Inspektor Serrano Molinas bat, den Raum zu verlassen, wurde ihm klar, daß es unmöglich sein würde. Molinas sträubte sich, aber Serrano argumentierte, Carvalho sei ein Sonderfall, und damit fand sich der Manager ab. Serrano saß hinter einem Verwaltungsschreibtisch und schaute ihn nicht an, dafür ließ ihn sein Assistent nicht aus den Augen.

«Sieh da, sieh da! Wer hätte gedacht, daß wir hier einen Kollegen treffen würden!»

Serrano konnte ein kurzes Lachen nicht unterdrücken und tauschte mit lachenden Augen einen Blick mit seinem Assistenten.

«Am Rauch sieht man, wo das Feuer brennt! Wo ein Privatdetektiv auftaucht, da muß ja etwas faul sein. Darf man erfahren, was ein junger Mann wie Sie an einem Ort wie diesem hier macht?»

«Gesundheit! Ich unternehme etwas für meine Gesundheit.»

«Ich habe Ihr Dossier noch im Kopf. Es wurde mir soeben telefonisch von Barcelona durchgegeben, und ich bekomme es später per Telex. Sie sind ein guter Fachmann, aber es sieht nicht gerade danach aus, als gehe es Ihnen finanziell besonders gut. Und dieses Haus hier ist teuer, sogar das Nicht-Essen ist hier teuer. Können Sie sich dieses luxuriöse Fasten denn leisten, Señor Carvalho?»

«Ich besitze in der Tat nicht allzuviel Geld, aber wenn Sie so wollen, habe ich genug, um, sagen wir mal, mir einen Nerzmantel zuzulegen.»

«Und wozu zum Teufel brauchst du...?»

«Per Sie, bitte!» schnitt Carvalho dem mit dem Schnauzbart das Wort ab und milderte seinen schneidenden Tonfall durch ein Lächeln.

«Per Sie, Paco, per Sie! Señor Carvalho ist ein ganz normaler Klient der Klinik. Aber: Wozu brauchen Sie einen Nerzmantel?»

«Man hat schon von teureren Launen gehört!»

«Sie sind also mit anderen Worten aus einer Laune heraus hier.»

«Launen, Manien! Ich möchte keinen Fehler machen, aber Sie sehen kerngesund aus, und wie einer, der gerne viel und gut trinkt und ißt, und trotzdem sind Sie kerngesund.»

«Stimmt.»

«Vor zwanzig Jahren ging es mir genauso wie Ihnen. Aber jetzt muß ich auf mich aufpassen.»

«Das ist für mich der erste Fall eines Schnüfflers, der sein Geld in so ein Irrenhaus wie dieses hier trägt.»

Carvalho musterte den Schnauzbärtigen und sagte zu Serrano: «Ihr Freund dagegen sieht gar nicht gut aus. Er ist zwar schlank, aber um die Hüften zu breit und hat einen Hängebauch, weil er jeden Tag zu lange sitzt.»

Serrano schloß die Augen, und diese Geste bremste seinen Kollegen, der schon auf Carvalho zustürzte. Er hielt die Augen weiterhin geschlossen und fragte: «Seien Sie mal ehrlich! Früher oder später wird es sowieso bekannt, und das wäre um so schlimmer für Sie. Sind Sie aus beruflichen Gründen hier? Wußten Sie irgend etwas, das Sie auf die Idee brachte, Mrs. Simpson könnte etwas zustoßen?»

«Nein.»

«Erzählen Sie mal, was hier neulich nachts los war.»

«Was meinen Sie?»

«Den Einbruchsversuch in die Küche.»

«Das kann Ihnen Oberst Villavicencio am besten erklären. Er war der Chef des Kommandos.»

«Was soll das heißen, Kommando?»

«Ich meine unser Kommando. Wir waren nicht genug Leute, um eine Patrouille zu sein. Also beschlossen wir, daß wir ein Kommando sind. Machen Sie sich über diese Geschichte keine Gedanken! Das war ein dummer Jungenstreich, mehr nicht. Uns war es hier sehr langweilig, und wir hatten die Aggressionen, die wir nicht rauslassen konnten, unterdrückt, bis wir eine gemäßigte Form gefunden hatten, sie loszuwerden. Genau wie in Gefängnissen oder Kasernen.»

«Sie führten eine nächtliche Aktion durch, um einen Apfel zu erbeuten. Und Sie schlossen sich der Aktion an, einfach so, aus Spaß an Streichen. Das ist schwer zu glauben.»

«Noch schwerer zu glauben ist, daß ein Oberst die Aktion angeführt hat.»

«Ein Oberst a. D.»

«Ein Oberst bleibt immer ein Oberst, genau wie ein Polizist immer ein Polizist bleibt.»

«Sieh mal an, wohl ein kleiner Philosoph?»

«Sei still, Paco! Señor Carvalho ist von irgend jemand engagiert worden, nachdem hier einige Diebstähle vorgekommen waren. Das ist doch der eigentliche Grund Ihres Hierseins, stimmt's?»

«Nein, von den Diebstahlversuchen erfuhr ich erst hier. Ich war

«Ich besitze nicht allzuviel Geld . . .

... aber wenn Sie so wollen, habe ich genug, um, sagen wir mal, mir einen Nerzmantel zuzulegen.»

Der Gedanke an einen übergewichtigen Privatdetektiv in einem Nerzmantel befremdet die Herren von der Polizei sichtlich, aber was sagt man nicht alles aus Verlegenheit! Denn wer redet schon gern über sein Vermögen – außer mit dem Sachbearbeiter seiner Bank?!

fast nackt, lag auf einer Liege, und eine Masseurin versuchte, meinen Rücken wieder in Ordnung zu bringen. In dieser Lage erfuhr ich von den Diebstahlversuchen. Außerdem, wenn es um die Diebstähle ginge, dann wäre ja die Firma mein Auftraggeber. Fragen Sie doch Molinas oder die Herren Faber!»

«Das werde ich auch tun, und gnade Ihnen Gott, wenn Sie gelogen haben!»

Er kam nicht dazu, zu antworten. Nach einem diskreten Klopfen öffnete sich die Tür, und Molinas tauchte im Türrahmen auf, ganz außer sich.

«Bitte kommen Sie mit und sagen Sie gar nichts. Ich habe etwas Furchtbares entdeckt...»

Er wartete keine Antwort ab und taumelte hinaus, obwohl er beim Anblick einer Gruppe von Gästen, die auf ihn zukamen, seine Haltung wiederfand und sogar mit einem gewissen Optimismus ging. Die beiden Inspektoren folgten ihm und Carvalho schloß sich spontan an; niemand schien es zu bemerken. Molinas ging in den Garten hinunter, nahm den gepflasterten Weg zum Swimmingpool, schlug einen Haken, um nicht mitten durch die Badenden zu gehen, und hielt vor einer Hütte an, in der sich die Maschinen zur Reinigung des Wassers befanden. An der Tür stand Gastein, am Boden zerstört, wie ein Schutzengel, der genau weiß, daß er nichts mehr zu beschützen hat, und so agierte er auch: Er trat beiseite, und Molinas trat mit seinen drei Begleitern ein. Unübersehbar hing ein menschlicher Körper von der oberen Rohrleitung herab, der dicksten, die den Hauptabfluß des Swimmingpools mit der Filteranlage verband. Ein Erhängter nimmt nie eine elegante Haltung ein, obwohl es Erhängte gegeben haben soll, die ihre Henker anflehten, sich um ihr Aussehen zu kümmern, wenn sie tot waren. Aber im Fall des Tennislehrers war Carvalho bereit, die Möglichkeit in Erwägung zu ziehen, daß sich seine Leiche eines eleganten Aussehens erfreute; es war eine Leiche, die einen bevorzugten Platz in den besten Kriminalromanen eingenommen hätte, wegen des edlen Anstands, mit der sie den Kampf gegen das Gesetz der Schwerkraft verloren hatte. Selbst die Kürze und gute Farbe des Stücks Zunge, das aus dem Mund heraushing, waren lobend zu erwähnen. Als er sich gerade ein wenig umsehen wollte, um irgendeinen Hinweis zu entdecken, bemerkte der Polizist mit dem Schnauzbart Carvalhos Anwesenheit. Es sah aus, als wollte er den Detektiv wie eine Raubkatze anspringen, aber sein Kollege hielt ihn am Arm zurück.

«Ruhig, Paco, ruhig! Ich wußte schon, daß er dabei war.»

Carvalho mußte sich verpflichten, über die Entdeckung zu schweigen, und die wenigen Klienten, die sich über von Trottas Fehlen beschwerten, erhielten die Antwort, er sei unpäßlich. Ein Lieferwagen kam von Bolinches, um die Leiche durch den Hintereingang des Klinikparks aufzunehmen. Inspektor Serrano sah ihm nach. Dabei pfiff er etwas mit fast geschlossenen Lippen und wühlte mit den Händen in seinen Hosentaschen. Die Fabers hatten sich in ihre Gemächer zurückgezogen, um sich die wenigen verbliebenen Haare zu raufen, Gastein hatte sich mit dem Gerichtsmediziner zum Meinungsaustausch in die Sporthalle zurückgezogen, und Carvalho folgte den Polizisten auf dem Fuß, bis Serrano von seiner Gegenwart genug zu haben schien und ihn mit einer Handbewegung wegschickte.

«Sie können jetzt gehen. Es kommt nicht mehr darauf an; die Sache ist mittlerweile überall bekannt geworden.»

«Es wird schwierig sein, die Leute hier festzuhalten. Es riecht nach einer ganzen Epidemie von Verbrechen.»

«Gehen Sie, lassen Sie sich schön massieren – und uns bitte in Ruhe!»

Bei der Rückkehr ins Hauptgebäude stellte Carvalho sofort fest, daß die Leute ihre passive Haltung vom Vormittag aufgegeben und die Erregtheit der besten Stunden des Vortags wiedergefunden hatten, als die Leiche von Mrs. Simpson gerade eben entdeckt worden war. Jetzt klärte die Leiche von Trottas den Fall auf, wie Señor Molinas einer Vorhut von Klienten mitteilte. Eine unerklärliche, noch ungeklärte Beziehung verband Mrs. Simpson mit dem Tennislehrer, irgendeine alte, schlüpfrige Geschichte, die den Lehrer dazu gebracht hatte, erst die Frau umzubringen und dann sich selbst. Als diese offizielle Erklärung der Firmenleitung über Molinas Lippen kam, hatte bereits eine Abteilung der Guardia Civil das Sangretal erreicht, um alle Eingänge des Kurbades, die ja gleichzeitig mögliche Ausgänge waren, zu bewachen. Ja, telefonieren war gestattet, vor allem, nachdem sich eine besondere Telefonabhöreinheit in einem kleinen Lastwagen unter den Bäumen des benachbarten Waldes versteckt hatte. Serrano hatte eine Eilobduktion verlangt, und vor Anbruch des neuen Tages würde man wissen, damit rechnete Carvalho, daß von Trotta auch umgebracht worden war. Die allgemeine Stimmung würde erneut umschlagen, und die ganze Gegend würde von Polizisten aus Madrid wimmeln. Es war nicht Villavicencio, der das Gerücht in die Welt setzte, es könnte sich um eine terroristische Provokation handeln, die mit einer Reihe von Aktionen gehen den

Tourismus in Zusammenhang stand, die die ETA zu Sommerbeginn gestartet hatte. Aber das Bedürfnis nach einem äußeren Feind konkretisierte sich zuerst in der Möglichkeit des Terrorismus, die ebenso bedrohlich wie für die Gemeinschaft entlastend war. Es war die rationalste Möglichkeit einer irrationalen Erklärung – und man brauchte eine vernünftige irrationale Erklärung, die gleichzeitig die Gemeinschaft entlastete. Am Nachmittag wußten schon alle von dem Selbstmord von Trottas, und es dauerte seine Zeit, bis die Gemüter sich auf den neuen Umstand eingestellt hatten und Pläne für den Abend gemacht wurden: Video, Fernsehen, Bridge, Lektüre, Gespräche – aber strikt nach nationalen Gemeinschaften getrennt. Diese hatten sich noch nicht aufgelöst, als würde ein Argwohn sie aufrechterhalten, das Mißtrauen gegenüber Identitäten, die schon durch die Tatsache verdächtig waren, daß sie nicht die eigene war.

Die Mehrheit klammerte sich an die Erklärung der Geschäftsleitung, aber die Spekulationen nahmen kein Ende, obwohl die Gebrüder Faber an diesem Abend Mme. Fedorowna bei ihrem Rundgang zur Ermunterung der Fastenden begleiteten. Weniger mit der Sache vertraut als Mme. Fedorowna, übertrieben die Faber-Brüder ihre Liebenswürdigkeit, indem sie singende Laute ausstießen, die im Spanischen besonders unangenehm waren, einer Sprache, die für übertriebene Höflichkeiten wenig geeignet ist. Übertrieben war auch ihre Begeisterung, wenn sie einen Klienten entdeckten, der schon einmal dagewesen war, oder der Optimismus, mit dem sie Neulinge zum Durchhalten ermunterten, vor allem die, die kurz davor standen, die Klinik zu verlassen und hinauszugehen in eine Welt voller Whisky Black Label, Burgunder ‹Réserve du patron› und Speisen, die keinen anderen Zweck hatten als die Obszönität des Genusses. Es war üblich, daß am Ende des Fastens und am Beginn der kurzen Periode der Umstellung auf feste Nahrung die Klinikinsassen im Speisesaal als symbolische Auszeichnung für ihre Ausdauer im Fasten ein Diplom bekamen und eine Kerze für sie angezündet wurde. Mme. Fedorowna hatte das Ritual gut im Griff, aber die Fabers führten es nur bei ihren turnusmäßigen oder außerordentlichen Besuchen durch und malträtierten die kleinen Kerzen mit den plumpen Annäherungsversuchen ihrer dicken Finger. Seltsamerweise hatte noch kein einziger Klient in den langen Jahren der Existenz der spanischen Dependance von *Faber und Faber* gegen das Ritual protestiert und sich dazu bekannt, daß es an die Grenze der Lächerlichkeit ging und das Gefühl vermittelte, einer schlecht gespielten Komödie beizuwohnen. Trotzdem bestand der Verdacht, daß alle Mitteleuropäer eines gewissen Alters und insbesondere die Franzosen die Feier schätzten und das Diplom sogar für ihre alten Tage und ihr ganzes Leben lang aufbewahrten, um ihre Fähigkeit zu fasten zu beweisen. Dem Diplom wurde eine Kalorientafel beigefügt, die für ein paar wenige Wochen, so lange, wie die guten Vorsätze hielten, zu unzertrennlichen Begleitern der frisch Entlassenen werden würde. Bei jedem beliebigen Essensangebot würden sie sie wie ein Notizbuch oder einen japanischen Taschenrechner aus der Brieftasche ziehen, und wenn sie festgestellt haben würden, daß 10 gefüllte Oliven über 120 Kalorien enthielten, konnten sie sich mit genauer Sachkenntnis entscheiden, ob sie sie essen wollten oder nicht. Den Kalorientafeln lagen einige Rezepte und ein Wochenernährungsplan bei, der in der Gewißheit verfaßt worden war, daß die Klienten die Einrichtung mit einem bis ans Ende ihrer Tage zugemauerten Gaumen verlassen würden, und daß das ‹Confit d'Oie› oder das Lamm ‹a la chilindrón›[1] aus ihrem Programm getilgt waren. Mme. Fedorowna hatte sich ein missionarisches, aber entspanntes Verhalten antrainiert, was den Gebrüdern Faber völlig fremd war, so daß sie eher wie Vertreter der Zeugen Jehovas wirkten. Nach dem Veranstaltungsplan der Woche am Anschlagbrett sollte an diesem Abend Gastein einen Vortrag zu dem Thema ‹Sinnlicher Genuß und vernünftige Ernährung› halten, aber es erschienen lediglich die vier deutschen Schwestern. Sie machten das Gespräch zu einem heiteren Kaffeegeplauder über die Rolle der Kartoffel bei der Ernährung und den niedrigen Kaloriengehalt von Frankfurter Würstchen im Vergleich zu anderen frischen Würstchen, die demselben Zweck dienten. Sie waren große Verehrerinnen von Kartoffeln und Würstchen, die deutschen Schwestern, und versuchten, dem Doktor seinen Segen zu entlocken, damit sie sie weiterhin essen durften, wenn sie die Klinik verlassen haben würden.

«Es kommt auf die Menge an», urteilte Gastein, «obwohl die Frankfurter zur Konservierung und Erhaltung der Farbe einige industrielle Zusätze erforderlich machen, deren Toxizität noch nicht nachgewiesen ist.»

Das informelle Plauderstündchen mit Gastein wurde dadurch unterbrochen, daß er dringend zur Rezeption gebeten wurde. Carvalho hatte sich von einem Seegurkensessel verschlingen lassen, und Sánchez Bolín hatte sich in den Zwillingssessel neben ihn gesetzt, begierig, seinen Lagebericht zu hören.

1 in dicker Paprika-Tomaten-Sauce

«Ich sitze den ganzen Tag in meinem Zimmer und schreibe.»

«Sie haben sich eine menschliche Erfahrung entgehen lassen, wie man sie im Leben nur selten macht.»

«Die menschlichen Erfahrungen denke ich mir lieber aus.»

«Zehren Sie beim Schreiben von der Rendite Ihrer Erlebnisse?»

«Ich schreibe, weil ich mir alles vorstelle, was ich nicht erlebt habe. Deshalb habe ich so viel Phantasie.»

«Es gibt schon zwei Leichen.»

«Das ist ja nicht auszuhalten! Nicht mal die allerblödesten Kriminalromane können sich heutzutage leisten, mehr als eine Leiche zu bringen. Es ist dasselbe wie bei den Familien: Fast alle haben nur noch ein Einzelkind. Zwei Leichen wären literarisch ein Unding. Nun gut, in der Realität kommt jeder Blödsinn vor. Ist der Mann im Trainingsanzug noch nicht umgebracht worden?»

«Vielleicht ist er der nächste.»

«Sagen Sie mir Bescheid, wenn es soweit ist, wenn Sie so freundlich sein würden.»

Der Schriftsteller begab sich zurück auf sein Zimmer, aber Carvalho registrierte sein Verschwinden kaum. Seine Aufmerksamkeit galt vielmehr dem plötzlichen Abgang von Gastein. Wahrscheinlich war das Ergebnis der Autopsie angekommen, und Gastein hatte nun volle Gewißheit darüber, daß sich von Trotta nicht aus freien Stücken aufgehängt hatte. Die beiden Personen, die am meisten isoliert gewesen waren, und mit den übrigen Klienten und dem Hilfspersonal am wenigsten Kontakt gehabt hatten, waren eliminiert. Über von Trotta hieß es, die Direktion wäre ihn eigentlich gerne losgeworden. Seine tennistische Lässigkeit sei nicht das Bestreben nach Eleganz, sondern Altersschwäche gewesen, und die Klienten hätten sich laufend über das wenig anregende, elegante Spiel des Alten beschwert. Carvalho lauschte den kritischen Kommentaren, mit denen die erlesene Klientel das Personal in ihren Diensten bedachte, und diese Kommentare würden schriftlich an die Direktion weitergegeben, zu dem Zweck, die Entlassung der Inkompetenten zu bewirken. Selbst bei der Selektion nach dem Stärkeren, widmeten die Starken einen guten Teil ihrer Energie der Suche nach Schwächeren, um sie zu vernichten – vielleicht weil ihnen vor der möglichen Solidarität der Schwachen und Unfähigen graute, oder vor jeglichem Element der Reflexion, das die Fähigkeiten in Frage stellen würde, dank derer sie auserwählt waren. Carvalho hatte sich den proletarischen Anstand bewahrt, nicht allzu hart über Verlierer zu urteilen, aber er lebte in einer Welt von

Herren, die mehrmals täglich das Spiel spielten, den Cäsar zu bitten, keine Gnade mit den gefallenen Gladiatoren zu haben. Trotz allem, soviel Kritik der alte Lehrer auch provoziert hatte, und sosehr die Direktion auch gewünscht haben mochte, ihn loszuwerden, schienen die Gründe trotz allem nicht auszureichen dafür, daß ihn die Klienten, allen voran die Manager aus Düsseldorf und Köln, oder die Direktion selbst stranguliert hätte. Außerdem mußte man bedenken, daß die Direktion auf der letzten Personalversammlung bessere Entlassungsmöglichkeiten durchgesetzt hatte, eine Vereinbarung, die in dem psychologischen Klima einer Ausnahmesituation ausgehandelt worden war und derzufolge über den Arbeitern des Kurbades die Drohung einer Stellenkürzung schwebte. Die Schwierigkeit, von Trotta zu entlassen, so hatte ihm der Baske erklärt, ein Veteran unter den Kurgästen, war dem Umstand zuzuschreiben, daß er mit dem Unternehmen seit seinen allerersten Anfängen verbunden war, so eng, daß man sogar eine weitläufige Verwandtschaft entweder mit den Fabers oder mit der organisatorischen oder technischen Leitung vermutete.

Eine Stunde später, genau so lange, wie ein Fahrzeug für die kurvenreiche Strecke von Bolinches zum Kurbad brauchte, stellten sich vier mit Walkie-Talkies ausgerüstete Wachmänner auf, die die ganze Nacht auf dem Klinikgelände und im Park Wache schieben würden. Serrano hatte den direkten Einsatz von Guardia Civil angeregt, aber den Fabers war das allzu skandalträchtig erschienen. Carvalho ging auf sein Zimmer, erregt und beunruhigt darüber, passiver Zeuge der Ereignisse zu sein, und konstatierte einmal mehr die Neigung zur Schlaflosigkeit, die das Fasten erzeugt. Bei dieser Feststellung klingelte das Telefon. Es war die Stimme von Molinas im Dienste eines Schwalles von Entschuldigungen, die den Vorschlag vorbereiteten, ins Direktionsbüro zu kommen. Die Kurklinik schlief, ihre Korridore lagen im Dunkeln, die Reihen der Mineralwasserflaschen schliefen, die Carvalhos Weg zur Rezeption flankierten, und vom Park herein kam ein starker Duft von Rosmarin, der mit dem Petersiliengeruch kämpfte, den die Klinik nachts absonderte. Im Büro erwartete ihn ein unrasierter, zerknitterter Molinas, und Serrano lag verschlafen auf einem Sofa, richtete aber ein halbgeöffnetes Auge auf Carvalho.

«Señor Carvalho, Sie sind sehr liebenswürdig. Entschuldigen Sie den Anruf zu so später Stunde, aber die Situation ist ernst, sehr ernst. Wir haben den gerichtsmedizinischen Bericht über von Trotta vorliegen. Er ist an Sauerstoffmangel gestorben, aber nicht durch Erhängen, er wurde erwürgt.» Das letzte Wort sprach er mit belegter Stimme, als ersticke er selbst gerade. «Es scheint Sie nicht zu überraschen.» Serranos Schläfrigkeit war schlagartig verschwunden, er war mit einem Satz auf den Beinen und verwikkelte Carvalho in ein Kreuzverhör.

«Ich habe nicht viel Erfahrung mit Erhängten, aber was den Ort angeht, den er sich ausgesucht hat, um sich aufzuhängen, so scheint es mir, daß dies der allerletzte Ort wäre, den sich ein ehrlicher Erhängter ausgesucht hätte. Zu viele Röhren in der Nähe. Der Körper konnte praktisch nicht hin- und herschwingen.»

Serrano klopfte mit dem Zeigefinger mehrmals auf Carvalhos Brust.

«Sehr gut beobachtet. Sie kommen hier voll auf Ihre Kosten. Da wird Ihnen ein Schauspiel geboten, wie Sie es sich besser gar nicht wünschen können.»

«Ach, Carvalho, wir wollten Sie um einen Gefallen bitten...»

«Ich nicht.»

«Nein, natürlich nicht, die Gebrüder Faber bitten Sie um einen Gefallen. Sie sind Fachmann und gleichzeitig Klient der Klinik. Das erlaubt Ihnen, die Ereignisse von einer privilegierten Perspektive aus zu betrachten und außerdem in Erfahrung zu bringen, was unter den Gästen gesprochen und getan wird. Wir möchten Sie engagieren, damit Sie uns bei den Ermittlungen helfen, ohne daß es allzusehr auffällt. Ich weiß nicht, ob Sie mich verstehen.»

«Ich betone, es handelt sich hier um einen außerordentlichen und fast illegalen Auftrag, von dem ich nichts gewußt haben will.»

Carvalho schien verärgert.

«Bitte haben Sie Verständnis dafür, Señor Molinas, daß ich Ihren Vorschlag nicht akzeptieren kann, da ich die Polizei gegen mich habe.»

«Ich habe auch nicht gesagt, daß ich dagegen bin. Ich will gar nichts davon wissen.»

«Ich werde die nötigen Schritte unternehmen, damit eine Zusammenarbeit zustande kommt, wobei es ganz klar sein muß, daß die Leitung der Ermittlungen in den Händen von Inspektor Serrano liegt.»

«Handelt es sich um einen professionellen Auftrag?»

«Ohne Zweifel. Wir haben an ein Tauschgeschäft gedacht. Als Gegenleistung für Ihre Dienste, wenn ich Ihre Mitarbeit so bezeichnen darf, können Sie sich als geladener Gast der Kurklinik betrachten.»

«Ich lasse mich lieber in ein gutes Restaurant einladen. Einladungen zum Fasten behagen mir gar nicht. Ich werde nach Tarif mit Ihnen abrechnen, und je nachdem, wie lange dieser Rummel dauert, kann das für Sie sogar billiger werden.»

«Wer wird jetzt ans Geld denken! Es soll so sein, wie Sie wollen.»

«Ich will vor allem andern, daß Ihr Kollege, der mit dem Schnauzbart, netter zu mir ist.»

Serrano zuckte die Achseln und kehrte zu seinem Sofa und seinem Halbschlaf zurück.

«Und ich muß alles wissen, was Sie bis jetzt über Mrs. Simpson und von Trotta in Erfahrung gebracht haben.»

«Wir haben bei Interpol und bei den jeweiligen Botschaften einen Bericht angefordert. Wir können Ihnen gleich sagen, daß Mrs. Simpson den Namen ihres verstorbenen Gatten, nicht ihren eigenen, trug; sie stammte auch nicht aus Amerika. Sie besaß zwar die Staatsangehörigkeit, war aber in Europa geboren.»

«Sie reist um die Welt und kehrt immer wieder zum alten Europa zurück. Europa ist sehr groß. Woher stammte Mrs. Simpson?»

«Hier beginnen die Schwierigkeiten. Sie selbst behauptete, Polin zu sein, aber das ist nicht so klar. Es war in ihrem Falle eine nach dem Zweiten Weltkrieg deklarierte Nationalität.»

«Mrs. Simpson sprach Russisch.»

«Woher wissen Sie?»

«Ich hörte sie bei einer bestimmten Gelegenheit russisch sprechen.»

«Viele Polen sprechen Russisch, aus Gründen der Nachbarschaft, der Besatzung, kultureller Einflüsse.»

«Und von Trotta?»

«Sie werden es kaum glauben, aber trotz der vielen Jahre, die er im Kurbad gearbeitet hat, wissen wir über ihn weniger als über unseren neuesten Klienten.»

Carvalho steckte seinen Sonderpassierschein in die Tasche, der ihm gestatten würde, unbehelligt von den Wachmännern jederzeit die Klinik zu betreten und zu verlassen. Er ging über die Flure zu seinem Zimmer zurück, und als er um die letzte Ecke bog, sah er an der Tür eines anderen Zimmers eine menschliche Gestalt. Es war Helen, die Schweizerin, in einem leichten zweiteiligen Pyjama. Sie stand zwischen Zimmer und Flur, schamhaft halb hinter der Tür versteckt, und sagte mit einem Lächeln und fast unhörbarer Stimme: «Was ist los?»

«Nichts. Können Sie nicht schlafen?»

«Ja, genau. Und meinem Mann geht es so schlecht.»

«Was ist mit ihm?»

«Er hatte einen Nervenzusammenbruch, und man hat ihm ein Beruhigungsmittel gegeben. Sehen Sie selbst!»

Die Tür ging auf, und Carvalho folgte diesem Körper, der den Geruch eines warmen Tieres verströmte. In einem der beiden Betten schlief der hünenhafte Schweizer, unter den Augen und auf den Wangen immer noch Tränenspuren. Helen stand aufrecht, wirkte aber verschüchtert und starrte zu Boden. «Ich habe Angst.»

«Wovor?»

«Hier passieren schreckliche Dinge.»

Helen stürzte sich auf ihn, umarmte ihn und preßte ihre Lippen auf die seinen, um dann wieder zurückzuweichen.

«Ich küsse Sie nicht, denn beim Fasten hat man Mundgeruch.»

«Ich habe immer einen guten Atem.»

«Gehen Sie, bitte, gehen Sie!»

Ein Stöhnen kam von den Lippen des Gatten, als träume er von der bloßen Möglichkeit ihrer Untreue, und Carvalho ging rückwärts hinaus, um das Paar im Auge behalten zu können. Aber der Mann schlief weiter, und sie schien vor allem besorgt, mit den Händen ihre Brüste zu bedecken, die golden und wach unter dem durchsichtigen Pyjama schimmerten.

Als er schon in seinem Zimmer war, beschloß Carvalho, daß der Schlaf, wenn er wollte, ihn im Kampf Mann gegen Mann überwältigen sollte und nicht in der gequälten Position des verschmähten Schläfers. Er trat auf die Terrasse hinaus und zündete sich eine *Cerdán* an, die erste Zigarre, seit er beim Eintritt in die Klinik von Mme. Fedorowna über das ausdrückliche Rauchverbot innerhalb des Kurbades informiert worden war. Es war ein Verstoß gegen die Normen, weniger schwer als ein Mord, dafür bot die Spitze der brennenden Zigarre von der bedrohlichen Umgebung aus ein ausgezeichnetes Ziel. Unter dem Balkon gingen in regelmäßigen Abständen die Wachmänner vorbei, die ständig durch den Park patrouillierten. Aber nicht nur Carvalho und die Wachmänner waren wach. Im Fenster des Sprechzimmers, das auf den Garten hinausging, stand Gastein. Sein weißer Schlafrock verriet ihn, er leuchtete im Mondschein wie ein Irrlicht. Er bewegte sich nicht und schien nachzudenken oder gebannt in die Ferne zu starren, die beim Fangopavillon aufhörte. Sein Körper verlangte nach einem Bett, und Carvalho kam dem Verlangen nach. Kaum lag er auf dem Laken, war er auch schon eingeschlafen. Er erwachte mit dem Gefühl, gerade eben zu Bett gegangen zu sein und etwas Dringendes erledigen zu müssen, aber nichts hatte Eile im Kurbad, und so tat er, was er jeden Tag tat: pissen, Zähne putzen, Slip und Schlafrock anziehen, den Klinikpaß nehmen, wo Gewicht und Blutdruck eingetragen werden sollte, und sich in die Ecke des Flures begeben, wo die Gäste darauf warteten, von Frau Helda gewogen zu werden. Normalerweise war es langweilig und ruhig, man tauschte förmliche Begrüßungen aus und sprach höchstens über das Wetter, diese Wolken, die immer von Westen kommen und vorübergehend den Eindruck erwecken, daß die Sonne nicht scheinen wird; oder ein extrovertierter Klient drückte vor oder nach dem Wiegen seine Besorgnis darüber aus, ob er wirklich abgenommen hatte, und stellte sich den anderen zur Diagnose, als hinge der Gewichtsverlust oder die Gewichtszunahme von ihrer Meinung ab.

Aber heute unterhielt man sich und lauschte vor allem den Ausführungen eines Deutschen, der gewohnt war, daß man ihm zuhörte. Er erklärte den Ernst der Lage und des Umstandes, daß sie festgehalten wurden, was nicht nur seine Interessen schädige, sondern auch seine Gesundheit einer harten Belastungsprobe unterziehe. Das Fasten nach der Methode Faber erforderte den inneren Zustand tiefster Ruhe. Wie konnten sie Ruhe finden, wenn irgendwo ein Verbrecher auf sie lauerte? Welches Vertrauen konnte man haben zu der einheimischen Polizei, die vor ganz Europa ihre Unfähigkeit im Kampf gegen den Terrorismus bewiesen hatte und nun alles damit lösen wollte, daß sie das Kurbad in ein Konzentrationslager verwandelte? Wenn die Erklärung für die ganzen Vorfälle schon nicht der Terrorismus sei, handele es sich doch ohne Zweifel um Verbrechen, und man mußte diejenigen aufs Korn nehmen, die am ehesten als Delinquenten in Frage kamen, aber nie und nimmer eine Klientel, die sich durch ihr Ansehen innerhalb und außerhalb der Klinik auszeichnete.

«Gestatten Sie mir, mich vorzustellen! Mein Name ist Klaus Schimmel. Ich leite eine Tapetenfirma und bin der jüngste Sproß einer echten Industriellendynastie, die bis auf meinen Urgroßvater zurückgeht, den besten Einschaler in ganz Essen. Wieviele Leute wie mich gibt es hier? Wenn jeder einzelne von Ihnen seine Geschichte erzählen würde, würde sich ein repräsentatives Bild des SOLIDESTEN, SOLVENTESTEN und WERTIGSTEN ergeben, das Europa zu bieten hat, das arbeitende Europa, das allen inneren und äußeren Schwierigkeiten zum Trotz wächst und gedeiht. Haben wir es verdient, daß man uns wie eine Hammelherde behandelt und uns eine Situation aufzwingt, an deren Zustandekommen wir keine Schuld haben?»

Helens Mann entriß dem Industriellen aus Essen die Hauptrolle. Bis jetzt hatte er dem Redeschwall kopfnickend zugehört, aber nun ließ er sich hinreißen und erhob seine Stimme mit einer Heftigkeit, die schon der Zusammenhanglosigkeit nahe kam. «Wir sind umzingelt, eingekreist von Elenden, die uns umbringen wollen, weil sie uns beneiden! Sie beneiden uns um alles, was wir haben. Unser Geld, unsere Bildung, unsere Frauen, und das wollen sie uns wegnehmen. Schluß jetzt mit der Passivität! Man muß die Belagerung aufbrechen, egal mit welchen Mitteln, wir müssen uns wieder sicher fühlen können in unseren eigenen vier Wänden.»

Mitten im Vortrag des Schweizers gingen Zimmermädchen mit Stapeln weißer Wäsche vorbei, und der Redner wies anklagend auf sie: «Sollen sie doch unter denen suchen... Unter denen da, dort müssen die Mörder sein. Welche Gründe hätten wir, uns gegenseitig umzubringen?»

Obwohl seine Heftigkeit die Logik seiner Ausführungen etwas in Mißkredit gebracht hatte, stimmte die Mehrheit der Versammelten dem letzten Argument zu. Wenn Mrs. Simpson nicht vom politischen Terrorismus umgebracht worden war, dann gab es offensichtlich keine andere Möglichkeit als den ökonomischen Terror. Die politischen Terroristen sind moralisch und ästhetisch uniform, aber die ökonomischen nicht, noch viel weniger in einem rückständigen Land, in dem es von Arbeitslosen wimmelt wie in Spanien oder Italien oder Portugal. Warum gingen die Ermittlungen nicht in diese Richtung? Die deutschen Schwestern stimmten dem Gesagten mit der polyphonen Abgestimmtheit ehemaliger Wunderkinder der Trapp-Familie begeistert zu, und eine von ihnen, die älteste, schlug vor, eine Kommission zu bilden, die alle ausländischen Gruppen repräsentieren sollte, um bei Polizei und Direktion Druck auszuüben. Damit war der Essener Kaufmann nicht einverstanden. «Die Initiative, der sich unser Schweizer Freund so eifrig angeschlossen hat, ging ja von den Deutschen aus, deshalb haben wir das Recht, unsere eigene Kommission zu bilden. Die anderen werden sich schon arrangieren.»

In der Tat hatte man eine allzu passive Haltung auf seiten der Franzosen und Belgier beobachtet, und auf die anderen konnte man auch nicht zählen. Zu diesem Zeitpunkt stieß Sullivan dazu, der müde sein langes Skelett schleppte, und brauchte eine Weile, um zu kapieren, was vor sich ging. Carvalho faßte es kurz für ihn zusammen. «Über die Reinheit der Rasse kommen sie zur angeborenen Unschuld. Sie sind Deutsche und Reiche und deshalb unschuldig. Bald werden Franzosen und Belgier dieselbe Entdeckung machen, und der Kreis um die Verbrecher, die Mörder, schließt sich immer mehr.»

«Mörder? Hat denn nicht dieser von Trotta alles auf dem Gewissen, der alte Trottel?»

«Nein, von Trotta ist selbst auch ermordet worden.»

«Wenn das so ist, werden wir auch etwas unternehmen müssen.»

«Was heißt wir?»

«Na, die Spanier. Wenn es um die nationale Sache geht, lasse ich mir von keinem am Zeug flicken.»

«Sie haben das Personal im Verdacht.»

«Bei denen könnte man anfangen, da gibt es etliche, die aussehen, als seien sie gerade mit der zusammenklappbaren Knarre in der Hand aus dem Gebirge gekommen. Und dieser Serrano, der von der Polizei, weiß der schon, was zu tun ist?»

«Er glaubt es zu wissen. Aber er hat mehr Angst als wir alle zusammen, daß der Fall ihm über den Kopf wächst, und er dürfte um diese Tageszeit von allen Seiten her unter Druck gesetzt werden, von der Firma, von Politikern und Diplomaten, daß er dieses Durcheinander so schnell wie möglich löst.»

«Ich bin ja gespannt, ob die mir nicht den Ausgang am Samstag vermasseln. Ich glaube, ich suche ihnen irgendeinen Mörder und sage ihnen, hier bitte, den da in den Knast und alle anderen raus! Dann würden wir uns schon irgendwie einig werden.»

Carvalho war an der Reihe, auf die Waage zu treten, und Helda empfing ihn mit einem maliziösen ‹Guten Tag›, wie immer. «Na, mal sehen, wie schwer wir wieder sind. Wie viele Whiskies waren es denn gestern abend? Gut, gut. Sie haben nicht viel abgenommen, aber bei der Atmosphäre, die hier zur Zeit herrscht, spricht der Organismus nicht auf die Behandlung an, und die Nerven halten Flüssigkeit zurück.»

«Eigenartig, der Fall von Trotta.»

«Fangen Sie bloß nicht damit an! Ich konnte die ganze Nacht nicht schlafen. Eine absurde Tat. Der Mann war so, so...»

«Elegant.»

«Elegant, das ist das richtige Wort.»

«Aber es ist schon erwiesen, daß er es nicht selbst getan hat, man weiß, daß er ermordet worden ist.»

Helda sah sich nicht genötigt, Überraschung zu zeigen. Sie bewegte kaum den Kopf , ‹Ah, ja?›, was ihre Aufmerksamkeit nicht von den Zuckungen der Nadel ablenkte, die Carvalhos Blutdruck aufzeichnete.

«Ihr unterer Wert ist sehr abgesunken, das ist gut, in Ordnung. Ich glaube nicht, daß Sie ein chronischer Fall von Hochdruck sind, aber Sie sind in einem sehr schlechten Zustand hier angekommen. Wenn Sie draußen sind, sollten Sie Ihren Blutdruck so oft wie möglich überprüfen – es gibt jetzt diese Apparate in den Apotheken, wo man eine Münze einwerfen muß; sie messen den Blutdruck ganz genau.»

«Stand es für Sie fest, daß es zwischen von Trotta und Mrs. Simpson eine Beziehung gab?»

«Für mich? Wieso? Von Trotta arbeitete hier schon, bevor ich anfing, und Mrs. Simpson war, glaube ich, das vierte Mal hier in der Klinik. Es ist alles so absurd, so unerklärlich.»

«War sie eine schwierige Klientin?»

«Mrs. Simpson war anspruchsvoll, nicht schwierig. Sie verlangte von anderen dasselbe, was sie von sich verlangte.»

«Aber sie war etwas streitlustig. Ich sah, wie sie mit leitenden Angestellten einen Wortwechsel hatte.»

«Man mußte sie zu nehmen wissen. Hier sind alle Leute so lange nett und freundlich, bis das Gegenteil bewiesen ist. Morgens im Schlafrock sehen alle gleich aus. Aber diese Uniformierung trügt. Sie haben ihre Probleme von draußen nur aufgeschoben, nicht aufgehoben.»

«Welche Probleme?»

«Wer keine reale Angst hat, erfindet sie sich, meinen Sie nicht auch, Señor Carvalho?»

«Schon möglich.»

Mit ordnungsgemäß ausgefülltem Paß ging Carvalho hinaus, wo er Sánchez Bolín begegnete, der als einziger im Wartezimmer saß.

«Was ist denn hier los? Ist die Klinik evakuiert worden?»

«Gerade eben war es hier noch voll.»

«Nun, als ich kam, gingen alle im Gänsemarsch hinaus, und vornedran marschierte dieser Verrückte, der Ehemann der Schönen. Gibt's irgendwas Neues?»

«Von Trotta ist umgebracht worden.»

«Wer ist das? Hat er etwas mit einer deutschen Regisseurin zu tun?»

«Ich glaube nicht. Er war der Tennislehrer.»

«Mein Gott, der Erhängte! Nicht genug damit, daß er sich aufgehängt hat, er mußte sich auch noch umbringen lassen.»

Sánchez Bolín ging, um etwas über sich selbst zu erfahren, das heißt, wieviel er heute morgen wog, und Carvalho begab sich zur Direktion. Dort war die deutsche Delegation versammelt, und Wortführer waren teils der Schweizer, teils der Essener Geschäftsmann. Die Haltung des Schweizers löste sich allerdings immer mehr in hysterischen, schrillen Schreien auf. Dafür zeigte der ehrenwerte Geschäftsmann aus Essen sich als selbstbewußter Herr der Lage, wofür ihm seine Landsleute dankbar waren. Der Schweizer wurde allmählich eher als Last denn als Hilfe empfunden. Carvalho suchte Helen in der Gruppe, aber sie war nicht dabei. Sie hielt sich abseits, kaute an ihren Fingernägeln und starrte wie gebannt auf ihren Mann, als wolle sie ihm eine telepathische Botschaft schicken, die er aber nicht empfing oder nicht empfangen wollte. Der Aufruhr der Deutschen hatte das ganze Kurbad aufgeschreckt und in respektvollem Abstand bildeten sich andere Gruppen, die dem Verhalten der Deutschen zunächst kritisch gegenüberstanden, aber dann mehr und mehr Verständnis entwickelten und von Mal zu Mal überzeugter davon waren, daß es, wenn selbst die kühlen und vernünftigen Deutschen auf diese Art reagierten, auch einen evidenten Grund dafür geben mußte, und es notwendig war, bei der Sache Partei zu ergreifen. Molinas schaute zur Tür heraus und forderte sie auf, eine Delegation zu bestimmen, die schließlich aus dem Industriellen, einer der deutschen Schwestern und dem Tennisspieler bestand, der Morgen für Morgen versucht hatte, von Trotta zu vernichten. Daß er nicht zu den Unterhändlern gehören durfte, war für den Schweizer zu viel. Er verließ die Gruppe, begann alle laut schreiend mit Schimpfworten zu belegen, mit dem Fuß aufzustampfen, in die Luft zu boxen, und ließ sich plötzlich zu Boden fallen, krümmte sich, und Schaum trat aus seinem Mund. Es war offensichtlich ein epileptischer Anfall, und in der Runde der Zuschauer fiel Helen auf, die umherrannte, sich ein paarmal auf Zehenspitzen dem am Boden liegenden Körper ihres Mannes näherte, um dann wieder zurückzuweichen und bei den Zuschauern Zuflucht zu suchen. Carvalho versuchte, seiner Aufforderung Gehör zu verschaffen, man solle ihm die Zunge festbinden, aber keiner hörte auf ihn, und als er sich anschickte, sich mit dem Gürtel seines eigenen Schlafrockes in der Hand auf den Schweizer zu stürzen, eilte Helda mit einer Gruppe von Sanitätern im Laufschritt herbei. Unter ihnen befanden sich auch Dr. Gastein und der kräftigste der

Masseure. Sie umringten den Körper des Schweizers, schoben ihm einen metallischen Gegenstand in den Mund, den er nicht verschlucken konnte und der gleichzeitig verhinderte, daß er sich auf die Zunge biß. Während sie ihn festhielten, gab ihm Helda eine Beruhigungsspritze in seinen birnenförmigen, weißen Arsch voller Pickel und Haare, die dort kabbalistische Zeichen bildeten. Dann luden sie den Körper auf eine Bahre und schoben ihn schnell zum Aufzug, umringt von dem medizinischen Kommando und Helen. Carvalho benutzte den Aufruhr, um das Büro zu betreten, das die Polizei benutzte, und fand dort Serrano, der eine Sendung aus seinem kleinen Transistorradio hörte.

Ja, er wisse Bescheid, was draußen los gewesen sei. Aber er höre weiter der Sendung zu, bei der es um Rauschgiftbekämpfung ging und um die Organisation der spanischen Polizei, die sich damit beschäftigen sollte. Ab und zu zwinkerte ihm Serrano zu und murmelte: «Alles gelogen. Mit den paar Piepen aus dem Budget bilden die sich ein, daß du ihnen jeden Tag einen Al Capone hinter Gitter bringst.»

Es bestand eine totale Diskrepanz zwischen der gemäßigten, höflichen und formellen Sprache der Polizisten, Beamten des Innenministeriums, Psychologen und des Moderators, und den Witzen, mit denen sich Serrano, wie es schien, selbst unterhielt. Carvalho war nur eine Randerscheinung. Der Polizist hatte es satt, Dinge zu hören, die ihn nicht überzeugten, und schaltete das Transistorradio aus.

«Blödsinn! Vorträge! Quatsch! Ich habe in der Drogenfahndung gearbeitet, drei oder vier Jahre lang, und ich weiß, wovon ich spreche. Man reißt sich den Arsch auf, und die lachen bloß, das ist es, man wird nur ausgelacht. Aber wenigstens sieht man Resultate, kleine, unwichtige, aber Resultate, und dann bin ich zum Chef gerufen worden und er hat gesagt: Sehr gut, Serrano, noch so ein Fang in diesem Halbjahr und die Brigade wird berühmt. Ich weiß genau Bescheid, wie sich die ganzen Typen aufführen, die Dealer, die Junkies, die drogensüchtigen Nutten und Stricher... Ich kenne das alles wie meine Westentasche. Es ist irgendwie überschaubar, jeder verhält sich so, wie man es erwartet.»

«Sie sehnen sich wohl nach diesen Zeiten zurück?»

«Jawohl. Ein Polizist muß seine eigenen Grenzen kennen, die darf er nicht überschreiten. Man bekommt ein Gebiet, und dann auf geht's, ran an die Arbeit! Der Rest der Welt hängt nicht von dir ab. Auch nicht das Schicksal der Leute, mit denen du zu tun hast, im

Guten wie im Bösen. Sie sind schon das, was sie sind, und das werden sie auch immer bleiben, da kannst du machen, was du willst. Verstehen Sie? Deshalb kann sich ein Polizist nach einem Verhör ruhig eine Zigarette anzünden und sie mit dem schlimmsten Mörder teilen. Nach dem Verhör haben beide ihre Pflicht getan und haben voneinander nichts mehr zu befürchten.»

«Nicht mal nach einer Tracht Prügel? Glauben Sie nicht, daß der Geprügelte Sie haßt?»

«Nein. Es kommt darauf an, wer es ist. Ich habe die Zeit nicht mehr mitgekriegt, als Politische fertiggemacht wurden. Ich hatte es immer mit Gaunern zu tun, und wenn man denen ein paar Ohrfeigen gegeben hatte, waren sie zufrieden damit. Sie wußten, daß man sie ihnen geben mußte. So, Schluß mit der Nostalgie! Was ist hier los?»

«Diese Leute halten sich nicht an Ihre Spielregeln, Serrano. Hat denn noch keiner zu Ihnen gesagt: Sie wissen nicht, wen Sie vor sich haben?»

«Doch.»

«Allmählich schreit das die ganze Klinik. Alle fangen an und sagen: Sie wissen nicht, wen Sie vor sich haben!»

«Ich führe Befehle aus und habe eine Übergangslösung vorgeschlagen, einen Kompromiß, um die Gemüter zu besänftigen. Aber ich will noch etwas warten, bis ich die Berichte von Interpol über die beiden Leichen habe. Das Heilmittel darf nicht schlimmer sein als die Krankheit. Im Grunde ist niemand an dem Fall interessiert, aber der Minister will keine Anfrage im Parlament wegen schlampiger Arbeit. Wenn sich die Parlamentarier ihre Zunge dorthin stecken würden, wo ich meine, dann hätte ich diese Geschichte in sechs Stunden erledigt.»

«Haben Sie die Vorstrafen von allen, die in der Mordnacht hier in der Klinik waren?»

«Die von den Spaniern schon, von den Ausländern nicht alle.»

«Etwas Interessantes?»

«Es gibt schon einigen Stoff. Auch jemand, dem man die Tat in die Schuhe schieben könnte, wenn nötig. Aber man muß abwarten.» Er schaltete sein Transistorradio wieder ein. Die Audienz war beendet. Carvalho ging zur Rezeption. Bis dort waren die erregten Stimmen der deutschen Delegation zu hören, die mit Molinas diskutierte. Die Belgier warteten darauf, daß sie an die Reihe kamen, aber Delvaux stand nicht an der Spitze der Delegation. Er hielt sich im Hintergrund, unterstützte zwar die Aktion, aber aus den hinteren Linien, im Bewußtsein der zusätzlichen Bedeutung, die das Ganze bekäme, wenn er alle seine Sterne in die Waagschale werfen würde. Die Spanier waren im Fernsehraum versammelt. Das teilte ihm Mme. Fedorowna mit, als wolle sie damit sagen: Nichts wie hin!

Sie waren vollzählig versammelt, selbst Sánchez Bolín, und lauschten aufmerksam den Ausführungen eines Katalanen. Colom, ein älterer Herr mit getöntem Haar und sorgfältig gepflegten grauen Schläfen, besaß die jährliche Bräune des ‹Club Natación de Barcelona› und einen Bauch, den drei Massagen pro Woche das ganze Jahr über in Form hielten – die erste manuell, die zweite unter Wasser, die dritte für die Lymphknoten. Er versuchte, ohne jemandem zu nahe treten zu wollen, wie er ein ums andere Mal wiederholte, zu erklären, daß mit ihm nicht zu rechnen sei: daß er keinen Grund habe, sich mit irgend jemandem zusammenzurotten. Dieser Meinung waren die meisten Katalanen, die beleibten alleinstehenden Damen ebenso wie die reifen, illustren Männer, für die ihr zweimaliger jährlicher Kuraufenthalt der einzige Urlaub war, ihre einzigen Ferien, wie sie betonten, um die übrigen Spanier mit ihrer wenig arbeitsfreudigen Mentalität zu beeindrucken. Sie waren zumindest weniger arbeitseifrig als die Katalanen, aber das drittbeste Volk in der Weltrangliste der Fleißigen nach den Japanern und den Nordamerikanern.

«Ohne Vorwurf, nicht wahr? Es soll sich keiner getroffen fühlen. Das sind Dinge, die jeder nach seinen eigenen Maßstäben für sich allein entscheiden muß. Es ist nicht so, daß ich mich nicht als einer der euren fühle, eh? Aber jeder ist für sich selbst verantwortlich, und was soll es bringen, uns zum Hanswurst zu machen und zu demonstrieren, als seien wir Bauarbeiter, und Señor Molinas unter Druck zu setzen, der Ärmste, er ist ja schon total überlastet. Überhaupt ist gar nichts gewonnen, wenn man Krach schlägt. Wenn man miteinander spricht, kann man sich auch verstehen; aber wen es juckt, der soll sich kratzen, denn wenn er es nicht selbst tut, wer soll es dann tun! Das ist ein Sprichwort, nicht wahr? Ich respektiere jeden Standpunkt, jeden, klar?»

«Es geht doch nicht darum, eine subversive Vereinigung zu bilden, Colom, Menschenskind! Es geht darum, daß sich alle Welt organisiert hat, damit das hier so schnell wie möglich aufhört, und wir werden als letzte aus der Messe kommen.»

«Dann sind wir eben die letzten, Oberst, was soll's? Wenn die anderen etwas damit erreichen, daß sie Stunk machen, dann werden wir schon davon profitieren.»

Eine Dame aus Madrid, die aber in Toledo aufgewachsen war, wie sie jedem erklärte, holte ihre Gedanken aus dem kantabrischen Kranzgesims ihrer Brüste und stürzte sich mit kurzatmigen Seufzern in die dialektische Arena. «Ich bin ja nicht einverstanden mit dir, Colom, aber das soll nichts heißen...»

«Gut. Ich will ja meine Meinung auch keinem aufdrängen, nicht wahr?»

«Aber es macht ja nichts, Colom, es macht ja nichts... Und es ist ja nicht so, daß ich... Ich bin ja auch nicht der Papst... Aber mit dir, Colom, bin ich nicht einer Meinung, überhaupt nicht, *ganz und gar nicht*!»

«Ganz und gar nicht... ganz und gar nicht...» respondierte ein überwiegend weiblicher Chor.

«Also, Colom, ich verstehe euch Katalanen überhaupt nicht!»

«Ich weiß schon, Sullivan, wir gehen immer unsere eigenen Wege... Wir sind sehr eigen...»

«Was verlieren wir denn, wenn wir mal meckern? Wir gehen zu Molinas oder den Fabers und sagen ‹Hört mal zu, wir kriechen euch nicht in den Arsch, und wenn ihr euren Landsleuten Konzessionen macht, dann bitteschön uns auch.› Das baut Adrenalin ab. Man schimpft und dann auf zur Gemüsesuppe oder zum Einlauf, dafür sind wir ja hier. Aber was schadet es, denen ein wenig auf die Zehen zu treten?»

«Ich bin nicht einverstanden mit dem katalanischen Freund, aber mit dir auch nicht, Sullivan!»

«Laß hören, Oberst!»

«Der übertreibt es mit seiner Vorsicht, mit dem, was man in Katalonien ‹seni› nennt.»

«‹Seny.›» [1]

«Gut, ‹seni›, auf spanisch wird das, was du sagst, ‹seni› ausgesprochen, glaube ich. Aber wir wollen uns nicht in linguistische Probleme verstricken, bleiben wir auf dem Teppich. Ich bin nicht damit einverstanden, daß wir uns die Zunge abbeißen und uns Ohrfeigen verpassen lassen müssen. Aber es kann doch nicht geschehen, daß wir einfach aus Spaß an der Freude stänkern. Das kann man einmal machen, so wie neulich abends. Aber ernste Dinge geht man ernsthaft an, Sullivan, du bist auch keine zwanzig mehr.»

«Ich würde gern die Meinung dieses Herrn dort hören.» Der Mann im Trainingsanzug hatte sich erhoben und zeigte anklagend

1 sprich: [senj], kat., gemäßigter Sinn, gesunder Menschenverstand, Vernunft – zentraler Begriff für die katalanische Mentalität

auf Sánchez Bolín. «Ich nehme an, daß ein Schriftsteller in einer derartigen Situation einiges zu sagen haben dürfte.»

Sánchez Bolín betrachtete den Mann im Trainingsanzug, als sei er eine geistige Null, aber physisch war er es nicht, und deshalb entschied er sich für eine ausweichende Antwort. «Daß ich Schriftsteller bin, muß nicht heißen, daß ich zu allem, was geschieht, eine vorgefaßte Meinung habe. Solange keine dritte Leiche auftaucht, bin ich der Meinung, daß die Situation immer noch erträglich ist.»

«Aber von welchen Leichen spricht denn dieser Herr», rief die Señora aus Madrid, die in Toledo aufgewachsen war, erschrocken.

«Das ist eine Metapher, Señora», antwortete Sánchez Bolín und schaute auf ihren Busen.

«Komm uns jetzt nicht mit Metaphern, die Situation ist prekär genug!»

Villavicencio erhob sich kopfschüttelnd, als sehe er sich gegen seinen Willen gezwungen, einzugreifen.

«Also wir benehmen uns wirklich kindisch, streiten über Nichtigkeiten! Was man zu tun hat, das tut man! Ich schlage vor, eine Kommission zu bilden, die eine Erklärung verlangt, und ich erlaube mir, eine pluralistische Vertretung der hier anwesenden Berufe, Ämter, Ideologien und Autonomen Regionen vorzuschlagen: dich, Baske, Colom, den Detektiv, den Schriftsteller und mich.»

«Ein Olé auf deinen demokratischen Geist, Villavicencio!» stichelte Sullivan. Sánchez Bolín erhob sich, neigte den Kopf und rief aus: «Ich verneige mich vor der pluralistischen Kandidatenliste des Militärs!»

Der Baske applaudierte, und Villavicencio wurde von allen Seiten beglückwünscht. Er erwiderte die Komplimente, indem er fortwährend brummte: «Uns Militärs muß man eben verstehen.»

Nicht wirklich einverstanden war dagegen die Dame, die so pointiert ihren Standpunkt dargelegt hatte, und als sie angesichts ihrer offensichtlichen Verärgerung nach deren Ursache gefragt wurde, schrieb sie es dem männlich-chauvinistischen Charakter der Kommission zu, der in der heutigen Zeit untragbar sei.

«Ernesto, das ist nicht schön! Nehmt eine Frau auf, wir sind auch nicht aus Stein!» befahl Doña Solita und blickte dabei über den Rand ihrer Brille und ihres Strickstrumpfes, an dem sie während der ganzen Debatte gearbeitet hatte.

«Ja, wir sind wirklich ein Haufen Esel. Esel! Entschuldigen Sie, Señora, ich schlage nicht nur vor, Sie in die Kommission aufzunehmen, sondern ich verneige mich vor Ihnen.»

«Nein, das ist doch nicht nötig ...»

Nun, da die Kommission komplett war, mußte man sich über die Minimalforderungen einigen.

«Als erstes würde ich Befehl geben, daß Schwimmbad und die Küche zu verhaften», sagte Oberst Villavicencio.

Nicht nur die Kommission, die gesamte spanische Gemeinschaft war sprachlos.

«Nach militärischem Brauch wird eine Person oder ein Ding, welche eine Person schädigen oder ihren Tod verursachen, unverzüglich verhaftet und vor ein Kriegsgericht gestellt», erklärte er.

«Und was bringt es uns, wenn wir das Schwimmbad verhaften? Und welches Militärgericht soll über ein Schwimmbad urteilen?»

«Es handelt sich um symbolische Maßnahmen, die der Gemeinschaft den Ernst der Lage verdeutlichen. Als ich noch ein junger Offizier war, erschossen wir einen Esel, der dem Sohn eines Feldwebels einen Tritt in die Leber verpaßt hatte.»

Colom bereute es sofort, daß er eingewilligt hatte, Mitglied der Kommission zu werden, und erzählte leise, daß er nicht den Mut habe, zur Rezeption zu gehen und die Verhaftung des Schwimmbades zu verlangen. Seine Kritik erreichte Villavicencios Ohren.

«Ich wette zehntausend Peseten, daß General Delvaux dieselbe Forderung gestellt hat.»

«Auf jeden Fall stellst du diesen Vorschlag besser zurück, Oberst, bevor du nicht weißt, ob Delvaux ihn schon gemacht hat», schlug Sullivan vor, und Villavicencio beugte sich dem, wodurch Coloms Besorgnis gedämpft wurde. Man ging nun daran, eine Reihe vordringlicher Forderungen aufzustellen: gleiche Informationen, wie sie die übrigen Mitglieder der Gemeinschaft erhielten, Festlegung einer maximalen Frist, bis wann sich die Pforte für alle öffnen würde, ohne Unterschiede zu machen, und Garantien für die externe und interne Bewachung.

«Und wenn sie nein sagen?»

«Also wenn sie nein sagen, dann treten wir in den Hungerstreik», schlug der junge Käsehändler vor.

«Was für einen Streik? Ja, Junge, glaubst du denn, man könnte noch mehr hungern, als wir es ohnehin schon tun?»

Man einigte sich darauf, daß Colom der Wortführer sein sollte, da man annahm, daß die Katalanen dialogfähig und vorsichtig in ihren Formulierungen seien. Vergeblich schützte Colom vor, er drücke sich auf spanisch sehr schlecht aus und sein Akzent sei sehr stark.

«Alle Akzente Spaniens sind Spanisch!» entgegnete ihm der Oberst und die Expedition brach auf, während der Rest der Gemeinschaft unschlüssig war, ob man die Abgesandten bis vor die Tür des Büros begleiten oder im Fernsehraum das Ergebnis abwarten sollte. Der erste Vorschlag begann sich gerade durchzusetzen, als Doña Solita beiläufig bemerkte, daß gleich die Sendung ‹Vorbeugen ist besser› beginnen würde, in der es heute um das Problem des dicken Kindes gehen sollte. «Oh, also, das muß ich sehen!» rief die in Madrid geborene, aber in Toledo aufgewachsene Dame aus und wollte ihren Platz in der Kommission einer anderen Frau abtreten. Dies stieß auf allgemeine Ablehnung, so daß sie die eingegangene Verpflichtung auf sich nehmen mußte, allerdings unter der Bedingung, daß man ihr einen zusammenfassenden Bericht davon geben würde, was in der Sendung empfohlen wurde. «Ich habe einen Sohn, den mittleren, er sieht aus wie Schweinchen Dick, und ich will nicht, daß das Kind das alles durchmachen muß, was ich durchgemacht habe.»

Der Elan der spanischen Expedition wurde gebremst, als sie das erste Basislager, die Rezeption erreichten und feststellen mußten, daß die belgische Delegation noch nicht empfangen worden war, da sich ihre Mitglieder in Flamen und Wallonen aufgespalten hatten. Aus der anfänglichen Diskussion über die Notwendigkeit, sich in zwei Sprachen zu äußern – obwohl Molinas das Flämische nicht verstehen würde –, war ein hitziges Wortgefecht entstanden, bei dem Flamen und Wallonen schließlich jeweils ihre eigene Sprache sprachen und jeder so tat, als verstehe er den anderen nicht. Von wütenden und den kommunikationsfördernden Schreien gingen sie zu Handgreiflichkeiten über, die sich allerdings auf den einen oder anderen Stoß und ein paar Ohrfeigen beschränkten. Dann beschloß die wallonische Delegation, die Initiative zu ergreifen und sich zur Audienz zu begeben, ohne das Einverständnis der Flamen abzuwarten.

Villavicencio sah zu und verstand überhaupt nichts, obwohl ihm der Baske engagiert erklärte, daß eben überall nur mit Wasser gekocht werde. Als er endlich das ernste Problem des belgischen Schismas begriffen hatte, verstand er immer noch nicht, warum Delvaux nicht eingriff und seine Eigenschaft als Militär in die Waagschale warf, der über den brudermordenden Parteien steht. Tatsächlich war Delvaux aufgefordert worden, sich zu äußern, hatte aber ein Eingreifen diskret abgelehnt und mit knappen Worten dargelegt, daß die Frage ihn zwar betraf, aber seine Kompetenz überstieg, und daß jede Geste seinerseits die Institution hineinziehen würde, die er vertrat: Den Nordatlantikpakt. Ohne Rücksprache mit dem Oberkommando und unter Berücksichtigung der Tatsache, daß sich das alles in einem fremden Land abspielte, würde ein falscher Schritt das Prestige der Organisation in Mitleidenschaft ziehen. Molinas selbst überbrückte diese Spaltung, indem er herauskam und mit den Wallonen auf französisch und den Flamen auf deutsch verhandelte, wobei er lebhaft bedauerte, nicht in ihrer eigenen Sprache mit ihnen verhandeln zu können. «Das ist der Preis der Verachtung, den man für eine unterdrückte Sprache bezahlen muß», antwortete ihm der Aufsässigste der Flamen. In der spanischen Delegation konnte man das besänftigende Tuscheln von Molinas nicht genau hören, der keinen zu überzeugen schien, aber dennoch für den Moment die Eskalation der Gewalt gestoppt hatte. Er hob die Augen zum Himmel, um sie dann zu schließen, als danke er für die soeben empfangene göttliche Kraft, als er die Spanier auf sich zukommen sah. Den übrigen Teilnehmern der Kommission gefiel der allzu unterwürfige Ton nicht, in dem Colom seine Ausführungen begann, aber als er die drei minimalen Voraussetzungen für jede Art von Verhandlung nannte, war Molinas beinahe gerührt und bedankte sich für ihr Verständnis. Er akzeptierte die drei Forderungen sofort, und Colom verbeugte sich wiederholt vor ihm, überrascht und befriedigt über die Leichtigkeit seiner Verhandlungstätigkeit. Der Katalane zeigte schon den Arsch von hinten und versuchte, die Kommission wegzuführen, als Duñabeitias Stimme den Rückzug aufhielt.

«Einen Moment! Ich bin überrascht, Molinas, daß Sie so schnell akzeptieren. Was hatten denn die anderen von Ihnen verlangt?»

«Ganz unter uns – ich verlasse mich auf Ihre Diskretion und die Unterstützung, die wir einander als Landsleute schuldig sind – es wurden verrückte Dinge gefordert. Zum Beispiel das Recht, Waffen zu tragen, und die Ausdehnung der Quarantäne auf das gesamte Dienstpersonal: die Zimmer- und Dienstmädchen, das heißt die Hilfsarbeiter, die Gärtner, das technische Personal etc. etc. . . ferner die tägliche Untersuchung der Zimmer des Personals . . .»

«Die zweite Forderung scheint mir überhaupt nicht verrückt», bemerkte Sullivan vor der spanischen Vollversammlung, nachdem die Expedition zurückgekehrt war. «Auch wenn sie unsere Landsleute sind, brauchen wir ihnen noch lange nicht die Kastanien aus dem Feuer zu holen. Der Gedanke ist naheliegend, daß die Verbrecher auf dieser Seite zu suchen sind. Sie waren zum Beispiel – ich habe stundenlang darüber nachgedacht, und es paßt alles – scharf auf etwas, das Mrs. Simpson hatte, klauten es, wurden von ihr überrascht und brachten sie um. Von Trotta hat alles mit angesehen, also knöpften sie ihn sich auch vor. Das ist die einfachste Erklärung.»

«Es kann auch ein Landstreicher gewesen sein, der sich hier eingeschlichen hat...»

Ein gewichtiger Teil der Frauen neigte zu dieser Ansicht, aber Carvalho argumentierte, wobei er auf Sánchez Bolíns Verständnis hoffte: «Das kommt heute nicht einmal in den billigsten Krimis vor. Es ist die erste Erklärung, die den Gestalten von Agatha Christie einfällt, aber sie wird dann immer verworfen.»

«Das eine oder andere Mal wird es wohl trotzdem vorkommen», urteilte Sánchez Bolín und fügte hinzu: «Der Tag, an dem wirklich ein Landstreicher der Verbrecher war, wird das Ende des Kriminalromans bedeuten.»

Villavicencio gab bekannt, daß er eine Pistole besaß – mit Waffenschein natürlich – und sie der Gemeinschaft zur Verfügung stelle. «Wir sollten die Anzahl unserer Zimmer feststellen und das Zentrum des Sicherheitsdienstes in meines verlegen. Wenn ihr dann etwas Verdächtiges bemerkt, braucht ihr nur zu rufen, und ich komme mit der Pistole.»

«Wenn ich irgendwo am Arsch der Welt bin, Ernesto, und bis du dann mit der Pistole herbeikommst, haben sie mich schon kaltgemacht.»

«Bei jeder defensiven Aktion muß man eine gewisse Anzahl von Verlusten einkalkulieren. Es kommt darauf an, sie so gering wie möglich zu halten. Wie viele Spanier sind wir?»

«22, die Katalanen eingerechnet», sagte Sullivan.

«10 % Verluste wäre kein schlechtes Ergebnis.»

«Macht genau zwei Komma zwei.»

Damit bestätigte Sullivan den Verdacht, zu dem die anderen nicht offen zu stehen wagten: Der Oberst hielt es für möglich, daß zwei Komma zwei Mitglieder der spanischen Kolonie möglicherweise die Kurklinik nicht lebend verlassen würden. Ein Chor der Entrüstung brauste auf, und das Wort Barbar war noch das sanfteste, was Villavicencio zu hören bekam. Seine Frau tadelte ihn aus der Ferne, ohne mit dem Stricken aufzuhören. Nervös gestikulierend verließ er die Gruppe und setzte sich neben sie.

«Ernesto, immer redest du zuviel!»

«Ich weiß es ja, Solita, ich weiß es ja. Aber ich schenke ihnen reinen Wein ein, denn im Gefecht darf man die Soldaten weder belügen noch ihre Kampfmoral untergraben, aber sie müssen wissen, was gespielt wird.»

Allmählich wich die Hitze der kollektiv geführten Diskussion einem allgemeinen nachdenklichen Schweigen. Jeder dachte an sein eigenes Schicksal, und überlegte, ob er fähig war, gegen diese Strömung aus eigener Kraft zu schwimmen und dem eigenen Sein Respekt zu verschaffen. Der Baske kam zu Carvalho und sagte ihm, er habe mit einer zuverlässigen Kontaktperson im Baskenland telefoniert, und es stehe hundertprozentig fest, daß die ETA mit der Sache nichts zu tun hatte.

«Vielleicht der schiitische, der armenische oder der libysche Terrorismus. Vielleicht hat auch Sullivan recht, dann ist alles viel einfacher. Gestern abend hat mich dieser Polizist verhört. Warst du schon bei ihm?»

«Ja.»

«Ein Wahnsinniger, nicht? Alle fünf Minuten ändert er seine Methoden. Vielleicht ist das auch sein Trick, um die Leute aus dem Konzept zu bringen. Ein Hanswurst! Sobald die einen Basken sehen, denken sie schon, er zieht die Parabellum aus dem Hosenschlitz. Und sein Kollege ist noch schlimmer. Ich werde dem Innenminister einen Brief schreiben, der sich gewaschen hat. Ich weiß nicht, was sich dieses Pack eigentlich einbildet. Die wußten noch gar nicht, was warmes Essen ist, bevor sie Beamte geworden sind. Spanien wimmelt von Beamten, sogar Punker sind darunter. Wer auch nur einen Duro[1] riskiert, um dieses Land aufzubauen, ist ein Idiot.»

Colom hatte die letzten Sätze des Basken mitangehört und bestätigte sie energisch: «Sie rennen einem die Bude ein mit dem Märchen von Investieren und Arbeitsplätze schaffen. Hör mir bloß auf! Pah! Die sollen endlich mal aufwachen! Ich arbeite den lieben langen Tag, und meinen einzigen Urlaub verbringe ich hier und faste. Es ist schon traurig, ja, ja. Und dann soll man die paar Duros, die man verdient hat, für ein Gesindel investieren, das nichts von Arbeit hält und auch sonst an nichts glaubt, sondern einen nach Belieben schikaniert, sobald sie warm zu essen haben und sich ein Videogerät leisten können. Die haben nämlich alle Video, nicht? Machen wir uns nichts vor. Auch der ärmste Hungerleider hat sein Video.»

1 5-Peseten-Münze

Carvalho überließ die beiden Unternehmer ihrem Kummer und ging hinauf zu der öffentlichen Telefonkabine, die in einer Ecke der Empfangshalle aufgestellt worden war. Er bat die Vermittlung, ihn mit Inspektor Serrano zu verbinden, und als er ihn am Telefon hatte, fragte er, ob er zu ihm kommen könne, wenn das jetzige Verhör zu Ende sei.

«Kommen Sie, aber gehen Sie durch das Büro von Molinas.»

Es war leer, und Carvalho wartete, bis die Verbindungstür aufging und Serrano ihn hereinbat. Das Gesicht des Inspektors bestand nur noch aus von einem inneren Feind ausgehöhlten Ringen unter den Augen, und auf der Haut glänzte der schmierige Schweiß der Erschöpfung. Der Assistent würdigte ihn keines Blickes, und die Sekretärin nutzte die Pause, um sich wie eine schwarze Katze zu recken und zu strecken. Im Gegensatz zu ihren etwas männlichen Gesichtszügen waren ihre Brüste weich und rund.

«Was gibt es Neues?»

«Nichts. Ich warte auf die Dossiers der Toten. Es wird nicht mehr lange dauern, aber es sieht so aus, als gebe es Schwierigkeiten, vor allem mit dem Dossier der Alten. Die Botschaft der Vereinigten Staaten drückt sich nicht klar aus. Nach ihrer Darstellung gab es Mrs. Simpson gar nicht, bevor sie Mrs. Simpson wurde, das heißt, bevor sie einen gewissen Simpson heiratete. Es existiert eine Heiratsurkunde mit den Namen James F. Simpson und Perschka, aber das ist das erste und einzige Dokument, das es über diese Perschka gibt, als sei sie aus dem Nichts aufgetaucht, um sich zu verheiraten.»

«Und wie sieht es hier aus?»

«Ich sterbe noch an Lepra. Alle ergehen sich in Sprüchen, wie wichtig sie sind, und wie ungeheuer notwendig es ist, so früh wie möglich hier herauszukommen. Von diesem Schweizer habe ich besonders die Nase voll, ich meine den mit dem Anfall.»

«Ist er nach draußen geschafft worden?»

«Nichts da. Man hat seinen Anfall unter Kontrolle gebracht, für's erste jedenfalls. Jetzt kann man weitersehen.»

«Und wie sieht's mit den Vorstrafen aus?»

«Kleinigkeiten. Fünf oder sechs von den Gästen. Finanzielle Dinge, aber nichts von Bedeutung. Bei den Spaniern gab es einen ungedeckten Scheck vor vier Jahren ... ein gewisser Royo aus Aragón, Pharmaindustrie ... nichts. Beim Personal sieht es anders aus, da gibt es drei Vorbestrafte. Der eine ist politisch vorbelastet. Er war ein Führer der Landarbeitergewerkschaft in Huelva und hatte vor zwölf Jahren Probleme. Der andere war dran wegen Erregung öffentlichen Ärgernisses. Er beschäftigte sich damit, sein Pimmelchen am Ausgang von Tanzlokalen zu zeigen. Und der dritte ist ein Krimineller, Guzmán Luguín Santirso, ein interessanter Fall, vielleicht erinnern Sie sich sogar daran: Er war vor zwanzig Jahren Chauffeur bei einem Madrider Notar. Dann stahl er Schmuck und Geld im Wert von etwa zehn Millionen. Als er mit der Beute abhauen wollte, wurde er von einem Hausmädchen überrascht. Es kam zum Handgemenge, und sie wurde tot aufgefunden.»

«Ein Schlag oder hat er sie erwürgt?»

«Nein, sie ist vor Schreck zu Stein erstarrt. Eine Herzattacke. Er bekam acht Jahre, vier davon hat er abgesessen. Soweit bekannt ist, hat er sich seither auf keine krummen Dinger mehr eingelassen. Sein Alibi taugt nichts, aber das ist bei allen so. Nach Mitternacht ist das hier das Tal des Schnarchens. Jedes Käuzchen sitzt in seinem Ölbaum, und keiner weiß, was der Nachbar tut.»

«Gehört der Mann zu dem Personal, das hier im Haus schläft, oder wohnt er in Bolinches?»

«Er schläft hier. Er ist Fachmann für Kessel- und Reinigungsanlagen und kann jederzeit gebraucht werden.»

Carvalho begann zu lachen. «Wenn es diesen Mann nicht gäbe, müßte man ihn erfinden.»

«Ich behalte ihn in der Hinterhand.»

«Alle schreien nach einem Sündenbock.»

«Ich tue nur meine Pflicht.»

Das Telefon klingelte, und Serrano gab seinem Assistenten ein Zeichen. Der nahm ab und traute ein paar Sekunden lang seinen eigenen Ohren nicht.

«Entweder es verarscht uns hier einer, oder wir sind mitten in einem Comic. Die Guardia Civil hat einen gewissen Juanito de Utrera, ‹El Niño Camaleón›, und einen anderen Typen festgenommen.»

«Wo denn?»

«Sie wollten das Gelände betreten. Als man ihnen sagte, das sei verboten, wurden sie frech.»

«‹El Niño Camaleón›! Das hat uns gerade noch gefehlt! Wer ist der Typ?»

Carvalho klärte ihn über die kulturellen Aktivitäten im Kurbad auf, und Serrano zuckte die Achseln. Er gab Befehl, die beiden durchzulassen, und ging in Molinas Büro, um zu erfahren, was es mit dem Flamencosänger auf sich hatte. Molinas befand sich im

Gespräch mit den Fabers, gerade aus Madrid zurück, wie sie sagten, und während sie das sagten, sahen sie Serrano mit besonderem Nachdruck an. Molinas begann die Sache mit Juanito de Utreras zu erklären und entschuldigte sich bei den Fabers, daß er nicht daran gedacht hatte, den Auftritt des Duos zu verschieben. Da hörten sie vor dem Eingang erregte Stimmen und verließen das Büro, um festzustellen, daß Juanito de Utrera mit seinem andalusischen Sombrero dem auf dem Sofa liegenden Gitarristen Luft zufächelte.

«Schauen Sie sich das an, wie ihn die ‹Zivilen› zugerichtet haben, diese Schweine!»

‹El Niño Camaleón› erklärte umständlich, wie sie den sturen Zivilgardisten, der sie nicht passieren lassen wollte, ein wenig die Meinung gesagt hätten, und der Gardist hätte ihnen, nervös wie er war, in gemeiner Absicht ein paar harte Schläge versetzt, «das schwöre ich Ihnen, Señor Molinas, in gemeiner Absicht! Hier, sehen Sie mal, was er aus meinem Toupet gemacht hat, es sieht aus wie eine Baskenmütze! Und der ärmste hier, also ihm ist so was noch nie passiert, er ist mir ganz blaß geworden, gelb und grün, und da liegt er jetzt. Es gibt keine Gerechtigkeit mehr!»

Molinas entschuldigte die Gardisten mit den vielen Stunden, die sie Dienst tun mußten, berichtete dem Flamenco-Duo, was geschehen war und wies sie darauf hin, wie unpassend es sei, jetzt die Gäste mit ihren Liedern zu erfreuen.

«Wir stimmen uns ganz auf die Situation ein, Señor Molinas, und singen etwas ganz Tiefes, Ergreifendes... etwas Trauriges, das zu Herzen geht – das Requiem von Mozart ist ein Cha-Cha-Cha dagegen!»

«Nein, nein, meine lieben Freunde, eure Kunst in allen Ehren, aber die Gäste haben dafür kein Verständnis, alle sind furchtbar nervös.»

«Hören Sie sich mal diesen Text an, Señor Molinas!

Ich singe für dich,
weil du gestorben bist,
Geliebter meiner Seele.»

Der Gitarrist erwachte wieder zum Leben und begann, halb auf dem Sofa aufgerichtet, den Sänger mit Zurufen anzufeuern und den Rhythmus zu klatschen. Molinas bestand darauf, daß es nicht der richtige Zeitpunkt sei und betonte, daß sie sich wegen der Bezahlung für den Auftritt keine Sorgen zu machen brauchten. Sie würden bezahlt, als seien sie aufgetreten. Das Duo bedankte sich überschwenglich und versicherte, es gebe keine schönere Beerdigungszeremonie als einen Fandango, der von Herzen kommt. Carvalho überließ sie ihren Rokokofloskeln und folgte Serrano, der zu den Fabers zurückkehrte. Zunächst betrachteten die beiden Brüder Carvalho wie eine rätselhafte Erscheinung, aber Molinas übernahm es, sie miteinander bekannt zu machen, als er wieder zur Stelle war. Die Fabers beachteten ihn jedoch nicht, sie brannten vielmehr darauf, Serrano mitzuteilen, daß sie durch Vermittlung eines hohen Regierungsmitgliedes, eines guten Klienten der Klinik, eine Audienz beim Innenminister bewirkt hatten und dieser ihnen jede Art von Garantien gegeben habe, daß diese ganzen Unannehmlichkeiten bald ein Ende haben würden.

«Ich fürchte, das Kurbad wird viele Jahre brauchen, um sich von dieser Schädigung seines guten Rufes zu erholen», betonte Hans Faber, und er hätte noch weiter lamentiert, wenn sich nicht der Aufruhr am Eingang wiederholt hätte. Als alle hinausgingen, um nachzusehen, was los war, trafen sie wieder Utrera und seinen Gitarristen, in vollkommener Hysterie aufgelöst. Die Toupets saßen noch schräger auf den Köpfen, wenn das überhaupt möglich war, und zwei Zivilgardisten bewachten sie.

Ich schwöre Ihnen, Señor Molinas, daß wir unschuldig sind!»

«Unschuldig woran?» fragte der Manager verblüfft und starrte auf die beiden Musiker und die Guardia Civil, aber der Pegel seiner Verblüffung wuchs, denn durch die Drehtür kamen zwei weitere Zivilgardisten herein, die einen Mann vor sich herschoben: Karl Frisch. Der Sergeant salutierte und meldete Serrano, daß sie bei der Überprüfung des Autos der Musiker den Schweizer, im Kofferraum zusammengekauert, entdeckt hätten.

‹Camaleón› und sein Kollege jammerten und zeigten auf den Schweizer, als sei er ein Ufo. «Kennst du den? Ich habe ihn noch nie im Leben gesehen!»

Carvalho schaute sich draußen um und entdeckte Helen am Fuß der Treppe, wie sie sich die Arme um den Leib schlang, verängstigt durch die Szene, die sie sich jetzt erklären konnte. Ihr Mann war kaum in der Lage zu gehen und mußte von zwei Zivilgardisten gestützt werden. Frau Helda ordnete an, daß er auf die Krankenstation gebracht wurde. Hatte ihn keiner gesehen, wie er in den Kofferraum stieg? Aber nein, aber nein, Herr Inspektor, er stieg ein, als wir mit Ihnen und Señor Molinas redeten. Die Künstler gingen von neuem, und Carvalho folgte Serrano zu der Krankenstation. Der Inspektor ging ein paar Schritte voraus, und Carvalho tat so, als gehe er zufällig denselben Weg, ohne auf die Person des Polizisten zu achten. Karl lag wieder auf der Bahre und schlief. Helda war dabei, ihm für die Untersuchung etwas Blut abzunehmen, und Helen hatte sich in die entfernteste Ecke des Zimmers gesetzt, anscheinend um unbemerkt zu bleiben. Als sie Serrano eintreten sah, zuckte sie zusammen, aber Carvalhos Anwesenheit beruhigte sie wieder. Sie trug Tenniskleidung und hielt den Schläger auf ihren goldbraunen Knien. Nein, sie hatte nicht bemerkt, wie Karl sich hinausgeschlichen hatte. Sie war auf dem Tennisplatz mit Herrn Dörffmann verabredet gewesen, und er hatte augenscheinlich geschlafen, als sie hinausgegangen war. «Er ist wie besessen von der Idee, hier herauszukommen. Die letzten Monate waren schwer. Seine Nerven verliefen sowieso schon ganz dicht unter der Haut, und das hier hat ihm den Rest gegeben.»

«Er wird jetzt ein bis zwei Stunden schlafen», teilte Frau Helda mit.

«Dann ziehe ich mich inzwischen um und schreibe ein paar Postkarten», erklärte Helen und gab Carvalho mit den Augen ein Signal. Sie warteten, bis Serrano gegangen war, dann ging sie hinaus, und der Detektiv folgte ihr. Mit ihrem Pferdeschwanz, dem ärmellosen Trikot, dem kurzen Rock, der die Rundung der Hinterbacken betonte, den geraden und straffen Beinen und den Söckchen wirkte sie auf Carvalho wie eine seiner Jugendlieben, und ebenso jugendlich war es, wie sie sich ab und zu spielerisch nach ihm umschaute, um ihm mit ihren blauen Augen und den blaßrosa geschminkten Lippen ein süßes Lächeln zu schenken. Sie öffnete die Tür zu ihrem Zimmer und ließ sie weit offen stehen. Sie legte den Schläger auf eines der beiden Betten, fuhr sich mechanisch mit den Fingern durch den Pferdeschwanz und hielt in ihrer Hand, als sie sie zurückzog, eine Spange, so daß die langen Haare offen fallen konnten. Sie lösten sich mit träumerischer Langsamkeit voneinander. Nun wandte sie ihr Gesicht Carvalho zu, und wo vorher das Lächeln gewesen war, standen jetzt Tränen. «Helfen Sie mir!»

Sie sank in die Arme des Mannes und verharrte dort, an ihn gedrängt, und umklammerte seine Arme mit ihren Händen. Dann hob sie den Kopf und bot ihm ihre verweinten Augen, blaue Augen, die von Tränen glänzten, und einen Mund, der sich wie eine kleine Wunde öffnete und sich zuerst auf Carvalhos rechte Wange preßte, dann auf die linke, schließlich seine Lippen suchte und dort verweilte, wie um Atem zu schöpfen. Dann öffnete er sich und eine schmale, zarte Zunge schlüpfte heraus, die in den Mund des Mannes eindrang und sich dort wie ein Schmetterling bewegte, der sich freiwillig in Gefangenschaft begeben hatte. Carvalho bemerkte, daß ihr Atem nach zersetzter Petersilie roch, aber er hatte die Kontrolle über seine Sinne verloren, und es waren seine Hände, die die Festigkeit von Helens Brüsten prüften. Er hatte ihr den Pullover hochgeschoben und die beiden leichten Titten aus ihrer Gefangenschaft befreit. Carvalho vertiefte den Kuß, und sie hob die Arme, um ihren Oberkörper vollends zu entblößen. Er genoß das Glück, ihre Brustwarzen zu drücken oder mit der ganzen Hand zart darüberzustreichen und die sonnigen, warmen Busen in der Hand zu wiegen. Er drängte sie, den kurzen Tennisrock fallen zu lassen, so daß sie im weißen Tangaslip vor ihm stand, auf den seine Hände stießen, als sie nach den Pobacken tasteten. Es war ein Slip, der seinen Platz in der Welt gutwillig räumte und ihr puppenhaftes, hellbraunes Schamhaar zum Vorschein kommen ließ. Er hielt sie davon ab, ihre dreifarbigen Socken und die Tennisschuhe auszuziehen, und schob sie zum Bett, wo die Zungen ihre Körper von dem Geruch zersetzter Petersilie befreiten und den Geschmack menschlicher Haut genossen, die mit *Badedas* geschrubbt war.

«Hilf mir!» rief sie ab und zu, wie um ihn an eine Schuld zu erinnern, die er irgendwann zu begleichen haben würde, und der Mann war zu jeglicher Hilfe bereit, denn seiner Begierde stand ein Körper von der aufklappbaren Mittelseite vom Penthouse-*Playboy* zur Verfügung, und zwar in einer der individuellsten und geglücktesten Ausführungen.

Helen war in ihrer besiegten Zartheit so köstlich, daß der Mann das Spiel zwischen Berührung und Menschenfresserei in die Länge zog und die Penetration für den Moment aufsparte, in dem ihre Augen ebensosehr wie ihre Syntax abdriften würden. Es war eher ein Stöhnen als Worte, die ihm anzeigten, daß der Moment erreicht war, wo sich alle Schließmuskeln der Frau öffneten, und Carvalhos Penis tauchte aus einer langen Hungerperiode auf und suchte die enge Pforte, die zu der notleidenden Stadt führte. Die Metapher mag überzogen sein, aber es war Luxusklasse, was sie da am unteren Ende des Körpers besaß, und das Keuchen der Frau entsprach, so schien es, einer wundervollen musikalischen Stufenleiter. Die Bewegungen ihres kleinen Gesichtes waren wild, wie auf der Suche nach mehr Raum, um das Übermaß des Genusses aufzunehmen oder zu fassen.

Aber etwas in Carvalhos Bewußtsein war gebrochen, er war gespalten in das Tier, das eindrang und wieder fast herausschlüpfte aus der nackten Frau, und einen anderen Mann, der in der Lage war, sich von der Szene zu distanzieren und sie zu betrachten, als gehe sie in einer anderen Galaxie vor sich. Diese Bewußtseinsspaltung verringerte die Potenz jedoch nicht, und Helens Augen öffneten sich ab und zu zwischen Stöhnen und mehr Stöhnen und wunderten sich staunend über die Perlenschnur von Orgasmen, die ihr der so vollbeschäftigte Reiter verschaffte. Bald verebbte das ‹mehr, mehr!›, das sie in einem taubstummen Französisch hervorstieß, und es war beinahe Schmerz, was zuerst ihre Augen und dann die Lippen ausdrückten und um einen Waffenstillstand baten für das, was als gutbemessener Koitus begonnen hatte und allmählich in die ausdauernde Tätigkeit einer gnadenlosen Maschine ausuferte, die die zartesten Häute der sexuellen Seele abschälte.

Carvalho versuchte, wieder zu einer einzigen Person zu werden, bei der der ausdauernde Reiter die Oberhand hatte, und zum erstenmal sein eigenes Vergnügen zu genießen und seinen Hunger zu stillen, verrenkt wie eine überfahrene Puppe, aber das war ihm einfach nicht möglich. Das «Aufhören! Aufhören!», das von ihren Lippen sprudelte, ging bald vom Keuchen in Tränen über, und ihre Hingabe wurde zum Kampf, um sich von dieser in unaufhörlicher Bewegung befindlichen Bestie zu befreien. Carvalho gewann seine geistige Klarheit wieder und klinkte sich aus, mit voll aufgerichteten Attributen und dem dringenden Bedürfnis, ins Badezimmer zu gehen und es mit Phantasie und einer Hand zu Ende zu bringen, was ein so langer Ritt nicht geschafft hatte. Beim Anblick der Kloschüssel schwelgte er zuerst in dem Genuß der Erinnerung an den unbestimmten Körper einer Frau – halb Charo, halb ein Traum, wahrscheinlich Helen – und an ein Gesicht voller Hingabe, das aus einer Windung seines Gedächtnisses aufgetaucht war, vielleicht das einer Frau, mit der er absolut naiv und glücklich gewesen war und an deren Namen er sich nicht erinnern konnte oder wollte. Dann kam sein Orgasmus, dumpf, schnell und abgewertet, als hätte er nach einem halben Kilo Kaviar die verrückte Idee gehabt, ein ‹Bocadillo› mit panierten Kalamares zu verzehren. Er ging zurück ins Schlafzimmer, und da lag sie, in sich selbst zurückgezogen, ein goldener Körper im goldenen Widerschein des Abends.

«Du bist ein schrecklicher Mann!»

«Etwas Derartiges ist mir seit langem nicht mehr passiert; das letzte Mal war es sechs Monate nach dem Koreakrieg.»

Die Frau wußte nicht, ob sie versuchen sollte zu verstehen, was sie da hörte, oder lieber die Zeit zu nutzen, um ein Etappenziel dieses Festes zu erreichen. Sie bedeckte ihre Nacktheit mit einem Morgenmantel, und Carvalho schien es, als sei das Zimmer plötzlich dunkler geworden. Sie näherte sich ihm und küßte ihn sanft auf die Lippen.

«Wirst du mir helfen?»

«Wobei?»

«Ich muß hier raus! Sonst wird Karl durchdrehen und sich an mir rächen.»

Die Rache würde wohl sehr grausam ausfallen, denn ihre Stimme wurde ganz kläglich, und die Tränen kamen wieder, während ihre kleinen Hände die Ärmel von Carvalhos Hemd umklammerten.

«Warum soll gerade ich dir helfen? Ich bin hier ein ganz gewöhnlicher Gast, genau wie die anderen.»

«Nein, nein, du bist nicht wie die anderen! Ich habe gesehen, wie aktiv du bist. Du bist Herr der Lage.»

«Willst du alleine hier raus?»

«Ich alleine? Bist du verrückt? Ich muß mit Karl hinaus. Wenn nicht, bringt er mich um.»

Sie betonte jede einzelne Silbe, damit er die ganze Last der Wahrheit und Vorahnung verstand, die dieser Satz bedeutete. «Wir müssen beide von hier weg. Später treffen wir uns wieder, wenn du willst, und machen Liebe so wie heute. Das war wundervoll!»

Er kannte ähnliche Szenen aus Filmen und aus dem Leben. Im Film waren sie häufiger als im Leben, dachte er. Langsam durchströmte ihn Müdigkeit und er begann zu schwitzen. Er erhob sich und versuchte, sich so weit wie möglich von der Frau zu entfernen, als wolle er sein eigenes Hiersein und den ganzen Abend auslöschen.

«Nein, nein, es ist nicht so, wie du denkst. Ich habe dich nicht benutzt, um ihn zu retten, sondern mich, mich...»

Wieder sank sie in Carvalhos Arme, und er schob sie sanft weg, hielt sie auf Distanz und sah sie lange und intensiv an. Sie ist eine Kostbarkeit, dachte er, drehte sich um, verließ das Zimmer und machte die Tür hinter sich zu. Nur vier- oder fünfmal in seinem Leben hatte ihm die Natur so ein wunderbares Geschenk gemacht, und trotzdem vergällte ihm irgend etwas diesen Gedanken, wie ein offensichtlich sentimentaler Nachgeschmack. Er hatte den Eindruck, Liebe auf Kredit erhalten zu haben, und es tröstete ihn nur die fast sichere Gewißheit, daß er nicht in der Lage sein würde, den

Kredit zurückzuzahlen. Er würde höchstens den Schweizer im Auge behalten und versuchen herauszufinden, welche Absichten Serrano mit dem unbequemen Kurgast hatte. Serrano befand sich zu diesem Zeitpunkt bei Gastein, und der Doktor war nicht überrascht über die Selbstverständlichkeit, mit der Carvalho den Raum betrat, um zuzuhören.

«Hatten Sie an die Tür geklopft?»

«Nein, aber es scheint mir ein glücklicher Zufall, daß Dr. Gastein hier ist. Ich habe mich gerade mit Señora Frisch unterhalten, der Gattin des Schweizers. Sie macht sich ernste Sorgen um die Gesundheit ihres Mannes, um seine geistige Gesundheit, meine ich. Halten Sie es nicht angesichts der komplizierten Situation für übertrieben, diesen Mann hierzubehalten?»

«Genau darüber sprach ich gerade mit Inspektor Serrano. Es wäre wünschenswert, wenn Señor Frisch die Klinik verlassen könnte, um in Bolinches psychotherapeutisch behandelt zu werden. Selbstverständlich könnte er, wenn der Inspektor meint, er brauche ihn noch als Zeugen, im Krankenhaus in Bolinches unter polizeiliche Bewachung gestellt werden.»

«Ich brauche ihn nicht mehr und auch nicht weniger als alle anderen, aber jeder wird mich fragen: Warum gerade den und die anderen nicht?»

«Ich würde Señor Serrano vorschlagen, Señor Frisch gehen zu lassen, unter Bewachung natürlich, und die Señora hier in der Klinik zu behalten. Dies würde jeder böswilligen Interpretation zuvorkommen. Er verläßt die Klinik, weil es unumgänglich ist, und sie bleibt, nicht als Geisel, sondern als Beweis dafür, daß hier ein faires Spiel gespielt wird.»

«Ist der Typ so verrückt, daß er ins Irrenhaus gesteckt werden muß?»

«Nein, darum geht es nicht, Herr Inspektor. Aber seine momentane Depression kann chronisch werden oder sich zum Verfolgungswahn entwickeln, und dann kann es zu sehr gefährlichen Situationen kommen. Karl Frisch hierzubehalten ist genauso, als würde man in einem Pulvermagazin ein bengalisches Feuerwerk abbrennen.»

«So wie ich die Beziehung der beiden erlebt habe, ist es von ihm her ein striktes Abhängigkeitsverhältnis. Ich will mir nicht eine Qualifikation anmaßen, die ich nicht besitze, aber wenn dieser Mann im Krankenhaus erwacht und sieht, daß seine Frau nicht neben ihm sitzt, dürfte er wohl Probleme machen.»

«Wenn ich einen Rat brauche, dann den eines Arztes, mein Freund. Und Dr. Gastein rät, ihn hinauszuschaffen und sie hierzubehalten.»

«Ich bestreite nicht, daß Señor Carvalho zum Teil recht hat. Ich denke aber, daß Frisch nach seiner Abfahrt ein paar Tage in einem halbschlafartigen Zustand verbleiben wird, und bis er daraus erwacht, wird dieser ganze Alptraum glücklich überstanden sein und das Ehepaar Frisch wird gesund, froh und zufrieden nach Hause zurückkehren können.»

«Sehr gut, Doktor. Ich rufe meine Vorgesetzten an, erläutere ihnen den Fall, und sie sollen entscheiden. Sie bleiben hier, Carvalho!»

Das war eine mit einem Lächeln servierte Aufforderung an Gastein zu gehen. Kaum war der Arzt aus dem Zimmer, hatte Carvalho das Gefühl, daß zwischen ihm und Serrano wieder ein Abgrund von Mißtrauen klaffte.

«Ich müßte lügen, wenn ich behaupten wollte, meine Zweifel an Ihnen wären vom Tisch. Mir ist immer noch nicht klar, was Sie hier treiben. Vor allem nachts, wenn Sie in dunklen Parkecken Bücher oder Prospekte verbrennen! Halten Sie das für normal?»

«Nein.»

«Geben Sie das zu?»

«Jawohl, das tue ich.»

«Sagen Sie, was Sie verbrannt haben und weshalb!»

«Ich las zufällig in einer Zeitung, daß ein Buch von einem gewissen Juan Goytisolo erschienen ist, mit dem Titel ‹*Privates Jagdrevier*›. Es wurde erklärt, worum es geht, außerdem brachten sie eine Polemik zwischen Goytisolo und seinem Bruder. Dabei ging es darum, ob nun der Großvater der beiden den Pimmel des oben erwähnten Juan Goytisolo angefaßt hat oder nicht, als er noch ein kleiner Junge war. So weit ist es schon mit uns gekommen! Daß Literatur sich damit abgibt, Spekulationen über die Moral der Großväter anzustellen, ist für mich ein Zeichen für die Dekadenz unserer Zeit. Ich ging nach Bolinches, kaufte mir das Buch und verbrannte es. Zu Hause in Barcelona verbrenne ich oft Bücher, um das Kaminfeuer in Gang zu bringen. Ich habe noch genug, um bis zu meinem Tod den Kamin anzuzünden, aber bei diesem Anlaß war ich weit weg von zu Hause, und ich konnte es ja nicht im Zimmer anzünden. Also ging ich in eine Ecke des Parks und verbrannte es. Irgend jemand hat mich dabei gesehen und kam hierher, um mich bei Ihnen anzuschwärzen.»

Serrano schien fasziniert. Aber es war keine Faszination, was aus seinen zornigen Worten sprach. «Jetzt brat mir doch einer einen Storch! Haben Sie wirklich geglaubt, daß Sie mich so hinters Licht führen können?»

«Ich kann Ihnen die Telefonnummer und den Namen einer in Barcelona wohnhaften Person geben, Enric Fuster, das ist mein Steuerberater und Nachbar. Wenn er den Hörer abnimmt, fragen Sie ihn einfach: Kennen Sie Señor Pepe Carvalho? Und wenn er ja sagt, fragen Sie weiter: Womit zündet er sein Kaminfeuer an? Sie werden ja sehen, was er Ihnen antworten wird!»

«Hören Sie mal, Sie Witzbold, genau das tue ich jetzt, und wenn es so ausgeht, wie ich erwarte, dann können Sie was erleben!»

Er rief seinen Assistenten und erklärte ihm, was er tun und sagen solle. Der Polizist sah seinen Chef mit ungläubiger und Carvalho mit ärgerlicher Miene an. Aber er ließ sich herab, den Anruf zu tätigen. Er wurde mit einem anderen Apparat in einem anderen Büro des Steuerberaters verbunden, und als er ihn selbst an der Strippe hatte, ließ er die Frage auf ihn los. Die Antwort gefiel ihm gar nicht. Er sagte: «Einen Moment!» und wandte sich an Serrano und Carvalho.

«Er will wissen, wer ich bin und was mich das angeht.»

«Dann verraten Sie ihm schon, wer Sie sind.»

Er sagte es ihm, hörte sich die Auskunft des Beraters an und legte auf, nicht ohne sich vorher bedankt zu haben.

«Bücher! Er zündet seinen Kamin mit Büchern an!»

Wenn ich behaupten würde, es interessiert mich, ob Sie Bücher verbrennen, müßte ich schon wieder lügen. Und wenn ich Ihnen das abkaufe, was Sie mir gerade gesagt haben, daß Sie gewissermaßen in einem bestimmten Zeitraum Ihr Verhalten von dem abhängig gemacht haben, was in Büchern steht, dann hat das nicht die geringste Bedeutung, weder für Sie noch für mich. Wenn ich mir meine Zeit damit vertreiben würde, Bücher zu verbrennen, würde man mich als Faschisten beschimpfen, als Kulturschänder, all die schönen Dinge, die uns Ordnungshütern von denen angehängt werden, die mit dem Chaos spielen, ohne je ganz dazu stehen zu können. Wissen Sie, was ich sage? Diese Kurklinik stinkt allmählich nach Scheiße. Die Flure stinken nach Scheiße. Den ganzen Tag lang wird hier nichts anderes getan als gepißt, gepißt, gepißt. Sie pissen das Wasser, das sie getrunken haben, und mit diesem Wasser, so hat man mir erzählt, wird die ganze Scheiße aus dem

Körper gespült, die sich normalerweise darin ansammelt. Und wenn nicht gepißt wird, dann wird ein Klistier genommen und geschissen. Und wenn nicht geschissen wird, dann ab in diese Badewannen, wo sie mit dem Schlauch abgespritzt werden, bestimmt hinterläßt man dort Eiterpickel, Hautschuppen und Schweiß. Meine Mutter war fett wie eine Kuh, aber dann hörte sie auf, Brot zu essen, und wurde dünn wie eine Bohnenstange; sie hatte es nicht nötig, an einen Ort wie diesen zu kommen, sie hätte auch gar nicht herkommen können, denn zu Hause hatten wir keine einzige Pesete. Als sie immer dünner wurde, bekam sie einen Schlaganfall und war plötzlich halbiert: der halbe Körper funktionierte noch, die andere Hälfte nicht. Mein Vater trinkt jeden Tag eine halbe Flasche Cognac mit dem Kaffee und hat zu hohen Blutdruck und trotzdem verkraftet er alles wie ein Stier. Mir scheuert er eine links und rechts und hebt mich dann wieder vom Boden auf. Es gibt hier eine Menge Verrückte und eine Menge Gesindel, und dieser Gastein ist so etwas wie ein Medizinmann, aber ein studierter. Mit einer großen Klappe, und das sind die schlimmsten. Es gibt nichts Schlimmeres als Leute, die ihr Wissen dazu benutzen, um andere hinters Licht zu führen, deshalb sind mir die Leute lieber, die nicht viel wissen. Die machen mir nicht so leicht ein X für ein U vor. Heute abend habe ich Sánchez Bolín vernommen, den Schriftsteller. Ich habe kein Wort von dem geglaubt, was er mir gesagt hat, aber jetzt, wenn ich seine Erklärungen noch einmal durchlese, merke ich, daß es sowieso egal ist, ob ich es ihm glaube oder nicht, weil er mir nämlich überhaupt nichts gesagt hat. Er ist hierher gekommen, weil er einen Roman schreiben und so viel abnehmen will, daß ihm sein Anzug paßt. Den will er dann tragen, wenn der Roman von seinem letzten Klinikaufenthalt dem Publikum vorgestellt wird. Damals, als ich noch ein junger Polizist war, der gerade aus der Akademie kam, mußte ich noch mit zu irgendeinem Tumult, den die Staatsfeinde angezettelt hatten, diese Subversiven. Ich bin manchem Roten wie Sánchez Bolín begegnet, aber die waren aus einem anderen Holz geschnitzt. Sie machten den Eindruck, daß sie sich über alles und jedes Gedanken machten und versuchten, einen davon zu überzeugen. Heute macht sich keiner mehr über irgend etwas Gedanken oder versucht, jemanden von irgend etwas zu überzeugen. Wozu auch? Dieser Sánchez Bolín hat mich nervös gemacht. Er spielt mit den Worten und glaubt, er sei gegen jede Möglichkeit abgesichert, Fehler zu machen, indem er den Alleswisser spielt. Er geht kein Risiko ein. Keiner geht mehr irgendein Risiko ein. Einen Moment lang wünschte ich mir, er würde sich wie ein Kommunist verhalten und so einen Blödsinn vom Stapel lassen, so wie den von früher. Nicht die Bohne! Später kann er schreiben, was er will, aber was geschrieben wird, überzeugt sowieso keinen mehr. Kennen Sie jemand, der noch an das geschriebene Wort glaubt? So weit, so gut, aber trotz dieser Schlußfolgerung – und denken Sie daran, daß das mit dem Anlaß zu diesem Gespräch zu tun hat, denn Sie verbrennen Bücher, und Sánchez Bolín schreibt sie –, trotz allem würde ich niemals Bücher verbrennen. Ich habe manchmal daran gedacht, wie es in Chile ist oder wie es früher war, als meine älteren Kollegen bei der ‹Brigada Social› waren, die haben mir erzählt, wie sie die verbotenen Bücher aus den Häusern der Roten geholt haben. Also, ich könnte keine Bücher verbrennen, das ist für mich etwas Heiliges. Wenn ich ein Buch für schlecht oder zersetzend halte, dann lese ich es nicht, aber verbrennen würde ich es trotzdem nicht, so wie Sie das machen. Ich will Ihnen auch sagen warum. Ich bin noch zu Respekt vor allem erzogen worden, was Arbeit kostet, und ein Buch zu machen kostet Arbeit, außerdem kann das nicht jeder beliebige Hanswurst. Wetten, daß es Ihnen stinkt, daß das ein Polizist zu Ihnen sagt? Als ich Sie zum erstenmal gesehen hatte, wußte ich schon Bescheid. Dieser Schnüffler teilt die Polizisten in zwei Arten ein: die fetten und brutalen und die dünnen und sadistischen. Stimmt's? Als ich noch bei der Drogenfahndung war, hatte ich es mit wirklichen Typen zu tun, entsetzlichen, ungeheuerlichen, und manche waren der letzte Dreck, unglaubliche Arschlöcher, aber sie hatten keine Pesete – und hier, in dieser Kurklinik, besitzt auch der ärmste Typ noch einen Pelzmantel und eine kugelsichere Weste. Es wimmelt hier nur so von Typen mit Vitamin B, und ich würde denen mit größtem Vergnügen sagen, daß sie mich etwas ganz Bestimmtes können, aber natürlich sage ich das nicht, denn wenn es drauf ankommt, muß ich eben doch strammstehen und sagen: jawohl, mein Herr, jawohl, mein Herr, jawohl, mein Herr. Der Schweizer wird heute abend nach Bolinches gebracht, und morgen nehme ich Luguín fest, den mit den Vorstrafen. Wenn er erst mal im Gefängnis ist, dann halten wir ihn für zehn, vierzehn Tage fest; bis dann haben schon alle das Kurbad verlassen und die ganzen Leute sind draußen. Der nächste Schub von Klienten wird hier sein, und wenn dann der Richter feststellt, daß es gegen Luguín keine Beweise gibt, wird er wieder auf freien Fuß gesetzt und der Fall zu den Akten gelegt – oder an Interpol weitergegeben. Also, wieso soll ich weiterhin so tun, als würde hier getan, was zu tun ist?»

Am nächsten Tag dachte Carvalho noch einmal darüber nach, wie der Inspektor Dampf abgelassen hatte, während sein Kollege schweigend und beinahe peinlich berührt im Zimmer auf und ab gegangen war und die Sekretärin sich die Augenbrauen gezupft hatte. Die Geschichte des Schweizers hatte in der ganzen Klinik viel mehr Aufsehen erregt als die Verhaftung von Luguín, wenigstens für den Moment. Luguín war durch die Hintertür weggebracht worden, und den Schweizer hatten sie gestern abend mit einem Krankenwagen abgeholt, der extra aus Bolinches gekommen war. Das Echo der Freudenrufe über die Verhaftung des Verdächtigen war noch nicht verklungen, als man die wichtigsten Details über die Odyssee von Karl Frisch erfuhr. Der Abschied war herzzerreißend gewesen. Helen hatte den Körper ihres schlaftrunkenen Mannes umarmt und gefleht, man möge sie auch gehen lassen. Später berichtete die Krankenschwester aus dem *Hospital Central* von Bolinches, daß Karl eine ruhige Fahrt gehabt hätte, obwohl er gesprochen hatte, als sei er im Delirium oder als hätte er einen alptraumhaften Krebs im Gehirn. Das Begleitschreiben der Polizei zu dem Transport enthielt keine anderen Empfehlungen, als einen Mann zur Bewachung vor dem Krankenzimmer aufzustellen, es wurde aber nicht auf die mögliche Gefährlichkeit des Zeugen hingewiesen, daß er eine besonderes strikte Bewachung benötigen könnte. Im Krankenhaus angekommen, schlief der Schweizer immer noch und so sahen ihn auch der Zivilgardist, der um Mitternacht zu ihm hereinschaute, und die Nachtschwester, die um ein Uhr seine Temperatur maß. Aber die Schwester, die ihm um zwei Uhr die Bettschüssel brachte, genau um zwei Uhr morgens – für den Fall, daß er nicht imstande war, aufs Klo zu gehen – fand ein leeres Bett vor. Der Kranke war nicht da, und er war auch nicht auf dem Klosett und irrte auch nicht wie ein Schlafwandler im Krankenhaus umher. Er war schlicht und einfach verschwunden. Wie konnte ein Mann in einem Pyjama mit kurzer Hose um zwei Uhr morgens unbemerkt durch Bolinches gehen? Der Stationsvorsteher des Hauptbahnhofes und der Besitzer der Absteige *Los Borrachos* wurden benachrichtigt, ebenso der Flughafendirektor, der Fahrdienstleiter der Linienbusse und der Chef des Taxiunternehmens. Hotels, Pensionen und sogar die Privathäuser wurden durchsucht, die in der Hochsaison Zimmer vermieteten, aber der Schweizer blieb die ganze Nacht verschwunden. Gegen zehn Uhr morgens war es klar, daß man Karl Frisch nicht finden würde. Man mußte den privilegierten Klienten im Kurbad reinen Wein einschenken, als Serrano mit der ‹Jefatura

Superior de Policía› der Provinz Kontakt aufnahm und von dort angeordnet wurde, den ‹Plan Kopfwäsche› in Marsch zu setzen, das war das Signal für die Verhaftung Luguíns. «Wascht ihm gründlich den Kopf!» Also waschen wir ihm den Kopf, dachte Serrano, und machte sich auf den Weg zur Kurklinik, wo er Molinas mitteilte, daß er nun Luguín verhaften würde, um ihn auf der *Comisaría* zu verhören. Die Gebrüder Faber legten diesmal Wert darauf, ihm zu sagen, daß er es tun solle, aber sie stünden immer noch hinter ihrem Angestellten, der sich während über acht Jahren gegenseitiger Zusammenarbeit stets zu ihrer Zufriedenheit verhalten habe. Luguín verließ das Kurbad in Handschellen, eskortiert von zwei Zivilgardisten, und dann trat der Betriebsrat zusammen, um eine Erklärung an die Lokalpresse und die Vertretungen der UGT und CC.OO.[1] von Bolinches herauszugeben. Darin wurde dem Genossen Luguín das Vertrauen ausgedrückt, und gegen die Tatsache protestiert, daß das Vorstrafenregister zu einer ungerechtfertigten Verhaftung geführt hatte. Luguín machte einen gelassenen Eindruck, aber seine Hände schwitzten und sein Adamsapfel hüpfte wie ein in die Enge getriebenes Eichhörnchen auf und ab. Während der Fahrt vom Kurbad nach Bolinches versuchte Inspektor Serrano, mit einer aggressiven Behandlung des Verhafteten sein schlechtes Gewissen und seine Unsicherheit zu verbergen. Er nannte ihn ‹Abschaum der Menschheit›, aber er ließ nicht zu, daß ihn ein anderer Polizist schlug, als Luguín ihnen sagte, er verdiene seinen Lebensunterhalt auf anständigere Weise als sie. An der Tür der *Comisaría* warteten Luis Hurtado, der beste Fotograf von Bolinches, der für die Provinzzeitung arbeitete, und Javier Tiemblo, der beste Reporter der Region. Er war so gut, daß zuerst *El País* und dann *Diario 16* versucht hatten, ihn anzuheuern, aber er pflegte zu erzählen, daß er als Laufbursche bei *El Meridional* angefangen habe und dieses Haus sei für ihn wie eine zweite Haut. Luis Hurtado erwischte Luguín in einem ungünstigen Moment, mit einem offenen und einem geschlossenen Auge und mitten in einer Bewegung, die aussah, als wolle er eher auf den Fotografen losgehen und nicht sich selbst vor der Kamera schützen. Auf dieser Fotografie basierte der schnell hingeworfene Artikel von Javier Tiemblo über die schwere Last der Vorbestimmung im Leben. Er stellte Luguín als einen Mann dar, der vielleicht, wer weiß, schon durch seine Chromosomen zum Verbrecher prädestiniert sei und auf dem Gesicht den Stempel der

1 Comisiones Obreras, s. o.

Kriminalität trage. Bei Luguíns Ankunft strömten alle anwesenden Polizisten zusammen, umringten den Verhafteten, schrien ihn an, lachten ihn aus, und überall wurden Stühle herangeschleppt und mit Fäusten auf Tische gehauen, während vor den Augen des Verdächtigen die Gesichter aller Beamten nacheinander vorüberzogen, die darin wetteiferten, wer die übelsten Absichten in einem Blick zeigen konnte, und wessen Organ sich am besten als Dreckschleuder eigneten.

Luguín verlangte einen Anwalt, der beim Verhör anwesend sein sollte, und es wurde ihm gesagt, selbstverständlich, aber Anwälte würden kommen und wieder gehen, und er solle an die Konsequenzen denken, die dieser Beweis von Mißtrauen gegen die Polizei gegen ihn haben könne. Als er insistierte und nicht wußte, welchen Anwalt er nennen sollte, bot ihm die Polizei mit allzu großer Bereitwilligkeit eine ganze Menge zur Auswahl an, so daß Luguín gar nicht wagte, sich für einen zu entscheiden, und verlangte, sich vorher mit Molinas beraten zu dürfen. Dies wurde ihm verweigert. Der Verhaftete hatte keine Verwandten, weder in Bolinches noch im Kurbad und auch nicht in Madrid, wo er herstammte, und in seiner Akte gab es einen Hinweis auf Homosexualität, wodurch sich das bißchen Respekt, das man ihm beim Betreten der *Comisaría* noch entgegengebracht hatte, bald in Luft auflöste. Es begann schon, Ausdrücke wie ‹Tunte, Süßer, Schwule Sau› zu hageln, als ein Taxifahrer die Nachricht verbreitete, man habe Karl Frisch in der Umgebung von Bolinches gefunden, in einem Nadelstreifenanzug und mit echten amerikanischen *Sebagos* an den Füßen. Er trug ein Baumwollhemd von Armani mit einem runden und an den Rändern angesengten Loch in der Höhe des Herzens, durch das die Kugel einer 9-mm-Parabellum eingedrungen war, und der Henker oder ein Helfershelfer mit literarischer Phantasie hatte bei der Leiche ein großes kariertes Blatt Papier hinterlassen, das zusammengefaltet wie ein Taschentüchlein in der Brusttasche des Hemdes steckte und auf dem stand: ‹Der Exterminator ist eliminiert›.

Serrano knallte die Tür hinter sich zu und versteckte sich im hintersten Zimmer der *Comisaría* vor sich selbst. Solange die Tatzeit nicht genau bekannt war, gab es noch einen minimalen Grund, Luguín weiterhin festzuhalten, aber sobald sie bekannt sein würde und bewiesen werden könnte, daß Luguín zu dieser Zeit im Kurbad gewesen war, etwa sechzig Kilometer von der Leiche des ‹Exterminators› entfernt, würde vom Himmel der totale Mißerfolg zur Erde herniederfahren und in jenem mikroklimatischen Winkel Südostspaniens wie ein Henkersmal als Flammenzunge über dem Haupt von Inspektor Serrano schweben. Um einer erzwungenen Freilassung zuvorzukommen, ordnete Serrano an, die Befragung von Luguín schnell und als reine Formalität durchzuführen. Auf dem Entlassungsbefehl verlegte er die Uhrzeit der Entlassung zurück, eine Stunde vor das Auftauchen der Leiche des Schweizers, und Luguín stellte eine merkliche Änderung der Atmosphäre fest, besonders, als die Augen, die ihn umzingelt hatten, sich abwandten, jemand ihm eine nikotinarme Zigarette anbot und eine Stimme fragte «Ein Bierchen? Kaffee-Cognac? Gin-Tonic? Etwas zu essen? Donuts? ‹Porras›? Ein Biskuit?» Das Gespräch wurde vertraulich, entspannt, und ging entweder darum, wie belastend diese routinemäßige Arbeit sein kann, bei der man nur ein kleines Rädchen im großen Getriebe sei, oder es ging um die Zukunft von ‹La Pantoja›, die nun, wie es aussah, nach fast einjähriger Trauer um den Tod ihres Gatten, des großen ‹Paquirri› wieder auftreten würde. Der Tod ist das einzige, was nicht rückgängig gemacht werden kann, und er erwischt die berühmten Leute genauso wie die einfachen. Manchmal denken wir zu wenig an den Tod. Es würde uns helfen, die glücklichen Momente des Lebens zu genießen, ist es nicht so, Luguín?

«Ja, Herr Inspektor.»

«Zum Beispiel damals, als du im Knast warst und acht Jahre Haft vor dir lagen, war das wie ein dunkler Berg, der dir die ganze Aussicht verstellte. Mit dem Militärdienst ging es mir genauso. Aber als du Bewährung bekommen hast oder als du entlassen wurdest, warst du so glücklich, wie du nie gewesen wärest, wenn du vorher etwas anderes, weniger Schmerzhaftes erlebt hättest.»

«Ich bin nicht schwul, Herr Inspektor.»

«Aber wer behauptet das denn, Luguín? Es war einfach die lange Zeit im Gefängnis. Man muß ja ein Eisblock sein, um nicht schwach zu werden und der Versuchung mit der Homosexualität zu erliegen. Schließlich und endlich ist es eine Sache des Temperamentes, und ich habe echt männliche Typen gesehen, die einem hübschen Schwulen nachgestarrt haben. Sobald sie draußen sind, würden sie kotzen, wenn man ihnen einen Männerarsch vorsetzen würde, egal wie schön er ist. Aber Knast ist Knast, stimmt doch, Luguín, und nur wer drin war, weiß, was das bedeutet.»

Inzwischen schlug im Kurbad die Befriedigung über etwas, das als prompte und ersehnte Lösung empfunden worden war, in Schrecken und Empörung um, als die Ermordung von Frisch bekannt wurde. Seine Witwe wurde von einem Jeep abgeholt und zur

Leichenhalle von Bolinches gebracht. Für die übrigen Bewohner des Kurbades war das Verbrechen ein Beweis mehr dafür, daß gegen sie eine Verschwörung im Gange war und so schnell wie möglich ein Exempel statuiert werden mußte, und vor allem anderen, daß sie aus dieser Mausefalle entkommen mußten. Das war in etwa der Tenor der Gespräche, als gegen ein Uhr nachmittags ein Streifenwagen der Polizei vor dem Haupteingang hielt. Zuerst stieg Inspektor Serrano aus, und dann ein grinsender Luguín, der triumphierend die Arme hob, als er eine Gruppe von Kollegen entdeckte. Den Angreifer zu identifizieren, war im ersten Moment schwierig, denn er glich, wie ein Wassertropfen dem anderen gleicht, den zwanzig oder dreißig anderen europäischen Kurgästen über 1,85 und über 110 Kilogramm Lebendgewicht. Aber dann wurde zweifelsfrei festgestellt, daß es sich um Klaus Schröder handelte, einen Elektroingenieur aus Köln, der angesichts der Tatsache, daß Luguín als freier Mensch zurückkehrte und damit der Alptraum weiterging, auf den kleinen Mann zugetreten war und ihm mit einem Faustschlag den Unterkiefer zerschmettert hatte, ohne daß Serrano oder der Wachmann, der ihn begleitete, etwas anderes tun konnten, als Luguín wie ein zerbrochenes Spielzeug vom Boden aufzuheben.

Nach Molinas' Ansicht, der sich die Nachbarn und Alliierten des Betroffenen ohne Zweifel angeschlossen hätten, war Klaus Schröder kein schlechter Mensch, und er hatte auch Luguín nicht aus rassistischen oder klassenkämpferischen Gründen heraus angegriffen, sondern einfach weil der Ex-Zuchthäusler sich der ihm zugedachten Rolle des Sündenbockes entzogen hatte. Nicht etwa, daß er als Elektronikingenieur, der in Köln lebte und arbeitete, über jeden Verdacht erhaben gewesen wäre – zumal Elektroniker, die in Köln leben und arbeiten, respektable Menschen zu sein pflegen, die sich bewiesenermaßen unter Kontrolle haben. «Am wahrscheinlichsten ist», meinte Gastein, «daß Schröder mit dem Angriff auf Luguín in Wirklichkeit versucht hatte, das aggressive Gespenst des ungeklärten Verbrechens zu Boden zu schmettern. Verstehen Sie? Luguín war für ihn die Lösung des Rätsels gewesen. Er hatte gedacht, alles sei aufgeklärt. Aber als er ihn zurückkommen sah, war wieder alles offen und der Alptraum ging wieder von vorne los.»

«Und da ging er her und verpaßte ihm eine», schloß Molinas die Überlegung auf direktestem Wege ab, die zu der unangenehmen Situation geführt hatte, die sie jetzt erlebten und zu der dicken

Luft, die vor allem in den Regionen verbreitet war, wo sich rumorend und mit bösen Gesichtern das Personal aufhielt.

Schröder war in dem Grundsatz erzogen worden, daß man seinen Nächsten nicht angreifen darf, aber ihn, wenn man ihn schon angreift, so schnell wie möglich außer Gefecht setzen muß – ein Prinzip, dem die individuelle und kollektive Prosperität der Menschheit so viel zu verdanken hat. Dabei war er nicht befriedigt über den anfänglichen Impuls des Faustschlages, sondern über dessen Endresultat – das heißt, die Tat war schlecht, aber technisch perfekt ausgeführt. Der Beweis dafür war Luguíns zerschmetterter Unterkiefer.

Unter den Ausländern hieß es, er hätte den mutmaßlichen Verbrecher nicht schlagen dürfen, aber es sei ein wirklich außerordentlicher Schlag gewesen.

Obwohl der Aggressor sich bei Molinas in aller Form entschuldigte und als Grund eine vorübergehende Bewußtseinstrübung angab, zu der das Klima der nervlichen Anspannung und der Panik, die sich aller Insassen bemächtigt hatte, geführt habe, wurde im Kielwasser der Sirene des Rettungswagens, der Luguín nach Bolinches ins Krankenhaus brachte, heftiger Protest laut, die Glocken läuteten Sturm und riefen das Hilfspersonal der Klinik zur Versammlung mit dem Betriebsrat. Die Geschichte der Beziehungen zwischen Leitung und Angestellten der Kurklinik hatte im Zeichen eines rationalisierten Paternalismus begonnen, denn die Gebrüder Faber hatten die Arbeiter mit den gleichen Rechten ausgestattet, die sie im Stammhaus in der Schweiz oder in jeder anderen Niederlassung gehabt hätten, obwohl in Spanien immer noch die franquistische Gesetzgebung herrschte. Der Wille zur Demokratie und die ökonomische Blüte hatten ein Klima kooperativer Zusammenarbeit geschaffen, das sich in dem Maß verschlechtert hatte, wie die Faberschen Vorarbeiter Elemente einer verarmten Demokratie hinzugefügt hatten. Ein System, das entstanden war, um den Klassenkampf in reichen Demokratien zu regeln. Die Steigerung der Kosten und die mangelnde Bereitschaft, den Gewinn zu verringern, hatte zu mehr oder weniger unblutigen Personaleinsparungen geführt. Diese waren als vorgezogenes Rentenalter getarnt oder als Abmachungen, die zur freiwilligen Kündigung führten, ohne daß die frei gewordenen Arbeitsplätze wieder besetzt worden wären. Dadurch war der Arbeitsaufwand jedes einzelnen objektiv größer geworden. Daß die Methode, dieselbe Produktivität mit immer weniger Produzenten aufrecht zu erhalten, und die immer einschneidenderen Sparmaßnahmen, die ausgehandelt wurden, nie zu dramatischen Situationen geführt hatte, war der Armut des regionalen Arbeitsmarktes und der daraus resultierenden Vorsicht der Arbeitnehmer zu verdanken, denen nur die Alternative blieb, durch die Pforte von *Faber und Faber* ins Nichts hinauszugehen. Aber die Behandlung, die Luguín erfahren hatte, wurde als Unterdrückung und Beleidigung aller Arbeiter der Firma angesehen. So drückte es der erste Redner der Versammlung aus, der Fahrer des Klinikbusses und das radikalste Element. Ihn trennten Lichtjahre von dem gemäßigten Zentrismus der aufgeklärtesten einheimischen Arbeitnehmer, zweier Krankenschwestern, des Gymnastiklehrers und der Chefin der Massageabteilung.

«Genossen, dieser Faustschlag zielte ins Herz der Spanier und der Arbeiter.»

«Sag lieber Arbeitnehmer, Cifuentes, denn ich bin keine Arbeiterin!»

Das war ein vernünftiges Argument, versprach aber eine hitzige Diskussion zwischen Arbeitern und Angestellten, wollte man nach der Lebhaftigkeit urteilen, mit der eine der Krankenschwestern es in einer Phase in die Debatte geworfen hatte, die letzten Endes nichts anderes als die Einleitung der Ansprache war.

«Mag sein. Aber Angestellte oder Arbeiter, fest steht, daß man uns geschlagen hat und wir darauf eine Antwort geben müssen.»

Applaus von zwei oder drei Leuten.

«Welche Antwort sollen wir darauf geben?»

Keiner sagte etwas, und der Verdacht keimte auf, daß der Redner die passende Antwort selbst noch nicht wußte.

«Nun, Genossen, die Sache ist doch ganz einfach...»

Noch verriet er nichts.

«Ein unbefristeter, aktiver Streik!»

Gedanken, Atmung und Argwohn lösten sich, und die Antwort wurde sofort akzeptiert von denen, die am wenigsten zu sagen hatten. Nur der Gymnastiklehrer wiegte den Kopf. Er war ein Mann von einer gewissen Bildung und maßvollen Ansichten, zwar etwas desillusioniert, aber trotz allem Sozialist und bei den Arbeitern des Hauses sehr angesehen, weil sein Spanisch keinen lokalen Einschlag hatte.

«Man soll nicht mit Kanonen auf Spatzen schießen! Wir dürfen auf diese empörende, selbstverständlich empörende Provokation nicht mit einer unangemessenen Maßnahme reagieren, durch die wir uns schließlich selbst ins Unrecht setzen.»

Die Krankenschwestern und ein großer Teil der Masseure waren mit dem Gymnastiklehrer einer Meinung, und ein großer Teil des übrigen Personals war drauf und dran, sich von der Reinheit seiner Vokale und der Harmonie seiner Konsonanten verführen zu lassen, als der Busfahrer wieder das Wort ergriff:

«Heute haben sie dem Genossen Luguín den Unterkiefer gebrochen, morgen brechen sie ihn mir oder dir! Oder sie werden uns wie Hunde behandeln, die es nicht geschafft haben, rechtzeitig ihre Würde zu verteidigen. Unsere Tätigkeit besteht darin, ihnen ihre Scheiße wegzumachen. Das machen wir sehr gut, wirklich gut, Genossen, und darin liegt unser Recht und unsere Kraft. Wir müssen ihnen eine Lektion erteilen, die unsere Würde wiederherstellt. Der Kapitalismus in seiner dritten Expansionsphase versucht nicht nur, uns zum Hunger zu verdammen, sondern auch zum Schweigen. Denkt daran, daß die gegenwärtige Regierung der PSOE 800 000 neue Arbeitsplätze versprochen hat und daß heute in Spanien mit Ach und Krach 800 000 Leute überhaupt Arbeit haben. Sie schikanieren uns, weil wir das Maul halten!»

«Was hat denn die PSOE damit zu tun, was hier vor sich geht?»

«Ich verstehe, was ich meine, Genosse, und meine Leute verstehen mich auch. Es ist alles Teil ein und desselben Herrschaftssystems, das auf der Ungleichheit und dem Schweigen derer beruht, die am stärksten benachteiligt sind.»

Je mehr seine Argumentation und die unsichtbare Syntax seiner Aufrichtigkeit die übrigen zu überzeugen begannen, verstärkten die Angestellten ihr Grinsen und ihr mißbilligendes Kopfschütteln. Schließlich bewegten sie sich in einem diskreten Rückzug zur Tür. Ihr langsamer, aber unaufhaltsamer Abgang entging dem feurigen Redner nicht, der abwartete, bis sie weg waren, um dann auf die Tür zu zeigen, die sich hinter ihnen geschlossen hatte.

«Habt ihr es gesehen, was sie getan haben, diese Unternehmerknechte? Das sind wirklich Knechte, denen es gefällt, wenn ihnen der Patron den Rücken tätschelt. Die Verantwortung für die Unterstützung des Genossen Luguín liegt ganz allein bei uns. Wir dürfen ihn nicht im Stich lassen! Nicht nur ihm haben sie den Kiefer eingeschlagen, sondern uns allen, und das macht eine Antwort erforderlich, die einen neuen Angriff verhindert. Ich schlage vor, daß wir zum Direktionsbüro ziehen!»

Die subalterne Demonstration zog durch die rückwärtigen Gefilde des Kurbades, als wage man es nicht, den Klienten gegenüberzutreten, oder als würden sie Molinas' Bitte folgen, dort zu demonstrieren, wo sie am wenigsten störten. Aber es fehlte ihnen nicht an rebellischem Potential. Nicht weil sie politische Vorteile verfolgten oder es ihnen darum ging, alte Rechnungen zu begleichen, sondern weil sie den Aufstand wollten. Sie erlebten die Ungerechtigkeit gegen Luguín als gegen sie selbst gerichtet, hinzu kam, daß sie das unbezähmbare Verlangen hatten, durch eine Aktion die Dreistigkeit der Herren zurückzuweisen und zu bestrafen. Selbst Molinas hätte es toleriert, wenn die erregten Gemüter zum Haupteingang gekommen wären und eine Delegation von ihnen friedlich einen Bogen mit ihren Beschwerden übergeben hätte, aber so weit reichte die organisatorische Weitsicht des Rebellenhaufens nicht. Nachdem sie die Rückfront der Klinik abgeschritten hatten, tauchten sie vor dem Haupteingang der Direktion auf, zusammengeballt, aber ohne inneren Zusammenhalt. Im Vertrauen darauf, daß ein Auftreten in dieser Zusammensetzung die Gemüter beruhigen würde, kam Molinas in Begleitung von Mme. Fedorowna und dem jüngeren Faber heraus. In diesem Moment entrollten die Eingeborenen ein Transparent, das ihn direkt ansprach:

«Molinas, wie lange willst du noch deinen Herren dienen?»

«Diese Arschlöcher!» rief Molinas und fügte auf deutsch hinzu, damit der jüngere Faber ihn verstehen konnte: «Das geht zu weit!» Aber damit waren die direkten und indirekten Faktoren der Empörung noch nicht erschöpft. Als seine Anwesenheit hinter der Drehtür entdeckt worden war, rief eine volltönende Stimme, die wie ein dramatischer Tenor klang, und die Molinas dem Lieferwagenfahrer der Kurklinik zuschrieb: *«Molinas, cabrón, trabaja de peón!»*[1]

«Die haben es wirklich auf mich abgesehen. Und das, wo ich immer ein offenes Ohr für sie hatte, ihnen recht gab, wenn sie recht hatten, und gerade eben Inspektor Serrano davon abgebracht habe, sich in diese Sache einzuschalten.»

Molinas hatte Kurse in Unternehmensführung absolviert, einen in Deutschland und einen in Spanien. In Deutschland hatte er gelernt, in Konfliktsituationen die Sache an gleichberechtigte Gruppen von Unterhändlern zu delegieren, die von beiden Seiten akzeptiert wurden – Professor Hoffmann von der Universität Tübingen hatte dies, wie er sich zu erinnern glaubte, ‹Beschwichtigung durch die Beschwichtigten› genannt. Aber in dem Kurs, den er in Spanien auf Kosten des Arbeitgeberverbandes Südost absolviert hatte, war ihm eingetrichtert worden, daß bei dem gegebenen Charakter un-

1 «Molinas, das Schwein, arbeitet als Handlanger der Chefs!»

seres Volkes oft das persönliche Eintreten für eine Sache eine Konfliktsituation löst, die ansonsten, wenn sie in die Länge gezogen wird, einen guten Nährboden für Aufwiegler und Intriganten abgeben würde. Er hätte selbst nicht recht erklären können, warum er sich in diesem Moment für die spanische und nicht für die deutsche Lehrmeinung entschied. Er stand jedenfalls plötzlich allein auf der anderen Seite der Drehtür und sah den Demonstranten kühl, aber hart in die Augen.

«Ihr könnt sagen, was ihr wollt, und schreien, was ihr wollt, aber ich weigere mich zu akzeptieren, daß ich euer Feind bin. Dieses Spruchband habe ich nicht verdient!»

Anklagend schnellte ein Zeigefinger vor und wies auf das Transparent, und dessen Träger schauten einander an, jeder mit seinem Stock in der Hand, und wußten nicht, ob sie es nun einrollen oder noch höher halten sollten.

«Ich will euch auch sagen, warum ich es nicht verdient habe. Als am Anfang des Jahres Stellenkürzungen anstanden, wer hat sich denn da für euch bei der Firma eingesetzt?»

«Niemand!» rief eine anonyme Stimme.

«Was, niemand? Der muß ein ganz schlechtes Gedächtnis haben, der das gerufen hat. Zwanzig Prozent der Stellen sollten gestrichen werden, und ich habe das glattweg abgelehnt. Ich hab's geschafft, daß du noch Arbeit hast, und du ...!»

Die so Angesprochenen fühlten sich beschämt, und dieselbe Stimme, die ‹Niemand!› gerufen hatte, sagte nun: «Mir kommen gleich die Tränen!»

Die Empörung stieg Molinas zu Kopf, und er sprang zwei Stufen hinunter. Dabei war sein Körper wie durch ein Wunder aufgebläht, als beherrsche er diese psychosomatische Fähigkeit einiger Tierarten, die es schaffen, größer zu wirken als sie sind, wenn sie in die Enge getrieben werden oder zum Angriff übergehen. «Dieser Hurensohn soll vortreten und mir das ins Gesicht sagen, was er gesagt hat!»

Der Hurensohn trat vor, und wie Molinas nicht anders erwartet hatte, es war der Lieferwagenfahrer. Der Geschäftsführer konnte nicht zurückweichen und wollte nach den Jackenaufschlägen des Untergebenen greifen, bekam sie aber nicht zu fassen, denn dieser trug einen flaschengrünen Overall und sonst nichts. Die Hände, die sich des verbalen Angreifers bemächtigen wollten, wirkten aggressiv, weshalb dem Lieferwagenfahrer nichts anderes übrigblieb, als einen Schritt zurückzutreten und zu einem Schlag auszuholen, der den Manager voll auf die Nase traf, so daß seine Brille von der Nase flog, fiel und zerbrach. In diesem Moment rief Mme. Fedorowna hinter der Drehtür ‹Hilfe!›, und die Spirale von Windmühlenflügeln und Wind setzte sich in Bewegung. Zwei Wachmänner traten auf den Plan, stürzten sich mit gezückter Pistole auf die Demonstranten und schlugen mit der freien Faust auf die Leute ein, die derlei nicht gewöhnt waren, vor allem die Putzfrauen, so daß zwei davon die Treppe hinunterrollten. Der Anblick der beiden Frauen, die weinend, mit gespreizten Beinen, am Boden zerstört und ohnmächtig dasaßen, machte die Männer wütend. Sie umringten die Wachmänner, glichen die anfängliche Harmlosigkeit durch das Gewicht ihrer Überzahl aus, schlugen sie mehrmals mit dem Stiel eines Rechens mit voller Wucht auf die Köpfe, so gewaltsam, daß einer der Wachmänner die Pistole verlor und am Kopf blutend auf dem Platz blieb, während der andere sein Gesicht und möglicherweise seine Arbeit verlor, als er den rachsüchtigen Meuterern den Rücken kehrte und durch die Drehtür verschwand, wie einer, der sich in ein Rettungsboot schwingt. Da sie das Recht und die Märtyrer auf ihrer Seite wußten, schleuderten die zwanzig Demonstranten massive Gegenstände gegen die Tür und versuchten, Molinas und die Direktion an ihren sensibelsten Punkten zu treffen, indem sie gegen jede hergebrachte Gewohnheit und gegen den engen Zusammenhang zwischen gewissen Bereichen der Klinik und den Funktionen, die ihnen arbeitsmäßig zugeteilt worden waren, verstießen und die Hecke übersprangen, die sie von der Zone des Swimmingpools und den Tennisplätzen trennte. So drangen sie in den Lieblingsbezirk der Klienten ein, wo die wenigen Leute in der Sonne lagen, denen die Lust dazu noch nicht vergangen war, hauptsächlich Frauen mit ihren üppigen oder flachen, vollen oder leeren, mächtigen oder schmächtigen nackten Brüsten. Der Vorstoß des Personals wirkte auf sie wie ein Tatarenüberfall, und nach kurzem Zögern, das ebenso lange dauerte, wie das kollektiv veranlagte Gehirn der Badenden brauchte, um einen ebenso kollektiven Angriff zu konstatieren, vereinigten die dort verstreuten Insassen ihre Nacktheit und ihre Schreie, wodurch weiter entfernte Kräfte herbeigerufen wurden, sogar jene, die bei Gastein im Wartezimmer saßen oder auf ihre Massage warteten oder auf dem Tennisplatz cholerisch auf die Bälle eindroschen. Es herrschte beinahe eine zahlenmäßige Ausgewogenheit, wobei verschiedene elementare Gemütszustände aufeinanderprallten: aggressive Furcht auf der Seite der Klienten und eskalierte Gewalt, mit der die Arbeiter alle Tabuverletzungen vor sich selbst rechtfertigen wollten, die sie begangen hatten. Die Klienten, in der Hauptsache die Männer, formierten sich zu einem Stoßtrupp, wobei die Tennisspieler ihre Schläger im Anschlag hielten, und die Spanier, die sich dabei nicht gerade zurückhielten, allen voran Sullivan und der Oberst, die sich eine Bank geschnappt hatten und zusammen gegen die Feinde anrannten. Ihre Unterschiede an Statur und Leichtfüßigkeit führten dazu, daß der Oberst stolperte und über den Rasen gefährlich auf den Swimmingpool zurollte. Glücklicherweise bremste ihn die eigene zylindrische Exzentrizität seines Körpers, wo ja der Bauch eine zufällige Ausbuchtung bildete und dadurch das Tempo des Rollens verlangsamte. Durch den Fall des Oberst blieb Sullivan auf seiner Seite allein, dadurch der Möglichkeit beraubt, die Sitzbank kraftvoll zu schwingen, die er in den Händen hatte. Er hatte also keine Möglichkeit, anzugreifen, bot aber jede Gelegenheit, angegriffen zu werden. Das wurde er auch, mit bloßer Faust, und zwar von Demonstranten, die in ihm den Landsmann erkannt hatten und sich um so mehr berechtigt fühlten, ihn mit Fäusten und Füßen zu traktieren, bis er am Boden lag. Selbst dann hörten sie nicht auf, ihn zu treten, bis er beschloß, als Fluchtweg eine Rollbahn zu wählen, die parallel zu der verlief, die der Oberst unfreiwillig zurückgelegt hatte. Dafür gingen fünf dynamische deutsche Manager, der belgische Endivienzüchter und der bedeutendste Großhändler für Produkte aus dem Périgord mit beträchtlichem Know-how gegen die Meuterer vor und teilten wirkungsvolle und treffsichere Hiebe aus, die Breschen in ihre Reihen schlugen und sie bis zur Hecke zurückweichen ließen. Und dabei wäre es geblieben, wäre nicht aus einer Seitentür, die zu den medizinischen und sportlichen Einrichtungen führte, unerwartet ein Schwarm unbeteiligter Putzfrauen herausgekommen, die, als sie die Schreie hörten und sahen, wie einige ihrer Ehemänner von diesen Ausländern hart gebeutelt wurden, sich wie Wespen auf die Angreifer stürzten und ihnen Kratzer im Gesicht beibrachten, die nicht vor 14 Tagen verheilt sein würden, und sie in eine blinde Wut versetzten, die sie zeitlebens nicht vergessen sollten. Dieselben Frauen, die um Erlaubnis, ja beinahe um Verzeihung gebeten hatten, wenn sie morgens in ihr Zimmer kamen, um ihnen das Bett zu machen, staubzusaugen, die Kloschüssel von schlecht abgewischten Durchfallspritzern zu reinigen, oder die ihnen um zwei Uhr dreißig mit japanischer Pünktlichkeit den Tee aufs Zimmer servierten, oder an dem Tag, wenn sie zur Normalkost übergehen durften, den Apfelbrei – oder den Extrajoghurt im Fall eines plötzlichen Sinkens ihres Blutdruckes –, und das immer mit jener orientalischen Höflichkeit, die kein vernünftiger Anthropologe in der ignorierten, vergessenen Substanz in den tiefen Schichten der spanischen Seele vermutet hätte, eben diese Frauen stürzten sich auf ihre Klienten wie Piranhas auf angeberische Ochsen, die nicht wußten, wie sie sie von ihren zerbissenen Beinen abschütteln sollten. Die Sonne stand im mittäglichen Zenit und brannte herab auf das Schlachtfeld. Keiner hörte auf die Befehle des Oberst, der sich aufgerichtet hatte und nach einem Studium der Lage zu dem Schluß gekommen war, daß die Klienten momentan im Nachteil waren, weshalb er einen strategischen Rückzug vorschlug. Nur zwei der Frauen, die mit dem kantabrischen Kranzgesims und eine Dame zwischen Schlankheit und Bildungsdünkel, nahmen effektiv an dem Kampf teil, kratzten, wurden gekratzt und schafften es, keinen Schlag schuldig zu bleiben. Der Rest aber hatte sich zurückgezogen, um aus vorsichtiger Entfernung zu schreien, während die Männer harte Schläge einstecken mußten, so daß die ältesten, dicksten oder vorsichtigsten ihre Solidarität immer mehr vergaßen und fahnenflüchtig wurden. Zu den letzteren gehörten auch Delvaux und Colom. Niemand hörte zu, aber wenn einer zugehört hätte, wäre er nicht überrascht gewesen, Delvaux sagen zu hören: *«C'est extraordinaire!»*

Colom sagte zu sich selbst – obwohl er glaubte, daß die andern ihm zuhörten –, daß man die Dinge nicht auf diese Art regelt, sondern indem man miteinander redet. Ein Knall übertönte das Geschrei, und ein Gummigeschoß flog zum Himmel wie ein Sektkorken. Hinter den Arbeitern tauchte Serrano mit einer Gruppe von Ordnungskräften auf, die weit ausgeschwärmt waren, um das Gelände zurückzuerobern. Es handelte sich um den Hilfsinspektor, den Nationalgardisten, der den Streifenwagen fuhr, und fünf Zivilgardisten. Es war nicht ihre Absicht, die Eingeborenen zwischen den Fronten aufzureiben, sondern sie zu umzingeln und zum Rückzug zu zwingen, um das Gelände seinen legitimen Nutznießern wieder zur freien Verfügung zu überlassen. Aber jede Gruppe interpretierte das Auftauchen des ‹Siebten Kavallerieregiments› auf ihre Weise oder alten Erinnerungen entsprechend, und während die Kurgäste sich gerettet fühlten, hatten die Aufständischen das Gefühl, angegriffen zu werden, und liefen in alle Richtungen auseinander, um der vermeintlichen Einkesselung zu entgehen. Nicht alle schafften es, auf Umwegen zu ihrer Ausgangsposition zurückzukehren, einige flüchteten blind, gerieten auf feindliches Territorium und wurden von Gruppen umzingelt, die wieder Mut geschöpft hatten und den Umstand ausnutzten, daß sie sich wie flüchtende Tiere verhielten, die den Rückhalt der Herde verloren hatten. So kam es zu Lynchversuchen, die nur deshalb keine schlimmeren Folgen hatten, weil die Mehrzahl der Gäste fastete und nach mehr als einer halben Stunde des Kampfes zu schwach war. Sie hatten fast ihre ganze Gesundheit verbraucht, die sie während des Kuraufenthaltes akkumuliert hatten. Die Versprengten konnten auf unehrenhafte Weise fliehen und unter dem Marschallstab einer leitenden Minderheit wieder in Stellung gehen, die befahl, sich zurückzuziehen und auf freiem Feld hinter der Klinik zu sammeln. Die Insassen versammelten sich währenddessen auf dem Rasen zwischen Swimmingpool und Fango-Pavillon, und zwischen den Fronten stand das acht Mann umfassende Aufgebot der Polizei, unschlüssig, welche Partei sie nun bewachen sollten, obwohl sie über den spontanen Impuls nicht hinwegtäuschen konnten, die Agitatoren besonders im Auge zu behalten. Serrano ging auf die Kurgäste zu und legte ihnen nahe, auf ihre Plätze zurückzukehren. Sie sollten sich keine Sorgen machen, die Lage sei unter Kontrolle. Frau Helda und die beiden anderen Krankenschwestern hatten sich unter die Verletzten gemischt, verbanden Wunden und beruhigten die Hysterischen. Der ältere Faber kam seiner leitenden Funktion nach und hielt eine Maßnahme zur Befriedung für angebracht, die darin bestand, laut aus dem Fenster schreiend den Verletzten der anderen Partei sanitäre Hilfe anzubieten. Dort, im Rücken der Klinik, befand sich fast die gesamte Arbeiterschaft in offener und permanenter Versammlung. Keiner kam seinem Vorschlag nach, aber er wurde auch nicht verbal attackiert, und Hans Faber glaubte eine tiefe Erschöpfung unter ihnen festzustellen, so als fühlten sie sich plötzlich erdrückt von der Last der Irrationalität, die auf fatale Weise den Verlauf von Aktion und Gegenaktion bestimmt hatte. Plötzlich setzte sich die versammelte Menge in Bewegung, stieß ins Gebäudeinnere vor, marschierte zu einer der äußeren Türen der Gymnastikhalle, verschwand darin und verschloß von innen die Tür. Die Gymnastikhalle stand mit den Fluren der Massageabteilung in Verbindung, und über diesen Korridor gelangte die Botschaft heraus, daß die Arbeiter der Firma *Faber und Faber*, besser bekannt unter dem Namen ‹Das Kurbad›, beschlossen hatten, als Ausdruck des Protests gegen die üble Behandlung, der sie ausgesetzt gewesen waren, in einen unbefristeten Hungerstreik zu treten.

«Ein Hungerstreik! Wie wenig Sinn hat das Wort Hunger in dieser Umgebung hier, nicht wahr?»

Die Bemerkung von Sánchez Bolín und die beiden, die mit ihm den Beobachtungsposten teilten, den Balkon des Salons, von dem aus man das Schlachtfeld überblicken konnte, nämlich Gastein und Carvalho, wußten nicht, wer von ihnen gemeint war.

«Sind wir hier bei einer Aufführung des Klassenkampfs?» fragte Carvalho den Schriftsteller.

«Nein, das glaube ich nicht. Es handelt sich eher um einen Kampf zwischen Nationalismus und Rassismus. Die Arbeiter des Kurbades fühlen sich genau deshalb diskriminiert, weil sie von hier stammen. Ihr Anliegen ist eine nationale Sache. Die Klienten fühlen sich diffus von einer dunklen, südlichen Rasse bedroht. Bei ihnen handelt es sich um ein quasi rassistisches oder kulturelles Vorurteil.»

«Und das Verhalten der spanischen Klienten? Sie haben sich auf die Seite der Ausländer geschlagen.»

«Bei ihnen hat wohl doch ein Mechanismus des Klassenkampfes funktioniert, aber in einem wenig wissenschaftlichen Sinn, wenn Sie mir gestatten, diesen Ausdruck zu verwenden. Was einen reichen Spanier am meisten beunruhigt, ist die Vorstellung, die Armen könnten in seine Toilette pissen.»

«Werden Sie sich solidarisieren?»

«Nein, dazu ist es weder der Ort noch die Zeit. Nationalistische und rassistische Fragen öden mich an. Ich schäme mich dafür. Sie bewirken, daß ich mich für andere Menschen schäme. Sie sind ein Rückschritt und verschleiern den Sinn der Geschichte und das revolutionäre Subjekt.»

Es dauerte eine ganze Weile, bis Sánchez Bolín bemerkte, daß Carvalho ihn allein gelassen hatte und Gastein selbstvergessen einen unbestimmten Punkt des Parks anstarrte, der ihn anzog wie die Stimme einer Sirene.

Die permanent tagende Versammlung der Arbeiter beschloß einen 24stündigen Streik, von dem nur fünf Putzfrauen ausgeschlossen waren, die ausschließlich die im strengsten Sinne medizinischen Abteilungen der Klinik und die Zimmer mit den schwächsten Kranken versorgen sollten. Die technischen und medizinischen Angestellten aus Spanien beschlossen ihrerseits, sich dem Streik nicht anzuschließen, gaben aber eine Erklärung ab, in welcher sie die Vorfälle bedauerten und von der Firma verlangten, Luguín öffentlich zu rehabilitieren. Während das Ziel des befristeten Streiks etwas nebulös war – Protest gegen üble Behandlung eines Kollegen als Symptom der Aggressivität eines Systems, das gegen die Arbeiter konzipiert war –, bot die Forderung der Techniker Molinas doch die Möglichkeit, die Tür zu einem glücklichen Ausgang einen Spaltbreit zu öffnen. Nach einer Beratung mit den Fabers und Serrano schloß er sich mit Mme. Fedorowna in sein Büro ein und verließ es eine Stunde später mit dem Text für einen möglichen Aushang, der an den Anschlagbrettern der ganzen Kurklinik angeheftet werden sollte.

Die Direktion der Kurklinik Faber und Faber *erlaubt sich hiermit, öffentlich ihr vollstes Vertrauen in die Person ihres Angestellten, Señor Luguín, zu erklären und den Angriff auf seine Person zu bedauern. Nur in einem Klima der gegenseitigen Kooperation von Personal und Klienten können die optimalen Bedingungen für die Erfüllung der Aufgaben der Kurklinik erzielt werden: Die Gesundheit von Körper und Geist auf einer Insel der Heiterkeit und der Ruhe, unberührt von den Wirren der heutigen Zeit.*

Mme. Fedorowna hatte den Schlußsatz für übertrieben gehalten, aber Molinas war sehr stolz darauf, ihn formuliert zu haben, und setzte sich durch. Die Erklärung erschien überall, in die verschiedenen Sprachen übersetzt, die im Hause gesprochen wurden, mit Ausnahme des Flämischen und Katalanischen. Und, als seien die Anschlagbretter nicht genug, beschloß Molinas, sie vervielfältigen und unter dem Türspalt hindurch auf die einzelnen Zimmer verteilen zu lassen. Wenige Minuten nach der Verteilung hatte man zwar erreicht, die Gemüter der Eingeborenen zu beruhigen, nicht aber die der Ausländer, die zwar damit einverstanden waren, den Angriff auf den Spanier zu bedauern, aber doch der Meinung waren, daß die Vertrauenserklärung zu Luguín nicht nur den Angreifer exponierte, sondern die Gesamtheit der Gäste der Kurklinik, die sich von neuem zu der Annahme genötigt sahen, daß der Übeltäter unter ihnen wohnte. In jeder Nationalitätengruppe kam es zu leidenschaftlichen Reden über die bis ins Psychologische reichende Notwendigkeit, Luguín weiterhin zu verdächtigen, mit oder ohne gebrochenem Unterkiefer, in dem spürbar mangelnden Vertrauen, daß die spanische Polizei in der Lage sein würde, die Suche nach der Wahrheit bis zur letzten Konsequenz durchzuführen. Zwar bekräftigte jede nationale Gruppe die Notwendigkeit, den kollektiven Geist aufrechtzuerhalten – ‹Einigkeit macht stark› war bei jedem Treffen der am häufigsten gebrauchte Satz –, aber die Verzögerung der Aufklärung des Falles führte zu dem kaum unterdrückten Bedürfnis, nach der Devise zu handeln ‹Rette sich wer kann› und zunächst hysterisch danach zu streben, daß die Quarantäne aufgehoben würde und man so schnell wie möglich die plötzlich finster gewordene Kurklinik verlassen konnte. Aber als Serrano die Gesuche um Ausgangserlaubnis wiederholt ablehnte, kamen die Insassen zu der Einsicht, daß der Polizist der starke Mann war und man ihn isoliert bedrängen mußte, jeder Einzelfall mit seiner speziellen Note, jeder einzelne mit dem mehr oder weniger großen Geschick, sich angesichts der Tatsache, daß die Kollektive an Normen gescheitert waren, welche ein mächtigeres Kollektiv aufgestellt und ausgearbeitet hatte, argumentativ durchzusetzen.

Dies führte dazu, daß das für Serrano hergerichtete Büro mit Gesuchen um Einzelgespräche überrollt wurde, Besuchen, die nicht einer kollektiven Vereinbarung entsprachen, sondern dem überall gleichzeitigen Überhandnehmen der Haltung ‹Rette sich wer kann›. Zunächst waren es schriftliche Gesuche, aber dann eine verstohlene Reihe von Gesprächen, die in Serranos schmerzendem Gehirn ein Puzzle von Unsicherheit und Hoffnungen auf kollektive Flucht hinterließen. Obwohl fast alle zu dem einsamen Laster der individuellen Erlösung zurückgekehrt waren, konnten sie gerade deshalb auf ein gewisses kooperatives Ritual kaum verzichten, das den Anschein aufrechterhielt, ein wachsames kollektives Subjekt in Notwehr zu sein, das Wachposten organisierte, um terroristische Attentate der Eingeborenen zu verhindern. Was die spanischen Klienten anging, die schon vom ersten Tag an schlecht organisiert waren, so schwanden ihre ethischen und ästhetischen Hemmungen, an Serranos Tür zu klopfen, als sie gehört hatten, daß Klaus Schimmel, der natürliche Führer der deutschen Gruppe, den Polizisten aufgesucht hatte, um als bevorzugter Flüchtling anerkannt zu werden. Selbst das, was Schimmel gesagt hatte, prägte, obwohl es nicht weitergegeben worden war, einen ganzen Stil.

«Jawohl, Herr Inspektor, Klaus Schimmel, Nachfahre des besten Verschalers von Essen. Herr Inspektor, in meiner Heimat werde ich oft gefragt, wie ein Mann wie ich, der über soviel gesellschaftlichen Einfluß, Geld und Prestige verfügt, dazu kommt, im Urlaub nach Spanien zu fahren, was auf den ersten Blick – natürlich nur auf den ersten – ein Land für den Billig-Tourismus ist. Aber ich habe dieses Land schätzen gelernt. Ich habe es schätzen gelernt, was sich schon immer hinter der Erscheinung dieses ungeordneten Landes, dieses Landes ohne Norden und voller leichtsinniger Traumtänzer – das ist es, Traumtänzer, wie ihr diese Art von Leuten nennt – verborgen hat. Als der spanische Regierungschef neulich in Deutschland war – ein echtes Talent, Herr Inspektor –, lud die Industrie- und Handelskammer Frankfurt alle Unternehmer, die irgendwie mit Spanien zu tun haben, zu dem Empfang ein, der in Bonn zu Ehren ihres Präsidenten gegeben wurde. Wenige Unternehmer meines Landes machten sich die Mühe, der Einladung zu folgen, aber ich tat es und hatte die Ehre, Herrn González und seine bezaubernde Gattin zu begrüßen. Ich erzählte ihnen von meiner Vorliebe für dieses Kurbad und wie sehr ich meine Gesundheit dieser Kurklinik verdanke, und sie waren sehr an meinen Erfahrungen interessiert. Unter uns gesagt, es war nicht irgendein Empfang ohne Ziel und Zweck, und im Moment spanne ich die Drähte einer ökonomischen Transaktion, die für Spanien sehr rentabel sein wird. Es geht um die Errichtung einer Fabrik, gar nicht so weit von hier entfernt, und zwar einer Fabrik für synthetische Stukkatur für die Verkleidung von Zimmerdecken. Wir können bis zu 34 Varianten für jede Art von Decke anbieten, alle auf ein und demselben Modul, für jeden Geschmack der Kundschaft, und genau dieselbe technische Ausrüstung kann auf die Produktion von kleinen Fliesen und Auffahrrampen für Behinderte umgestellt werden. Ich habe einen Katalog mitgebracht, damit Sie begreifen, wie wichtig es für Spanien sein kann, als erstes Land in Südeuropa unsere Patente herzustellen. Ihr seid nicht auf den Kopf gefallen! Ihr könnt euch unter die führenden Nationen in der Welt einreihen! Aber dafür ist es notwendig, daß wir euch vertrauen und ihr uns vertraut. Außerdem habe ich Ihnen noch diese Fotografien mitgebracht, die mich mit Bundeskanzler Kohl auf der Möbelmesse in Köln zeigen.»

«Seit 20 Jahren schleppe ich meine beiden Schwestern jedes Jahr mit hierher nach Spanien. Ich, Britt, war als erste hier. Verwechseln Sie mich nicht mit Frauke oder Tilda, denn wir sehen einander ziemlich ähnlich, aber wenn Sie uns aufmerksam betrachten, werden Sie feststellen, daß Tilda dunklere Haut hat und Frauke die stämmigsten Schenkel, deshalb hat sie diesen selbstsicheren Gang, und wenn wir zusammen sind, muß sie immer vorangehen. Aber Entscheidungen treffe ich, oder schlage sie wenigstens vor. In meiner Jugend habe ich in Göttingen Romanistik studiert und dabei dieses spanische Wunder entdeckt, diesen außergewöhnlichen Schriftsteller, der wesentlich berühmter wäre, als er jetzt ist, wenn er ein Nordamerikaner gewesen wäre: Lope de Vega. Ich habe mich in Lope de Vega verliebt und seine Texte auswendig gelernt, sogar ein historisches Poem über den Conde de Benavente. Dieser Benavente hat nichts mit dem Nobelpreisträger Benavente zu tun. Ich arbeite nicht als Romanistin, aber die Begeisterung für die spanische Kultur läßt mich nicht los, und so oft ich kann, entfliehe ich in den Süden. Als ich jung war, hatte Spanien in Deutschland keinen allzu guten Ruf – bei den einen, weil es Hitler nicht in dem Maß unterstützt hat, wie er erwarten konnte, und bei den andern, weil hier ein faschistisches Regime herrschte. Aber ich kam ab und zu mit meinen Studienkollegen hierher, wir schlugen uns im *Mesón de la Tortilla* in Madrid den Bauch voll, und ein paar sehr sympathische Jungen führten uns zum Tanzen aus, die uns sentimentale Lieder ins Ohr summten und uns mit ihren kleinen Schnurrbärtchen kitzelten. Ich habe immer gut über Spanien gesprochen, früher unter Franco und auch heute, sogar heute, denn Spanien, Herr Inspektor, das ist für mich Lope de Vega, der Conde de Benavente und Federico García Lorca. Deshalb habe ich auch durchgesetzt, daß meine Schwestern mit hierherkamen, und sie waren so begeistert, daß sie jedes Jahr wiederkommen. In einem Jahr fasten wir hier, im nächsten fahren wir nach Madrid und essen Tortilla. Ein einziges Mal kamen wir mit meinem Mann, er ist Assessor in der Justizabteilung des bayrischen Staates, und alles, was er sah, gefiel ihm sehr gut. Mein Mann kennt viele spanische Richter, er unterhielt sogar mit einem Briefkontakt, der dann vor wenigen Jahren von Terroristen umgebracht wurde. Der Terrorismus kennt ja keine Grenzen, und in Deutschland wimmelt es von Palästinensern, die Bomben legen. Haben Sie schon einmal daran gedacht, daß das, was hier geschehen ist, das Werk von Palästinensern sein könnte?»

«Wenn ich mich Ihnen als Oberst der spanischen Armee vorstelle, obwohl ich es im praktischen und operativen Sinn nicht bin, dann deshalb, weil Sie als Diener der Ordnung dafür Verständnis haben werden, daß ein Militär, genau wie ein Seelsorger, bis zu seinem Tode das bleibt, was er ist. Ich hatte die Ehre, mich kürzlich Ihrem Befehl zu unterstellen, ja, ich bin Oberst Villavicencio, aber ich versichere Ihnen nochmals meine Loyalität und mache Sie darauf aufmerksam, daß ich Ihnen von großem Nutzen sein kann. Wer einmal Truppen geführt hat, erwirbt einen sechsten Sinn für Psychologie, der ihn die Menschen durchschauen läßt. Die Menschheit, Herr Inspektor, läßt sich vor allem in zwei große Gruppen aufteilen: die einen, die Fürze loslassen, und die andern, die sie riechen – im Klartext gesprochen. Dann muß man unterteilen und weiter unterteilen... das ist Aufgabe der Zivilisten. Uns Militärs und im weiteren Sinne euch, den Polizisten, genügen die großen Klassifikationen, denn wir müssen handeln und haben keine

Zeit für feine Unterschiede. Ich war schon über hundertmal in der Situation, in der Sie sich jetzt befinden. Der Wehrbereichskommandant dieser Region, ein guter Freund von mir, kann Ihnen Auskunft geben. Ich bin sicher, sobald er erfährt, daß ich hier festgehalten werde, wird er persönlich auftauchen und mir sagen: Villavicencio, hör auf mit dieser Brühe, komm mit nach Hause, wir wollen ein paar gebratene Sardinen essen! Der Wehrbereichskommandant ist ganz verrückt auf gebratene Sardinen. So wie ich hier vor Ihnen stehe, wurde ich schon zweimal für das Große Militärische Verdienstkreuz vorgeschlagen; das erste Mal, als während der Instruktion ein Rekrut in nächster Nähe eine Handgranate warf, und ich stürzte hin und schlug drauf, ich weiß nicht mehr, womit ich sie traf, jedenfalls flog die Bombe weg wie ein Geschoß, und wir alle waren wie durch ein Wunder gerettet. Das andere Mal war in Ifni, wohin ich mich als Freiwilliger gemeldet hatte, als es damals zu diesem Konflikt gekommen war. Na ja, Sie waren da noch ein Schüler in kurzen Hosen oder noch nicht mal auf der Welt. In Ifni nahm ich einem Mohren das Maschinengewehr ab und schleppte es bis zu unseren Stellungen. Sie hätten mal das Gesicht sehen sollen, das der Mohr machte! Mein damaliger Oberst, der früh verstorbene José Cortés de Comenzana, sagte zu mir: ‹Villavicencio, so ungehobelt wie du bist, so tapfer bist du auch!› Na ja, mit zwei Augen im Gesicht sieht man, was man sehen muß, und hinter allem, was geschieht, steckt etwas anderes, wie es die Kaltblütigkeit beweist, die der belgische General an den Tag legt, Delvaux, er ist ja, wie Sie wissen, ein NATO-Kommandeur. Zum NATO-General bringt es nicht jeder, Serrano, und wenn Sie meine Hilfe brauchen, um mit Delvaux Kontakt aufzunehmen, werde ich meine eigenen Interessen hintanstellen, nämlich so schnell wie möglich hier herauszukommen, und jeder Art von gemeinsamem Oberkommando zur Verfügung stehen, das hier eingerichtet wird.»

«Ich weiß nicht, ob Sie die Bedeutung meines Dienstgrades und meiner Aufgabe richtig einschätzen. Jules Delvaux, General im Hauptquartier der NATO in Luxemburg, zuständig für die Versorgung des Hauptquartiers, um genauer zu sein. Dem brauche ich eigentlich nichts hinzuzufügen. Tun Sie Ihre Pflicht! Ich selbst müßte eigentlich mit beispielhafter Diskretion vorangehen, aber Angelegenheiten von großer Tragweite erwarten mich in Luxemburg, und ich möchte die Möglichkeit nicht ausschließen, daß das Oberkommando zum gegenwärtigen Zeitpunkt schon meine Entlassung aus der Kurklinik betreibt und jeden Moment der Hubschrauber auftauchen kann, der mich abholt. Ich bedaure, daß ich Ihnen nicht nützlicher sein kann, aber in der Tat ist die Versorgung mein Metier, mehr noch, die Erforschung von Möglichkeiten des Überlebens in Extremsituationen, daher mein großes Interesse an der Ernährungslehre. Ich bin in der Lage, zu beweisen, daß Lupinen die Welternährungsreserve der Zukunft darstellen. Solange es Lupinen gibt, gibt es auch Kühe, und wenn es Kühe gibt, kann der Mensch seinen Hunger stillen. Sobald ich pensioniert bin, beschäftige ich mich mit Studien über Ernährung und Rattengift. Es genügt nicht, daß der Mensch das Problem der primären Nahrungsquellen löst, es ist auch notwendig, daß er die Ratten vernichtet. Ich habe einen sechsten Sinn, einen Spürsinn, und kann Ihnen versichern, ohne die geringste Furcht, mich zu irren, daß es in dieser Kurklinik von Ratten wimmelt, auch wenn sie nicht in Erscheinung treten.»

«Bitte entschuldigen Sie, daß ich nicht die dem Anlaß entsprechende Kleidung trage, aber ich habe eine besondere Hautallergie und trage darum den ganzen Tag einen Trainingsanzug. José Hinojosa Valdes. Ich besitze eine Chorizo-Fabrik in Segovia, fünf Bars in Madrid und fünfzig Prozent der Aktien der auflagenstärksten Zeitschrift Spaniens, einer Zeitschrift mit Kreuzworträtseln und Unterhaltung. Aber lassen Sie sich nicht davon beeindrucken, was ich heute bin, oder daß ich dauernd im Trainingsanzug herumlaufe. Sie haben den jüngsten Centurienchef der Provinz Segovia von 1952 vor sich und den Gewinner der Goldmedaille der SEU 1956.[1] Beinahe wäre ich Generalinspektor der SEU geworden, aber so ein Hanswurst hat mir die Sache verdorben. Sie wissen ja, wie die Dinge heute stehen. Ich komme immer direkt zur Sache, vor allem, wenn ich mit einem Ordnungshüter spreche. Wir beide brauchen einander nichts vorzumachen. Sie wissen genausogut wie ich, daß die Feinde Spaniens, dieselben wie immer, hier in dieser Kurklinik stecken und auf der Lauer liegen. Nicht einmal dieser Ort der Ruhe wird mehr respektiert. Ich muß Ihnen meinen Verdacht in bezug auf Sánchez Bolín ausdrücken, diesem kommunistischen Schriftsteller von der ganz verschlagenen Sorte, der sich bei mehr als einer Gelegenheit gegen die etablierte Ordnung ausgesprochen hat – gegen die von früher, gegen die von heute, und überhaupt gegen jede. Er ist verschwiegen und zwielichtig wie alle Roten, und ich lasse ihn nicht aus den Augen. Bei der erstbesten Gelegenheit, sobald ich

1 Universitäre Falange-Untergruppierung

sehe, daß er etwas Unnormales unternimmt, nehme ich ihn fest und liefere ihn Ihnen aus. Ich habe Freunde, die trotz der beklagenswerten Situation, die unser armes Spanien durchmacht, hochgestellte Persönlichkeiten sind. Auch die Sozialisten konnten es nicht mit ihnen aufnehmen, und sie sind, wo sie sind, und werden immer für mich einstehen, wenn es sein muß.»

«Ich weiß nicht, ob Sie schon vom ‹Côte de Dumesneuil› gehört haben, einem Rotwein aus dem Gebiet, das an das Anbaugebiet der Rotweine von ‹Nuits de Saint-George› angrenzt. Ich heiße Armand Dumesneuil und bin der Besitzer der Marke, außerdem schreibe ich Essays über den katholischen Modernismus im XX. Jahrhundert. Ich gebe sie auf eigene Kosten heraus, über einen Verlag, den ein Schwager von mir leitet, der aber mir selbst gehört, das heißt, ich teile ihn mir mit meinem Sohn, einem erfolgreichen Architekten, der vor allem in Paris tätig ist. Er ist mit Renée d'Ormesson verheiratet, einer reichen Erbin, die eng mit der Duquesa de Alba und Don Pío Cabanillas befreundet ist, einem spanischen Politiker, der hier anscheinend einen sehr guten Ruf genießt. Bei einer bestimmten Gelegenheit hielt ich vor der Königlich Spanischen Akademie für Jurisprudenz einen Vortrag über das Thema: ‹Der Schuldbegriff bei Charles Peguy›, und mein Vortrag bekam eine begeisterte Kritik in *ABC* von Don José María de Areilza. Vor kurzer Zeit trat ich in *Apostrophe* auf, einer sehr renommierten Sendung des französischen Fernsehens, und Monsieur Pivot, der Moderator, fragte mich: ‹Sind Sie der Ansicht, daß Europa gläubig ist?› Fällt Ihnen auf, wie hinterhältig diese Frage ist? Ich tat so, als würde ich nachdenken, aber die Antwort lag mir schon auf der Zunge. Sie lautete so: ‹Von welchem Europa sprechen Sie? Meinen Sie vielleicht Polen? Ich weiß nicht, ob Ihnen bekannt ist, daß es in keinem anderen Land so viele Prozessionen gibt wie in Polen. In keinem anderen Land habe ich eine tiefere, kollektivere Religiosität erlebt.› Amintore Fanfani hält mich seiner Freundschaft für würdig, und ich revanchiere mich durch meine Gastfreundschaft bei ihm. Obwohl er von Hause aus zur linken Christdemokratie gehört, weiß Amintore gute Suppen zu schätzen und ist ein begeisterter Verehrer des ‹Confit d'Oie› und ‹Foie-gras› aus dem Périgord, und zwar speziell der Sorten, die mein lieber Cartaud herstellt, der beste ‹Artisan Conservateur› von Brantome. Ich habe Ihnen von Amintore Fanfani erzählt, weil wir unzählige Male über die Bedeutung des Wortes Religiosität diskutiert haben. Was ist Religiosität? Ein Bewußtseinszustand? Ein Gemütszustand? Eine Einstellungssache?»

«Mein Mann war Generaldirektor unter der ersten Regierung Arías, und ich bin in Madrid geboren, aber in Toledo aufgewachsen. Heute ist mein Mann Vertreter einer nordamerikanischen Elektronikfirma und unterstützt meinen Vater bei der Vertretung von zwei oder drei Artikeln aus tschechischem Glas, russischen Boien und eines naturreinen dänischen Kaugummis, der während des Kauens dreimal seinen Geschmack ändert. Mein Mann ist zweiter Vizepräsident von *Atletico*, ich glaube von Madrid, aber ich bin nicht ganz sicher, denn ich gehe nie auf den Fußballplatz. Er kennt Señor Faber, weil er manchmal hierher kommt und mich besucht. Er nimmt sich dann ein Zimmer in Bolinches, und Señor Faber, Sie wissen ja, daß er sehr gerne Tennis spielt, lädt ihn zu einer Partie mit ihm und seinem Bruder ein. Ich glaube, der Bürgermeister von Bolinches ist immer noch dieser kleine, dicke Sozialist, dessen Schwägerin aus Toledo stammt, nicht wahr? Also, er ist auch ganz eng mit meinem Antonio befreundet, und der Zivilgouverneur dieser Provinz war, glaube ich, mit meinem Mann zusammen in der UCD oder der ‹Alianza Popular›, ich erinnere mich nicht mehr genau, aber ich weiß, daß sie zusammengearbeitet haben. Mein Schwager kämpfte mit der Blauen Division und mein Vater nahm als ehemaliger Frontkämpfer am Krieg teil, nein, natürlich war er erst nach dem Krieg ein Ehemaliger, klar, er war ja Reserveleutnant und hatte es bis zum Kommandanten gebracht, aber dann bekam er eine Maschinengewehrsalve ins Bein und seither beschäftigt er sich mit Geschäftsvertretungen. Einer meiner Brüder ist Abgeordneter in der PSOE, wo, weiß ich nicht, aber er ist einer von den zivilisierten Sozialisten, nicht von der Guerra-Fraktion, sondern von der andern. Ein anderer Bruder von mir ist mit einer Segeljacht um die Welt gefahren und war schon auf der Titelseite von *AS*. Was noch? Ach, also ich halte es hier keinen Tag länger aus, denn mein Mann und meine Kinder sind alleine, und die Diät liegt mir wie ein Stein auf der Leber.»

«Juan Sullivan Álvarez de Tolosa. Man nennt mich zwar Sullivan, als sei das ein Spitzname, aber es ist der Familienname meines Vaters, eines Önologen aus einer alten Önologenfamilie, die seit über hundert Jahren in Jerez ansässig ist. Schau mal, Serrano, ich will nicht vor dir mit meinen Freunden und Beziehungen protzen, so wie du es sicher erwartest. Ich nenne nur eine einzige: den König! Verstehst du? Die Bekanntschaft mit dem König kam direkt über meine Cousine Chon zustande, die früher bei den Roten war, aber dann einen Kommandanten geheiratet hat, einen Marqués, der mit dem König zusammen die Militärakademie abgeschlossen hat. Serrano, du kannst den König nach dem alten Sullivan fragen, du wirst dann schon sehen, was er dir antwortet. Verzeihen Sie, wenn Sie das *Du* stört! Ich duze einfach alle Welt. Daß mir das gerade jetzt passieren mußte! Also, entschuldigen Sie, aber ich sage es noch mal: fragen Sie den König nach Sullivan, dann fängt er ganz bestimmt an zu lachen und sagt: Sullivan ist der unverschämteste Witzbold, den ich kenne. Sie wissen ja, wie die Bourbonen sind. Ein Bourbone ist eben ein Bourbone und damit basta. Sie wollen nicht einmal mit ihrem eigenen Vater zu tun haben, und wenn ein Bourbone sich an jemanden erinnert, dann will das schon etwas heißen. Vor kurzem war der Bürgermeister von Jerez bei einer Audienz des Königs in Madrid. Er ist ein knallharter Sozialist, einer von denen, die uns unser Gut wegnehmen würden, wenn sie könnten. Aber als der König hörte, daß er Bürgermeister von Jerez ist, sagte er zu ihm: Wenn du Sullivan siehst, sag ihm, daß der Sommer bald wiederkommt! Dabei fing er an zu lachen, denn es ist das Losungswort zwischen dem König und mir.»

«Oriol Colom, zu Ihren Diensten. Ich weiß nicht, ob Sie eine klare Vorstellung davon haben, was wir sind, wir Katalanen, aber ich sage Ihnen ein Sprichwort, das ganz gut auf uns zutrifft: *Els catalans de les pedres fan pans*, das heißt, wir Katalanen machen aus Steinen Brot. Damit ist alles gesagt. Ich komme hierher, um im wahrsten Sinne des Wortes Urlaub zu machen. Mein Urlaub besteht darin, hierher zu kommen und zu hungern, damit ich gesund bleibe und weiterschuften kann wie ein Pferd. Jeder weitere Tag bedeutet für mich einen Verlust an Arbeit und Geld. Wenn es nötig wäre, sich für eine Sache aufzuopfern, dann würde ich gerne in den sauren Apfel beißen und alles auf mich nehmen. Aber hier, Herr Inspektor, hier vertrödeln wir doch nur unsere Zeit, und ich weiß nicht, welchen Vorteil es haben soll, uns hier weiter wie in Quarantäne gefangenzuhalten. Meine Geschäfte können keinen Tag länger auf mich warten. Hunderte von Familien verdanken es mir, daß sie genug zu essen haben, und die Lage ist nicht danach, daß man uns Unternehmern auch noch das Leben schwermachen darf, uns, die wir immer noch etwas riskieren und reinvestieren, rekapitalisieren – außerdem gibt es bei mir keine Probleme, nicht mit einem einzigen von meinen Arbeitern. Ich werde zur Hochzeit ihrer Kinder oder der Erstkommunion oder der Taufe eingeladen. Señor Colom hier, Señor Colom da, und als die Demokratie kam, war ich sehr beunruhigt, rief einen von der Partei an und sagte zu ihm: ‹Giral, was passiert jetzt? Chaos? Tumulte? Ausschreitungen?›

‹Überhaupt nicht, Señor Colom›, gab er mir zur Antwort, ‹Arbeit und Tarifverhandlungen, Arbeit und Tarifverhandlungen, Arbeit und Tarifverhandlungen.›

‹Aha, gut, Giral, dann werden wir uns miteinander verstehen, aber nicht mit Mätzchen und faulen Tricks, klar?›

Und so läuft es. Sie kümmern sich um ihre eigenen Angelegenheiten, man verhandelt, und es hat noch keine ernsten Probleme gegeben. Deshalb sage ich Ihnen, daß ich dort unabkömmlich bin, und es gibt eine Lösungsmöglichkeit: Sie nennen mir Ihre Bedingungen, ich prüfe sie, und wenn ich kann, nehme ich sie an. Wenn Sie zu mir sagen: ‹Sehen Sie, Colom, ich lasse Sie gehen, und Sie melden sich jeden Tag auf der *Comisaría* in Barcelona, bis das alles vorbei ist!›, dann melde ich mich dort und alles geht klar, verstehen Sie, Señor Serrano?»

«Ich heiße Anne, Anne Roederer, und bin Krankenschwester in Straßburg. Wird diese Gefangenschaft hier noch lange dauern? Ich habe sehr ernste persönliche Probleme in Straßburg. Ich wollte sie hinter mir lassen, schob alles auf und kam hierher, um mich ihnen zu entziehen. Das war dumm, denn gesundheitlich geht es mir gut und ich brauche weder Bäder noch Massagen noch sonst etwas. Ich ließ meine Tochter bei meinem geschiedenen Mann, aber das sollte nur für kurze Zeit sein, und eigentlich hätte ich schon vor zwei Tagen zurückfahren müssen ... Hier verstehe ich überhaupt nichts. Ich habe mit meiner Botschaft telefoniert, aber sie konnten mir keine große Hoffnung machen. Was geht hier vor? Mein Leben ist nicht sehr interessant, aber aufregende Situationen liebe ich gar nicht. Wozu brauchen Sie mich denn hier, eine so uninteressante, irrelevante Person wie mich? Wenn ich morgen abfahren würde, würden Sie es nicht einmal bemerken. Ich gehe oft irgendwo weg, ohne daß es jemand bemerkt. Das ging mir zu Hause genauso wie an der Arbeit – ich bin irgendwie unsichtbar. Mein Mann sagte immer: ‹Sag was, damit ich überhaupt merke, daß du da bist!› Ja, so ist das, Herr Inspektor.»

«Mein Name ist Stiller, ich bin Schweizer. Ich habe mich freiwillig zu diesem zweiten Verhör gemeldet, um jeglichen Zweifel an meiner gestrigen Aussage zu zerstreuen. Ich bin Prokurist der Rothschild-Bank in Zürich. Ich weiß nicht, wieviel oder wie wenig Ihnen das sagt, aber vielleicht wird Ihnen klar, welche schweren Konflikte daraus entstehen können, wenn sich mein Aufenthalt hier noch länger hinzieht. Wir Manager sind zu einer sehr präzisen Nutzung unserer Zeit verpflichtet, und ich habe für meinen Besuch dieser Klinik genau die Zeit zwischen einer Konferenz von Rothschild in Paris und einer Brasilienreise eingeplant, wo wir in Kürze eine Tochterfirma eröffnen werden. Ein Aufschub dieser Reise nach Brasilien bedeutet einen Verlust von Millionen Franken bzw., damit Sie es richtig verstehen, von Dollars. Ich habe Verständnis dafür, daß Sie Ihre Pflicht tun, aber ich möchte auf jede Art und Weise sicherstellen, daß weder Sie noch ich unsere Zeit vertrödeln. Jeder Mann auf einem verantwortungsvollen Posten, das heißt, Menschen wie Sie und ich, wissen, daß jede Routinesache einen gewissen Bodensatz an Wahrheit erfordert, wie jedes Protokoll. Aber die Ausnahme bestätigt die Regel, und es ist nichts damit gewonnen, wenn ich meine Abreise aus dieser Klinik um zwei oder drei Tage verschiebe. Stellen Sie sich andererseits vor, daß die Gründe für eine Verlängerung meines Aufenthaltes von der Presse meines Landes aufgegriffen würden und dann zu Spekulationen Anlaß geben, die meinen guten Ruf und den meiner Bank schädigen! Das Bankwesen beruht per se auf dem Kredit. Ich glaube, das ist leicht einzusehen. Ich bin bereit, mich für jegliche Maßnahmen zu Ihrer Verfügung zu halten, die Sie in Zukunft für nötig erachten. Außerdem, gehen Sie doch einmal von den einfachsten Statistiken aus! Es liegt nahe, daß dieses Verbrechen eine Sache der Einheimischen ist. Ein kleinerer Raubüberfall, dort dürfte die Erklärung liegen. Was könnte irgend jemand von Rang und Namen sich davon versprechen, diese beiden Alten umzubringen?»

«Mein Name ist Julika Stiller-Tschudy, und ich möchte mich dem anschließen, was mein Mann gesagt hat – nicht weil *er* es gesagt hat, sondern weil es zwingend einsichtig ist. Ich will ja nicht behaupten, daß Spanier schneller zum Mörder werden als andere Menschen, aber unter den gegebenen Voraussetzungen ist es logisch, daß sich der Verbrecher unter dem Personal befindet oder ein hergelaufener Landstreicher ist. Vielleicht zwei hergelaufene Landstreicher? Möglicherweise kam er zurück, um von Trotta verschwinden zu lassen. Ja, natürlich, die Ermordung von Señor Frisch ist nicht so leicht zu erklären, aber sie ist Teil derselben Logik. Wir sind Leute, die etwas darstellen und hierher kommen, um uns zu erholen und unsere Gesundheit zu festigen. Zu Hause muß ich mit Augenbinde und Ohrstöpseln schlafen, und sobald das Fasten beginnt, erhole ich mich. Dazu kommt diese wundervolle Sonne, die Sie hier haben, nach dem Fasten kann man ein wenig im Süden umherfahren und das Leben genießen! Ihr Land ist wundervoll, verteidigen Sie es und lassen Sie sich nicht zur Gewalt oder zur

Mittelmäßigkeit verleiten! Die Mehrzahl der Klienten dieser Kurklinik sind mehr oder weniger VIPs und ihre Meinungen machen Meinung. Können Sie sich vorstellen, was geschieht, wenn alle die Kurklinik verlassen und überall erzählen, was sie erlebt haben? Vor allem von dem Gefühl, als Geiseln festgehalten zu werden, das wir alle haben? Ich bezweifle, daß eine wirklich demokratische Regierung ein Kidnapping dieser Dimension erlaubt hätte. Aber von den Sozialisten muß man ja jeder Art von Grobheit gewärtig sein. Sie sind weder besser noch schlechter als andere Politiker, sie sind einfach ungehobelt. Sie besitzen keinen Stil, und das kommt daher, daß sie von ihrer Herkunft her voller sozialer Unzufriedenheit stecken und sich in die Politik begeben haben, um etwas reicher zu werden und uns Reiche etwas ärmer zu machen. Unterbrich mich nicht, Liebster! Ich weiß, was ich sage, und ich beleidige niemanden. Ich spreche nicht nur von den spanischen Sozialisten, sondern von den Sozialisten im allgemeinen, und Señor Serrano versteht und begreift mich, denn ein Polizist, ein guter Polizist, erkennt letzten Endes das Chaos überall dort, wo es entsteht, und der Sozialismus führt zum Chaos, einem mittelmäßigen, kleinkarierten Chaos, aber trotzdem Chaos. Sie versuchen, einem so viel wie möglich abzuknöpfen, damit die Rentner kostenlos U-Bahn fahren können, dann sind sie zufrieden. Später stellt sich zwar heraus, daß die Rentner sie nicht leiden können, aber sie wählen sie, um uns eins auszuwischen.»

Ich, wir. Alle Monologe waren vom Ich ausgegangen, um dann zum Wir überzugehen, aber das Wir dieser Kaste war eine einfache Summierung verschiedener Ichs. Serrano ging noch einmal die Liste mit den Gesprächen durch. Es fehlten nur die italienischen Mädchen, Carvalho und der Baske. Die italienischen Mädchen räkelten sich weiterhin auf ihren Betten und riefen sich ab und zu über den Balkon zu:

«Che cosa fai, Silvana?»

«Niente.»

Mit Carvalho war nicht zu rechnen, im Gegenteil, er hielt sich in der Nähe von Molinas' Büro auf und registrierte die Audienzen mit einem Grinsen, das den Beichtkindern nichts sagte, das aber der Beichtvater als eine Grundsatzerklärung über das Schicksal der Menschen und der Welt verstand. Es war Carvalho selbst, der Serrano an der Tür ansprach, als er den Kopf herausstreckte, um nachzusehen, ob noch jemand mit ihm sprechen wollte.

«Der Baske fehlt noch.»

«Ich weiß, daß der Baske fehlt», antwortete Serrano aggressiv und ärgerte sich über Carvalho.

«Die Italienerinnen fehlen auch noch. Wenn Sie so schlau wären, wie Sie tun, dann hätte Ihnen das auffallen müssen.»

«Diese Mädchen zählen nicht. Sie werden in Sekundenschnelle immer größer und immer dünner.»

Der Baske tauchte auf, als Serrano die Beichtstunde schon für abgeschlossen hielt. Er tauchte auf am Ende des Flures, und sein Wille war geteilt zwischen dem Bestreben, mit dem rechten Fuß vorwärts und dem linken rückwärts zu gehen. Sein Körper schwankte dabei wie ein träges Tier, was ihn daran hinderte, das Büro des Inspektors zu erreichen. Schließlich aber entschloß er sich doch, als ihn noch zehn Meter von der Tür trennten, schoß wie ein Sprinter an Carvalho vorbei und schlüpfte ins Büro des Inspektors, bevor der Detektiv irgendeine Bemerkung machen konnte.

«Ja, ja, ich weiß, ich bin etwas spät dran, Herr Inspektor. Mein Name ist Telmo Duñabeitia, Sie kennen mich schon, ich bin ein sehr geachteter und in ganz Spanien bekannter Industrieller. Es gibt keine besseren Preßspanplatten als die von Duñabeitia, und ich komme, um Sie zu ersuchen, mich so schnell wie möglich gehen zu lassen. Sehen Sie, ich habe überall gute Freunde, und das will in der heutigen Zeit schon einiges heißen, denn auf uns Basken schaut jeder herab, nur weil es bei uns ein paar allzu überspannte Typen gibt, die von der ETA. Ich will diesen Leuten nicht absprechen, daß sie Schneid haben, stimmt's, Herr Inspektor? Sie sind nicht wie die anderen, die einem ins Gesicht lächeln und ihn dann von hinten abknallen, aber sie übertreiben, und alle Basken werden über denselben Kamm geschoren. Ich gebe vielen Familien Brot und Arbeit, und wenn ich länger hier festgehalten werde, führt das zu meinem Ruin. Außerdem, ich kenne meine Leute, und sie werden denken, daß ich hier festsitze, weil ich Baske bin, weil man uns Basken nicht leiden kann. Ich bin mit aller Welt befreundet und verstehe mich mit jedem. Ich bin wirklich nicht der Mensch, der die Polizei aus Prinzip haßt. Wenn Sie ins Baskenland kommen, werde ich mich nicht gerade mit Ihnen auf der Straße zeigen, aber wenn ich Ihnen einen Gefallen tun kann, dann werde ich es tun. Der Respekt vor dem, was die Leute denken, ist schön und gut, aber wichtiger ist der Wunsch, daß wir uns alle miteinander verstehen, weil wir alle Söhne einer Mutter sind und jeder zwei Hände und zwei Füße hat. Gut, na ja, jeder außer den Einarmigen und Einbeinigen.»

Daß Mme. Fedorownas Leiche auf der Asphaltschicht des Tennisplatzes gefunden wurde, auf der Nordseite, bekleidet mit einer leichten, aber züchtigen Kombination für weibliche Champions von Roland Garros aus den dreißiger Jahren, überraschte nicht so sehr wie die Tatsache, daß irgend jemand, wahrscheinlich der Mörder, den Tennisschläger mit dem Netz über ihr Gesicht gelegt hatte. Eine nutzlose Jalousie über dem Loch, wo die Kugel in der Mitte der Stirn eingedrungen war, während sich die Austrittsstelle an der Grube der Schädelbasis befand. Diese von oben nach unten verlaufende Geschoßbahn legte die Vermutung nahe, daß Mme. Fedorowna entweder von einem Riesen erschossen worden war, wenn man von der beträchtlichen Größe der Dame ausging, oder daß der Mörder sie gezwungen hatte, niederzuknien, um ihr den Gnadenschuß in die Mitte ihrer hohen, breiten, weißen Stirn zu geben, so voller nobler Gedanken über den Saft der Karotte und voller gesunder Warnungen vor der Tortilla und dem Gebirgsschinken. Unter anderen Umständen wäre die Geschoßbahn ein weniger wichtiges Diskussionsthema gewesen, aber die Häufigkeit des Todes hatte in der Kurklinik zu einer gewissen Abstumpfung gegen die Tatsache an sich geführt, aber auch dazu, daß man sich sachverständige Gedanken darüber machte, was Villavicencio die ‹Details des Verbrechens› nannte.

Auf der anderen Seite machte sich der Führer der deutschen Gruppe, der Geschäftsmann aus Essen, seine Gedanken, und der wichtigste davon war ein Versuch, radikal die Spannung der Eingeschlossenen zu lösen:

«Der erste Mord traf einen Klienten, gewiß. Aber dann kamen von Trotta und Mme. Fedorowna, und das bedeutet, daß die Mitglieder der Direktion mit größerer Wahrscheinlichkeit ermordet werden als die Klienten.»

Es war eine Meinung, über die man streiten konnte und die daher auch von denen bestritten wurde, die daran erinnerten, daß man die Leiche von Karl Frisch außerhalb von Bolinches gefunden hatte. Obwohl der Schweizer in fast jeder Hinsicht ein Mitglied der Gemeinschaft gewesen war, konnte man angesichts der verächtlichen Geste des Geschäftsmannes die Theorie aufstellen, daß zumindest dieser ihn nicht als ebenbürtig betrachtete – daher würde die Leiche von Helens Mann für immer durch die Milchstraße irren, ohne eine Heimat und letzte Ruhestätte zu besitzen.

Allein die Tatsache, daß darüber debattiert wurde, ob Frisch ein vollwertiges Mitglied der Gemeinschaft gewesen sei oder nicht, machte das rätselhafte Verschwinden seiner Gattin zum Thema, die das Kurbad als Witwe verlassen hatte, um einer konventionellen Trauerfeier beizuwohnen, und von deren Rückkehr keiner etwas wußte. Der Verdacht, die Schweizerin habe ihren privilegierten Status ausgenutzt, brachte die Gemüter in Wallungen, und die Leiche von Mme. Fedorowna wäre der Sonne und den blauen Fliegen überlassen worden, wenn es bei ihrem Abtransport nach dem Willen der Kurgäste gegangen wäre. Molinas mußte seinen ganzen Mut zusammennehmen, um einerseits der Tatsache des Todes seiner erfolgreichen Mitstreiterin ins Auge zu blicken und andererseits dem Gewitter der Beschwerden über Helen Frischs Abwesenheit zu trotzen.

Er kämpfte sich durch Zeit und Raum, so gut er konnte, aber sein Körper war geschwächt durch die Kilos, die er in den durchwachten Nächten und an den Tagen dialektischer und physischer Kämpfe verloren hatte. Aber er schaffte es nicht, Mitleid zu erregen, in seinem Cerberusblick trug er das Stigma eines Geschäftsführers in Zeiten der Flaute, und die Klagen, mit denen er auf seine Leiden und die Last seiner Verantwortung aufmerksam machen wollte, wurden auch von den Gebrüdern Faber nicht in gebührender Weise aufgenommen. Sie waren endgültig von den Ereignissen überrollt, vor allem der ältere und aktivere, während der kleinere, seine maßstabsgerechte Verkleinerung, in einem abwartenden Schweigen verharrte, das nicht dazu einlud, auch nur ein Wort an ihn zu richten.

«Wie ist die Lage?» fragte Sánchez Bolín, als er Carvalho in die Sauna kommen sah.

«Urteilen Sie selbst! Vier Tote.»

«Unwahrscheinlich. Ich wiederhole noch einmal, das ist Pfusch! Vier Tote sind eigentlich schon Völkermord, und das verpflichtet den Sicherheitsrat der Vereinten Nationen zum Eingreifen.»

«In dem Tod von Mrs. Simpson, von Trotta und jetzt Mme. Fedorowna liegt eine gewisse Logik. Der Fall Frisch hat unter Umständen mit den anderen gar nichts zu tun.

Wenn es eine derartige Häufung von Morden auf so wenigen Quadratmetern und innerhalb desselben Zeitraums gibt, dann ist keiner davon ein Fall für sich. Haben Sie unsere Klinikgenossen beobachtet? Die von der Leitung haben abgenommen, aber ich glaube, die Klienten nehmen zu. Ihr Stoffwechsel ist wohl durcheinandergeraten. Ist der Mann im Trainingsanzug noch am Leben?»

«Er lebt noch.»

«Dann ist er der Mörder.»

«Der hat an dem Tag mit der Welt abgeschlossen, als Franco starb.»

«Mir geht es genauso. Ich habe zwar nicht mit der Welt abgeschlossen, wohl aber mit meiner eigenen Geschichte. Es ist, als wäre meine eigene Geschichte abgeschlossen und ich hätte die nutzlose Möglichkeit, von der Vergangenheit aus eine Zukunft zu betrachten, die mit mir selbst nichts zu tun hat.»

«Interessiert es Sie nicht, was hier in der Kurklinik vor sich geht?»

«Nein, offengestanden nicht. Diese Leute haben alles verdient, was ihnen zustößt. Sie haben schon das Ende des Dramas ausgerufen, das Ende der Weltgeschichte, und sich angeschickt, in Würde zu altern. Narzißmus bringt mich zur Weißglut.»

«Aber Sie sind auch ein Klient der Klinik.»

«Zum Teufel mit den Widersprüchen, in denen jeder drinsteckt.»

Die Sauna machte Carvalho nervös, aber sie war im Preis inbegriffen, und er wollte den Fabers keinen Céntimo schenken. Als er fertig war, nahm er sein Zimmer und seine Kleidung wieder in Besitz und machte sich daran, sich die Situation jeder einzelnen Hauptfigur der Katastrophe zu vergegenwärtigen... Er stöberte wie ein Jäger nach einzelnen Fragmenten des Bildes und fand heraus, wie jeder auf seine Weise den Erfordernissen seiner Rolle nachkam.

Inspektor Serrano hatte den ganzen Vormittag damit zugebracht, alle Welt anzuschreien, sogar sich selbst; die Gebrüder Faber machten den Eindruck, als hätten sie sich soeben gegenseitig ihr Beileid ausgedrückt. Molinas hatte seine Ruhe oder sein ungläubiges Staunen wiedergefunden. Gastein tauchte ab und zu drinnen oder draußen an einer Ecke auf, als wolle er irgendeine Neuigkeit in dem Moment miterleben, in dem sie geschah, um sich dann wieder in seine Höhle im Sprechzimmer zurückzuziehen. Der Mörder hatte sich in jeder Hinsicht entgegenkommend verhalten: Die Kugel wurde unter der Leiche von Mme. Fedorowna gefunden, die Patrone in nächster Nähe des Netzes, und die Pistole lag schlecht versteckt in den Oleanderbüschen. Serrano diktierte mit tonloser Stimme und immer wieder zufallenden Lidern der Sekretärin seinen Bericht. Sein Gehirn war müde, und sein Blick suchte nach Personen oder Gegenständen, um auszuruhen und die Verunsicherung loszuwerden, die auf ihm lastete.

«Und Sie spielen hier den Touristen? Soviel ich weiß, sind Sie von der Geschäftsleitung auch gebeten worden, Nachforschungen anzustellen.»

«Brauchen Sie Hilfe?»

«Nein, eine Wachablösung. In diesem Moment ist ein hoher Beamter des Ministeriums mit dem Flugzeug unterwegs hierher. Nach seiner Ankunft werde ich ihm den Fall persönlich übergeben. Man kann die Leute hier nicht mehr länger festhalten.»

«Manche liegen sogar wieder in der Sonne, und der Swimmingpool ist voll.»

«Wer auch der Mörder sein mag, er hat übertrieben.»

«Als ich Mme. Fedorownas Leiche sah, habe ich mir überlegt, ob ich nicht doch einen Fehler gemacht habe. Vor ein paar Tagen wurde ich durch Zufall Zeuge eines Streits zwischen Mrs. Simpson und Mme. Fedorowna. Molinas maß dem keine Bedeutung bei, und ich stimmte ihm zu, da ich keinen Zusammenhang zwischen der alten exzentrischen Amerikanerin und der russischen Hausdame sah.»

«Und jetzt sehen Sie einen?»

«Den Tod. Der Tod stellt einen Zusammenhang zwischen den beiden her. Die Gestik, die Stimmen, alles bekommt plötzlich einen anderen Sinn. Mme. Fedorowna hat sich mit Mrs. Simpson gestritten. Auf russisch...»

«Woher wissen Sie, daß sie miteinander stritten?»

«Der Tonfall ihrer Stimmen. Eine unlogische Situation, und es sind gerade die unlogischen Situationen, die unsere Aufmerksamkeit verdienen. Erstens, warum sprachen die beiden russisch? Weshalb wählten sie eine besondere Sprache, die in keinerlei Zusammenhang mit der Situation hier steht und nichts mit den Bedingungen und Erfordernissen des Kurbades zu tun hat? Zweitens, seit wann konnte es sich Mme. Fedorowna erlauben, einen Kurgast zornig zu beschimpfen?»

«Schlußfolgerungen?»

«Keiner ist hier das, was er zu sein scheint. Weder Mrs. Simpson noch Mme. Fedorowna, weder von Trotta noch Karl Frisch.»

«Und die Überlebenden?»

«Auch die nicht. Auch sie stehen unter dem Verdacht, nicht die Person zu sein, die sie zu sein vorgeben. Apropos, was ist mit Helen Frisch?»

«Sie hat sich auf Dr. Gasteins Rat in eine Villa zurückgezogen, bis sie ihr emotionales Gleichgewicht wiedergefunden hat.

Eigentlich müßte *ich* dort sein, um mein emotionales Gleichgewicht wiederzufinden. Um mein emotionales Gleichgewicht kümmert sich keiner.»

«Bestimmt wissen Sie schon, wer Mrs. Simpson, von Trotta und Mme. Fedorowna in Wirklichkeit waren...»

«Möglich. Ich sagte Ihnen ja schon, daß Mrs. Simpson aus Polen stammte und Perschka hieß.»

«Und von Trotta?»

«Der war Deutscher.»

«Aber in Wirklichkeit war er nicht von Trotta.»

«Zumindest hieß er nicht so, sondern Siegfried Keller.»

«Und er war kein Tennislehrer.»

«Er hätte es sein können. Er war Tennischampion beim ‹Pangermanischen Preis›, 1941. So steht es in seiner Akte.»

«Das heißt also, Sie haben Akten!!»

«Sie sind vertraulich und unvollständig. Meine Vorgesetzten haben sie mir verschafft, und ich warte auf die Ankunft des Beamten, von dem ich Ihnen erzählt habe. Ich sehe allerdings keinerlei Veranlassung, Ihnen Ihre Sache zu erleichtern, Carvalho. Sie sind es gewohnt, alleine zu arbeiten, haben also keinen Grund, an der Tür meines Büros zu stehen und um eine milde Gabe zu betteln.»

«Es wird möglicherweise noch mehr Tote geben.»

«Das ist nicht mein Problem. Bei dem ersten oder dem zweiten Toten konnte man noch etwas unternehmen, oder man hätte etwas unternehmen können. Danach war die Sache nicht mehr aufzuhalten. Ich werde sie nicht aufhalten. Alle Computer, alle Datenterminals dieser Welt laufen auf Hochtouren und suchen nach dem Grund für diese Vorfälle. Was kann ich da schon tun, außer höflich die Leute empfangen, die kommen, und die Reste mitnehmen, die noch übrig sind.»

Er gehorchte dem Wink des Inspektors und machte sich auf die Suche nach einer Erklärung, ohne dabei andere Verbündete zu haben als seine fünf Sinne.

Er nutzte einen Moment, als Molinas sich gerade entspannte, um ihn in den Videoraum zu lotsen und ihn einzuladen, mit ihm die abendliche Dämmerung, fast Dunkelheit, zu teilen, die der neuesten Folge von *Petulia* vorausging.

«Wie gemütlich das hier ist», seufzte Molinas. «Niemand mekkert, keine Anführer, die Komitees, keine Verbrechen.»

«Wie lange arbeiten Sie schon hier, Molinas?»

«Acht Jahre, schon eine ganze Menge, jawohl. Am Anfang waren es die Herren Faber und Mme. Fedorowna, und natürlich Dr. Gastein. Aber als sich die Einrichtung vergrößerte und es immer mehr Leute wurden, brauchten sie einen Einheimischen. Man braucht ein besonderes Geschick im Umgang mit den Angestellten und den Klienten, eine direkte Art bei den Angestellten und Raffinesse bei den Klienten.»

«War von Trotta schon Tennislehrer, als Sie hier anfingen?»

«Ja, er gehörte zur Stammbesetzung.»

«Wie war denn das Verhältnis zwischen ihm und Mme. Fedorowna?»

«Gut. Es hätte gar nicht besser sein können. Sie kannten sich seit ewigen Zeiten. Es war eine große Freundschaft.»

«War die Freundschaft mit den Gebrüdern Faber ebenso groß? Und mit Gastein?»

«Mit dem älteren Faber wohl, es war Freundschaft, aber keine Kameraderie, dieses Wort paßt eher für den Umgang von Fedorowna und von Trotta. Gastein ist ein Mensch, der gerne für sich bleibt. Dabei ist er der eigentliche Chef hier. Im Vertrauen gesagt, hier fällt kein Blatt vom Baum, wenn es Gastein nicht angeordnet hat. Ich meine natürlich unter normalen Umständen, das ist klar.»

«Sind die Fabers die unumschränkten Herren?»

«Es ist eine GmbH, aber offiziell haben sie die Aktienmehrheit.»

«Nur offiziell?»

«Gastein ist ebenfalls Aktionär, und Mme. Fedorowna und von Trotta waren auch Aktionäre.»

«Von Trotta?»

«Jawohl, von Trotta.»

«Aber unter den Klienten hieß es doch, er sollte entlassen werden?»

«Das war ein Irrtum. Von Trotta arbeitete nur zu seinem Vergnügen. Ich würde sagen, er war ein reicher Mann. Er besaß einen herrlichen Landsitz in Los Monteros, den er sich von seinen Tennisstunden nicht hätte leisten können.»

«War Mme. Fedorowna auch reich?»

«Manchmal sah es danach aus, manchmal aber auch nicht. Sie beklagte sich gerne, aber ich würde meinen, sie verfügte über ein ganz gutes Polster.»

«Wunderbar! Alle waren sie reich, aktiv, angesehen, gutaussehend. Plötzlich kommt eine offensichtlich alte Witwe aus Nordamerika, und alles ändert sich schlagartig. Man läßt sich umbringen, und es beginnt ein Hin und Her mit dem Tod, das bis zum heutigen Tag noch nicht beendet ist. Hat Ihnen Mme. Fedorowna nie etwas über Mrs. Simpson gesagt?»

«Das Übliche. Sie war eben eine Stammkundin und etwas exzentrisch. Es war jetzt das vierte Mal, daß sie hierher kam. Mich hat es sehr überrascht, daß sie keine Amerikanerin war, denn sie wirkte wie der Inbegriff dieser reichen alten Amerikanerinnen, die sich weigern, alt zu werden.»

«Mir schwirrt der Kopf von den vielen Einzelteilen des Puzzles, Señor Molinas. Mit der Zeit fügen sie sich wieder zusammen, und es werden komplette Szenen erkennbar, die manchmal weiterhelfen, manchmal nicht. Aber es gibt da zwei Fragmente, die mich nicht loslassen: die Szene, die Mme. Fedorowna Mrs. Simpson auf russisch machte, und das mysteriöse Auftauchen von Mrs. Simpson an der Tür des alten Kurbades in der Nacht der Militäraktion von Oberst Villavicencio.»

«Die erste Szene ist schockierend, das gebe ich zu. Die zweite nicht, sie hätte spazierengehen können.»

«Sie kam aber aus dem Pavillon.»

«Unmöglich! Der Pavillon wird abends um Punkt sechs abgeschlossen, sobald der letzte Masseur nach Hause geht.»

«Wenn Sie eine Erklärung der Vorfälle geben müßten, was würden Sie sagen?»

«Ein Verrückter, ein Sadist, ein verkappter Irrer. Es gibt keine andere Erklärung.»

«Es würde keine andere Erklärung geben, wenn der Tod die einzige Verbindung zwischen den Opfern wäre. Aber da ist dieser zornige Dialog zwischen den beiden Frauen in russischer Sprache, und noch eine wichtige Tatsache: Frisch. Karl Frisch bemühte sich sehr darum, das Kurbad zu verlassen. Er wollte hinaus und setzte alle Hebel in Bewegung, um das zu erreichen.

Kaum war er in Bolinches, wurde er ermordet. Ob ihn etwa derselbe irre Killer verfolgte, der hier drinnen frei herumläuft?»

«Mir platzt gleich der Kopf! Das ist nicht mein Beruf. Dafür sind Sie und der Inspektor zuständig – obwohl ich ja bei dem Inspektor den Eindruck habe, daß ihm die Sache jetzt über den Kopf wächst.»

«Er ist Experte in Drogensachen. Er ist glücklich, wenn er Rauschgiftsüchtige festnehmen kann. Der Rest der Menschheit interessiert ihn nicht. Es gibt Kaninchenjäger, die niemals auf ein Rebhuhn schießen würden.»

Carvalho verließ nach Molinas den Videoraum, und ohne zu wissen, warum, strich er durch die Flure des Erdgeschosses und zögerte das Wiedersehen mit den Nervenzentren der Kurklinik hinaus. Ab und zu begegneten ihm Teile einer komplementären Bemühung um das Funktionieren dieser Gesundheitsmaschine, die ungeachtet des Leichengeruchs weiterarbeitete. Ein Mädchen, das ein Krankenbett voller Bettwäsche schob; der Gärtner mit einer Art Räuchergerät; die Kosmetikmasseurin im Laufschritt, da sie zu einem Termin zu spät kam; der Mann der Küchenchefin, der einen großen Koffer schleppte, zu groß für seine Lustlosigkeit. Er kam zu dem Raum, von dem die Korridore zu den Massageräumen und zur Sporthalle ausgingen, nahm sich vor, durch die Tür der Sporthalle in den hinteren Teil des Parks zu gehen, und tat es auch, blieb aber direkt vor der Tür stehen, als er aus dem Innern zornige Stimmen hörte. Die Tür war nicht ganz geschlossen, und durch den Spalt konnte er die Gebrüder Faber dabei beobachten, wie sie ein unbestimmtes Fragment eines offensichtlichen Psychodramas spielten. Der ältere Bruder schrie auf deutsch den Spiegel an, eben sich selbst; er war außer sich, sein Kopf hochrot und sein Körper krümmte sich unter der Spannung, die von den zu Raubtierkrallen gekrümmten Fingern der Hände ausging. Der andere Faber trat in die Pedale des Heimtrainers, mißgelaunt, als gehe ihn die dramatische Erregung seines Bruders gar nichts an, mehr noch, als verachte er ihn dafür und halte sie für nichts weiter als ein spaßiges Gemurmel.

Carvalho öffnete die Tür weit, und der ältere Faber erstarrte in seiner Gebärde wie eine Küchenschabe, die von einem Lichtstrahl überrascht wird. Dem andern gefiel das Eindringen ebensowenig. Nach einem kurzen Innehalten tat er so, als trete er um so heftiger in die Pedale, um die Ekstase der körperlichen Betätigung zu erreichen.

«Entschuldigen Sie, aber ich wollte in den hinteren Park.»

«Gehen Sie ruhig durch, gehen Sie durch!» forderte ihn der ältere Faber mit schlecht beherrschter Stimme auf, wobei sich seine Hände bemühten, die Spuren der Erschütterung aus seinem Gesicht zu wischen.

Carvalho ging an ihnen vorüber, ohne mehr zu erwarten als ein kurzes Neigen des Kopfes als Antwort auf sein strahlendes Entschuldigungslächeln, ging in den Park hinaus und strebte dem abgeschiedenen, rasenbewachsenen Winkel zu, der den an die Kurklinik angrenzenden Teil des Monte del Algarrobo krönte. Eine Zypressenhecke bildete die Grenze, die entweder versuchte, das Gelände der Einrichtung zusammenzuhalten oder den Einbruch des ungezähmten Berges in diese Oase domestizierter Natur zu verhindern. Nach einer Weile bemerkte er, daß er nicht allein war, sondern daß sich in dem Winkel, den die Hecke bildete, wie beschützt oder gewissermaßen versteckt durch zwei Wände, Tomás und Amalia tief und speicheltriefend küßten, etwas keuchend und unordentlich, wie sehr dicke Paare zu küssen pflegen. Wenn Dicke küssen, dann tun sie es mit ihrer schlanken Seele, nicht aber die Körper. Die Körper genügen den Erfordernissen der Umstände nie.

Am Morgen nach der Entdeckung der Leiche von Mme. Fedorowna, nahmen zwei Wachmänner einen Reporter von *Interviú* in dem Moment fest, als er sich über den Stacheldrahtzaun schwang, der die Kurklinik von der wilden Natur des Monte del Algarrobo abgrenzte. Dies war das erste Anzeichen dafür, daß die Nachricht von den Ereignissen in der Kurklinik eine informative Ware geworden war. Stunden später erreichte eine Auto-Karawane voller Journalisten und Fotografen die Tore des Anwesens und wurde auf- oder festgehalten von einer Kette von Zivilgardisten und Wachmännern, die versicherten, nur ihre Pflicht zu tun. Das Stimmengewirr der protestierenden Journalisten war nicht bis zum Swimmingpool zu hören, wohl aber das Brummen eines Hubschraubers, der über die Kurklinik hinwegflog, während die Badenden ihre Schamteile bedeckten und gegen die vermuteten Fotografien protestierten, die von dort oben gemacht wurden.

Das Bewußtsein der Bewohner des Ortes war gespalten: einerseits wollten sie gerne fotografiert werden und im Rampenlicht stehen, viele hatten dies schon in Teilgebieten ihrer beruflichen Tätigkeit erlebt, aber andererseits fürchteten sie sich vor dem Schaden, den eben diese Publizität ihrem beruflichen, geschäftlichen oder industriellen Prestige zufügen konnte.

In der Zwischenzeit schlugen die Journalisten in der Wagenburg ihrer Autos ein richtiges Lager auf. Manche waren mit Telefonen ausgerüstet und in der Lage, den Redaktionen Nachrichten über die Beschränkungen zu übermitteln, denen ihre Arbeit unterworfen war. Zunächst versuchten sie, die Zivilgardisten und Wachmänner auszuhorchen, dann liefen sie Sturm auf die Versorgungslieferwagen, die hinein- oder hinausfuhren, und baten die Fahrer, am Seitenfenster hängend, ihnen zu berichten, was dort drinnen vor sich ging. Jemand stellte einen UKW-Empfänger auf, der nur Musik hergab, und kurz darauf tanzten unter den anfeuernden Rufen ihrer Kollegen zwei gleichgeschlechtliche Fotografen miteinander. Whiskyflaschen wurden aufgemacht, und ein Kommando fuhr nach Bolinches mit dem Auftrag, einen ganzen Schinken, Brot und Käse zu erwerben.

«Die Belagerung wird lange dauern, aber die kriegen uns hier nicht los.»

Molinas näherte sich dem Gittertor am Eingang gerade so weit, daß er die Belagerer sehen konnte, ohne selbst gesehen zu werden.

«Sagen Sie mal, sind Sie der Chef hier?»

Er war doch entdeckt worden und zog sich hastig zurück, von den Rufen und Protesten der Journalistenmeute verfolgt, die der Schrei des jungen Fotografen aufmerksam gemacht hatte. Wieder im Büro, hinter wohlverschlossener Tür, diskutierten die Fabers, Molinas und Serrano über die Möglichkeit, eine Erklärung herauszugeben, welche die Belagerer zufriedenstellen würde, ohne ihnen zu erlauben, in die Intimsphäre der Klinik einzudringen.

«Eine Invasion von Journalisten wäre unser Ruin! Viel schlimmer als ein ganzes Dutzend Verbrechen!»

«Ich kann Sie weder zu einer Erklärung bevollmächtigen, noch Ihnen diese verbieten, aber ich habe vom Ministerium die Anweisung bekommen, vorsichtige Zurückhaltung zu wahren, bis der Untergeneraldirektor hier ankommt.»

«Inspektor, Sie haben Ihre Gründe und wir die unsrigen. Wir können die Türen über längere Zeit hinweg nicht geschlossen halten.»

Einem Journalisten gelang es, die Wachen auszutricksen, und er tauchte plötzlich am Swimmingpool auf wie ein Wesen aus einem andern Jahrhundert, das plötzlich aus dem Winterschlaf erwacht ist, oder der Bewohner eines anderen Planeten, der irrtümlicherweise aus einer ‹Fliegenden Untertasse› ausgestiegen war. Er war modisch gekleidet, aber die Knitterfalten seines Anzugs hatten schon vor langer Zeit aufgehört, schön zu sein. Auf der Brust seines weiten Baumwollhemdes hingen die Kameras wie bedrohliche mechanische Augen. Der Journalist war jung und gelenkig genug, um den Sprung über den Gatterzaun zu schaffen, aber jetzt steckte Unsicherheit in Muskeln und Augen, vielleicht aus Überraschung darüber, daß das Wasser im Swimmingpool blau und nicht blutrot war, oder weil ihn das Verhalten der halbnackten Schwimmer, die ihn wie einen bedrohlichen Eindringling betrachteten, eher an die Elite eines Privatclubs erinnerte, die sich über das Eindringen eines Emporkömmlings empört, als an eine Menschengruppe, die von einer Mordepidemie bedroht ist. Der Junge wich vor den strafenden Blicken der Klienten und dem taktischen Vorrücken der Wachmänner zurück, bis diese ihn umringt und in die Enge getrieben hatten und in eine Hecke drängten, erregt durch die sichere Jagd und provoziert durch die Fotos, die der Junge machte, während er zurückwich. Als sie ihn gegen die Hecke gedrängt hatten, packten sie ihn an den Armen und brachten ihn ungeachtet seiner Protestrufe an einen versteckten Ort, wo sie auf ihn einschlugen, bis Molinas wie ein rettender Superman auftauchte und schreiend, um sich schlagend und sich entschuldigend den Journalisten befreite, um ihn Gasteins Obhut zu übergeben, falls er bei der Prügelei verletzt worden war.

«Entschuldigen Sie, aber man kann nicht überall zugleich sein. Es ist ein Unterschied, ob man keinen hereinläßt oder ob man die Leute verprügelt.»

«Sie haben mir meine Kamera kaputtgeschlagen.»

«Machen Sie eine Schadensliste, und wir bezahlen Ihnen alles inklusive Zinsen.»

«Hören Sie mal, können Sie mir erklären, was hier eigentlich los ist? Ich habe diese Leute am Swimmingpool gesehen, sie wirkten äußerst schlecht gelaunt. Sie lagen schlecht gelaunt in der Sonne, und als sie mich entdeckt hatten, befürchtete ich einen Augenblick, aufgefressen zu werden.»

«Sie haben eine Gefängnispsychose, das ist alles.»

«Geben Sie mir ein paar Exklusivauskünfte, und ich und meine Firma vergessen diesen unglücklichen Zwischenfall.»

«Es gibt nichts, worüber ich Auskunft geben könnte. Schauen Sie zum Fenster hinaus! Was sehen Sie? Friedliche Menschen, die in der Sonne liegen, Wasser trinken oder schwimmen gehen. Friedlich. Haben Sie den Eindruck, daß Sie die Szenerie eines Massakers betrachten?»

«Nein, aber die Toten hat es gegeben.»

«Es ist sehr übertrieben worden, und eine viel einfachere Erklärung kann nicht ausgeschlossen werden.»

«Welche?»

«Langsam, immer mit der Ruhe. Sie werden doch selbst den Widerspruch zwischen Gerücht und Wahrheit bemerkt haben. Sie haben ein paar glückliche Leute in der Sonne gesehen.»

«Sie können sagen, was Sie wollen, aber die Nerven dieser Leute sind angespannt wie Drahtseile.»

«Es sind kultivierte und erfahrene Leute, die sich von ersten Eindrücken nicht aus der Ruhe bringen lassen. Sie denken über die Dinge nach und verdauen sie. Das ist etwas, was wir Spanier erst noch lernen müssen: Wir sind noch zu unmittelbar. Sagen Sie Ihren Lesern, daß nicht einmal diese unglücklichen Unfälle den

Frieden der Kurklinik stören, den die Elite Europas und Spaniens hier sucht.»

Der Journalist wurde von zwei Zivilgardisten zur Tür geleitet. In der Tasche hatte er einen Scheck über das Dreifache des Preises seiner besten Kamera, und er hielt dicht, als seine Kollegen ihn umringten; er gab nicht einmal zu, daß das blau angelaufene Mal unter seinem Auge von einem Faustschlag herrührte. Er lief zu seinem Auto und gab dem Chauffeur die Anweisung, loszufahren, während er sich auf die Rückbank setzte und die Schlagzeile für einen Artikel in ein kleines Tonband diktierte.

«Im ‹Kurbad des Todes› habe ich die lebendigen Toten gesehen. Sie warten darauf, wer das nächste Opfer einer geheimnisvollen Mordserie sein wird, die dem Namen des Tales einen Sinn verliehen hat, in dem sich die Kurklinik *Faber und Faber* befindet: Das Tal des Sangre, das Tal des Blutes.»

Der Journalist ahnte nichts von dem Knoten aus Zorn und Angst, den die Kurgäste in ihrem Gehirn trugen, obwohl die Fatalität der Ereignisse und die Kompliziertheit der Situation offensichtlich bewirkt hatten, daß sich die Insassen an die Möglichkeit eines Unglücks gewöhnt hatten und sich ein wenig an dem Umstand schadlos hielten, daß jederzeit ein Schauspiel geboten sein konnte. Aber jede nationale Gruppe hat ihre eigenen Fähigkeiten, sich anzupassen oder zu verweigern, und während die Belgier Wetten darüber abschlossen, wie viele Leichen es noch geben würde, und die Deutschen mit Molinas über den Abschluß einer Lebensversicherung verhandelten, die mehr zahlte als die üblichen Leistungen bei Kunstfehlern während einer medizinischen Betreuung, hatten die Spanier ihre Kraft verloren und sich fatalistischen Selbstgesprächen überlassen, als seien sie Fleisch für den Henker und als bliebe ihnen nichts anderes übrig, als die Tunika zu heben und sich damit das Gesicht zu verhüllen, um nicht das Blitzen des Dolches zu sehen, der sie niederstrecken wird. Seit dem Scheitern seiner Führerschaft war der Oberst nicht mehr derselbe wie früher und irrte durch die Gänge, wie alle großen Militärs durch die Inseln ihres Exils irrten, die die Geschichte vergessen hat.

«Bald werden sie kommen und mich holen, jawohl. Jetzt sieht man mal, daß es nicht möglich ist, einen wachen Geist zu behalten, ohne sich auf den Sinn für Organisation und Disziplin zu stützen, den wir Militärs besitzen.»

«Hör auf, dich grün und blau zu ärgern, Ernesto! In der Welt gibt es eben mehr Zivilisten als Militärs.»

«Und so sieht es dann im Endeffekt aus! Wenn in der ganzen Welt in jedem menschlichen Wesen ein Militär stecken würde, dann würden die Dinge anders aussehen. Korrekt, transparent, tadellos!»

Zu andern Zeiten dachte der Oberst mit so lauter Stimme nach, daß ihn jeder hören mußte, der nicht taub war:

«So eine Schande! Diese Schwäche! Eine Ausnahmesituation macht außerordentliche Maßnahmen erforderlich, hier haben wir aber nur Landsleute, die nichts als Dummheiten machen, ohne zu wagen, die Situation im Handstreich zu klären.»

Es fehlte nicht an Leuten, die ihm recht gaben, vor allem unter den Damen, aber der Oberst war ein schlechter Verbreiter seiner eigenen Botschaft, und obwohl man oft mit dem Inhalt einverstanden war, blieb die Form beunruhigend oder zu wenig beruhigend. Carvalho hatte es geschafft, wie ein Unsichtbarer unter ihnen zu leben, wie ein Voyeur, der nicht will, daß man ihn sieht. Dies wurde nur bei wenigen Anlässen durchbrochen, wenn irgendeine Person der allzu liebenswürdigen Sorte alle Welt in ihr Spiel einbeziehen wollte und sich sogar an den wandte, der gar nicht mitspielte.

«Und Sie, was meinen Sie denn zu diesem ganzen Durcheinander, Señor Carvalho?»

Doña Solita hatte den zweiten Pullover für den nächsten Enkel angefangen, der in der Reihe ihrer reichhaltigen Sammlung von Enkeln Schlange stand, und hatte sich an Carvalho gewandt, ohne von dem nervösen Hin und Her ihrer Wollfäden aufzublicken.

«Ich denke manchmal, daß dieses Schauspiel in der Rechnung inbegriffen ist. Daß jede Gruppe von Kurgästen ein ähnliches Schauspiel geboten bekommt.»

«Wie interessant, was Sie da sagen... Ihre Annahme...»

Doña Solita hatte das Strickzeug sinken lassen und tat so, als sähe sie ihn vom Grund ihrer tiefen Brillengläser an, aber sie war es seit vielen Jahren gewohnt, mehr zu hören als zu sehen, und Carvalho gewann den Eindruck, daß er auch weiterhin unsichtbar bleiben könnte. Fast unsichtbar waren der Mann im Trainingsanzug und seine Frau geworden; sie hatten sich auf ihr Zimmer zurückgezogen und von allem, was nicht unmittelbar zu den Dienstleistungen des Kurbades gehörte, Abstand genommen. Er hatte nicht einmal mehr Lust dazu, an der Tür des Zimmers von Sánchez Bolín vorbeizugehen, hinter der das unablässige Maschinengewehrgeknatter der Schreibmaschine zu hören war.

«Sie schreiben etwas, nicht wahr?» hatte Amalia den Schriftsteller gefragt.

«Ja, das stimmt», hatte er trocken geantwortet, peinlich berührt von der Plattheit seiner eigenen Antwort, und hatte geglaubt, liebenswürdig zu sein, als er hinzufügte: «Einen Essay. Ich arbeite an einem Essay.»

«Das ist schwerer als ein Roman, nicht wahr?»

«Es kommt drauf an.»

«Wie ist der Titel?»

«Der prädestinierte Kollektividiot oder das Geheimnis des Mannes im Trainingsanzug.»

Amalia hatte das Gefühl, daß Sánchez Bolín sie nicht an sich heranlassen wollte, und damit hatte sie völlig recht. In der Tat schienen sie und Tomás die einzigen zu sein, die sich in der Situation wohlfühlten. Dem Basken waren die entgangenen Geschäfte in den Augen, und Sullivan hatte die Nase gründlich voll von dem ganzen blutigen Spaß. Die Katalanen, angeführt von Colom, hatten ein gemeinsames Telegramm an den Präsidenten ihrer autonomen Regierung geschickt und ihn aufgefordert, einzugreifen oder ihnen andernfalls ausreichend Garantien zu bieten, daß ihre Interessen nicht geschädigt wurden. Die Señora aus Madrid, die in Toledo aufgewachsen war, litt um ihren Mann und um ihren dicken Sohn, aber besonders um ihren Mann, der ohne sie nicht aus noch ein wußte.

«Er weiß nicht einmal, wie man das Personal um eine saubere Garnitur Unterwäsche bittet, da muß ich als Dolmetscherin herhalten.» Einige Eheleute, die sich mit der Information aus den Medien oder den direkten Telefongesprächen mit ihren Ehepartnern nicht zufriedengeben wollten, waren nach Bolinches übergesiedelt und hatten Passierscheine mit Zutritt zu dem Anwesen erhalten, immer in Begleitung von zwei Zivilgardisten. Sogar Carvalho hatte einen Anruf von Biscuter erhalten, ihm aber wenig und schlecht zugehört, da er im Grunde gerührt war. Auch Charo füllte sein Postfach mit Ankündigungen ihrer Anrufe. Schließlich mußte er sie anrufen und ihr auf jede erdenkliche Art versichern, daß es ihm in der ‹Todesklinik› gut ging. So hatte die reißerische Schlagseite von *Interviu* gelautet, die von nun an für immer der Geschichte der medizinischen Einrichtung *Faber und Faber* anhaften würde.

«Hier werden nur Ausländer umgebracht, Charo.
Ich schwöre es dir! Spanier zählen nicht.»

«Dann ist es ja noch schlimmer! Schließlich und endlich ist Spanien schon Europa.»

«Die Verbrecher haben das aber noch nicht bemerkt.»

«Stimmt es, daß es dabei um eine Abrechnung zwischen Heroindealern geht? Das stand in *El Periódico*. Und du... geht es dir gut? Siehst du gut aus? Bekommt dir das Fasten?»

«Schade, daß es hier überall nach Leichen riecht.»

«Und deine Leber?»

«Ist auf dem Posten, wie ein Mann!»

«Hast du dein Blut noch einmal untersuchen lassen, damit du die Fortschritte siehst?»

«Erst eine Minute, bevor ich gehe.»

«Und wann ist das?»

«Es gibt hier eine unerschöpfliche Quelle von Leichen. Wie ein Faß ohne Boden. Ich will hierbleiben, bis die Sammlung komplett ist.»

Die Gespräche mit Biscuter und Charo hatten in seinem Gedächtnis den Weg nach Hause und den Umriß der ureigensten Dinge nachgezeichnet, aber es war klar, daß er besonderen Ehrgeiz entwickeln würde, diesem ungeheuerlichen Geheimnis auf den Grund zu gehen, einmal wegen des Auftrags, an den sich wahrscheinlich nicht einmal mehr Molinas selbst erinnerte, außerdem wegen des professionellen Kitzels, der ihn trieb, wenigstens soviel zu wissen wie der Mörder.

«Oder die Mörder.»

In wie mit einem Tropfenzähler gezählten Worten teilte ihm Serrano mit, das Ergebnis der gerichtsmedizinischen Untersuchung zeige, daß Mme. Fedorowna nicht auf dem Tennisplatz ermordet worden war.

«Aber sie trug Tenniskleidung.»

«Die trug sie manchmal am frühen Morgen, um eine Partie zu spielen, bevor der Platz überfüllt war.»

«Mit wem wollte sie an jenem Vormittag spielen? Normalerweise werden die Namen der Partner auf einem Zettel an der Rezeption eingetragen, damit jeder weiß, daß der Platz um diese Zeit besetzt ist. Und wenn sie mit einem Partner verabredet war, wie kam es, daß er die Verabredung nicht einhielt? Ansonsten hätte er die Leiche entdecken und Anzeige erstatten müssen.»

«Ihr Partner war der ältere Señor Faber. Er erklärte, er habe sich mit einer gewissen Verspätung an die Verabredung mit Mme. Fedorowna erinnert, und als er dann zum Tennisplatz lief, stand er vor vollendeten Tatsachen. Ein Gärtner hatte die Leiche der Russin entdeckt.»

«Aber Mme. Fedorowna war nicht auf dem Platz ermordet worden, wie Sie sagen.»

«Nein, aber es sollte so aussehen. In Wirklichkeit wurde sie auf dem Weg vom Fango-Pavillon zum Tennisplatz getötet. Auf dem Rasen waren noch Reste von Blut, und es gibt Büsche, die durch das Schleppen von etwas Schwerem beschädigt wurden. Außerdem wurden auf dem Gras Haare der Russin gefunden.»

Von neuem hatte sich der Fango-Pavillon in dieser Geschichte durchgesetzt, als bewahre er den Schlüssel zu allen Ereignissen, vielleicht aber auch nur, um immer wieder optisch in Erscheinung zu treten und nicht vergessen zu werden. Carvalho entfernte sich von Serrano und trat ans Fenster, das einen perfekten Rahmen für die alten Gebäude abgab, als seien sie eine dreidimensionale Verbeugung vor dem Obsoleten.

Don Ricardo Fresnedo Masjuán traf im Kurbad ein mit einem Chauffeur aus Mieres, Ex-Champion im Halbschwergewicht aus Asturien, und zwei jungen, schmalen Leibwächtern, die eher Mitleid als Respekt einflößten. Obwohl Don Ricardos offizielles Amt mit respektgebietenden Titeln ausgestattet war, wirkte er selbst nicht direkt eindrucksvoll, obwohl der Inhaber des Amtes und der Anatomie, die ihn stützte, in die atavistische Trickkiste von Mensch und Tier gegriffen hatte, um dem imponierenden Eindruck nachzuhelfen. Er sprach mit sonorer Stimme und neigte dazu, sich in die Brust zu werfen und auch anderen Personen auf die Schulter zu klopfen, die fast einen Kopf größer waren als er. Leute, die seinen Lebenslauf nicht kannten, und das waren alle, konnten nicht umhin, diesen ziemlich schnell aus den biographischen Hinweisen zu erschließen, die Don Ricardo permanent fallenließ wie der Däumling die Brotkrumen, um den Weg nach Hause wiederzufinden. Es konnte der falsche Eindruck entstehen, daß sich in Don Ricardos Gefolge ein Biograph befand, der die alleinige Aufgabe hatte, die biographischen Einzelheiten zu notieren, die er scheinbar widerwillig von sich gab. Aber daß ein derartiger Biograph nicht existierte, erkannte man auf den ersten Blick, und Don Ricardo erzählte sich seine Geschichte selbst, mit dem Ziel, die Zuhörer in Staunen zu versetzen über das, was er schon geleistet hatte, er, der mit Parteigenossen und einigen Schwimmkrebsen gerade seinen 27. Geburtstag gefeiert hatte.

«Nun, ich mußte den Abflug etwas verschieben, denn Alfonso – Alfonso Guerra natürlich – hatte erfahren, daß ich 27 geworden war, ja, ja, 27 Jährchen, und er schickte mir ein Buch von einem arabischen Dichter mit einem sehr komplizierten Namen. Ich rief ihn sofort an und sagte zu ihm: Alfonso, eine Hand wäscht die andere, dafür ißt du heute ein paar Schwimmkrebse auf mein Wohl, und dann ging ich zum Regierungssitz mit einer Schachtel Schwimmkrebse und der erstbesten Flasche, die der da auftreiben konnte – er stammt aus Mieres und ist noch hinterwäldlerischer als ein Hirtenfeuerzeug mit Lunte. Mit Alfonso verbindet mich eine große Freundschaft, seit ich ihm einmal auf einem Treffen der ‹Juventudes Socialistas›, zu denen ich seit 1976 gehöre, gesagt habe, er sei ein kleinbürgerlicher Reformist, und das hat ihm gefallen, er fand das amüsant, daß ich, ein Grünschnabel, der sich noch kaum rasieren mußte, so etwas zu ihm gesagt hatte. Dann schlug er mich für den Posten des Koordinators des Koordinationsbeauftragten der sozialen Bewegungen in Madrid vor und sah, daß ich hart arbeite und einsatzfreudig bin. 1978 sollte ich eigentlich als Kandidat für den Kongreß aufgestellt werden, da holte mich Galiote zu sich und sagte zu mir: Junge, du bist noch zu frisch, um ein halbes Leben lang im Kongreß zu gähnen; arbeite in der Mannschaft von Sanjuán, sammle Erfahrungen, und wenn wir an die Macht kommen, ist dir ein Posten im Innenministerium sicher. Ich sah mich mal in der Kaderschule der französischen Sozialisten um und lernte, was man über öffentliche Ordnung lernen kann, denn öffentliche Ordnung – da werden Sie mir vielleicht widersprechen, Severio...»

«Serrano, mein Name ist Serrano.»

«Entschuldigen Sie, Serrano, und widersprechen Sie mir, wenn ich etwas Falsches sage! Öffentliche Ordnung lernt man durch Erfahrung in Ämtern, von denen die öffentliche Ordnung abhängt, Tag für Tag. Ist das falsch oder nicht?»

«Es ist nicht falsch.»

«Ein Jammer, daß Guerra keine Schwimmkrebse mag, aber mir zu Ehren hat er zwei davon gegessen... zwei! Zwei Schwimmkrebse für Guerra! Ich esse Meeresfrüchte sehr gerne, sie sind gesund, machen nicht dick, man bekommt einen klaren Kopf und sie stärken Geist und Körper. Ich bin Karateka, zwar Amateur, aber Karateka. Auf wieviel Tote haben wir es schon gebracht, Inspektor?»

«Wir sind beim vierten.»

«Gut, gut. Ist das Ihr Mitarbeiterstab?»

«Nicht ganz. Francisco Lojendio schon, er ist Beamter beim ‹Cuerpo Superior›, und Milagros ist meine Sekretärin. Die Herren *Faber und Faber* sind die Besitzer der Kurklinik...»

«*Faber*! Die besten Farbstifte! Ein Mythos meiner Kindheit! Allerdings mußte ich mich mit der Marke *Alpino* zufriedengeben, denn wir hatten zu Hause keine Kohle, keine Kohle, aber den festen Willen, uns hochzuarbeiten, zäh und fleißig, ich habe nichts anderes getan als gelernt... und der Señor hier?»

«Er ist der Geschäftsführer der Klinik.»

«Und der hier?»

«Ein Privatdetektiv. Er war hier als Klient und wurde von den Herren Faber engagiert.»

Der junge Verwaltungslöwe rümpfte die Nase.

«Ein Privatdetektiv? Wozu denn, um Himmels willen? Sind wir selbst denn nicht genug? Ist der Staat nicht mehr imstande, die Sicherheit der Bürger zu gewährleisten? Nichts gegen Sie, Señor, aber es wäre mir lieber, wenn Sie die Sitzung verlassen würden. Ich habe vertrauliche Informationen und sehe keinen Grund, sie Ihnen mitzuteilen.»

Carvalho neigte den Kopf und schickte sich an zu gehen, als er von einer gegenteiligen Überlegung des jungen Ricardo zurückgehalten wurde: «Nun gut, die Stunde der Enthüllungen ist noch nicht gekommen, und Sie können hierbleiben. Vielleicht können Sie die Ergebnisse der Nachforschungen von Inspektor Serrano ergänzen.»

Don Ricardo lauschte Serranos Zusammenfassung der Ereignisse und bekam von ihm ein umfangreiches Dossier, das die Einschätzung der Ereignisse enthielt.

«Bedenklich, sehr bedenklich», sagte Don Ricardo jedesmal, wenn Serrano Atem holte, und als der Inspektor die Summe dessen, was er wußte und im Gedächtnis hatte, mit der Beobachtung abschloß, daß Mme. Fedorowna weit entfernt von dem Ort ermordet worden war, wo man ihre Leiche gefunden hatte, schaute der Subdirektor der Öffentlichen Ordnung den Anwesenden der Reihe nach ins Gesicht und forschte nach, ob sie seine eigene Bereitschaft zu einem besorgten, aber gefaßten Staunen teilten.

«Unerhört. Ich möchte die Orte einen nach dem anderen in Augenschein nehmen, wo sich die bedauerlichen Ereignisse abgespielt haben.»

Molinas führte den Zug an, und sie besuchten der Reihe nach die verschiedenen Bezirke der Kurklinik. Es gab keinen Stein und keine Pflanze, die Don Ricardo nicht zu einer beiläufigen Frage inspiriert hätten, weshalb man den Obergärtner in die Begleitmannschaft aufnehmen mußte. Er folgte den beiden Leibwächtern und dem Chauffeur aus Mieres in respektvollem Abstand.

«Es ist erstaunlich und faszinierend, daß inmitten der strahlenden Herrlichkeit der Natur die Blumen des Bösen gedeihen. Und dieses lustige Gebäude, was ist das?»

Der Frage nach dem Fango-Pavillon folgte eine komplette Erklärung über die bestehende rechtliche Verpflichtung, ihn im althergebrachten Sinne zu nutzen, und das Bestreben der Gebrüder Faber, einen alten Brauch zu erhalten, der ein Bestandteil der kollektiven Erinnerung der ganzen Gegend um Bolinches war. «Tradition und Revolution, das ist der Schlüssel jeglicher Modernität. Dies und nichts anderes ist die Philosophie der sozialistischen Regierung. Spanien modernisieren, aber ohne seine Wurzeln zu zerstören!»

Beim Tennisplatz angelangt, konnte Don Ricardo einen Ausruf des Erstaunens nicht unterdrücken.

«Hervorragend! Asphaltbeschichtung, poröse Oberfläche?»

«Jawohl.»

«Das allerbeste, wenn man keine festgestampfte Erde zur Verfügung hat. Die Asphaltbeschichtung ist allerdings zu hart und schadet den Sehnen. Tennis gehört auch zu meinen Hobbies, nicht ganz so intensiv wie Karate, aber auch. Ich habe einen guten Drive, aber meine Rückhand ist zu schwach.»

Er führte mit dem Arm die entsprechende Bewegung vor.

«Sehen Sie? Ich nehme den Arm zu weit zurück, dadurch treffe ich manchmal den Ball zu spät. Und ich bringe das Handgelenk nicht in die richtige Ausgangslage zurück, um den Schlag zu wechseln; außerdem tendiere ich dazu, den Ball zu sehr zu verziehen. Das ist der Fehler aller, die mit Tischtennis begonnen haben und dann auf Tennis umgestiegen sind. Ich war Tischtennismeister bei einem Provinzturnier der Kirchengemeinde, das die ‹Acción Católica› von Madrid organisiert hatte. Aber damals war ich noch ein Kind. So, genug der Abschweifungen. Meine Herren, lassen Sie uns, während meine Begleiter einen Imbiß zu sich nehmen, ein gut abschließbares Büro aufsuchen, eine kleine Stärkung zu uns nehmen, um dann über ernsthaftere Dinge zu reden.»

Carvalho tauschte einen forschenden Blick mit Molinas, und dieser richtete es so ein, daß sie am Ende des Gefolges ungestört reden konnten.

«Sie kommen nicht mit zu der Konferenz! Ich werde Ihnen hinterher über alles berichten, was besprochen wurde. Ihnen und Gastein. Warten Sie in zwei Stunden in Gasteins Sprechzimmer auf mich, falls ich Sie nicht schon früher zu mir bitte.»

Carvalho versuchte, die Zeit vor dem Fernseher totzuschlagen, aber die Zeit vor den 3-Uhr-Nachrichten war auch dort schlecht genutzt. Als er die Wiederholungen satt hatte, ging er trotz der sengenden Sonne in den Garten hinaus, um seine Schritte dem Fango-Pavillon zuzuwenden, diesem arabisierenden Altertum, das sich seiner Rolle als anachronistisches Versatzstück in dem supermodernen Gebäudekomplex bewußt war. Er ging mehrmals um das Gebäude herum und musterte seine frischgekalkten Mauern, die Kuppel, die als Oberlicht diente, die hölzerne Kassettierung und die Alabasterstukkatur, die Legenden aus dem Koran darstellte. An der Tür glaubte er wahrzunehmen, wie ihm eine Welle von schwefligen Zauberformeln der Erde und des Lehms entgegenschlug, und er hörte das Tropfen der Feuchtigkeit dieses antiken Palastes bodenständiger Gesundheitslehren. Noch vor der verabredeten Uhrzeit begab er sich ins Sprechzimmer von Gastein. Der Doktor selbst räkelte sich dort in seinem Sessel und zählte kleine Tierchen, die nur seine Augen sahen. Zunächst betrachtete er Carvalho als Eindringling, aber als er seine Erklärungen gehört hatte, löste Ironie seinen Argwohn ab. «Willkommen zum Bankett mit den Resten der Information! Molinas ist ein genialer Protokollchef. Deshalb habe ich mich unter zehn Bewerbern für ihn entschieden.» – «Nun, er hat seinen Meister gefunden. Aus Madrid ist ein zukünftiger Minister gekommen, der noch weit protokollarischer ist.»

Ironie und Erschöpfung. Die Erschöpfung überwog, denn Gastein fuhr sich mit der Hand über das Gesicht, und danach war er nur noch müde.

«Vielleicht müssen die Dinge erst extrem kompliziert werden, um dann wieder einfach werden zu können. Wir versuchen erst, etwas in Ordnung zu bringen, wenn es schon fast zerstört ist oder droht, uns zu zerstören. Dieses Prinzip haben die Strategen der nordamerikanischen Außenpolitik gründlich studiert. Es ist von allen Prinzipien, die ich kenne, dasjenige, das dem ärztlichen Standpunkt am allermeisten widerspricht. Wir Ärzte sind dafür, vorzubeugen. Die Politiker wühlen am liebsten in der Verwesung. Es ist der beste Zeitpunkt für Verhandlungen, Verträge. Erinnern Sie sich noch daran, mit welcher Meisterschaft Kissinger die Verhandlungen mit Vietnam führte?»

«Das ist schon so lange her...»

«So lange ist es gar nicht her. Überhaupt nicht. Die ganze Welt sah diese Eskalation von Gewalt und Barbarei mit an und fragte sich, ob es dafür überhaupt eine Grenze gab. Es gab sie. Und das war der richtige Moment, um zu verhandeln und einen Friedensschluß zu erreichen. Um Krisen lösen zu können, muß man sie hervorrufen.»

«Hat das etwas mit den Ereignissen von hier zu tun?»

«Warum nicht? Hinter allem muß eine Strategie stecken. Ein einzelnes Verbrechen könnte das Resultat einer irrationalen Anwandlung sein, vier Verbrechen nicht. Es sind provozierende, mutige Verbrechen, die den Zweck haben, Aufsehen zu erregen.»

Molinas kündigte die große Tragweite seiner kommenden Ausführungen mit einem angemessenen Gesichtsausdruck an: glänzende, halbgeschlossene Augen, gerunzelte Stirn, hektisches Schlucken, Händereiben und ein einleitendes Schweigen, das die gespannte Erwartung seiner Enthüllungen noch steigerte. «Diese Mitteilungen mache ich Ihnen auf eigene Verantwortung, in dem Bewußtsein, daß ich es Doktor Gastein schuldig bin, weil er im Grunde die Seele der Kurklinik ist, und Ihnen, weil Sie auf ausdrücklichen Wunsch der Gebrüder Faber und meiner selbst beruflich mit der Sache befaßt sind.»

Gastein nahm den Tribut großmütig entgegen, den Molinas ihm zollte, und Carvalho schrumpfte in seinem Sessel zusammen.

«Ich weiß gar nicht, wo ich beginnen soll. Ich habe mir ein paar Notizen gemacht, daran will ich mich halten. Vor allem anderen, Doktor Gastein, muß ich Ihnen mein Erschrecken über die zahlreichen Überraschungen ausdrücken, die ich heute erlebt habe. Menschen, mit denen wir seit Jahren zusammengearbeitet haben, Seite an Seite, waren überhaupt nicht die, wofür wir sie hielten. Wir wußten schon, daß Mrs. Simpson in Wirklichkeit Ana Perschka[1] hieß und aus Polen stammte, aber auch das war nicht die ganze Wahrheit. Mrs. Simpson nannte sich nach 1946 Ana Perschka, als sie ihr Einreisevisum in die USA erhielt, aber ihr wirklicher Name war Tatjana Ostrowsky, sie war Staatsbürgerin der UdSSR und lebte bis zum Ende des Zweiten Weltkriegs in Weißrußland. Halten Sie sich fest, das ist noch lange nicht alles! Auch unsre Mme. Fedorowna hieß nicht Fedorowna, sondern Katalina Ostrowsky und war die Schwester von Tatjana. Kurz: Um die ganze Überraschung zusammenzufassen: Mme. Fedorowna und Mrs. Simpson waren Schwestern.»

Er ließ ihnen Zeit, um die erste Portion der Wahrheit zu verdauen. Als alte Bluffer ließen sich weder Gastein noch Carvalho

1 polnische Schreibweise: Perszka

eine besondere Gemütsbewegung anmerken. Dies ermunterte Molinas, mit seinem Bericht fortzufahren: «Was von Trotta angeht, so war er wirklich deutscher Abstammung. Sein echter Name war Josef Siegfried Keller, er war Spionageoffizier der Hitlerarmee und, jetzt kommt der Clou, seit 1942 der Ehemann von Katalina Ostrowsky, also Mme. Fedorowna. Sie haben diese Verbindung seit mindestens 20 Jahren geheimgehalten, also seit sie in den verschiedenen medizinischen Einrichtungen der Gebrüder Faber zusammenarbeiteten.

Karl Frischs wirklicher Name ist der, unter dem wir ihn kennengelernt haben, obwohl er in der Kartei von Interpol unter verschiedenen Decknamen geführt wird. Der häufigste davon war ‹Exterminator›. Er war ein käuflicher Killer, früher war er Söldner in Afrika...»

«Der Exterminator ist eliminiert», sagte Gastein zu sich selbst in Erinnerung an den Zettel, der bei der Leiche von Helens Mann gefunden worden war, und, als führe er einen nicht ausgesprochenen Gedanken weiter, fragte er: «Und Señora Frisch?»

«Es gibt keine Señora Frisch. Zumindest waren sie nicht verheiratet. Sie hat in Bolinches erklärt, sie hätten sich in diesem Winter auf einer Kreuzfahrt in die Karibik kennengelernt, und dann habe er ihr vorgeschlagen, mit ihm hierher zu kommen und sich als Mann und Frau auszugeben. Aber sie hatte keine Ahnung, woher er kam, was er machte und wer er war.» Molinas schien darauf zu warten, daß Gastein oder Carvalho etwas sagten.

«Ist das alles?» fragte Gastein.

«Nein, es kommt noch einiges, aber Señor Fresnedo sagte, die Angelegenheit sei sehr delikat, und das nordamerikanische State Department habe die Berichte von Interpol abgefangen, sich daraufhin eingeschaltet und die spanische Regierung aufgefordert, den Fall geheim zu halten, da sie noch weitere Informationen sammeln wollten. Außerdem baten sie die spanische Regierung um Erlaubnis, in einer Angelegenheit zu intervenieren, die sie direkt betreffe – genau das sagte er, es betreffe sie ganz direkt, das sagte Señor Fresnedo mehrmals.»

«Existieren über Señor Carvalho keine Unterlagen?» fragte Gastein und versuchte, das Lachen zu unterdrücken, das dann aber doch glucksend hervorsprudelte.

«Nein, aber sehr wohl über andere spanische oder ausländische Klienten der Klinik. Sie enthalten aber nichts Besonderes. Über Sánchez Bolín gibt es eine politische Akte, wo er als Anhänger des ästhetizistischen Radikalismus bezeichnet wird. Er ist ein Experte der linken Ideologie, sagte Señor Fresnedo, aber nicht gefährlich.»

«Ihre Bestandsaufnahme ist unvollständig, Molinas. Besitzen Sie keine entlarvenden Daten über die Gebrüder Faber?»

«Doktor Gastein, darum ging es doch nicht...»

«Und über mich? Was wissen Sie alles über mich? Heiße ich wirklich Gastein? Bin ich's oder bin ich's nicht?»

«Ich beneide Sie um Ihren Humor, Doktor.»

«Sehr gut, ich fühle mich beneidet! Das ist sehr schmeichelhaft. Leider haben Sie uns eine Reihe biographischer Berichtigungen und geheimer Verwandtschaftsbeziehungen geliefert, die dieses ‹Bäumchen-wechsel-dich›-Spiel des Verbrechens in keinster Weise erklären. Es sei denn, es handle sich um Erbschaftsstreitigkeiten.»

«Mrs. Simpson war steinreich, aber nicht durch ihren Besitz in Europa, sondern durch ihre zwei oder drei Heiraten in Amerika. Sie war nach dem Zweiten Weltkrieg geflohen.»

«Geflohen vor wem?»

Zum erstenmal war Carvalhos Stimme zu hören, und Gastein schenkte ihm ein bewunderndes und aufmunterndes Lächeln.

«Weiter, nur zu, denken Sie laut weiter, Señor Carvalho!»

«Ich denke nicht gerne laut, aber die Frage hat einen Sinn. Vor wem floh Tatjana Ostrowsky am Ende des Zweiten Weltkriegs? Vor der Roten Armee? Vor ihrer eigenen Vergangenheit? Warum hielten von Trotta und Mme. Fedorowna ihre Ehe geheim? Und welche Rolle spielt diese Kurklinik bei der ganzen Geschichte? Wer hat Frisch angeheuert? Warum? Wozu?»

«Das werden wir erst erfahren, wenn uns die Amerikaner die fehlenden Details liefern.»

«Ein oder mehrere Mörder laufen in dieser Kurklinik frei herum. Es ist unmöglich, herauszufinden, was sie mit so vielen Verbrechen bezweckten, aber es muß etwas sein, das sich hier befindet und wichtig genug ist, um eine solche verzweifelte Schlächterei anzufangen.»

«In diesem Punkt bin ich nicht einer Meinung mit Ihnen, Señor Carvalho. Es muß keine verzweifelte Schlächterei sein. Ich habe Ihnen schon von meiner Krisentheorie erzählt: Um sie lösen zu können, muß man sie hervorrufen. Jemand hat diese Krise herbeigeführt, um eine endgültige Lösung zu erzielen.»

«Eine Lösung wofür?»

«Das ist die Frage.»

Der Untergeneraldirektor für Öffentliche Ordnung empfing die Vertreter der Klienten und stellte ihnen allen ein baldiges Ende des Alptraums in Aussicht. Er deutete an, daß die Sache den Zuständigkeitsbereich und die Kompetenz der örtlichen spanischen Behörden überstieg, und versprach ihnen eine symbolische Entschädigung in nächster Zukunft – eine Einladung seiner Regierung zu einem Spanienurlaub an einem Ort ihrer Wahl. Er hörte sich ohne ein Wimpernzucken die Forderungen des Essener Industriellen an, der verlangte, für psychische Schäden und finanzielle Verluste Schadenersatz zu leisten, vor allem für diejenigen, die ihren Klinikaufenthalt eigentlich schon absolviert hatten und durch die Ereignisse gezwungen worden waren, dazubleiben.

«Jede Stunde, die ich meiner Fabrik fernbleibe, bedeutet einen Verlust von 5000 DM.»

«Meine Regierung bedauert außerordentlich, aber sie kann derartige Garantien nicht geben. Es ist dasselbe, wenn Sie in einem Land X Urlaub machen und es kommt dort plötzlich zu einem Erdbeben oder einer Revolution. Würden Sie dafür eine Entschädigung bekommen?»

Für Carvalho selbst hatte er auch ein paar Minuten Zeit.

«Entschuldigen Sie meine Äußerung von vorhin, aber Vorschrift ist Vorschrift. Ich habe Ihre Akte eingesehen, die sich in Serranos Besitz befand, und es ist ganz eigenartig. Sie sind ein eigenartiger Typ, Carvalho! In Ihnen spiegelt sich die Dramatik unserer Zeit. Dieses Überwechseln von der PCE zur CIA! Es steckt viel persönliche Tragik hinter diesen Dingen. Als ich noch ein kleiner Student war, besaßen die Kommunisten eine mythische Größe, zu der ihnen vor allem der Franquismus verholfen hatte.»

«Sie besaßen Größe, das ist alles.»

«Verstehen Sie mich nicht falsch! Ich sage nicht, sie hätten nichts historisch Wertvolles geleistet. Aber betrachten Sie sich selbst: Sie wechselten die Seiten und gingen zur CIA. Man muß ein ethisches Gleichgewicht finden, glaube ich. Ich habe es bei der Sozialdemokratie gefunden. Es ist der dritte Weg zwischen zwei Arten der Barbarei, daran gibt es nichts zu rütteln. Es interessiert mich, was Sie über die Ereignisse hier denken; schließlich sind Sie Profi.»

«Mein Auftraggeber ist das Kurbad. Bitte haben Sie Verständnis dafür, daß ich meine Informationen geheimhalte.»

«Ich bin eher an einem Gesamteindruck interessiert. In so wenigen Stunden und hinter einer Mauer von Gefolge kann ich, obwohl ich ein scharfer Beobachter bin, mir keinen direkten Eindruck von dieser Umgebung verschaffen. Und zuweilen ist gerade die Umgebung sehr wichtig, um Situationen wirklich zu erfassen. Ich sagte zu dem da, er solle einen Spaziergang machen und Augen und Ohren offenhalten.»

‹Der da› war der Chauffeur aus Mieres, der ehemalige Champion im Halbschwergewicht von Asturien.

«Und was hat er Ihnen gesagt... der da?»

«Daß es hier eine Menge Kohle und eine Menge seltsame Typen gibt.»

«Damit liegt er nicht falsch. Serrano sagt dasselbe.»

«In ein paar Tagen ist der Alptraum vorbei. Ich rechne damit, daß in drei Tagen alle nach Hause fahren können. Es hängt davon ab, ob ein paar Daten, auf die ich warte, so pünktlich eintreffen, wie mir versprochen wurde. Das Wichtige in Politik und Geschichte ist nicht, sie zu erträumen, sondern sie zu machen.»

«Notieren Sie diesen Satz! Sie können ihn bei jeder beliebigen Wahlkampfversammlung verwenden.»

Er war kein schlechter Kerl, aber man hatte ihm eine Spielwiese zugewiesen, und er verstand es nicht, sich selbst im Spiegel zu betrachten. Es gibt Leute, die sich selbst nicht im Spiegel betrachten können. Gab es überhaupt jemanden, der sich im Spiegel betrachten konnte? Er war wieder in seinem Zimmer und stand genau vor dem Spiegel. Seine Leber mußte wie neu aussehen, aber er hatte immer noch das Gesicht eines verlebten Menschen. Das Ende der Quarantäne würde mit dem Ende seines Fastens zusammenfallen, dann würden die drei Tage der Umstellung auf feste Kost folgen, und danach würde er wieder zu Hause sein, bei den Gerichten von Biscuter oder seinen eigenen oder auf einer Pilgerfahrt durch Restaurants, von denen er geträumt hatte. Er wollte bestimmte Gerichte essen, die ihm in rosa und engelsweißen Wölkchen erschienen waren. Das erste, was er unternehmen würde, wäre eine gastronomische ‹Tour de Cataluña›, ein selbstmörderisches ‹Großes Fressen›, das in der Cerdaña beginnen würde, und zwar im *Hostal del Boix* in Martinet de Cerdaña. Folgen würden *Can Borell* in Meranges, *Bulli* in Rosas, *Cypsele* in Palafrugell, *Big Rock* in Playa de Aro, *El Dorado Petit* in San Feliu de Guíxols und *Marqueta* in La Bisbal. Dort würde er alten und neuen Vorlieben frönen, die nach Makkaroni mit Rosmarin dufteten, Nouvelle Cuisine, mit einem Hauch des Mittelmeeres: Sepias mit zarten Bohnen, Schweinsfüße mit Muscheln, Stockfisch mit Roquefort und schwarzem Reis. Er durfte nicht versäumen, im *María de Cadaqués*, im *Peixerot de Vil-*

anova oder bei *Els Perols de l'Empordá* in Barcelona einen Reis in Brühe zu verzehren. Aber zuerst würde er ins *Hispania* gehen und mit etwas gelangweilter Stimme zu Señora Paquita sagen: «Bringen Sie mir alles zum Frühstück, was ich in einem Monat zu Abend essen könnte.» Dann würde er wie Peter Pan im Himmel von einem barcelonesischen Mittagstisch zum anderen tanzen, von *Casa Leopoldo* zu *La Odisea*, zu *Bota Fumeiro*, *La Dorada* oder *Casa Rodri*, und sich auf die Suche nach Konversation und gastronomischen Landschaften begeben, um sich für diesen Tümpel von Gemüsesuppe zu entschädigen, der ihm das Gehirn zersetzt hatte, Salat von Glasschalen mit Kiwi und Entenschinken! Crêpes mit Schweinsfüßen in Aioli und roter Sauce! Gebackene Goldbrasse auf Mittelmeerkräutern und schwarzen Oliven, dampfgegarte Kartoffeln mit Kaviar und Sauce Hollandaise, mit dunklen Meeresfrüchten gefüllte Paprika, Seeteufel in Knoblauchsauce, Hirsch mit Preiselbeermarmelade, panierter Camembert mit Tomatenmarmelade... bei jedem Öffnen und Schließen seines inneren Auges blitzte ein imaginäres Blitzlicht auf und machte jede Erinnerung zu einer Fotografie und einem Versprechen. Er fühlte in seinem Inneren das Wiedererwachen eines sinnlichen Tieres, das nicht bereit war, sich das Leben mit Handschuhen und Pinzette anzueignen. Es hatte über die Verschwörungen der Tugendapostel triumphiert. Er hatte seine Fähigkeit, Pläne zu schmieden, wiedergewonnen; den Bezug zur Zukunft. Dasselbe Klima herrschte am Abend im Fernsehraum, die Gruppe der Spanier hatte ihre Lebhaftigkeit und damit ihre Gesprächigkeit wiedergefunden. Der Oberst dozierte über moderne Waffensysteme und legte an diesem Abend besonderen Wert auf das Lob der Raketen, vor allem der Luft-Luft-Raketen, in deren Perfektion und korrektem Gebrauch der Schlüssel zur Überlegenheit in jeder Luftschlacht liege. Eine *Sparrow AIM-7* sei zum Beispiel ein ebenso perfektes menschliches Werk wie die Kathedrale von Burgos, oder wenigstens beinahe. «Jeder einzelne Baustein ist ein Wunder in sich selbst und im Zusammenspiel mit den anderen Bausteinen. Genau wie Michelangelo, oder wer es auch war, könnte der Konstrukteur einer *Sparrow AIM-7* seinem Werk ganz gut einen Klaps geben, wenn es fertig ist, und rufen: «Sprich!» Als hätte die poetische Phantasie des Oberst den Startschuß für die Gesprächsrunde gegeben, erhoben sich sofort die Stimmen und wurden lauter, und in Sekundenschnelle war der Raum ein Babylon an Zukunftsplänen und Ungereimtheiten. Dabei waren alle Gemüter von der Euphorie über die Nachrichten beflügelt, die von der Direktion her durchgesickert waren: Sobald die angefallenen und noch anfallenden Leichen eingefroren sein würden, würden sich die Tore des Schlosses öffnen. Die Wiederbegegnung mit der Normalität schimmerte in ihren Phantasien in den leuchtendsten Farben. Jeder Klient verläßt die Kurklinik mit dem Vorsatz, seine Lebensgewohnheiten zu verändern, und der Gewichtsverlust, egal, ob wenig oder viel, hat ihn auf ein gewisses Niveau der Askese gehoben. Alle verlassen die Klinik mit zu weiten Kleidungsstücken, spitzeren Gesichtern und leichteren Schritten, und aus dieser inneren Ruhe heraus versprechen sie, Diät zu halten und sich weiterhin sportlich zu betätigen. Sie hoffen, dadurch diesem perfekten inneren Schönheitsideal näherzukommen, das jeder einzelne von sich hat, unabhängig von den Erscheinungsformen, die von den anderen akzeptiert werden. Mancher, der die Kurklinik in dem Bewußtsein betreten hat, vor seinem inneren Gerichtshof eine Gazelle zu sein, aber ein Walfisch und Fettwanst in den Augen der anderen, hat nach der Kur zwar nicht die Kilos verloren, die den Walfisch von der Gazelle trennen, aber doch soweit abgenommen, um trügerischerweise zu glauben, daß endlich zwischen seinem inneren Gazellen-Ich und dem realen Anblick, den er den anderen bot, Übereinstimmung herrscht. Die Veteranen wußten, daß sie Momente erleben würden, die sie für vieles entschädigten, Begegnungen mit Personen, die sie angenehm überrascht betrachten würden, um dann auszurufen: Mensch, hast du abgenommen! Diese fremde Anerkennung wog jedes Opfer auf, das der Kuraufenthalt gekostet hatte, selbst die angsterregende Rätselhaftigkeit der gegenwärtigen Situation, weil jede menschliche Anstrengung das definitive Ziel hat, groß, reich und schön zu werden, ohne Unterschiede nach Geschlecht, Staatsangehörigkeit oder Zugehörigkeit zu einer bestimmten Ideologie.

Zu der Euphorie über das nahende, glückliche Ende trug noch ein Ereignis bei, das die Gesinnungsgenossen jener Nacht immer im Gedächtnis behalten würden. Nicht der Baske war die Hauptfigur, obwohl das Mineralwasser ihn anscheinend betrunken gemacht hatte, auch nicht Sullivan, der Konversation und ironische Bemerkungen über die Dekolletés der mächtigen Damen machte. Auch nicht der Katalane, der wie eine wohlwollende Gouvernante dem Rummel zusah. Es war Tomás, der Käsehändler. Sullivan hatte ihn nach seiner unerfüllten Berufung gefragt, woraufhin er mit der Antwort gezögert, Amalia in die Augen geblickt und von dort den Befehl empfangen hatte, die Wahrheit zu sagen.

«Steptänzer.»

Obwohl sie es alle richtig verstanden hatten, wiederholten sie im Geist das Wort ein ums andre Mal, mit der Unfähigkeit konfrontiert, die Verbindung zu diesem Dickwanst aus der Mancha herzustellen, dem Lieblingsenkel von Sancho Panza. Angesichts des stummen Zweifels der Runde sprang Tomás auf und begann, auf dem freien Raum zwischen den Sesseln rhythmisch zu steppen. Er starrte dabei auf seine Schuhe, die mit der lässigen Perfektion des einzigartigen Fred Astaire den Boden berührten. Nicht genug, daß er demonstriert hatte, daß er mit seinen Füßen die Seele aus den Fußbodenbrettern trommeln konnte, sprang Tomás auf ein Sofa und von dort auf das Tischchen, das in der Mitte stand, wo er das harmonische Vibrieren seiner Beine fortsetzte. Er war diesmal dem burlesken Stil von Donald O'Conner näher als dem gymnastischen Steppen von Gene Kelly oder dem clownesken Tanz von Fred Astaire. Tomás tanzte mit hochrotem Kopf, ohne das verdutzte Publikum anzusehen, und nach einer geheimen Melodie, die er leise vor sich hin summte. Wegen der physischen Anstrengung, und damit ihm sein Lied nicht entwischte, hielt er dabei die Zungenspitze zwischen den Zähnen fest. Als er fühlte, daß er den Salon und das Publikum in der Hand hatte, machte er einen Korsarensprung, landete einen halben Meter vor dem offenen Fenster und sprang hinaus in den Garten, um mehr Platz zu haben. Dort tanzte er um die Bäume und um die Laternen, auf der Suche nach der Identität des freien Steptänzers in der freien Natur. Seine Landsleute sahen ihm durchs Fenster zu, um keine Sekunde dieser ekstatischen, übermenschlichen Inspiration zu versäumen. Wer sie am allerwenigsten versäumen wollte, war Amalia, die mit der nötigen Regelmäßigkeit ausrief: «Er ist genial! Einfach genial!»

Als er die Tanzfiguren im Park vollendet, alle Laternen und Palmen um die Taille gefaßt und sich auf jede Bodenerhebung geschwungen hatte, die ihm Gesten des Begehrens und Zurückweisens erlaubten, dieses ‹Ja, aber doch nein›, das der Philosophie des Steptanzes zugrunde liegt, wandte er sein entrücktes und etwas kuhähnliches Gesicht dem Fenster zu, durch das er hinausgesprungen war, nahm Anlauf, um mit einem sauber angesetzten Sprung mit gegrätschten Beinen zurückzukehren, und nötigte so die Zuschauer zu einem überstürzten Rückzug, gerade rechtzeitig, damit sich Tomás auf den Mitteltisch schwingen, eine Doppelkapriole mit kleiner Schere ausführen und zu einem absatzklappernden Finale übergehen konnte, das eher dem Flamenco als der New Yorker Step-Schule entstammte. Schließlich erstarrte er in der Schlußfigur wie eine barocke Statue, überrascht vom Verstummen einer Musik, die nur er allein gehört hatte.

Der Beifall nötigte ihn, sich zu verbeugen.

«Gleich wird er einen Anfall bekommen», urteilte Doña Solita, als sie das Geflecht irritierter und rebellischer Adern sah, die sich an Schläfen und Hals des jungen Käsehändlers abzeichneten.

Er hätte wirklich einen Anfall bekommen, wenn man ihm nicht das Hemd geöffnet, etwas zu trinken gegeben und Platz geschaffen hätte, damit er frei atmen konnte. Aber er hatte seinen Triumph erreicht, und noch einmal rauschte der Beifall auf.

«Daß du auch keinem etwas davon verraten hast!»

«Ich habe doch eine Schule besucht.»

«Jedenfalls tanzt du meisterhaft.»

Carvalho fühlte sich, als hätte er in seinem ganzen Körper ebensoviel Hitze angestaut wie Tomás, und er sprang durch dasselbe Fenster in den Garten hinaus. Zuerst hatte er vor, im Vollmondlicht am Swimmingpool entlangzugehen, um auf den Weg zu kommen, der zum Haupteingang der Klinik führte. Aber seine Schritte lenkten ihn zum Fango-Pavillon, der wie eine Erscheinung strahlte und mit weißen Mauern im weißen Mondlicht schimmerte. Von den Stufen aus, die zur Eingangspforte hinabführten, überblickte er die modernen Gebäude, versetzte sich an die Stelle des alten Pavillons und machte sich die Überlegungen zu eigen, die diesen wohl angesichts eines solchen Anblicks an Zweckmäßigkeit und Rationalität bewegten, das ihn andererseits vor der Spitzhacke bewahrt hatte. Carvalho ging die Stufen hinab und strich liebevoll über die verschnörkelte Schmiedearbeit der Tür, die die dicken, undurchsichtigen Scheiben schützten. Die Tür gab dem sanften Druck seiner Fingerkuppen nach, und vor ihm lag ein Ausschnitt aus der Dunkelheit im Innern des Gebäudes. Er trat einen Schritt zurück und überlegte, zur Rezeption zu eilen und das Vergessen zu melden, aber dann nahm er an, daß es möglicherweise gar kein Vergessen war, und daß jemand trotz der Dunkelheit zu dieser Tageszeit dort drinnen sein konnte. Die Dunkelheit war nur in der Eingangshalle ein Problem, weiter innen sorgte die Lichtkuppel für Mondscheinhelle, die in milchigen Weißtönen auf den Skulpturen des verstummten Brunnens lag und die leeren Hallen mit ihren Wartebänken, Fango-Räumen und Zysternen zeigte, in denen der Lehm in hölzernen Zubern feucht gehalten wurde. Irgendwo in einer Ecke des Pavillons plätscherte Wasser, und dieses Plätschern übertönte eine Zeitlang ein anderes Geräusch, das er erst allmählich wahrnahm. Es war das Klatschen von Schuhen auf einem feuchten Boden, wo sich vielleicht auch einige Pfützen befanden. Schließlich nahm er hinter dem Mittelbrunnen eine Silhouette wahr; sie schien zu der Wand zu gehen, die die unsichtbare Halle abschloß, die Halle, die nicht benutzt wurde. Er glaubte, den älteren Faber zu erkennen, und zog sich zur Eingangstür zurück. Dort wartete er darauf, daß sich die Geräusche in Zeit und Raum konkretisieren würden, aber statt dessen verstummten sie, und er kehrte zu seinem vorherigen Ort zurück. Von dem älteren Faber war keine Spur mehr zu sehen. Nicht das leiseste Geräusch wies auf einen Menschen im Pavillon hin. Nur irgendwo im Verborgenen tropfte Wasser. Carvalho ging durch alle Hallen und Räume, die auf die rheumatische Menschheit des nächsten Tages warteten, durch alle Toiletten, Umkleideräume und Lagerräume für Handtücher. Von dem älteren Faber keine Spur. Er ging denselben Weg wieder zurück und trat in den Garten hinaus. Dort ließ er eine Sicherheitsfrist verstreichen, während der er Selbstgespräche führte und sich das unauffälligste Verhalten überlegte. Schließlich hatte er das nötige Selbstvertrauen gefunden und begab sich zur Rezeption.

«Nein, Señor Molinas ist nicht da. Er ist nach Bolinches gefahren, um den Herrn Untergeneraldirektor zu verabschieden. Aber, wenn Sie wollen, können Sie mit Señor Faber sprechen.»

«Mit welchem von den beiden?»

«Mit beiden. Sie sind im Videoraum.»

Und tatsächlich, beide saßen im Videoraum.

Der ältere Faber schaute sich den Film nicht zu Ende an und verließ kurz nach Carvalho den Raum. Der Detektiv bemühte sich, seinen Vorsprung zu halten, blieb dann abrupt stehen, als sei ihm gerade etwas eingefallen, und drehte sich nach dem Besitzer der Kurklinik um.

Seine Espadrillos waren dunkel vor Nässe, und seine Hosenaufschläge waren vor kurzem mit Wasser in Berührung gekommen.

«Entschuldigen Sie, Señor Faber, aber wir hatten noch nie Gelegenheit, uns in aller Ruhe zu unterhalten, und ich meine, alles was geschehen ist und der Auftrag, den Sie mir freundlicherweise gaben, machen ein Gespräch erforderlich.»

«Ich stehe ganz zu Ihrer Verfügung.»

«Hätten Sie jetzt sofort Zeit?»

Zu der überschwenglichen Liebenswürdigkeit, die er normalerweise Klienten gegenüber an den Tag legte, fügte Faber noch die Dosis Liebenswürdigkeit hinzu, die seiner Meinung nach einem

Experten gebührte, der in der Lage war, die Rechnungen seiner Klinik zu bezahlen. Mit weit ausholender Geste wies er den Flur entlang und ließ Carvalho den Vortritt auf dem Weg zu seinem Büro.

«Leider kann ich Ihnen nur ein Wasser anbieten.»

Er lachte über seinen eigenen Scherz. Sein Spanisch klang unerhört deutsch. Er war ein alter, aber kräftiger Mann mit einem ausgezeichnet instandgesetzten Gebiß, das sich weiß von einer zwar faltigen, aber unter der Sonne der elegantesten Tennisplätze gebräunten Haut abhob. Vielleicht hatte er bei von Trotta gelernt, elegant Tennis zu spielen.

«Hat die doppelte Identität von Trottas Sie überrascht?»

«Sehr. Aber nicht so sehr wie die von Mme. Fedorowna. Wir haben gemeinsam gearbeitet, und daß ich nun eine derartige Überraschung erleben muß ...»

«Haben Sie das Ehepaar hier in Spanien kennengelernt?»

«Nein, während des Aufbaus unserer ersten Klinik in der Schweiz. Mme. Fedorowna war Ernährungsspezialistin, obwohl sie in unserer Klinik eigentlich mehr mit Administration und Public Relations zu tun hatte. Sie war es, die von Trotta bei uns einführte.»

«Sie meinen sich und Ihren Bruder?»

«Mein Bruder war damals noch nicht so eng mit unserer Arbeit verbunden. Er ist jünger als ich. Ich meine Gastein und mich. Gastein stand mir von Anfang an zur Seite.»

«Warum entschlossen Sie sich zu einer Niederlassung in Spanien?»

«Wir führten eine klimatische Studie durch, die die größtmögliche Rentabilität des Unternehmens garantieren sollte. Hier im Valle del Sangre kann man über 300 Sonnentage im Jahr garantieren, dazu herrscht ein tropisches Mikroklima, das wir dem Schutz durch die Berge, der Feuchtigkeit vom Fluß her und den warmen Winden von Afrika verdanken. Für die Diät, die wir bei *Faber und Faber* brauchen, ist es von fundamentaler Wichtigkeit, daß der Klient sich wohlfühlt, das Klima keine plötzlichen Überraschungen bereithält und ein angenehmer Hautkontakt mit der Natur möglich ist. Als wir von der Existenz eines alten Kurbades arabischen Ursprungs erfuhren – obwohl seine Ursprünge noch vor der römischen Kolonisation liegen, wie die Legende sagt –, kamen wir hierher. Das Kurbad war vom Bürgerkrieg bis in die sechziger Jahre geschlossen. Unter unserer Regie nahm es seine Tätigkeit wieder auf, nachdem die modernen Einrichtungen fertiggestellt waren. Die Investition war außergewöhnlich hoch, aber sie hat sich bereits amortisiert.»

«Von Trotta und Mme. Fedorowna waren Aktionäre.»

«Ja, ihr Einsatz bestand aus etwas Geld und sich kapitalisierende Arbeit. Es war ein in der Schweiz und in Deutschland nach dem Zweiten Weltkrieg sehr gebräuchliches System.»

«Wann erfuhren Sie, daß Mme. Fedorowna eine Schwester hatte, und daß diese Schwester Mrs. Simpson hieß?»

«Als Señor Fajardo[1] es uns mitteilte. Die Vergangenheit von Mme. Fedorowna war ein unbekannter Faktor. Sie sprach nie davon, und ich respektierte dieses freiwillige Schweigen. Die Vergangenheit der Russen oder Deutschen ist normalerweise traurig, abgesehen von der jüngeren Generation. Diejenigen, die die Kriegs- und Nachkriegszeit miterlebt haben, legen keinen Wert darauf, sich daran zu erinnern. Aber geht es denn den Spaniern nicht ebenso?»

«Wie erklären Sie sich die ganzen Vorfälle?»

«Hier wurden alte Rechnungen beglichen, deren Ursache sich mir entzieht. Vielleicht eine alte Geschichte mit tragischem Ende. Vielleicht ein Familiendrama.»

«Und Karl Frisch?»

«Ja, Frisch paßt nicht ins Bild. Vielleicht wurde er von einer der beiden Seiten als ‹Exterminator› eingesetzt und mußte für die Folgen mit dem Leben bezahlen. Stellen Sie sich vor, Karl Frisch ermordete Mrs. Simpson und von Trotta, daraufhin tötete jemand ihn und Mme. Fedorowna.»

«Der Fall ist aber weiterhin unklar. Der Mörder von Karl Frisch kann immer noch mit unbestrittener Straflosigkeit agieren.»

«Nur eine militärische Besetzung des Kurbades könnte dies verhindern, aber die Klienten haben schon zuviel durchgemacht. Es fehlte gerade noch, daß sich das hier in einen Kerker verwandelt. Es wird lange dauern, bis sich dieser Betrieb wieder erholt hat, Señor Carvalho. Stellen Sie sich den Prestigeverlust vor!»

«Sind Sie Arzt?»

«Nein, mein Vater war es. Er entwickelte eine vegetarische Methode zur gesundheitlichen Vorbeugung, die Methode Faber, die von seinem wichtigsten Schüler, Gastein, weiterentwickelt wurde. Das Studium der Ernährungslehre hatte dem Leben meines Vaters immer die Richtung gewiesen und war die Ursache seiner Rettung. Stellen Sie sich vor, er kam als schwächliches Siebenmonatskind zur Welt und war während seiner ganzen Kindheit besessen von dem Gedanken, daß er bei richtiger Ernährung wachsen und die Ge-

1 Gemeint ist Fresnedo, A. d. Ü.

sundheit erreichen würde, die ihm von der Natur versagt war. Das ist der richtige Ausdruck: Er schuf sich seine eigene Gesundheit. Daher sein Interesse an der Medizin und eine empirische Grundhaltung, die weit über den konditionierten Empirismus der traditionellen Medizin hinausging. Seine Forschungen führten ihn zu der Erkenntnis, daß nur die vegetarische Ernährung den gesunden Bedürfnissen von Soma und Psyche des Menschen entspricht. Obwohl er eine Zeitlang reiner Rohkostesser war, eingefleischter Rohkostler, wurde er mit der Zeit flexibler. Bedenken Sie, daß die Studien meines Vaters schon zu Beginn des Jahrhunderts bekannt waren. Obwohl die offizielle Medizin ihn für kaum mehr als einen Wunderheiler hielt, blieb er seinem Glauben treu und setzte sein wissenschaftliches Werk unter härtesten Bedingungen fort.»

«Schlechte Entwicklungsbedingungen, aber Sie haben es geschafft, das alles hier aufzubauen.»

«Erst ganz am Ende, mit Hilfe von fanatisch ergebenen Klienten. Mein Vater war ein Träumer und Prophet. Er hatte ein umfassendes Gesamtkonzept von seiner Therapie: Gesunde Ernährung, ein integriertes Menschenbild, das Körper und Geist umfaßte, und die Rekonstruktion einer ‹therapia magna›, einer natürlichen, aber wissenschaftlichen Heilkunde im Dienste der ‹vis medicatrix naturae›[1], die die gesamte medizinisch-historische Wissenschaft in sich aufnehmen und in der Lage sein sollte, sie zu überwinden. Stellen Sie sich vor, mein Vater wurde von den bedeutendsten medizinischen Köpfen dieses Jahrhunderts respektiert, von Freud, Jung, Adler, Stekel, Priester, Simon... er wurde respektiert, weil er im Jahre 1900 – beachten Sie das Datum! – geschrieben hatte: ‹Keine Krankheit ist rein somatisch oder rein psychisch bedingt, man muß immer beide Aspekte im Auge behalten.› Die ‹psychosomatische Ära› sollte erst 30 Jahre nach dieser prophetischen Bemerkung meines Vaters beginnen. Heute studiert man die Schriften meines Vaters in allen Kursen der Ernährungslehre auf der ganzen Welt.»

«Merkwürdig, daß weder Ihr Bruder noch Sie selbst seine Forschungen weitergeführt haben.»

«Mein Bruder und ich waren und sind Vermarkter seiner Ideen. Er selbst war unfähig, seine Ideen zu Geld zu machen. Stellen Sie sich vor, er begann seine Forschungen über vegetarische Ernährung und natürliche Lebensweise am Anfang des Jahrhunderts und wagte fast 30 Jahre danach immer noch nicht, seine Entdeckungen

1 heilende Kraft der Natur

dem großen Publikum vorzustellen. ‹Ein Arzt ist kein Agitator› pflegte er zu sagen.» Die Bürotür öffnete sich langsam, und der zweite Faber schaute herein. Er war offensichtlich überrascht, seinen Bruder und Carvalho in trautem Gespräch zu finden.

«Bleib hier, wenn du willst!»

Schweigend folgte er den Windungen des Vortrages, den sein Bruder über ihren Vater hielt.

«Bedenken Sie, daß die klassische Medizin ihm den totalen Krieg erklärt hatte. Er hat die Rollen vertauscht. Die Scharlatane waren sie. Mein Vater war der Wissenschaftler. Ich erinnere mich, daß, als ich noch ein junger Mann war, Doktor Noorden aus Wien zu uns zu Besuch kam, eine europäische, weltbekannte Kapazität. Er verbrachte mehrere Tage im Gespräch mit meinem Vater, versuchte, seine Ideen zu begreifen, und sagte beim Abschied in meiner Gegenwart: ‹Als ich kam, sah ich in Ihnen einen Sektierer, einen Vereinfacher. Aber ich gehe mit der Überzeugung, daß meine Kollegen sich in Ihnen geirrt haben. Sie haben die umfassendere und ausgewogenere Konzeption der Medizin. Ich darf Ihnen gratulieren!› Dann drückte er in meiner Gegenwart meinem Vater die Hand. Mein Vater war tief bewegt.»

Wenn sein Gesicht nicht total ausdruckslos gewesen wäre, hätte Carvalho gedacht, daß die Augen des jüngeren Faber lachten, aber in einem abstrakten Sinne, sie lachten über seinen Vater, seinen Bruder und Doktor Noorden aus Wien. Sie machten sich lustig. Jenes innere Lachen war greifbarer als die schwülstige Rhetorik, die bestimmt nicht das erste Mal angewandt wurde, und die der ältere Bruder zu einer majestätischen Zurschaustellung der wissenschaftlichen und affektiven Wurzeln seines Unternehmens nutzte.

«Sind Sie auch der Meinung, daß die Verbrechen im Kurbad das Resultat einer Abrechnung sind?»

Dietrich Faber zuckte die Achseln.

«Er spricht nicht sehr gut Spanisch», sagte sein älterer Bruder entschuldigend. «Er spricht gerade so viel, um einen Klienten ermuntern zu können. Er beherrscht die Sprache des Speisesaals, Begrüßungsformeln, Aufmunterungen...»

Weiter kam er nicht. Sein Bruder grinste nun übertrieben, und aus seinem Munde kam in singendem Falsett: «Wie geht es Ihnen, Señor Carvalho? Sie sehen großartig aus! Wie bekommt Ihnen die Kur? Aber, was frage ich, es steht Ihnen ins Gesicht geschrieben. Ich werde zur Feier Ihres Triumphs über sich selbst eine Kerze anzünden.»

Er behielt seine Bauchrednermiene bei, als hätte er eine Puppe sprechen lassen, die er selbst war, ohne Applaus oder Gelächter zu erwarten, geschweige denn Carvalhos Überraschung und noch weniger die Empörung seines Bruders. Als sei etwas in ihm kaputtgegangen. Die kaputte Marionette eines Bauchredners. Aber plötzlich kam wieder Leben in die Puppe, und wieder kam aus ihrem Mund diese schreckliche Stimme eines schlechten Clowns.

«Komm schon, Hans! Erzähl dem Herrn hier, was unser Vater sagte, als Mama diese Rübentorte machte, die sie selbst erfunden hatte.»

«Daran erinnere ich mich nicht.»

«Du weißt es sehr gut, du hast es 300mal in meiner Gegenwart erzählt!»

«Wirklich, Dietrich, ich weiß nicht, was du meinst...»

«Also, Papa sagte zu Mama...»

«Jetzt reicht's, Dietrich!»

Er hatte ihn zum Schweigen gebracht, aber die Marionette Dietrich bereitete mit schelmischen Augen eine neue Äußerung vor und hielt seinen Bruder in Atem.

«Es ist schon spät, Señor Carvalho. Das Klinikleben verlangt von uns, daß wir als Eigentümer mit gutem Beispiel vorangehen.»

«Nur eins noch, Señor Faber. Ich habe Inspektor Serrano und auch Señor Molinas meine Überlegungen in Grundzügen mitgeteilt und ihnen die Widersprüche und Übereinstimmungen erläutert, die ich in diesem Fall festgestellt habe. Ich bin mit Ihnen einer Meinung darin, daß Karl Frisch ein Sonderfall ist... jetzt bekommt auch eine andere Tatsache einen Sinn, die ich bis jetzt nirgends einordnen konnte: Die Auseinandersetzung zwischen Mme. Fedorowna und Mrs. Simpson, also ihrer Schwester. Aber ein Zweifel ist noch geblieben, vielleicht nur eine Kleinigkeit: In der Nacht, als wir diesen kleinen Streich ausführten, die Küche überfielen und den Apfel erbeuteten, und als dann unser Kommando beim Fango-Pavillon zerschlagen wurde, tauchte plötzlich hinter unserem Rücken Mrs. Simpson auf, und hinter unserem Rücken befand sich nur die Tür des Pavillons... Mrs. Simpson kam zu einer sehr ungewöhnlichen Zeit aus dem Pavillon heraus.»

«Sind Sie sicher, daß sie dort herauskam und nicht einfach einen Spaziergang durch den Park gemacht und sich Ihnen dann angeschlossen hatte?»

«Nein, wir waren ziemlich wachsam und haben alles im Auge behalten, da der Nachtwächter jederzeit hätte auftauchen können. Er trug eine Waffe. Mrs. Simpson kam aus dem Pavillon heraus.»

«Eigenartig, nicht wahr?»

«Sehr eigenartig», antwortete Hans Faber auf die erste vernünftige Bemerkung, die sein Bruder gemacht hatte. «Aber wenn man die Mentalität dieser Person bedenkt, dann ist es nicht mehr so merkwürdig. Sie war eine reichlich exzentrische Alte.»

«Genauso exzentrisch wie ihre Schwester. Beide waren exzentrisch genug, um hier zusammenzusein, ohne ihre Identität preiszugeben, und um einander zu hassen.»

«Ich weiß nicht, ob es auf Gegenseitigkeit beruhte. Aber ich gehe jede Wette ein, daß wenigstens Mme. Fedorowna Mrs. Simpson haßte. Sie sah sie an, als wolle sie sie am liebsten vernichten.»

«Das gibt es eben bei Geschwistern, strafende Blicke und ähnliches, Señor Carvalho», sagte Dietrich, der wieder wie eine Marionette sprach. «Mein Bruder Hans schaut mich auch strafend an, wenn ich mich schlecht benehme, aber er wäre nicht imstande, mir auf dem Tennisplatz eine Kugel zu verpassen.»

Hans Faber hatte genug von der Situation und von seinem Bruder und wahrscheinlich auch von Carvalho. Er machte eine unbeherrschte, ärgerliche Handbewegung und hob die Sitzung auf, indem er hinausging. Carvalho und der Bauchredner blieben allein zurück. Der Detektiv wandte sich ebenfalls zum Gehen, und als er an der Tür war, hörte er noch einmal die Falsettstimme der kaputten Marionette: ‹Wie geht's, Señor Carvalho? Sie sehen großartig aus! Wie bekommt Ihnen die Kur? Aber, was frage ich, es steht Ihnen ins Gesicht geschrieben. Ich werde zur Feier Ihres Triumphs über sich selbst eine Kerze anzünden!›

Er nutzte den Mondschein, um einen Abschiedsspaziergang durch den Park zu machen, und wieder steuerte er den Pavillon an. Alles was sich dort im Innern abgespielt hatte, war möglich gewesen, weil die Tür offen gestanden hatte. Sie war es noch immer. Er öffnete sie wieder mit einem leichten Druck der Fingerspitzen, und vor ihm tat sich eine unmittelbare Finsternis auf, die heller wurde, je näher er dem Mittelpunkt kam, über dem die Lichtkuppel die weißliche Einsamkeit des Mondes in Lichtbündel zerteilte. Die Ahnung sagte ihm, daß der Schlußakt bevorstand, und zusammen mit der Erinnerung an seine ersten Erlebnisse im Kurbad kam ihm ein Bruchstück der Unterhaltung mit dem Masseur in den Sinn: «Es gibt eine kurze, zugemauerte Galerie und eine Treppe zu einem Keller, der nicht benutzt wird. Genau dort kommt das schwefelhaltige

Wasser aus dem Berg, und es heißt, es gebe einen offenen Stollen, der bis in die Mitte der Sierra del Algarrobo führt. Er heißt Cerro del Algarrobo, der Berg des Johannisbrotbaums, aber nicht, weil es dort nur einen gibt, es gibt eine ganze Menge davon.»

Der Masseur hatte mit dem Respekt von dem halb geheimen Grenzbezirk des Kurbades gesprochen, den ein radikal magisches Verhältnis von Ursache und Wirkung verlangte: Magisch war das gesundheitsspendende Wasser, das einer verborgenen Absicht der Erde entsprang.

«Es heißt, daß dieses Wasser aus den Vulkanen stammt, aus Hohlräumen, die nach den Ausbrüchen zurückgeblieben sind. Wer weiß, aus welchem Hohlraum dieses Wasser hierherkommt und in welcher Epoche der Vulkan ausgebrochen ist. Vor Millionen von Jahren. Eines Tages wird das Wasser versiegen, und dann hat dieses alte Kurbad seine Daseinsberechtigung verloren.»

Wieder erinnerte er sich an die modernen Ruinen von Kelitea, wenige Kilometer von Rodas, oder an das Thermalbad, das Mussolini mit dem kolossalen Prunk seines Regimes erbaut hatte, und an das plötzliche Versiegen des Wassers, die erste Niederlage des Faschismus, die auf das Konto einer verborgenen Absicht der Natur ging, wenn das einfache Gesetz existiert, daß alles, was geboren wird, sich entfaltet und stirbt. War nicht jede Entwicklung auch eine Vernichtung?

Aber das Wasser des Kurbades war noch lebendig. Er hörte es schwach, aber um so lauter das Tropfen eines schlecht zugedrehten Wasserhahns oder des Wassers, das sich als Dampf an den Decken niedergeschlagen und dort mit zielstrebiger Präzision seine alte tropfenförmige Erscheinungsform wieder angenommen hatte. Da waren die Hallen, rechts die der Frauen, links die der Männer, sowie die Toilettenräume und der kurze Flur von der Pforte zum Brunnen unter dem zentralen Oberlicht. Hinter dem Brunnen lag die zugemauerte Halle. Dort blieb Carvalho stehen und tastete suchend die Wand nach der magischen Sprungfeder ab, die sie öffnen und den Weg verraten würde, auf dem die gespenstische Erscheinung des älteren Faber neulich verschwunden war.

«So etwas gibt es nur in Filmen mit Fu Man-schu.»

Es gab keine Sprungfeder, oder er fand sie nicht. Die Wand war alt und solide, und wenn Hans nicht dank der diätetischen Wunder seines Vaters eine immaterielle Existenz besaß, war es unmöglich, daß er hier hindurchgegangen war. Auch nicht durch die Tür. Es blieb noch der Keller, wo das Wasser aus dem Berg ankam. Er ging zu der Treppe, die dort hinunter führte. Je mehr er sich von der zentralen Halle mit ihrer mondbeschienenen Helligkeit entfernte, um so öfter trat er ins Leere und mußte sich an feuchten Oberflächen entlangtasten. Er nahm Streichhölzer aus der Tasche und nutzte ihr Licht, um immer wieder festzustellen, wo Stufen waren, bis er sie schließlich sah, am Ende eines Raumes mit grünen Kacheln und fünf Duschen an den Seitenwänden. Das Treppengeländer, alt und schmiedeeisern, fühlte sich an wie ein rauhes, kaltes Seil, das dem Benutzer die Notwendigkeit klarmachte, mit tastenden Schritten glitschige eiserne Stufen hinabzusteigen. Carvalhos Schritte hallten laut, bis seine Füße den Boden des Kellers betraten. Die Streichhölzer zeigten ihm einen leeren Raum, in dessen Mitte in einer Rinne dampfendes Wasser floß, das aus der Finsternis kam und sich in einem Becken sammelte, von dem aus es in die oberen Räume verteilt wurde. Mit den Streichhölzern verbrannte sich Carvalho seine Finger, und er gab die Hoffnung auf, noch eine Tür in der Wand zu finden. Es gab keinen Ausgang außer einem Eingang: dem kleinen, etwas über einen Meter hohen Bogen, aus dem das Wasser kam, dem Beginn des murmelnden Stollens, der vielleicht, vielleicht in das Herz der Sierra del Algarrobo führte. Aber Carvalhos auditives Gedächtnis reproduzierte das Geräusch der Schritte, die er kürzlich gehört hatte. Der Untergrund war naß gewesen, es hatte geplätschert, und die Schuhe und Hosenaufschläge von Hans Faber waren naß gewesen. In den oberen Räumen stand nicht soviel Wasser, um so naß werden zu können, und daraus schloß Carvalho, daß Hans Faber durch das schweflige Wasser gewatet sein mußte, und nicht einfach zum Vergnügen. Carvalho steckte den Kopf in das niedrige Gewölbe, dann fast den ganzen Körper und trat schließlich mit den Füßen ins Wasser, um ins Gewölbe hineinzugehen. Als er wieder ein Streichholz anriß, stellte er fest, daß es keine dreieinhalb Meter lang war und sich dahinter der schwarze Schlund des schwefligen Berges öffnete, aus dem ihm der Geruch stiller, stickiger Luft in die Nase stieg. Er hatte Angst vor der endgültigen Dunkelheit in diesem Stollen, aber Hans Faber hatte keine andere Möglichkeit gehabt hinauszugelangen. Geduckt bewegte er sich vorwärts, trat in das Wasser, erreichte das Ende des Gewölbes und beleuchtete den vor ihm liegenden Weg. Die Decke verschwand plötzlich in einer Höhe, die das Licht der Streichhölzer nicht mehr erreichte. Der Hauptwasserkanal führte weiter ins Unbekannte, aber auf der einen Seite führten Stufen hinauf zu einer Metalltür. Er konnte entweder vordringen in die Tiefe des Berges, zu den tellurischen Ursprüngen des Wassers, oder der Einladung der Treppe mit der Tür folgen, die für Menschen gebaut war. Er ging hinauf und löste das Rätsel der Tür, indem er mit den Fingernägeln unter den Rand des Metalls fuhr. Das Türblatt löste sich, in den Angeln kreischend, und er stand vor einem neuen, von Finsternis erfüllten Raum. Langsam kehrte wieder Stille ein. Das kurze Aufflammen eines neuen Streichholzes ließ einen länglichen Raum erkennen, ähnlich wie auf der anderen Seite der Mauer, die ihn vom Rest, vom übrigen Pavillon abtrennte. Er sah die Trennwand, aber um zu ihr zu gelangen, mußte er um eine ganze Sammlung von Kästen herumgehen, die, sorgfältig gestapelt, ein kleines Labyrinth von anderthalb Metern Höhe bildeten. Der Raum hatte keine Fenster und brauchte daher eine Lichtquelle, die nichts anderes war als eine einfache Birne an der Decke, die mit einem Wandschalter eingeschaltet wurde. Das Licht erhellte alles und alles bekam einen Sinn. Da war die Wand, die den Pavillon verstümmelte, der verbotene Raum, der als Lagerhalle diente, und am anderen Ende wieder eine Treppe nach unten, und unter dem Fußbodenniveau war eine Metalltür, genauso rätselhaft wie die vorherige. Die ganze Geheimniskrämerei für ein paar einfache Metallkästen? Allerdings konnten die Kästen nicht über den komplizierten Weg durch den Wasserkanal hereingekommen sein, durch das Gewölbe und den in den Fels gehauenen Stollen, auch nicht über die Treppe am Ende der zugemauerten Halle. Diese Kästen waren hereingekommen, bevor man sie eingemauert und vor dem normalen Leben des Kurbades verborgen liegengelassen hatte. Sie waren mit robusten Sicherheitsschlössern ausgestattet, die aussahen, als seien sie vor nicht allzu langer Zeit erneuert worden. Vielleicht befanden sich hier die geheimen Formeln des nekromantischen Vaters der Gebrüder Faber, dieses Schweizer Nostradamus, der die moderne Ernährungslehre revolutioniert und sogar Dr. Noorden aus Wien persönlich die richtige Diagnosestellung und die richtige Ernährung gelehrt hatte. Der lange Weg verlangte die Bestätigung, daß es sich gelohnt hatte, und Carvalho stellte mit seiner Sammlung von Nachschlüsseln fest, mit welcher Verschwiegenheit die Sicherheitsschlösser über das anvertraute Geheimnis wachten. Sie widerstanden allen Versuchungen, also suchte Carvalho nach einem Gegenstand, der sich als Hebel eignete, um das Flacheisen aufbrechen zu können, an denen das Sicherheitsschloß hing. In einer Ecke fand er ein Flacheisen, das schon abgebrochen worden war, und versuchte nun, den dazugehörigen Kasten zu finden, um an Hand einer Probe festzustellen, wie lohnend die Fortsetzung der Suche war. Der Kasten war nicht aufzufinden, oder es lag an der optischen Ermüdung Carvalhos angesichts der vielen gleichförmigen, kubischen, grünlackierten Metallformen, aber schließlich tauchte er doch auf, wie eine Lücke im vollständigen Gebiß seiner verschlossenen Brüder. Carvalho öffnete ihn. Sein verborgener Kern bestand aus vergilbten Papieren, die, mit altmodischer Sorgfalt gestapelt, feucht und muffig rochen, aber unversehrt waren mit ihren deutschen Buchstaben, Unterschriften militärischer und politischer Führer der Wehrmacht, der SS, Waffensturmbrigade Belarus, Waffen-Grenadier-Division der russischen SS Nr. 2, Gauleiter Kube, Generalkommissar Kurt von Gottberg, Einsatzgruppen B, Einsatzgruppen A, Vorkommando, Amt/Ausland, Abwehr, Geheime Staatspolizei, Kriminalpolizei, Sicherheitsdienst, Obersturmbannführer Friedrich Buchardt, Reinhard Gehlen... Nur die Namen auf dem breiten Band der deutschen Texte und die Abzeichen der politischen und militärischen Macht sprangen ihm ins Auge, aber das genügte, um zusammen mit den Daten, die alle zwischen 1942–45 lagen, dem Inhalt dieses Archivs einen Sinn zu geben, dieses Archivs für Dinge, die vor 40 Jahren geschehen waren. Carvalho benutzte das Flacheisen, um zwei weitere Kästen aufzubrechen. Dokumente, Namen, Dienstgrade, Orte – die ganze Nomenklatur wirkte bedrohlich durch die Tragödie, die sich hinter den Daten verbarg, und die Aggressivität, mit der vor seinem inneren Auge die Gesten und Schreie des deutschen Besatzungsheeres auftauchten, so wie er es aus Spiel- und Dokumentarfilmen kannte.

Er sah sich noch einen weiteren Kasten an, aber anstatt offizieller Papiere kamen Papierkugeln aus alten, vergilbten und halb zerfallenen Zeitungen zum Vorschein. Dies stellte er fest, als er sie auf der Suche nach viele Jahre zurückliegenden Nachrichten auseinanderfaltete. Es waren spanische Zeitungen aus dem Jahre 1949, vergilbte Francos bei der Einweihung vergilbter Dinge, vergilbte Sätze, die vergilbte Treueschwüre enthielten, vergilbte Leidenschaften, begraben in vergilbtem Vergessen. Die Dokumente gestatteten eine Datierung bis 1945, die nutzlosen Kugeln aus Zeitungspapier dagegen waren im Jahre 1949 sorgfältig zusammengeknüllt worden. Carvalho war erschöpft von den Aufregungen und Rätseln, das wurde ihm bewußt, als er aufhören mußte, zu spähen und zu horchen, um sich an die Kästen anzulehnen und sein Bewußtsein wiederzufinden, indem er die Augen schloß. Auf die Anspannung folgte unkontrollierte Entspannung, ein Gefühl der Schläfrigkeit und des Verlustes der Kontrolle über alle Schließmuskeln der Seele. Schritt für Schritt gewann ein Gefühl von Eile wieder die Oberhand: er mußte hier weg, entweder umkehren oder hinter der neuen Tür die neuen Überraschungen suchen, die die Kurklinik für ihn bereit hielt.

«Ich komme morgen wieder.»

Würde es überhaupt ein Morgen geben in dieser Orgie von Geschichte und Blut? Er beschloß weiterzugehen, diesmal mit dem Flacheisen in der Hand, und durchschritt den Raum, um vor den Stufen nach unten stehenzubleiben und zum letztenmal zu überlegen, ob seine Hartnäckigkeit einen Sinn hatte. Schließlich nahmen seine Beine die Entscheidung seines Gehirns vorweg und gingen die Stufen hinab zu dem Absatz vor der Tür. Sie war nur angelehnt und verriet den Fluchtweg von Hans Faber. Er öffnete sie und betrat einen dunklen Gang, den ein Schalter links von ihm in eine nächtliche Passage verwandelte, rechtwinklig und schlecht beleuchtet, aber hell genug, um sie zu durchschreiten. Seine Hände halfen ihm dabei, er stützte sich an Wänden ab, die vor Feuchtigkeit trieften. Wieder bemächtigte sich Aufregung und die Hoffnung, so schnell wie möglich alles hinter sich zu bringen, eher seiner Beine als seines Kopfes, und er legte die Strecke fast im Laufschritt zurück, ohne zu wissen, welche Strecke er unter dem Park zurückgelegt hatte. Der Gang lief in ein paar Stufen aus, die wieder zu einer Tür führten, diesmal aber nicht aus Metall, sondern aus sorgfältig bearbeitetem Holz. Ihr glattes Fleisch war mit mattem weißem Schleiflack überzogen, einer Klinikfarbe, die ihm anzeigte, daß er vor der Rückkehr in die normale Welt des Kurbades stand. Eine neue Furcht löste die Panik des Bergmannes oder Höhlenforschers ab, die ihn während seines Ausflugs besessen hatte: die Furcht vor der Begegnung mit der Normalität, die Furcht, daß sie ihn in irgendeiner Form verraten würde als verstohlenen Räuber fremder Geheimnisse. Er fürchtete, hinter dieser Tür einem Chor anklagender Frager gegenüberzustehen, die nicht nur auf seine Schuld beklagen, sondern auf die große Tragweite einer Entdeckung hinweisen würden, die das in sich versunkene Rätsel von *Faber und Faber* noch schwieriger zu lösen machte. Er konnte denselben Weg zurückgehen, den er gekommen war, und durch die Pforte des Pavillons wieder in den Garten hinaustreten, ohne den Makel des Spions, der in versunkenen Labyrinthen gewühlt hat. Er hatte die Wahl zwischen zwei Ängsten, zwei Anstrengungen, der Rückkehr zu verbotenen Tiefen oder dem Weg hinauf an die Oberfläche. Er entschied sich für das

Nächstliegende, für den kürzesten Weg in eine Normalität, die er nach dieser Überdosis von Überraschungen brauchte. Er ging die Stufen hinauf und öffnete die Tür einen Spaltbreit. Es dauerte eine Weile, bis er erkannte, wo er war, vielleicht weil ihm die unmittelbare Nähe eines weißen Wandschirms den Gesamtüberblick über den Raum verwehrte. Den würde er nur bekommen, wenn er die Tür noch weiter öffnen und auf der Suche nach der neuen Realität seinen Kopf und seine fünf Sinne aktivieren würde. Er hielt inne und wartete auf irgendein Bild oder Geräusch, das ihm die eventuelle Anwesenheit einer objektiven Bedrohung verraten würde. In der totalen Stille der nächtlichen Kurklinik gab es kein anderes Geräusch als das der Grillen, und das Summen eines Neonlichts, das auf alle möglichen Anwesenheiten in diesem Zimmer schließen ließ. Er beschloß, die Tür noch weiter zu öffnen und seinen Kopf zu riskieren. Nun erkannte er das Zimmer schlagartig: Weißgestrichene Wände, gerahmte Reproduktionen von Landschaften des Sangretals und ein Bücherregal, das er schon mehr als ein- oder zweimal gesehen hatte. Er war des öfteren in diesem Zimmer gewesen und kannte diese Liege in der Ecke neben einem Röntgengerät, das nie oder fast nie benutzt wurde.

«Wir gehören nämlich nicht zu denen, die glauben, man müsse den Körper unnötig mit Strahlen belasten.» Es war Gasteins Stimme gewesen, die ihm das während einer Sprechstunde erklärt hatte. Der ganze abenteuerliche Ausflug hatte ihn zu keinem andern als Gastein geführt, in das Sprechzimmer von Gastein, wo er wie ein Reisender auftauchte, der überrascht ist festzustellen, daß die Erde rund ist. Angesichts der Verlassenheit des Zimmers beruhigte er sich zusehends. Merkwürdig war, daß um diese Zeit kurz vor der Morgendämmerung noch Licht brannte, merkwürdig, daß die Nachtwächter das Licht nicht gelöscht hatten, und merkwürdig, daß sich Gastein eine derartige Fahrlässigkeit erlaubt hatte. Oder war es vielleicht Hans Faber gewesen, als er von dem geheimen Gang zum Videoraum geeilt war? Warum war er so in Eile gewesen? Hatte Faber bemerkt, daß noch jemand im Pavillon gewesen war? Zu viele Rätsel für eine einzige Nacht. Er ging durch Gasteins Sprechzimmer und verschob auf morgen, was er heute nicht mehr besorgen konnte.

Der Patriarch Dr. Faber hatte seine Söhne nach einem System ernährt, das mit seiner Philosophie in Einklang stand. Er war der Auffassung, daß eine Ernährung auf der Basis naturreiner, vor allem vegetarischer Grundstoffe, der Schlüssel war zu einer guten Gesundheit, zu einem langen und glücklichen Leben und einem Tod im Einklang mit dem obersten Gesetz der Natur: geboren werden, wachsen, sterben. Im Rahmen dieser Philosophie besaß die Verwendung frischer Nahrungsmittel große Bedeutung, da sie eine wichtige Rolle bei der biologischen Transformation, Entgiftung, Regulierung und Regeneration spielt, ebenso beim genetischen Wiederaufbau der Zellen und der Verbesserung der Sauerstoffaufnahme.

«Die heilkräftige Nahrung», hatte der alte Faber in seiner diätetischen Bibel geschrieben, «ist die Hauptsache, denn sie kompensiert existierende nahrungsbedingte Schäden, und ebenso die vorbeugende Nahrung, die den größtmöglichen Vorrat an energetischem Potential und lebenswichtigen Substanzen akkumulieren soll. Jeder Prozeß der Denaturierung ist daher zu vermeiden, was sehr schwierig zu garantieren ist in einer Zeit degenerierter Ackerböden, vernunftwidrigen Einsatzes von Insektiziden und ungesunder Lagerung aller Arten von Lebensmitteln, ganz zu schweigen von der Konservierung in Dosen, die fundamentale Nährwerte zerstört und in manchen Fällen den Anteil gefährlicher Anteile erhöht, wie zum Beispiel der Fette.»

Diesem langen Faber-Zitat hatte Gastein auf eigene Faust die Bemerkung hinzugefügt, daß der prophetische Professor aus dieser Welt gegangen war, ohne den immensen Schaden begreifen zu können, den die Ernährung dem Menschen selbst im Zuge des Aufschwungs einer Lebensmittelindustrie zugefügt hatte, die nach dem Zweiten Weltkrieg auf der Grundlage der Heiligsprechung alles Widernatürlichen aufgebaut worden war: der Bleichung, der Färbung, der Konservierung, der Desinfektion und der Verwendung krebserzeugender Substanzen.

Die Zusammenfassung der Philosophie des alten Faber, die sich jeder interessierte Klient anhören mußte, war von der Erklärung der Grundsätze durchzogen, die der Patriarch bei seinen Söhnen angewandt hatte, um sie vor einem verfrühten biologischen Zusammenbruch zu bewahren. Sechzig Jahre lang vegetarische Rohkost, frische Früchte, frische Milch, Sauermilch, Honig, Soja, Sesam und Wildgemüse. Nein, nein, von der Ernährung und der Erziehung normaler Jungen hatte er nichts gehalten. Zum Beispiel hätten die Fabersöhne, wenn sie trotz der sorgfältig auserwählten

Ernährung an Durchfall erkrankt wären, eine gewöhnlichen Behandlungsmethoden völlig entgegengesetzte Therapie bekommen, die auf die Früchte einer barbarischen chemisch-pharmazeutischen Medizin verzichtete. Im Fall einer Diarrhöe riet der alte Peter Faber, daß das Opfer eines derart intimen und analen somatischen Verrates in der Nacht heiße Bauchumschläge bekommen solle sowie heiße oder kalte Umschläge im Nacken und auf dem Rücken, Bindegewebsmassage, um Krämpfe zu vermeiden oder zu lindern, einen Einlauf von einem Liter Kamillensud, zwei oder drei Löffel Melasse und dreißig Gramm Magnesiumsulfat. Feuerbach war in Anlehnung an die medizinische Philosophie des Äskulap und die Ernährungslehre des Aristoteles zu der Feststellung gekommen, daß der Mensch das ist, was er ißt. Also hatten sich die Gebrüder Faber von allen Arten Rohkost dieser Welt ernährt und waren dann, als ihre Körper und ihre Psyche schon ausgereift waren, zu einer raffinierten Form vegetarischer Küche übergegangen. Dazu gehörte jene ‹Rübentorte von Mama›, auf die der jüngere Faber am vorigen Abend nicht ohne Sarkasmus angespielt hatte. Man könnte fortfahren mit Apfel-Sago-Pudding, Armen Rittern mit Rhabarber, Haferflockenbiskuit, Pilzcanapés, Sojaklopsen, Sojatortillas, Reiskroketten mit grünen Kürbissen, Kartoffeln mit Weißkohl, geschmortem Kohlrabi, Sauerkraut und geschmorte Rüben. An Getränken wären Kräutertees zu nennen wie der berühmte ‹Bittertee› aus Wermuth, Tausendgüldenkraut und Karde, oder der nicht weniger bekannte ‹Karminativtee› aus Kreuzkümmel, Fenchel und Anis, unerläßlich bei Blähungen, und der ebenso unentbehrliche Frauenmanteltee bei Menstruationsbeschwerden und der Hagebuttentee bei Harnverhalten. Wenn sie einmal nicht schlafen konnten, hatten die Fabersöhne die Möglichkeit, Melissentee, Orangenblütentee oder einfachen Zitronenschalentee zu trinken. Gegen die Versuchung, Alkohol als Elixier der Flucht aus der mittelmäßigen Alltäglichkeit zu benutzen, gab es Frucht- oder Gemüsesäfte, unter Umständen angereichert mit dem Saft gekochten Gemüses, in Einzelfällen auch von Reis oder Gerste und Leinsamen. Der dramatische Kampf des alten Faber, kein Siebenmonatskind zu bleiben, hatte sich auf seine Söhne ausgedehnt, um sie zu gesunden menschlichen Einheiten von langer Haltbarkeit zu machen. Der Preis dafür war das Bewußtsein, ein Außenseiter zu sein, was die Ernährung anging, aber das hatten sie überwunden, teils, weil sie sich daran gewöhnt hatten, teils aber auch durch die Beziehungen zu jenen Menschen, die nach derselben Philosophie lebten. Das Resultat dieser ungeheuren Anstrengung, dieser philosophischen Fertigteilherstellung, die inspiriert war von einem unbezähmbaren Gefühl des Glückes und des Vertrauens in die Regeln der Natur, in die Verlängerung der Natur hinein in den Menschen selbst, war trotz allem zerbrechlich geblieben. Zerbrechlich wie das Leben selbst. Da lag Hans Faber mit offenen Augen, gläsernen Pupillen, den Mund an den Fußboden gepreßt, in einer Lache seines eigenen Blutes. Die Arme, so leblos wie der Rest des Körpers, bildeten ein pathetisches V wie das Siegeszeichen. Ein Schuß hatte den Hals durchschlagen, ohne eine einzige Arterie zu treffen, aber ein anderer hatte das Herz getroffen, und zwar endgültig. Dies hatte Gastein unter dem Vorbehalt diagnostiziert, daß die spätere gerichtsmedizinische Untersuchung etwas anderes ergeben könnte. Nebenan wiederholte Serrano ein ums andere Mal, daß morgen dieser Alptraum ein Ende haben würde. Morgen würden die Amerikaner kommen. Sie würden tun, was sie zu tun hätten, und er würde abgelöst werden.

«Schlußstrich, drei Kreuze, Punkt!»

Während Serrano verwirrt seine Zeichen in die Luft malte, die diese Schlächterei beenden sollten, wirkte Molinas, als sei er einem rapiden Altersprozeß zum Opfer gefallen, und Dietrich Faber, der Alleinerbe, betrachtete die Leiche seines Bruders, als sei er sich nicht im klaren, ob dieser ein Dummkopf oder der Tod eine Dummheit war, obwohl er aus Carvalhos Sicht sehr wohl selbst der Dummkopf sein konnte, der nicht einmal dazu in der Lage war, sich auf die offenkundige Tatsache zu konzentrieren, daß sein Bruder ermordet worden war.

«Solange ich hier noch zuständig bin, darf nichts von dieser Leiche bekannt werden. Wir haben nur noch wenige Stunden bis zur Aufhebung der Quarantäne und wollen hier keinen hysterischen Skandal heraufbeschwören.»

«Wie hält man eine Leiche geheim, läßt sie heimlich gerichtsmedizinisch untersuchen, heimlich ins Leichenschauhaus bringen und schafft sie heimlich an den Journalisten vorbei, die uns belagern?... Und dann eine heimliche Beerdigung mit einer heimlichen Mitteilung davon, daß er gestorben ist... Und woran?»

Serrano war viel zu nervös, um Carvalho in gebührender Weise zuzuhören, und kam auf ihn zu mit erhobenem Kinn und dem Wunsch in den weiß hervortretenden Knöcheln, sie in dem für seinen Geschmack zu neutralen Gesicht des Detektivs rot zu färben.

«Spiel hier nicht den Alleswisser, du Klugscheißer! Schließlich habe ich fünf Leichen am Hals, fünf! Morgen lasse ich dieses Haus und diesen ganzen Alptraum hinter mir – und ich will keine Komplikationen!»

Achselzuckend verzog sich Carvalho in eine Zimmerecke, so weit wie möglich aus Serranos Blickfeld und der Reichweite seines Ärgers, denn er war außer sich.

«Können wir die Leiche in ein abgelegeneres Zimmer schaffen?» fragte Molinas, und Inspektor Serranos Wunsch, ja zu sagen, mußte angesichts der Tatsache, daß dies nicht gestattet war, stumm bleiben. Er seufzte schicksalsergeben. «Lassen Sie ihn, wo er ist! Ich werde den Gerichtsmediziner anrufen und mein möglichstes tun, daß vor dem Abtransport der Leiche nichts durchsickert. Paco, du baust dich vor der Tür auf und läßt keinen eintreten! Für den Fall der Fälle muß immer einer von uns im Zimmer sein und Wache halten. Versuch mal herauszubekommen, wo ich jetzt den Gerichtsmediziner finde!»

Es war halb acht Uhr morgens. Molinas hätte zu dieser frühen Tageszeit normalerweise mit dem älteren Faber eine Besprechung gehabt, nachdem dieser alte Athlet seinen täglichen Frühsport absolviert hatte.

«So ist das Leben! Man gewöhnt sich an alles. Nach dem Tod von Mrs. Simpson ging ich durchs Haus und vermutete hinter jeder Ecke eine Leiche oder einen Mörder. Aber mittlerweile bin ich auf alles gefaßt. Und als ich hier hereinkam und Señor Faber am Boden liegen sah, wußte ich sofort, daß er tot war, daß er ermordet worden war, und ich habe das akzeptiert, als sei es die normalste Sache der Welt.»

«Morgen ist alles vorbei», wiederholte Serrano mit infantiler Hartnäckigkeit, und Carvalho sprach seine Gedanken nicht aus, um ihn nicht wütend zu machen. Was würde morgen vorbei sein? Die fünf Verbrechen würden noch immer ungesühnt sein, aber Serrano würde den Fall abgeben und die Toten mit derselben Methode zudecken wie manche Tiere ihre Scheiße, indem sie mit den Pfoten Erde darüber scharren. Aber noch mußte er ein minimales Ritual der Ermittlungen einhalten, und fragte wenig überzeugend: «Wer hat ihn zum letztenmal gesehen?»

«Ich, ich glaube, ich war es, obwohl er zu diesem Zeitpunkt mit seinem Bruder zusammen war.»

«Junge, Junge, der weltberühmte Superman des Verbrechens! Und weshalb zum Teufel haben Sie ihn heute nacht gesehen?»

«Ich hatte Befragungen durchzuführen, wie man zu sagen pflegt.»

«Befragungen durchzuführen! Glauben Sie, daß man einen solchen Quatsch zu sagen pflegt? Befragungen durchführen?»

«Wenn Ihnen das nicht gefällt, dann nehme ich es zurück. Aber schließlich tauschten wir unsere Meinungen über die Vorfälle aus, und Señor Faber erzählte mir vom wissenschaftlichen Ursprung der Kurklinik und der Forschungsarbeit seines Vaters, eines hervorragenden Ernährungsexperten, hochgeschätzt von Dr. Noorden aus Wien.»

«Wer ist Dr. Noorden aus Wien?»

«Der erste Anhänger der gewöhnlichen Schulmedizin, der die medizinischen Verfahren des alten Faber anerkannte. Er erzählte mir mit großer Begeisterung vom wissenschaftlichen Werdegang seines Vaters. Natürlich sprachen wir auch über die Verbrechen. Dann kam sein Bruder herein, das Gespräch ging zu allgemeinen Themen über und wurde etwas humorvoller.»

Dietrich Faber dankte ihm für das Adjektiv mit einem Lächeln.

«Haben Sie Señor Faber aufgesucht, oder hat er Sie zu einem Gespräch aufgefordert?»

«Es war nicht ganz so einfach. Eigentlich hatte ich Señor Faber in einer, sagen wir mal, in einer delikaten Situation überrascht. Ich versuchte, mir selbst darüber klar zu werden, ob es sich um ein Mißverständnis handelte oder nicht. Als ich mit ihm plauderte, stellte ich fest, daß mein erster Eindruck richtig gewesen war, was sich später hundertprozentig bestätigt hat.»

«Um Gottes willen, Carvalho, könnten Sie nicht etwas konkreter werden?»

«Ich weiß nicht, ob ich das darf. Mein Klient ist tot. Aber meine berufliche Pflicht zwingt mich, bestimmte Informationen zurückzuhalten, um sie zuerst meinem Klienten zukommen zu lassen.»

«Aber ihr Klient liegt hier, kaltgemacht! Machen Sie mich nicht irre, Carvalho!»

«Eine Frage vorab: Wer übernimmt die Verpflichtungen, die Señor Faber eingegangen ist?»

«Ich», rief Gastein aus, bevor sich Dietrich verpflichtet fühlen würde, etwas zu sagen. Die lächelnden Augen des jüngeren Bruders dankten ihm stumm.

«In diesem Fall muß ich meinen Bericht Dr. Gastein vorlegen.»

«Kommt gar nicht in Frage, mein Freund! Sie erzählen mir, was Sie gesehen haben, daß ist so klar wie zwei und zwei vier sind. Was soll das heißen, Sie hätten Señor Faber in einer delikaten Situation überrascht?»

«Nehmen Sie an, ich hätte ihn beobachtet, wie er über die Dächer tanzte oder mit angezogenen Schuhen durch einen Fluß watete.»

«Sie wollen mich wohl verarschen?»

«Nein.»

«Erlauben Sie mir, mich einzuschalten, Inspektor Serrano, denn ich glaube, ein Gespräch unter vier Augen mit Herrn Carvalho könnte die Situation lösen. Es ist nur logisch, daß er sich an den Kodex seines Berufsstandes halten will, und daß Sie andrerseits alles wissen wollen, was Sie wissen müssen, um Ihre Nachforschungen voranzutreiben... Obwohl Sie ja schließlich und endlich den Fall morgen abgeben.»

«Ich als einzelner Beamter, ich, Rafael Serrano Cosculluela, gebe ihn ab, aber die Polizei nicht! Die Polizei ruht und rastet nicht, bis alle Verbrechen aufgeklärt sind.»

«Das bezweifle ich nicht. Außerdem rechnen Sie damit, daß diese amerikanische Delegation kommt und vielleicht die endgültigen Beweise mitbringt, die Steinchen, die noch fehlen. Oder haben Sie etwa das ganze Puzzlespiel schon zusammen, Señor Carvalho?»

«Absolut nicht, ganz im Gegenteil!»

«Sehen Sie, Inspektor? Ich verspreche Ihnen, Ihnen alles zu berichten was mir Señor Carvalho erzählen wird und dazu beitragen kann, diese ungeheuren, tragischen Verwicklungen zu entwirren.»

Serrano schlug mit einer Hand in die Luft und kehrte ihnen den Rücken zu. Gastein ging hinaus und winkte Carvalho, ihm zu folgen. Dietrich Faber machte nicht einmal den Versuch, sich ihnen anzuschließen. Wenn Gastein auf die Enthüllungen gespannt war, so verbarg er es geschickt und ging vor Carvalho zu seinem Sprechzimmer, ohne sich umzusehen und ohne zu versuchen, die Enthüllungen vorwegzunehmen. Als beispielhaftes Produkt ihrer eigenen Ernährungskriterien bewegte sich die gepflegte und muskulöse alte Gestalt mit der einstudierten Harmonie eines Erwachsenen im stolzen Vollbesitz seiner Kraft vorwärts.

Im Vorzimmer wimmelte er mit einem kurzen Gespräch die Dame aus Madrid ab, die in Toledo aufgewachsen war und Gastein aufgesucht hatte, um ihn wegen eines Anfalls von Tachykardie zu konsultieren.

«Ich komme auf Ihr Zimmer, Señora.»

Er ließ Carvalho den Vortritt und schloß die Tür. Bedächtig ging er zu seinem Bürosessel, ließ sich darin mit allen Konsequenzen nieder, bis er die perfekte Ruhestellung gefunden hatte, und forderte dann mit dem Ernst eines Geschäftsmannes, der sich über die

Wichtigkeit des Vorganges im klaren ist, Carvalho zum Sprechen auf.

«Also?»

Aber Carvalho sagte nichts. Er ging von der Mitte des Raums auf den Wandschirm zu und klappte ihn zusammen, so daß die Tür in ihrer ganzen weißen Unschuld zum Vorschein kam, durch die er letzte Nacht die geheimen Eingeweide der Kurklinik verlassen hatte. Er versuchte, sie zu öffnen, aber es ging nicht.

«Sie ist abgeschlossen.»

«Das ist sie immer.»

«Heute nacht war sie es nicht. Heute nacht gingen wir durch diese Tür, zuerst Señor Faber und dann ich.»

Gasteins Schweigen dauerte bei aller demonstrativen Kontrolliertheit zu lange.

«Ich muß Ihnen mitteilen, daß ich alles, was ich entdeckt habe, heute nacht meinem Partner in Barcelona erzählt habe.»

«Die Anrufe wurden abgehört.»

«Ich gab einem Angestellten der Kurklinik eine schriftliche Mitteilung mit, der heute nach Bolinches fuhr.»

«Ich weiß nicht, was Sie damit sagen wollen, wenn Sie mir diese ganzen Vorsichtsmaßnahmen erläutern?»

«Ich teile Ihnen einfach mit, daß ich sie getroffen habe.»

«Ein vorsichtiger Mann zählt für zwei. Das ist ein sehr spanisches Sprichwort, aber man muß feststellen, daß sie es gar nicht anwenden. Wohin führt diese Tür, Señor Carvalho?»

«Ich hatte gehofft, Sie würden mir es endlich erklären.»

«Wurden Sie nicht schlau daraus, was Sie gesehen haben?»

«Es bleiben Einzelteile eines Puzzles, außerdem habe ich sie im unsicheren Licht meiner Streichhölzer und dieser schwachen Ampel gesehen, die für ein derartiges Archiv nicht ausreicht. Der Inhalt dieser Kästen ist doch ein Geheimarchiv, nicht wahr, Dr. Gastein?»

Der Arzt seufzte.

«Ja, es ist ein Archiv. Es ist ein Teil der Geschichte dieser Kurklinik, der Geschichte der Fabers und in gewissem Sinne auch meiner Geschichte.»

«Halten Sie es für angebracht, daß ich Inspektor Serrano mitteile, daß ich Señor Faber im Pavillon gesehen und dann entdeckt habe, auf welchem Wege er zu diesem Büro gelangte?»

«Warum nicht? Es wird Sie vielleicht enttäuschen, aber ich selbst gab Inspektor Serrano den Hinweis, daß das Interesse des amerikanischen State Department an der Sache dem Umstand zuzuschreiben ist, daß wir hier an sicherem Ort Dokumente von historischer Bedeutung aufbewahren.»

«Und was meinte Serrano dazu?»

«Er wollte mit seinen Vorgesetzten darüber sprechen, verlor aber das Interesse an der Sache, als ich ihm mitteilte, daß sich die Dokumente nicht auf Spanien beziehen, sondern auf den Zweiten Weltkrieg, Deutschland und die Sowjetunion. Serrano war sehr amüsiert. Er sagte: ‹Der Zweite Weltkrieg? Uff! Das ist ja lange her! Das ist alles längst Geschichte, Gastein, das ist alles Geschichte!›»

Ein Schweigen entstand, und jeder wartete darauf, daß der andere es brechen würde.

«Ist das alles?»

«Das ist alles, Carvalho.»

«Sie werden eine öffentliche Erklärung abgeben müssen. Fünf Tote nimmt man nicht so einfach hin.»

«Analysieren Sie jeden Einzelfall! Ich würde behaupten, daß nur sehr wenige Menschen auf dieser Welt Sie überhaupt nach diesen Leichen fragen würden. Diese Personen sind Relikte von etwas, das von einem Fragment der Weltgeschichte übrigblieb, und Karl Frisch war ein bezahlter Killer. Bezahlte Killer haben keinen, der sie beweint.»

«Helen?»

«Helen wird den Mund nicht aufmachen. Dessen können Sie sicher sein!»

Es war bezeichnend, daß es weder zu spät noch zu früh geschah, sondern genau im richtigen Moment, als die Zeiger aller Uhren, die noch Zeiger besaßen, sich geeinigt hatten, neun Uhr anzuzeigen. Irgend jemand manipuliert den Chronometer der großen Ereignisse, und an jenem Tag genau um neun Uhr öffnete sich das Eingangstor des Kurbades, um eine Karawane einzulassen, die aussah, als seien ihre Ziele ebenso weitreichend wie genau kalkuliert. Nicht alle Karawanen sind gleich, vor allem, wenn eine schwarze Staatskarosse mit der Flagge Spaniens und dem Kennzeichen des ministeriellen Fuhrparks die Geschwindigkeit bestimmt und dann eine zweifarbige Limousine mit der nordamerikanischen Flagge folgt, ferner ein gepanzerter Transporter, der aussieht, als hätte er schon bei den distinguiertesten und ausgefallensten Transporten mitgewirkt, zwei Autos, die fast überquellen von Männern, deren Blicke in alle vier Himmelsrichtungen schweifen, und ein spanischer Polizeijeep bildete den Abschluß. Es genügte, den spanischen Anteil der Expedition zu betrachten, um ihre Außergewöhnlichkeit zu erkennen. Die vier einheimischen Militärpolizisten waren ohne Zweifel unter den Besten ihrer Rasse ausgewählt worden. Sie hatten nicht nur eine Statur von europäischem Niveau, das heißt, sie hätten Basketballspieler sein können; sie demonstrierten auch in ihrer athletischen Durchtrainiertheit und der unzweifelhaften Präzision und Würde ihrer Bewegungen, daß sie die besten ihrer Rasse waren und sich als Botschafter derselben fühlten. Es war sogar dafür gesorgt, daß sie, wenn schon nicht alle ganz blond, so doch mindestens ein wenig blond waren. Es stimmt ganz gewiß, daß alle Militärpolizisten dieser Welt, seien sie nun Profis oder nicht, von ihrer Rolle als Aushängeschild des Heeres und Hüter seines guten Rufes durchdrungen sind. Die Militärpolizei pflegt ihre besten Energien dafür aufzuwenden, daß der Kontakt zwischen Militärs und Zivilbevölkerung im Bewußtsein der Zivilisten keine peinlichen Fragen aufwirft, wie zum Beispiel: Wozu brauchen wir die Militärs überhaupt? Es ist nur folgerichtig, daß die Militärs in Friedenszeiten einen so gut getarnten Anblick bieten wie die Tannen der Alpenregionen oder die Rhododendren im Hampstead Garden in London. Aus diesem Grund mußte die Militärpolizei so optimal wie möglich die Struktur ihres Seins und ihres Auftretens pflegen, denn schon die schlichte Bezeichnung Polizei wirkt wie ein Alarmsignal. Wenn irgendwo Polizei auftaucht, gibt es dort auch etwas zu unterdrücken, und wenn es sich dabei um Militärpolizei handelt, ist sie entweder damit beschäftigt, Exzesse des Militärs gegen die Zivilbevölkerung oder Exzesse der Zivilbevölkerung gegen das Militär zu unterdrücken. Schon allein das Wort Exzeß, genau zwischen den beiden diametral entgegengesetzten Überlegungen angesiedelt, hat eine skandalöse Bedeutung, die zwangsläufig Argwohn bei der Zivilbevölkerung erregen muß. Nun gut, in der Umgebung der Kurklinik war die Militärpolizei über jede argwöhnische Vorstellung erhaben. Sie symbolisierte lediglich die Anwesenheit einer Macht, die nicht aufhören wollte, präsent zu sein, obwohl ihr bewußt war, daß sie ihre Funktion nicht ausübte. Jene vier kriegerischen und in Selbstbeherrschung geübten Soldaten wirkten wie die Husaren der Zarin Alexandra in ihren besten Zeiten, als sie auf ihren weißen Pferden eine Panzerdivision der Wehrmacht eskortierten, oder wie jene berittenen städtischen Polizisten in Galauniform, die bei Prozessionen ihre schneidige Erscheinung und die Eleganz ihrer weißen Helmbüsche in den Dienst der jeweiligen Jungfrau Maria stellten, die die wirkliche Hauptfigur der Fiesta war. Im Zusammenhang mit der funktionalsten und effektivsten Macht des Universums hätten Husaren statt Polizisten unpassend gewirkt. Und diese Jungen wirkten bei dem Yankee-Konvoi wie die musizierenden Jungfrauen aus den Provinzen, die den Begierden und Absichten der Herren des Imperiums ausgeliefert worden waren. Während die spanische Militärpatrouille zum Nachdenken über ihre eigentliche Rolle einlud, so war die übrige Rollenverteilung eindeutig. Der spanischen Staatskarosse entstieg der Ex-Champion im Halbschwergewicht aus Asturien, um Fresnedo den Schlag aufzureißen, 24 Stunden älter und reifer für die Macht. Fresnedo hatte die Absicht, die Sache in die Hand zu nehmen, und erwartete am Fuß der Treppe zur Rezeption das Antreten der Amerikaner. Und sie traten an. Aus der Yankee-Limousine stiegen zwei große Männer um die Vierzig mit zweifarbigen Köpfen, grau und blond, und entsprechenden Anzügen. Einer von ihnen begrüßte Fresnedo, blieb an seiner Seite und beobachtete den Aufmarsch, den sein Kollege befehligte. Jener war ein wirklicher Befehlshaber. Ohne Fresnedo auch nur eines Blickes zu würdigen, wartete er, bis die Autos ihre acht Insassen ausgespuckt hatten und diese ruhig neben der Wagentür standen, der sie entstiegen waren. Nicht daß sie stramm standen, aber in ihren Körpern lag eine gewisse kontrollierte und verhaltene Spannung, ebenso in ihren Augen, die immer bemüht waren, in allen Himmelsrichtungen feindliche Indianerstämme aufzuspüren. Ein nicht zu verachtendes Detail war die Art und Weise, wie sie beim Verlassen der Autos die Wagentüren zugeschlagen hatten und dabei dieses spezielle Geräusch zu hören gewesen war, das nur entsteht, wenn die Türen amerikanischer Autos zugeschlagen werden. Es ist nicht bewiesen, daß die Abteilungen für Motivationsforschung und Planung der großen nordamerikanischen Automobilkonzerne speziell dieses Geräusch erforschen, das zu hören sein soll, wenn sich eine solide Wagentür eines nicht weniger soliden Wagens schließt. Aber dieses Geräusch ist einer der entscheidenden Angelpunkte des Systems, denn dieses ‹Klack› umfaßt mehr und vielfältigere Bedeutungen als das vieldeutigste Wort. Dieses ‹Klack› bedeutet: Dies ist *mein* ‹Klack›, es schließt *meinen* Wagen, mein Wagen bin ich, mein Auto ist das beste der Welt, es hat *mich* hierhergebracht und wird nur mit *mir* wieder wegfahren. Die ganze Kombination wunderbarer Abhängigkeiten und Einzigartigkeiten war der Leistungsfähigkeit einer Industrie zu verdanken, die in der Lage war, ein ‹Klack› zu erzielen, das ebenso ansprechend und symbolträchtig war wie eine Hymne.

Als die Türen zugeschlagen und das Personal angetreten war, taxierte der offensichtliche Chef der Expedition mit wenigen Blicken die Einsatzbereitschaft und Schlagkraft seiner Truppe. Vor ihm standen acht Mann, die zu allem entschlossen waren, und jeder von ihnen hatte genaue Anweisungen erhalten. Sie sahen aus wie jede andere muskulöse Sportmannschaft aus den USA, die nur darauf wartet, daß der Schiedsrichter den Ball einwirft, um ihre Zurückhaltung fallen zu lassen. Und der Schiedsrichter sagte: *Come on!*

Come on heißt so viel wie *Los!* Aber es begehe keiner den Irrtum zu versuchen, die präzise Aktion, die dieses *Come on* beinhaltet, mit unserem *Los!* gleichzusetzen. In dem *Come on* ist ein gewisses Draufgängertum enthalten, denn jede Sprache reflektiert in ihren Ausdrücken die ökonomische, politische und soziale Potenz der Leute, die sie entwickelt haben und sich ihrer bedienen. Jenes *Come on* löste die Aktionen aus, die dem in ihrem Gedächtnis gespeicherten Plan entsprachen. Vier stiegen wieder in den vorderen Wagen, die andern vier marschierten auf den Eingang der Klinik zu. Als sie Fresnedo und den Public-Relations-Manager der Expedition erreicht hatten, ignorierten sie das Willkommenslächeln des Untergeneraldirektors für Öffentliche Ordnung ebenso wie das verständnisvolle Lächeln ihres Landsmannes, gingen hinter ihrem Führer in Stellung und marschierten über die Badewiese auf den Fango-Pavillon zu. Während das vorangehende Quintett die Hecke Blatt für Blatt beschnüffelte und die ganze Skala von Gerüchen wahrnahm, die der Monte del Algarrobo in glücklichem Zusammenwirken mit dem Río Sangre verströmte, fuhr der volle Wagen los, bahnte dem Panzerfahrzeug den Weg und folgte dem Quintett der Vorhut. Fresnedo machte den Mund auf und suchte nach allen möglichen Lauten, um das passende Wort zu artikulieren: Einen Moment... unter Umständen... ohne Zweifel bin ich der Ansicht... eins von beiden, oder... Ohne sein Public-Relations-Lächeln zu verlieren, verschwand der andere Befehlshaber von Fresnedos Seite und folgte mit einem schneidenden und trotz allem verbindlichen *I'm sorry* seinen Kollegen auf ihrem unerbittlichen Weg zum Pavillon. Fresnedo stand verlassen neben dem Ex-Champion im Halbschwergewicht aus Asturien und seinen mageren, blassen Leibwächtern.

«Habt ihr das gesehen? Die fühlen sich hier ganz wie zu Hause!»

«Soll ich denen mal einheizen, Chef? Die sind genauso hohl, wie sie groß sind. Wenn Sie wollen, Chef, verpasse ich ihnen eine Abreibung.»

«Ich habe meine Befehle und muß sie befolgen.»

Er drehte sich in dem Moment um, als Gastein aus dem Empfangsraum herausstürzte, Sklave eines Anfalls von Empörung, der ihn in ein gestikulierendes Wesen mit hochrotem Kopf verwandelt hatte.

«Was haben die denn vor? Wie können Sie diese Leute einfach machen lassen, ohne mir Bescheid zu sagen!»

«Meine Regierung hat mich beauftragt...»

«Ihre Regierung interessiert mich einen Dreck.»

Gastein rannte hinter dem gepanzerten Konvoi her und Fresnedo ihm nach, gefolgt von seinen drei Musketieren. Sie kamen gerade zu dem Zeitpunkt an, als die Autos um den Pavillon herum in Stellung gegangen waren und der Transporter rangierte, um sein Hinterteil vor die Eingangstür zu manövrieren. Die beiden Führer prüften etwas auf einem Papier nach und tauschten ihre Eindrücke aus wie zwei Ärzte, die zu einer Konsultation gerufen waren. Sie fühlten sich überhaupt nicht angesprochen, als sich Gastein zwischen ihnen und dem Pavillon aufbaute und auf englisch in einem Tonfall auf sie einsprach, der beherrscht wirken sollte. Ohne Zweifel hatten sie ihre Befehle, versuchte Gastein zu sagen, und er selbst hatte mit den spanischen Behörden vereinbart, die hier vorhandenen Archive auszuliefern, aber es wäre vielleicht notwendig, daß er sie darüber informierte, wie sie das Archiv finden sollten. Die zähe Beharrlichkeit des Arztes schob sich wie ein Keil zwischen die beiden Männer und schließlich hörten sie ihm zu, der eine mit gespielter und grinsender Aufmerksamkeit, der andere kurz davor, ihn mit einem Stoß beiseite zu schleudern. Der umgänglichere von beiden reichte Gastein mit einem Seufzer der Resignation die Papiere, mit denen er sich beschäftigte. Das eine war die Genehmigung der spanischen Regierung, das Archiv in seine Obhut zu übernehmen, das Archiv der SS-Brigade Belarus und des ‹Gouvernement de Bielorussie›. Das andere war ein von Hand gezeichneter, aber detaillierter Plan des Inneren des Pavillons, inklusive des zugemauerten Raumes und der tarnenden Trennwand, die durch eine Reihe von Kreuzen gekennzeichnet war. Als Gastein die beiden Papiere prüfte, wurde er wieder Herr seiner Gefühle und beruhigte sich. Zuerst grinste er, dann lachte er auf und zwinkerte ihnen schließlich zu, wobei er mit zwei Fingern den Kreis der größten aller Befriedigungen formte und mit einem Quäken, das Donald Duck weit in den Schatten stellte, ein *Okay* ausstieß. Die beiden andern fühlten sich akzeptiert und antworteten, indem sie ihr Gesicht kurz zu demselben Zwinkern verzogen, dasselbe Zeichen der Perfektion formten und ein fröhliches *Okay* ausstießen, bevor die Besessenheit von der vor ihnen liegenden Arbeit wieder von ihnen Besitz ergriff. Gastein ging den Weg seines erregten Dauerlaufs mit gesenktem Kopf zurück, lächelte und sprach mit sich selbst.

«Es genügt nicht, Amerikaner zu sein, man muß ein Gentleman sein!»

Als er Fresnedo und seinen drei Musketieren begegnete, hörte er kaum zu, welche Information oder Mitteilung der Untergeneraldirektor der Öffentlichen Ordnung bekanntzugeben hatte.

«Sobald die Übergabe der Dokumente stattgefunden hat, möchten Inspektor Serrano und ich mit Ihnen sprechen.»

Gastein wollte alleine sein, zumindest diese Szenerie voller Akteure und Zuschauer nicht mehr sehen müssen. Die Agenten waren auf die strategischen Punkte verteilt, die den Fango-Pavillon beherrschten, und die Gesamtheit der Klienten stand wie gelähmt am Swimmingpool, auf den Zimmerbalkons oder auf der großen Terrasse vor dem Salon, der der Sühne- und Fastenzeremonie mit Gemüsesuppe und Karottensaft geweiht war. Es waren Figürchen im Schlafrock, die eine historische Zwangsräumung miterlebten, ohne es zu wissen. Was jetzt noch fehlte, war der Auftritt der vier Komparsen, die in schwarzen Plastikoveralls aus dem gepanzerten Transporter sprangen. Ihre Köpfe steckten in Taucherhelmen, die mit einem Sichtfenster versehen waren. In den Händen trugen sie durch eine Nabelschnur mit der Batterie des Transporters verbundene elektrische Bohrmaschinen und gingen damit hinter ihren Kommandeuren in den Pavillon. Drinnen im alten Kurbad waren alle Bewegungen erstarrt. Selbst die ersten Fango-Portionen des Vormittags schienen plötzlich auf den Schultern, Hüften oder Nakken der ersten Klienten eingetrocknet, die wie gelähmt auf ihren Liegen lagen, während sich das geschäftige Hin und Her der Brigade immer mehr steigerte, das die Räume mit schweren Schritten und Kommandorufen erfüllte. Die sechs Männer umgingen die Löwen mit ihrem pissenden Jungen und rückten gegen die Wand vor. Einer der Raumfahrer klopfte mit seinem Gummihammer die gekalkte Oberfläche ab und benutzte dabei einen Vibrationszähler. Dann zeichnete er mit einem dicken Filzstift eine hohe und breite Tür, steckte ihn ein und stellte sich mit gezückter Bohrmaschine vor der Zeichnung auf. Das Pfeifen eines elektrischen Ungeheuers kündigte das ohrenbetäubende Kreischen an, mit dem sich die Bohrmaschine daranmachte, den Umriß der aufgezeichneten Tür aus der Wand zu stemmen, bis diese nur noch eine von Maschinengewehrsalven durchsiebte, rauchende, staubige Silhouette war. Aus der Staubwolke tauchten die beiden andern Kosmonauten auf, näherten sich dem Ziel mit ihren großen Stiefeln und gaben ihm zwei kurze Fußtritte. Das Getöse der Ziegelsteine beim Auseinanderbrechen und Fallen klang wie ein langgezogenes Klagen in der Stille der Räume. Mit Fußtritten kickten sie die übereinander gepurzelten Backsteine beiseite, um den Weg für den Angriff auf das verbotene Zimmer zu ebnen. Die beiden andern machten sich mit den Klappspaten, die sie am Gürtel trugen, daran, systematisch den Schutt beiseite zu räumen. Jemand leuchtete, und ein alter Masseur wagte sich bis zum Brunnen vor, um aus der Nähe zuzusehen, was passierte, und so konnte er später erzählen, daß hinter dem offenen Loch Kästen über Kästen gestapelt waren, und daß diese Typen praktisch ohne ein Wort zu sagen von ihrem Transporter leichte Wägelchen mit Aluminiumrädern abgeladen und damit die Kästen aus ihrem Versteck zum Lastwagen geschafft hätten.

«Ankommen, anzeichnen, aufbrechen, aufladen – fertig! Das dauerte nicht länger als eine halbe Stunde Ungeheuer, wie diese Leute arbeiten!»

Als sie fertig waren, trat der umgängliche Kommandeur auf Fresnedo zu und reichte ihm eine Empfangsbestätigung, unter die der Untergeneraldirektor bedächtig einen verschnörkelten Namenszug setzte. Dabei schrieb er in einer kleinen, wie gestochenen Handschrift seinen Vornamen und alle drei Familiennamen aus. In der Zwischenzeit hatten die Schwestern und einer der angestellten Ärzte Fabers Leiche auf einer Bahre in den Ausflugsomnibus des Kurbades geschafft, und der Chauffeur hängte sich an den nordamerikanischen Konvoi an, der sich schon zur Abfahrt formiert hatte. Eine Mauer aus hüpfenden Fotografen und mit Rekordern bewaffneten Journalisten, die angesichts der Geschwindigkeit des Konvois zur Ohnmacht verdammt war, mußte sich selbst abbrechen, um nicht der unbeirrbaren Geschwindigkeit der Karawane zum Opfer zu fallen. Der Public-Relations-Offizier streckte in letzter Sekunde den Kopf und einen Arm zum Seitenfenster heraus, formte mit der Hand den Kreis des Einverständnisses und rief Fresnedo ein fragendes *Okay?* zu. Dieser bestätigte es ihm dreifach, um ganz sicher zu sein, daß seine Botschaft den Adressaten erreichte: *Okay, okay, okay!* Aber das Seitenfenster schloß sich schon wieder automatisch, und die Amerikaner waren längst wieder in ihr Schweigen oder in ihr Gespräch vertieft, und Fresnedo blieb in der unangenehmen Lage eines Menschen zurück, der auf einem Bahnhof mit einem weißen Taschentuch jemandem zum Abschied winkt, der dies gar nicht bemerkt.

Gastein, Dietrich Faber, Fresnedo, Inspektor Serrano, sein Assistent und seine Sekretärin schlossen sich in dem Büro ein, das der Polizist seit Beginn der Untersuchung belegt hatte, und wer vom Leitungsteam der Kurklinik noch übrig geblieben war, plädierte dafür, am nächsten Tag die Quarantäne aufzuheben. Wer wollte, sollte seine Kur zu Ende bringen können, wer fertig war, konnte gehen, kurz und gut, jeder sollte wieder Herr seiner selbst sein. Die Direktion wollte die Klienten für die erlittenen Unannehmlichkeiten entschädigen und lud sie an jenem Abend zu einem Fest ein. Man konnte wählen zwischen Mineralwasser mit oder ohne Kohlensäure, Karottensaft und Melonensaft, jeweils mit Orange gemischt; wer kein Freund der Mischungen war, konnte auch ausschließlich reinen Apfelsaft schlürfen. Das Fest war für die ganze Gemeinschaft, und zum Auftakt ging das Hilfspersonal, das vor einigen Tagen so hart mit den Insassen zusammengestoßen war, durch die Zimmer, für die sie zuständig waren, und verteilten Blumensträuße und ein Reliefbild der Kurklinik. Dieses Meisterwerk stammte von Helius Biermeyer, einem deutschen Maler, der seit mehreren Jahrzehnten in Bolinches lebte und sich darauf spezialisiert hatte, die originellsten Winkel der Gegend dreidimensional darzustellen. Hans Fabers Ermordung war ein gut gehütetes und gut an einen andern Ort überführtes Geheimnis geblieben, und die Tatsache, daß die Umstände zu einem fast totalen Schichtwechsel unter der arg mitgenommenen Klientel führten, würde bewirken, daß die Kurgäste, die ab übermorgen eintreffen würden, nur noch die Schatten der wirklichen Geschichte mitbekommen würden. Sie würden Hans Faber oder Mme. Fedorowna nicht einmal vermissen. Man hörte, daß die letztere bald durch eine österreichische Tanzlehrerin ersetzt würde, die sechs Sprachen beherrschte, Olympiasiegerin im Fechten gewesen war und sich bis zur letzten Konsequenz von Rohkost ernährte. Als Tennislehrer konnte man praktisch mit einem jungen einheimischen Tennisspieler rechnen, der in den lokalen Turnieren unbesiegt, aber in Turnieren auf höherer Ebene unsicher war, weshalb er zwar keine nationale oder internationale Größe geworden war, dafür aber ein hervorragender Lehrer und Sparringspartner für die distinguiertesten Urlauber und Bewohner der ganzen Costa del Fulgor, die sich von Bolinches bis zu der verlassenen Thunfisch-Fischerei von Los Califas hinzieht.

Die bevorstehende Sensation, daß die Türen geöffnet würden, die menschlichen Lücken aufgefüllt und ein Fest gefeiert würde, bewegte Carvalho nicht so sehr wie der Umstand, daß er in seinem Zimmer mitten auf dem Tisch eine Tasse mit Apfelbrei vorfand. Es war seit 18 Tagen die erste feste Nahrung, und ihm kamen beinahe die Tränen, als er den ersten Löffel des Pürees verzehrte. Er war ebenso bewegt wie jener Primat bei der Entdekkung des ersten Geschmackes, nachdem er aufgehört hatte, Kokosnüsse zu essen und begonnen hatte, zu kochen. Eine Viertelstunde lang war er damit beschäftigt, den Apfelbrei auf der Zunge zergehen zu lassen, und er mußte sich sehr dazu zwingen, aus dieser Ekstase zurückzukehren zum Interesse an seinem eigenen professionellen Status und dem Rätsel der Morde im verschlossenen Zimmer. Er leckte sich die Lippen, leerte eine halbe Flasche Wasser mit einer Tablette ‹Redoxon› und machte sich auf den Weg zur Empfangshalle, um festzustellen, daß die Pforte immer noch hermetisch abgeriegelt war. Diese formale Härte wurde von der Empfangsdame mit Inhalt gefüllt, indem sie ihm versicherte, ‹sie› seien immer noch im Büro und die Sache könne noch lange dauern, denn man habe einen Anwalt und einen Notar hinzugezogen, die schon von Bolinches aus unterwegs seien. Angesichts der Vorgänge im Büro war es Carvalho nicht möglich, die heitere Erwartungshaltung beizubehalten. Die Klienten strömten auf die Flure, und die Spanier vervielfältigten sich, tauschten Neuigkeiten, Gerüchte und Kommentare darüber aus, was sie an diesem Vormittag gesehen hatten und was sie in der bevorstehenden Freiheit anfangen würden.

«Wann reisen Sie ab, Carvalho?»

«Sobald die Zugbrücke hochgezogen wird.»

Sánchez Bolíns Augen waren voller Buchstaben und sein Kopf dröhnte vom Klappern der Schreibmaschine.

«Ich weiß nicht was tun. Ich muß den Anzug anprobieren, den ich mir immer mitbringe. Ich nenne es die Nagelprobe. Wenn er mir paßt, fahre ich ab, wenn nicht, bleibe ich noch eine Woche.»

«Haben Sie nur einen Anzug?»

«Nein, aber dieser steht mir bei Auftritten am besten. Meine erste öffentliche Buchpräsentation hat ein tiefes Trauma bei mir hinterlassen. Die Rolle des Zeremonienmeisters spielte damals ein ebenso epischer wie lyrischer Dichter, der außerdem Gitarre spielte und jungen, blühenden Mädchen Verse ins Ohr raunte. Er war groß und hielt sich für schöner, als er wirklich war. Das

Schlimme war, daß er, anstatt mein Buch zu präsentieren, mich selbst beschrieb, wie einer dieser schlechten Moderatoren, die wortwörtlich das beschreiben, was der Zuschauer schon die ganze Zeit sieht. Er sagte: ‹Dieser kleine, dicke, kurzsichtige und ungepflegte Mensch, den Sie hier vor sich haben …› dann äußerte er sich mehr oder weniger lobend über mein Buch, aber das interessierte mich schon gar nicht mehr. Ich stand, wie man heute so treffend sagt, in der Unterhose da und nahm mir vor, nie wieder ein Buch von mir durch einen Mann präsentieren zu lassen, der besser aussah als ich, und nur noch zu einer Lesung zu gehen, wenn ich mit meinem Äußeren und mit meinem Anzug zufrieden bin. Wenn mir der Anzug jetzt paßt, Carvalho, und wenn es Ihnen nichts ausmacht – Sie sind motorisiert und würden mir einen großen Gefallen erweisen, wenn Sie mich zum Flughafen von Bolinches mitnehmen.»

«Ich stehe zu Ihrer Verfügung. Obwohl ich nicht verstehe, wieso Sie den Anzug nicht einfach anprobieren, dann wäre die Ungewißheit vorbei.»

«Ich bin noch in der Phase des gegenseitigen argwöhnischen Beschnüffelns. Mein Anzug und ich beobachten einander, und es ist wie die Beziehung zwischen dem unsicheren Reiter und einem fast wilden Pferd: mal sehen, wer wen fertigmacht … Ich mache die Anprobe immer genau am 18. Tag, und das ist morgen. Morgen um 11 Uhr. Sie werden es als erster erfahren.»

«Kommen Sie heute abend zu dem Fest?»

«Welchem Fest?»

«Die Geschäftsleitung gibt ein Fest, um Friede und Eintracht einkehren zu lassen.»

«Was für ein mittelmäßiger Vorschlag! Apropos, bei wieviel Leichen sind wir? Sie führen für mich Buch!»

«Fünf.»

«Fünf? Ich dachte, es seien vier. Sagen Sie bloß nicht, die hätten sich den Mann im Trainingsanzug vorgeknöpft!»

«Nein, aber Hans Faber.»

«Er war eine irrelevante Figur. Er machte mich jedesmal nervös, wenn er im Speisesaal auftauchte und diesen Singsang begann, dieses ‹Gratuliere! Sie haben vorbildlich gefastet! Und dann das Diplom! Ich habe sechs davon, aber das interessiert mich nicht. So viele Tote sind unverdaulich! Das ist kein Verbrechen mehr, das ist wie der Vietnamkrieg. Und diese Umzugsfirma heute vormittag, wer war das?»

«Amerikaner. Sie kamen und übernahmen ein Archiv, das seit 40

Jahren hier im Kurbad in einem geheimen Versteck eingelagert war.»

«Der Schatz von Käpt'n Kid, die Memoiren von Franco oder die Mumie von Hitler?»

«Von allem etwas.»

Die Menschen waren glücklicher, als sie noch Abenteuerbücher schätzten. Das ersparte ihnen, sie selbst zu erleben. Und weshalb wollten die Amerikaner dieses Archiv haben?»

«Es ist das einzige, das in ihrer Sammlung noch gefehlt hat.»

«Ich verstehe, aber das macht mir Angst. Denken Sie mal an die Schlauheit der Nordamerikaner! Sie sind der Garant der weltweiten Konterrevolution, das heißt, wenn es nach ihnen ginge, würden sie der Weltgeschichte ein Ende setzen, dann wären sie zufrieden. Sie kontrollieren sie, und es ist Zeit, sie zu beenden. Nun gut, genau diese antihistorischen Menschen sind es, die sich das politische und kulturelle Erbe der Menschheit unter den Nagel reißen. Innerhalb von wenigen Jahrzehnten werden wir perfekt kolonisiert sein. Aber wissen Sie, was meine Meinung ist? Zum Teufel mit denen, die mich überleben! Wer als letzter kommt, der soll sich beeilen, wie meine Großmutter zu sagen pflegte.»

Die Damen wußten nicht, was sie am Abend zum Fest anziehen sollten. Es war kaum zu glauben, aber dieser Satz aus der Sittenkomödie von Don Jacinto Benavente zirkulierte trotz seiner Abgedroschenheit immer weiter. *Also, ich weiß wirklich nicht, was ich anziehen soll. Ich habe mir für den Abreisetag oder für den Fall, daß mein Mann zu Besuch kommt und wir einen Ausflug nach Bolinches machen sollten, etwas Nettes mitgebracht, aber das ist nichts für einen Kostümball!*

Niemand von der Direktion hatte gesagt oder angedeutet, daß es ein Kostümball werden sollte, aber kaum begann sich die Nachricht zu verbreiten, ging die Losung, es handle sich um einen Kostümball, schon von Mund zu Mund, und den exotischsten Gestalten des Kurbades wurden ernstgemeinte Vorschläge unterbreitet, ihre Ausstattung den Klienten zu leihen, die das beste Gespür für die Gesetze des Tauschhandels besaßen. Sechs Hilfsarbeiter liehen ihre Arbeitskleidung sechs Kurgästen, der Gärtner tat dasselbe mit seinem gewöhnlichen Overall, die Krankenschwestern zierten sich nicht, sogar die Empfangsdame versprach ihren Kopfhörer einer der deutschen Schwestern, die sich als Telefonistin verkleiden wollte. Die jungen Italienerinnen erwachten plötzlich aus ihrer Lethargie und ihrem allgegenwärtigen Exilgefühl, und die Klinik erbebte, als sie auf der Suche nach Elementen, die sie etwas weniger lymphatisch machen würden, durch die Flure rannten.

«Hören Sie mal, Carvalho», sprach ihn Oberst Villavicencio an, «stimmt es, daß das heute morgen Amerikaner waren und daß sie alle Geheimrezepte von *Faber und Faber* mitgenommen haben?»

«Es waren schon Amerikaner, aber was sie mitgenommen haben, das ist etwas anderes, ein historisches Archiv, das die Fabers aufbewahrt haben...»

«Freimaurer?» Die Augen des Oberst verengten sich und seine Stimme sank zu einem Flüstern herab.

«Jetzt, wo Sie es sagen...»

«Freimaurer, Freimaurer! Ganz bestimmt. Diese vegetarischen, ausländischen Geschichten riechen nach Freimaurertum, die verstecken sich immer hinter den harmlosesten Dingen, und Nordamerika, diese große Nation, in deren Schatten wir freien Völker Schutz finden, hat nur zwei Krebsgeschwüre: Die Schwarzen und die Freimaurer.»

«Das ist eine Vermutung.»

«Meine Nase trügt mich nicht.»

Tomás wollte sich als Sancho Panza verkleiden, aber Amalia hatte es ihm verboten.

«Er hat in diesen Tagen viel abgenommen, und dazu soll er auch stehen, stimmt's nicht, Señor Carvalho?»

«Ich geh aber nicht als Don Quijote, Amalia!»

«Weder – noch! Verkleide dich als ägyptischer Pharao! Ich mache dir den Lendenschurz und den Hut, du übst, wie man im Profil geht, und damit hat sich die Sache.»

«Dann sieht man aber, daß ich noch einen ziemlichen Bauch habe.»

«Was sieht man? Nur, daß du Komplexe hast. Sehen Sie mal, wieviel er am Bauch abgenommen hat!»

«Aber mir fällt er auf, Amalia.»

«Dir fällt er auf, weil du wie gebannt darauf starrst, aber jeder, der dich anschaut, stellt fest, daß du überall feste Muskeln hast und von Geburt an etwas stark gebaut bist, aber das akzeptiert man. Du hast nicht diesen Schmerbauch, den die Dünnen bekommen, wenn sie alt werden.»

«Nein, das nicht.»

«Und Sie, als was gehen Sie?»

«Als Schiffbrüchige. Es ist ein sehr hübsches Kostüm, das ich schon bei andern Festen vorgeführt habe, und sehr einfach: Man macht sich die Haare naß, daß sie wie bei einem Schiffbrüchigen ins Gesicht fallen, und steckt sich in ein Faß oder einen Kanister oder einen großen Waschpulverkarton. Und Sie, Carvalho?»

«Ich gehe als Privatdetektiv.»

Die Ankunft des Notars und des Rechtsanwaltes erhöhten das geheime Gewicht des verbotenen Zimmers, als sei das Kurbad eine Waage, die sich schwindelerregend auf seine Seite neigte, während die andere Waagschale in die Höhe flog wie eine ätherische Seifenblase in der leichten Luft der Euphorie. Der Baske schrie nach einer Axt und verlangte die Erlaubnis, einen Baum zu fällen, da man noch nie einen ‹aizkolari› ohne Axt und Baumstamm gesehen habe. Die Kurverwaltung stellte ihm den Stamm einer Akazie zur Verfügung, die auf einer Rodungsfläche übrig geblieben war, und ein Beil zum Holzspalten, woraufhin der Baske einen Tobsuchtsanfall bekam und empört erklärte, wie sehr doch alles Baskische in Spanien verkannt werde.

«Nicht einmal die Kinder würden bei uns mit Zwergenbeilchen Ästchenhacken spielen! Was glauben die denn eigentlich! Ich will eine echte Axt und einen richtigen Baumstamm.»

Colom war Kostümexperte, er war jedes Jahr Anwärter auf einen der drei ersten Preise beim Golfclub von Pals, aber er hatte keines der Kostüme mit Erfolgsgarantie mitgebracht, er konnte sich weder als Marschall (Silbermedaille 1974) noch als schottischer Dudelsackpfeifer (Bronzemedaille 1981) und schon gar nicht als ungarischer Zigeuner verkleiden, was ihm 1983 die Goldmedaille eingebracht hatte. Dafür hatte er seine Vorstellungskraft mitgebracht und arbeitete, eingeschlossen in seinem Zimmer, an einem geheimen Projekt, was die ganze spanische Kolonie in atemloser Spannung hielt.

Die Ausländer behielten wie immer alles für sich, und es sickerte nur durch, daß eine Schweizerin, Señora Stiller, Mrs. Simpson spielen wollte, und zwar als Wasserleiche im Swimmingpool. Dies löste Kommentare aller Art aus, nicht zuletzt den Vorwurf mangelnden Taktgefühls, obwohl das nicht die häufigste Bemerkung war. Die meisten beschäftigten sich mit der Frage, ob denn Frau Stiller überhaupt in der Lage sein würde, über längere Zeit die Stellung des ‹Toten Mannes› durchzuhalten, um der Situation Echtheit zu verleihen.

«Es ist ein Unterschied, ob man aus Jux den ‹Toten Mann› spielt, um sich im Kühlen zu sonnen – oder ob man einen toten ‹Toten Mann› spielt», bemerkte die Señora aus Madrid, die in Toledo aufgewachsen war. Sie verstand nicht, weshalb Carvalho ihr vorschlug, sich als sich selbst zu verkleiden, nämlich als Dame, die aus Madrid stammt, aber in Toledo erzogen wurde.

«Doch, das würde mir schon gefallen, aber es ist sehr schwierig. Es müßte wohl sehr symbolisch sein, aber ich weiß gar nicht wie! Ich kam in Madrid zur Welt, aber als Madrid rot wurde, zogen meine Eltern weg und ich wuchs in Toledo auf. Wie verkleidet man sich da? Ach, dieser Mann! Erst steckt er einem die Bonbons in den Mund, und dann stellt sich heraus, daß das Papier noch dran ist!»

Dietrich Faber kam als erster heraus. Er wirkte müde, aber sorglos. Seine und Carvalhos Blicke trafen sich, aber er sah weg, obwohl er ein skeptisches oder zufriedenes Grinsen zeigte. Gleich darauf kam Fresnedo und wurde sofort von seinen Musketieren umringt, die ihn draußen, an das Dienstauto gelehnt, erwartet hatten. Mit Fresnedo kamen der Notar und der Rechtsanwalt. Auf der Schwelle tuschelte er noch unhörbar mit Serrano, der dann wieder ins Zimmer ging und die Tür hinter sich schloß. Jetzt ist Gastein alleine mit der Polizei, dachte Carvalho, als er auf Fresnedo zutrat.

«Sieh mal an, der Detektiv! Es freut mich sehr, Sie kennengelernt zu haben. Sie wissen ja, wo Sie mich finden. Eines Tages müssen Sie mir unbedingt ihre Tricks verraten, denn der Beruf des Politikers ist der unsicherste, den es gibt, und man kann nie wissen!»

«Diese Operation heute vormittag war perfekt koordiniert.»

«Stimmt, es war alles genauestens geplant. Nichts wurde dem Zufall überlassen. Es ist ein erneuter Beweis dafür, daß Spanien sich zu einem modernen Staat entwickelt.» Der Untergeneraldirektor für Öffentliche Ordnung war in Eile, und seine Beschützer nahmen ihn in die Mitte, damit sich derartige Zwischenfälle wie mit Carvalho nicht wiederholten. Der Detektiv blieb alleine stehen, nur wenige Meter entfernt von der Einsamkeit Gasteins, und von weitem hörte man die geräuschvollen Festvorbereitungen; Juanito de Utrera, ‹El Niño Camaleón› und sein Gitarrist waren gerade angekommen, zusammen mit dem Orchester Tutti-Frutti, das den zweiten Teil des Abends mit einem Repertoire von nostalgischen Chansons und Salsa zum Tanzen musikalisch gestalten sollte. In diesem Augenblick ging die Tür auf und im Rahmen tauchte Gasteins Silhouette auf. Er ging auf Carvalho zu, ohne ihn wahrzunehmen, und fand erst einen halben Meter vor ihm sein Lächeln und den Blick für die Außenwelt wieder.

«Sie... wie ein Geier, der auf den Kadaver wartet.»

«Was ich begonnen habe, führe ich auch zu Ende.»

«Lassen Sie mich die wenigen Gedanken ordnen, die ich noch

habe, und kommen Sie in einer halben Stunde in mein Sprechzimmer.»

Gastein verschwand mit seinem üblichen exhibitionistischen Gang, dafür tauchte Serrano im Türrahmen auf, müde, mit einer Zigarette zwischen den Fingern und schweren Augenlidern. Carvalho trat auf ihn zu und folgte ihm, als sich der Inspektor umdrehte und langsam ins Zimmer zurückging.

«Los, packt alles zusammen! Die Geschichte hier ist vorbei.»

Während der zweite Inspektor und die Sekretärin der Anordnung nachkamen, setzte sich Serrano auf die Tischplatte und schaute Carvalho abschätzend an, als prüfe er, ob er es überhaupt verdient hatte, daß er ihm diese letzte Audienz gewährte.

«Na, Schnüffler, haben Sie schon genug geleistet für Ihr Geld?»

«Ich glaube schon. Im Rahmen der Vorschriften. Im Rahmen eines gemäßigten Arbeitstempos, zu dem mich die hier herrschende Ernährungsweise nötigt.»

«Aufs Maul gefallen sind Sie ja nicht. In den Filmen und Romanen sind Privatdetektive normalerweise ziemlich wortkarg. Sie sind dagegen der reinste Volksredner.» Er musterte ihn weiterhin mit einem Auge, während er mit dem anderen die Tätigkeit seiner Angestellten überwachte.

«Alles fertig?»

«Alles fertig.»

Er stand auf und betrachtete Carvalho mit innerer Befriedigung.

«Ich werde Ihnen überhaupt nichts erzählen. Wenn man Fische fangen will, muß man sich den Arsch naß machen. Ich bin Staatsbeamter und habe keinen Grund, einem Söldner das Leben zu erleichtern.»

«Ich brauche keinen, der mir das Leben erleichtert.»

«Was wollen Sie dann hier?»

«Ich bin nur gekommen, um mich zu verabschieden.»

«Dann leben Sie recht wohl! Die Geschichte hier ist vorbei. Sie können herausfinden, was Sie wollen, das ist mir ganz egal. Ich arbeite wieder auf meinem eigenen Spezialgebiet, und zwar in Madrid. Mehr kann man nicht verlangen.»

«Ist das der Lohn für etwas, was Sie herausgefunden haben, oder eher für etwas, worüber Sie schweigen?»

Er ging an ihm vorbei und als er schon an der Tür war, legte er sich die Hand auf die Stelle, wo sich normalerweise die Hoden befinden, und sagte, bevor er endgültig abtrat:

«Es ist der Lohn dafür, daß ich nicht so schnell schlapp mache!»

«Morgen können wir schon abreisen.»
«Ich weiß. Ich war es, der die Anweisung dazu gab.»
«War das mit dem Ball Ihre Idee?»
«Jawohl. Ich habe es alles heute vormittag früh schon angeordnet.»
Im Sprechzimmer war es fast dunkel. Das Deckenlicht war ausgeschaltet, und Gastein hatte seinen weißen Kittel über die Schreibtischlampe gehängt, so daß sein Oberkörper wie der einer Wahrsagerin wirkte, die eine schimmernde Kristallkugel befragte.
«Reisen Sie gleich morgen ab?»
«Ja, ich habe mir schon Blut abnehmen lassen. Morgen bekomme ich das Ergebnis.»
«Ihre Umstellungsphase ist noch nicht zu Ende. Das kann gefährlich sein. Sie sollten noch zwei Tage in der Klinik bleiben.»
Als Zeichen der Sinnlosigkeit breitete Carvalho die Arme aus. Gastein resignierte, öffnete eine Schublade und nahm ein Papier heraus, das er ihm gab.
«Hier, bitte! Damit können Sie die Umstellung zu Hause selbst durchführen. Joghurt, Quark und weichgekochtes Gemüse. Der Magen muß seine Funktion wieder aufnehmen. Und trinken Sie weiterhin etwa dieselbe Menge an Wasser wie hier!»
Die Sprechstunde war zu Ende. Gastein strich sich mit der Hand über das Gesicht und wischte damit sein Lächeln weg. Jetzt sah er nur noch besorgt aus.
«Ich werde auch morgen abreisen. Wir haben mit Fresnedo und Serrano vereinbart, daß ich mich einem normalen Verhör durch einen Untersuchungsrichter unterziehe. Während des Verhörs werde ich in Untersuchungshaft sein, wenigstens für ein paar Tage. Dann wird man mich gegen Kaution wieder freilassen, das ist alles. Mit der Zeit wird die Akte anwachsen und das Verfahren mangels Beweisen eingestellt werden. Das könnte man jetzt schon tun. Es existiert kein einziger Beweis. Aber anscheinend gibt es ein paar offensichtliche Zusammenhänge.»
«Sie wissen alles, was passiert ist.»
«Nicht alles, aber beinahe. Auf jeden Fall wird Ihnen Señor Faber umgehend das Honorar auszahlen, sobald Sie bewiesen haben, daß Sie imstande sind, einen zusammenhängenden Bericht abzufassen.»
«Es gibt zwischen den drei Verbrechen eine logische Verbindung; diese Logik kann ich entschlüsseln, ohne alles über das Geheimarchiv zu wissen. Mrs. Simpson kommt zurück, um Teile des Geheim-

archivs oder eine Entschädigung zu verlangen. Mme. Fedorowna beauftragt einen Killer, Karl Frisch, sie aus dem Weg zu räumen. Die Leiche von Trottas ist ein wenig überflüssig, vielleicht war dieser Mensch sein ganzes Leben lang ein wenig überflüssig. Aber vielleicht war es auch ein Ausrutscher von Karl oder eine alte Rechnung, die Mme. Fedorowna begleichen wollte. Soweit geht alles auf. Aber dann wird Frisch außerhalb des Kurbades umgebracht, und Faber innerhalb. Von diesem Zeitpunkt an richten sich alle Blicke auf Sie.»

«Und auf meine Hände.» Gastein hielt ihm seine wohlgeformten, weißen Hände entgegen, gepflegt, durchscheinend, aber kräftig.

«Sie sind wohlweißlich sauber. Ich will Ihnen die ganze Geschichte erzählen, alles, was ich weiß; und ich sage Ihnen gleich, daß ich die Rolle des Verdächtigen freiwillig auf mich nehme, um die Geschichte abzuschließen, nicht etwa zu meinem Vergnügen, oder weil ich tatsächlich schuldig bin. Dadurch, daß ich als Schuldiger verdächtigt werde, findet eine schillernde, verwirrende Geschichte ihren Abschluß, die mir oft Kopfzerbrechen bereitet, aber auch alle Befriedigungen verschafft hat, die ich in 40 Lebensjahren genossen habe.»

Carvalho setzte sich im Halbdunkel gegenüber von Gastein.

«Sie könnten den Auftritt von ‹El Niño Camaleón› versäumen.»

«Das kann ich verkraften.»

«Es ist eine lange Geschichte, die vor über 40 Jahren begonnen hat. Kurz nach dem Zusammenbruch der deutschen Front im Osten und im Westen begann der Wettlauf der Russen und Amerikaner nach Berlin. Die Schweiz war eine Insel, sie war fast immer eine Insel. Unsre moderne Geschichte hat nichts Interessantes zu bieten, aber wir sind schon lange genug auf dem Parkett der europäischen Geschichte, um den Preis zu kennen, den man bezahlt, um geschichtlich interessant zu sein. Es lohnt sich nicht. Ich war ein frischgebackener Mediziner mit dem Spezialgebiet Diätetik, ein begeisterter Anhänger der Naturheilkunde und quasi unentgeltlicher Mitarbeiter des Vaters der Gebrüder Faber. Ich glaube, Hans hat Ihnen vor ein paar Tagen sehr viel von seinem Vater erzählt. Er war auf fast allen Gebieten ein bemerkenswerter Mann, bis auf eines, und das war fatal: Er hatte kein Verhältnis zur Realität, war alles andere als lebenstüchtig. Er war ein begabter Forscher und medizinischer Theoretiker, aber kein lebenstüchtiger Mensch. Er war zu dogmatisch, rigide und moralisch, und so bewundernswert er als

Professor oder Mediziner war, so verhängnisvoll war er als Ehemann und Vater. Die Söhne waren seine bevorzugten Opfer. Hans hatte immer Komplexe, da er nicht die Fähigkeiten seines Vaters besaß, und Dietrich strebte dies von vornherein gar nicht an. Er akzeptierte die Rolle des sympathischen, aber verantwortungslosen Narren, von dem man nichts erwarten konnte. Mich dagegen zitierte der Alte immer als leuchtendes Beispiel, er spielte den jungen, hartnäckigen und brillanten Forscher gegen den mickrigen Sohn aus, der nicht einmal sein Medizinstudium abgeschlossen hatte. Hans und ich waren Freunde, uns verband eine gewisse jugendliche Sympathie, aber ich war der designierte Nachfolger seines Vaters. Nachfolger? Von wem? Faber senior war kaum imstande, seinen Lebensunterhalt zu verdienen und noch Zeit für seine Forschungen zu haben. Er hatte versucht, Privatpraxen und Kliniken zu eröffnen... vergebens. Ihm fehlte das praktische Geschick.

Hans und ich waren Anfang 20, Dietrich etwas jünger; ich erinnere mich noch vage an ihn, damals, im Jahr 1945, in Golfhosen, einer Art Pluderhosen, die die Jugendlichen damals bis zum Pubertätsende trugen. Hans und ich waren schon Männer, wir hatten beide das gleiche Verhältnis zu dem Alten, gemeinsame, sehr irrige anarchistische Ideen, und uns verband der Wille zur Selbstbestätigung, wir wollten anerkannt werden, er von seinem Vater und ich von allen und jedem. Letzten Endes war Hans immerhin der Sohn von Doktor Faber, aber den Namen Gastein kannte kein Mensch.

Als der Krieg zu Ende war, begann ein neues Leben. Das bemerkte man sogar in der Schweiz. Die abenteuerlichen Jahre waren vorüber, in denen es möglich war, die Welt durch Revolutionen unter dem einen oder andern Vorzeichen zu ändern. Es begann eine Eiszeit, der Winterschlaf jeglichen Fiebers der Veränderung, das Vertagen der guten Sache, der Kalte Krieg und das Patt, das historische Patt. Die Zeiten eines echten Individualismus brachen an, mit der Devise ‹Haste was, biste was›, und ich wollte nicht ein Pionier der Naturheilkunde sein, über den sich die Päpste der traditionellen Medizin lustig machten und der sich von den saftigen und gesunden Wurzeln der Erde ernährt. Da kamen sie, wie ein Geschenk des Himmels. Wie ein Geschenk des Himmels.»

«Die Schwestern Ostrowsky.»

«Jawohl, aber sie nannten sich nicht Ostrowsky. Theoretisch waren sie Herr von Trotta mit seiner Frau und ihrer Schwester. Sie erzählten, sie seien Polinnen, aber aus dem preußischen Teil Polens, und hätten es geschafft, die deutsche Grenze hinter sich zu lassen, um dem Schicksal und Elend des Krieges zu entfliehen. Sie waren ungefähr zehn Jahre älter als wir. Außerdem hatten sie diese ursprüngliche Kraft von Tieren, die die größten Schrecken überlebt hatten, und fanden sich plötzlich in einer Schweiz wieder, die nur der Spezies Skifahrer das Skifahren gestattet hatte, denen es gelungen war, dem Krieg zu entfliehen und in ihren sicheren Banken Reichtümer anzuhäufen. Sie waren ungeheuer schön, stark und großzügig. Wir verliebten uns in sie, und nicht einmal die Existenz von Trottas konnte verhindern, daß sie unsere Geliebten wurden – nicht Tatjana, sie gehörte ja nicht zu ihm, sondern seine eigene Frau Katalina, ein strahlendes, erregendes Wesen – oder vielleicht kam es mir damals nur so vor; ich war ja ein fast jungfräulicher Jungmediziner, dem plötzlich die Erfahrung einer unersättlichen Geliebten geschenkt wurde. Wir fünf wurden unzertrennlich, von Trotta eingeschlossen. Sie erfuhren mehr über uns, als wir selbst nur ahnen konnten, und natürlich viel mehr, als wir über sie erfuhren. Hans und ich wollten das gesamte Wissen von mir und seinem Vater zu Geld machen. Wir spürten intuitiv, daß sich die Menschen, nachdem sie sich zwanzig Jahre um die Geschichte gekümmert hatten, wieder um sich selbst kümmern würden; wir ahnten die Zeiten des Narzißmus voraus, der in den sechziger Jahren voll ausbrach. Zunächst wollten wir in der Schweiz im Kielwasser des Faberschen Ruhmes eine große klinische Einrichtung aufbauen und damit den Grundstein legen zu einem multinationalen Konzern für Naturheilkunde und Gesundheit. Hans würde die Geschäftsführung übernehmen, ich meinen Einfluß auf seinen Vater und mein Wissen investieren, aber wer sollte das Geld geben? In diesem Augenblick vollzog Tatjana, also Mrs. Simpson, den entscheidend großen Schritt.

Sie kannten uns sehr gut und wußten, daß wir diffus agitierende Anarchisten waren, vielleicht gerade so viel, um keine zu sein und jede Möglichkeit eines individualistischen Verhaltens und Schicksals zu akzeptieren. So kam es, daß sie uns einweihten. Sie waren in Wirklichkeit antikommunistische Weißrussinnen, die eine politische Rolle in der weißrussischen Regierung gespielt hatten, von den Deutschen während der Besatzung gezielt eingesetzt. Doch damit nicht genug, sie waren auch Mitglieder der weißrussischen SS gewesen und hatten direkten Kontakt zu den ‹Einsatzgruppen› gehabt, von Himmler gegründeten Spezialkommandos mit dem Auftrag, an der Ostfront bekannte Kommunisten, Widerstandskämpfer, Saboteure und Juden unter Umgehung der Gesetze zu liquidieren. Es waren also Todesschwadronen, innerhalb derer die Schwestern Ostrowsky beim Informationsdienst eine Rolle spielten. Dadurch waren sie mit der ‹Abwehr› in Verbindung gekommen, dem wichtigsten deutschen Amt für Spionage und Gegenspionage, den Canaris bis zu seiner Liquidierung leitete. Ich bin kein Historiker, aber die sich ergänzenden Erzählungen von Tatjana und Katalina blieben mir im Gedächtnis wie sonst nur die faszinierendsten Geschichten aus der Kindheit. Ich schreibe diesen Umstand der provinziellen Natürlichkeit meiner Phantasie und meines Gedächtnisses zu. Und dann Namen, Namen, an die ich mich auch später noch mühelos erinnerte, im Gegensatz zu Karl dem Großen und Wilhelm Tell. Was sagen Ihnen Namen wie Gehlen oder Wiesner?»

«Frank *Wiesner*?»

«Ich kenne ihn nur als *Wisner*.»

«Wenn es um Spionage geht, dann sprechen wir von demselben Mann. Frank Wisner, egal ob mit *ie* oder ohne, war der Gründer des ‹Office of Policy and Coordination›, OPC, einer Zentrale für Information und ideologische Bekämpfung der Sowjetunion.»

«Wir meinen denselben Mann. Genau wie sich Wissenschaft und Technik der Siegermächte, insbesondere der USA und UdSSR, das Talent und wissenschaftliche Niveau der Naziwissenschaftler und -techniker zunutze machten, so bedienten sie sich auch der besten Spione und Agenten der Nazis. Man bereitete sich auf den Kalten Krieg vor, und es war von grundlegender Bedeutung, über Agenten aus jener harten Schule des Antisowjetismus zu verfügen, die bei der SS gedient hatten, und ebenso wichtig waren Agenten, die von der anderen Seite des Eisernen Vorhangs stammten und gute Kenner der wirtschaftlichen, politischen, sozialen, psychologischen und kulturellen Verhältnisse in der UdSSR und ihren Satelitenstaaten waren. Reinhard Gehlen war der Mann, den Wisner brauchte, um ein Spionageabwehrnetz aufzubauen, an dem auch Exnazis beteiligt waren.

Ihr Spanier habt ein wundervolles Sprichwort: ‹Einem geschenkten Gaul schaut man nicht ins Maul.› Russen und Nordamerikaner benutzten Exnazis, ohne sie vorher auch nur einer ideologischen Umerziehung zu unterziehen. Wisner schaute Gehlen nicht ins Maul und machte ihn zu seiner Schlüsselfigur für den Aufbau eines antisowjetischen Spionageringes, um 1946 oder 48, zu der Zeit, als der Kalte Krieg voll ausbrach. Aber ich greife schon vor. Ich habe Ihnen noch nicht einmal erklärt, wer Gehlen war. Reinhard

Gehlen war während des Zweiten Weltkrieges einer der besten deutschen Spione gewesen, Chef der ‹Fremde Heere Ost›, der östlichen Abteilung des militärischen Informationsdienstes. Als er sah, daß die Sache schiefging, sorgte er dafür, daß er von amerikanischen Truppen gefangengenommen wurde, und bot ihnen an, sich ihnen mit seinem gesamten Mitarbeiterstab und den reichhaltigen Archiven, die er angelegt hatte, zur Verfügung zu stellen. Ironie der Geschichte. Gehlen war der einzige Wehrmachtgeneral, der nach dem Kriege noch im Dienst war und über eine intakte Mannschaft verfügte. Später wurde er Chef der bundesdeutschen Spionageabwehr und starb in den sechziger Jahren als angesehener Bürger. Señor Carvalho, Kriege werden eigentlich nur von denen wirklich verloren, die sterben oder nichts zum Kauf oder Tausch anzubieten haben. Er hatte Wisner sehr viel zu bieten, unter anderem ein bedeutendes Netz weißrussischer Kollaborateure, die innerhalb und außerhalb der UdSSR weiterhin gegen das Sowjetregime kämpften, besonders wenn sie gut bezahlt wurden, obwohl es bei dieser Art von Spielen immer auch unvernünftige Idealisten gibt. Diese Abmachungen sollte Gehlen erst 1948 definitiv treffen, aber in der Zwischenzeit hatte er sein eigenes Netz aufgebaut, um sein Überleben zu sichern, ein unsicheres Netz im von den Alliierten besetzten Europa, aber wichtig und mit Zukunft dort, wo das faschistische Europa noch lebendig war, zum Beispiel in Spanien und Portugal, ganz zu schweigen von den lateinamerikanischen Ländern, die mit den östlichen Mächten sympathisierten, weil sie die Kolonisierung durch die Yankees haßten. Kurz und gut, die von Trottas waren eigentlich unterwegs nach Spanien oder, besser gesagt, unterwegs zu einem Verladehafen für die geheime Fracht, die sie im Auftrag Gehlens mit sich führten: Dokumente über die Kollaborateure der weißrussischen SS und Geheimpapiere der Marionettenregierung. Sie hatten uns noch mehr verschwiegen: Geld. Korrektur: Gold und Schmuck. Die Goldbarren stammten aus geplünderten Banken und der Schmuck von jüdischen Familien oder einfach Nationalisten, deren Besitz sowohl in der UdSSR als auch in Polen konfisziert worden war. Sie erzählten uns nicht so freimütig, woher das Geld stammte, wie ich es Ihnen gegenüber tue, aber schließlich und endlich wollten wir es gar nicht wissen. Das Angebot war zu verführerisch. Sie boten uns einen Teil des Geldes an, um es reinzuwaschen. Wir könnten unser multinationales Unternehmen aufbauen, sie würden Teilhaber bleiben, und das Unternehmen würde das Netz von Gehlen decken. Zunächst halfen wir ihnen, die Beute in die Keller einer alten Lagerhalle zu schaffen, die dem alten Faber als Labor für Lebensmittelforschungen diente, und zu diesem Zweck mußten wir Dietrich einweihen, den sein Vater mit der Bewachung der Lagerhalle beauftragt hatte, um seinem Hang zur Verweichlichung entgegenzuwirken. Wir erzählten ihm nicht alles, aber er ließ uns nicht einmal ausreden. Er verlangte seinen Anteil, wir garantierten ihm dafür, und das war alles. Ich glaube, daß ich mit ihm über das alles seit damals, das heißt seit 1946, bis zum heutigen Nachmittag, als Fresnedo und Serrano dabei waren, kein Wort mehr gewechselt habe.

«Was meinte er?»

«Merkwürdigerweise war er sehr interessiert. Allzu interessiert. Einen Moment lang glaubte ich sogar, er hätte bei dem makabren Tanz dieser Tage eine Rolle gespielt. Aber vielleicht ist es auch einfach so, daß seine lange Adoleszenz mit dem Tod von Hans zu Ende gegangen ist und er sich darauf vorbereitet, mit mir die Direktion dieses Imperiums zu teilen. Wir stehen kurz vor dem Export unserer Produkte, sogar in die Vereinigten Staaten, Señor Carvalho.»

«Meinen herzlichen Glückwunsch.»

«Möchten Sie, daß ich weitererzähle?»

«Mehr als alles andere in der Welt; außerdem sind wir noch nicht bis Spanien gekommen.»

«Das stimmt. Wir sind im Jahr 1946 stehengeblieben und bereiten unsere Umsiedlung nach Spanien vor, wo Gehlen und die Ostrowskys Kontakte zu mächtigen Leuten in der Hierarchie der franquistischen Regierung hatten. Aus sehr komplizierten Gründen verschob sich die Reise bis Ende '48 oder Anfang '49. Wir ‹wuschen› einen Teil der Beute in der Schweiz und begannen mit dem Aufbau der Klinik. Hans hatte die genüßliche und diabolische Aufgabe, seinem Vater weiszumachen, daß das Geld aus einer großzügigen Spende deutscher Patienten stammte, die ihm ihre wunderbare Heilung verdankten. Dies war unter anderem der Grund dafür, daß sich die Reise nach Spanien verzögerte, die später schlagartig... aber eins nach dem anderen. Fahren wir in chronologischer Reihenfolge fort. Wisner kam zu einem Treffen mit Gehlen im Jahr 1948 nach Pullach, ein paar Kilometer von München entfernt. Tatjana, die dort gewesen war, erzählte, daß Gehlen mit seinem Team in einer festungsähnlichen Villa residierte, wo zwei Schilder mit sehr bezeichnender Aufschrift hingen: ‹Servicegesellschaft der süddeutschen Industrie› und ‹Achtung, bissige Hunde!› Dort vereinbarten Wisner und Gehlen eine engere Zusammenarbeit, und ein

Ergebnis davon war der Befehl an Tatjana, in die Vereinigten Staaten zu ziehen und sich unter dem Pseudonym Ana Perschka direkt unter Wisners Befehl zu begeben. Parallel zu dem sollte Katalina das Geheimarchiv, von dessen Existenz Wisner selbst nichts wußte, so schnell wie möglich nach Spanien schaffen. Das war der Zeitpunkt, zu dem sich die beiden Schwestern trennten, nachdem sie ein Reihe von Ausgleichszahlungen vereinbart hatten, die Tatjana in den USA erhalten sollte.»

«Wurde die Vereinbarung eingehalten?»

«Zuerst sehr genau, dann nicht mehr so genau und schließlich gar nicht mehr.»

«Deshalb kam Mrs. Simpson hierher, um zu reklamieren.»

«Sie kam nicht nur hierher, um sich über die Zahlungsrückstände zu beschweren, sondern um ihre nordamerikanische Staatsbürgerschaft zu retten. Die Nordamerikaner sind sehr eigen, Carvalho; während Wisner auf der einen Seite über Gehlen Exnazis anheuerte, um gegen die Sowjets zu kämpfen, stellten verschiedene Senatskommissionen Untersuchungen über das Eindringen von Nazis in die Vereinigten Staaten an. Unglaublich! Zwei Abteilungen derselben Administration bekämpfen sich hinter ihren Rücken gegenseitig, die eine vergibt illegale Visa und Staatsangehörigkeiten, und die andere verfolgt diesen Betrug. Klar, daß dieses doppelte Spiel die angeworbenen Spione in die Enge getrieben hat, dieser permanente Drahtseilakt. Zu ihnen gehörte auch Mrs. Simpson, die zusehen konnte, wie die Akte über die mögliche Fälschung ihrer Papiere im Lauf der Jahre stetig anwuchs. Vor vier oder fünf Jahren wurde sie dann endgültig erpreßt: Entweder sie brachte sie auf die Spur des weißrussischen Privatarchivs oder die Staatsbürgerschaft würde ihr entzogen und sie aus den USA ausgewiesen.»

«Und deshalb kam sie hierher.»

«Genau deshalb.»

«Endlich sind wir in Spanien angekommen.»

«Wir andern waren schon viel früher hier, Carvalho. Aber das ist eine andere Geschichte, vielleicht ist es wirklich schon Geschichte.»

Das schummrige Licht und das Wispern Gasteins während seiner Beichte standen in starkem Kontrast zu dem Stimmengewirr, der Musik und den Lichtern auf der anderen Seite des Kurbades, die wie der Bug eines Schiffes wirkte, hell beleuchtet und vergnügt, in der Nacht des Valle del Sangre, während am Heck zwei Männer dabei waren, die Vergangenheit wie ein Puzzle miteinander zu vervollständigen. Man hörte den tiefbewegten, aber immer wieder abdriftenden Gesang von ‹El Niño Camaleón›, als sei die Nacht außer Kontrolle geraten. Zwischendurch waren Tanzmusik und die Soloeinlagen eines Sängers zu hören:

Frag das Meer, den Spiegel
meines Herzens, ob ich je
aufgehört, dich anzubeten!

Gastein schien jetzt nur noch den Akkorden der Musik zuzuhören, die zu ihnen herübertönte.

«Die Lieder besitzen eine wundervolle Gabe. Sie verbinden sich mit Situationen und nehmen sie über die Jahre hinweg mit, als schleppten sie sie hinter sich her. In ein paar Jahren werden Sie und ich uns jedesmal an dieses Gespräch erinnern, wenn wir von weitem ein so angenehmes Getöse hören wie dieses.

Wir trafen uns mit den Schwestern Ostrowsky immer in dem Musikcafé, das damals *L'Atelier* hieß. Ja, so war der Name. Dort spielte ein Damenquartett, alle bebrillt und sehr dick, eine wie die andere... Sie spielten, ich weiß nicht was, die Titel kann ich nie behalten, aber die Melodie immer.»

Gastein fing an, einen Fox zu pfeifen und bemühte sich, die Zwischentöne herauszuholen, damit die Melodie mit allen ihren Qualitäten und Assoziationen Carvalhos Sensibilität erreichte. Der Detektiv bekam eine Gänsehaut und studierte den Arzt, um herauszufinden, ob der leise Verdacht gerechtfertigt war, daß dieser sein Recht auf Ironie ausübte. Nicht im geringsten. Gastein hing Erinnerungen an einen entscheidenden Abschnitt seines Lebens nach, das war alles.

«Katalina war die Entschlossenere, Tatjana die Vorsichtigere. Ich weiß, es ist schwer zu glauben, denn Sie haben sie als senile und etwas schwierige Mrs. Simpson kennengelernt. Sie hatte nur noch wenig von jener rothaarigen Schönheit mit den vielen Sommersprossen, die Hans und mir wie eine Romanfigur erschienen war.»

«Gastein, wir waren unterwegs nach Spanien.»

«Wie bitte?»

«Wir waren unterwegs nach Spanien.»

«Ich weiß, ich weiß. Aber ich war das Erzählen etwas leid. Bedenken Sie bitte, daß ich vor einigen Stunden die ganze Geschichte Fresnedo und Serrano erzählt habe. Es ist, als müßte man an einem Tag zweimal dieselbe Komödie aufführen. Ich bin körperlich erschöpft, und außerdem bin ich leider Schweizer und einfach zu langsam. Es ist eigenartig. Als wir anfingen, uns abwechselnd in der Schweiz und in Spanien aufzuhalten, gab es zwischen uns einige Probleme, da wir alle der Schweiz den Vorzug gaben. Dort waren alle unsre Bezugspunkte. Aber nach und nach fühlten wir uns hier immer wohler, und jetzt fahre ich gerade noch zweimal im Jahr ins Sanatorium nach Gurling, um die Pläne zu überprüfen. Reine Routine. Aber Hans und Dietrich zogen die Schweiz als ständigen Wohnort vor. Je älter Hans wurde, um so mehr machte er sich daran, seinen Vater zu idealisieren und äußerst genau auf alles zu achten, was die Bedeutung seines Vaters vergrößerte. Er fühlte sich alleine für die Familientradition verantwortlich, denn Dietrich zählte nicht.»

«Aber Dietrich hat doch durchaus ein Privatleben! Er besitzt Unternehmungsgeist.»

«Ich habe bei ihm nie die geringste Initiative erlebt. Er ist verheiratet und geschieden. Aber er hat uns immer machen lassen. Ich weiß nicht, ob das als Zeichen seines großen Vertrauens zu uns zu werten ist oder nur als Zeichen seiner Gleichgültigkeit gegen alles und jedes. In der Tat kam er erst hierher, als schon alles im Gange war. Wir begannen damals schon zu bauen, in den sechziger Jahren.»

«Wie kamen Sie ausgerechnet auf diese Gegend hier mit den Ruinen des alten Kurbades?»

«Auf der Liste der möglichen Standpunkte in Spanien unterschied sich dieses alte Kurbad ganz klar von den übrigen. Es war wie einer dieser Schiffbrüchigen, die ein Flugzeug auf sich aufmerksam machen wollen und alle möglichen Zeichen geben. ‹Kommt, kommt, hier bin ich!› rief es uns zu. Für die Sicherheit in der Gegend bürgte die Patenschaft eines franquistischen Würdenträgers, Don Anselmo Retamar. Er ruhe in Frieden. Sie nannten ihn auch den ‹Tiger von Bolinches›, wegen seiner Taten im Bürgerkrieg. Man erzählte uns von einem paradiesischen Tal, in dem die Araber ein Kurbad erbaut hatten, um das schwefelhaltige Wasser und den Schlamm des Río Sangre zu nutzen, der als heilkräftig galt. Während des Krieges war der Kurbetrieb eingestellt worden, und obwohl der Staat die Konzession über Jahrhunderte der Stadt überlassen hatte, ging das Ganze 1942 in Don Anselmos Eigentum über, da die Konzession nicht verlängert wurde. Wir kamen hierher, Hans, ich und Katalina, um uns den Ort anzusehen. Hans und mir schien es ideal, eines Tages eine moderne vegetarische Klinik zu eröffnen, und Katalina fand ihn ausgezeichnet für die Lagerung des Geheimarchivs, bis Gehlen darüber verfügen würde.

Einen Teil der konvertiblen Werte, den größten, hatten wir schon in der Schweiz zu Geld gemacht, aber wir konnten einen weiteren, nicht unbeträchtlichen Teil davon, beim Kauf des Anwesens, der Einrichtung eines Fonds für den zukünftigen Aufbau der spanischen *Faber und Faber* und Investitionen in ein paar Geschäfte von Retamar auf unverfängliche Weise rein‹waschen›. Über die politische Dimension wollte ich nie Genaueres wissen. Was mich interessierte, war lediglich die medizinische und geschäftliche Seite, und das System funktionierte perfekt, 40 Jahre lang. Ab und zu wurden die Absprachen erneuert, wenn Tatjana zu Besuch kam, die in den Vereinigten Staaten ihre eigenen verschlungenen Wege gegangen war. Nach zwei oder drei Heiraten und Scheidungen war sie schon sehr angepaßt an den *American Way of Life* und entfernte sich immer mehr von ihrer Vergangenheit. Jeder Besuch von Tatjana war ein Beweis dafür, daß die Zeit vergeht. Ich bemerkte nicht, wie von Trotta alt wurde, genausowenig Katalina und Hans, von mir ganz zu schweigen, aber immer, wenn ich nach vier oder fünf Jahren Tatjana wiedersah, hatte ich den Beweis unseres eigenen Alterns vor Augen.»

«Blieben Sie weiterhin ein Liebespaar?»

«Ich war mit Katalina zusammen. Aber es hielt nur ein paar Jahre. Eines schönen Tages verlangte von Trotta, daß wir die Form wahren sollten, und als wir begannen, die Form zu wahren, begann auch die Krise. Außerdem machten wir damals diese schwierige Zeit durch, als ich kaum dreißig Jahre alt war und Katalina die Schwelle der Vierzig überschritt. Aber der effektive Faktor zählt bei dieser Geschichte kaum. Es fällt mir selbst schwer, in dem, was geschehen ist, einen roten Faden zu finden... Aber vielleicht hat alles mit dem vorletzten Aufenthalt Tatjanas im Kurbad begonnen. Sie war mit dem Entschluß gekommen, über die Übergabe des Archivs in die Hände des amerikanischen Geheimdienstes zu verhandeln. Sie wußte zwar nicht, wo es sich genau befand, wohl aber, daß es irgendwo in der Nähe des Kurbades sein mußte. Ich war nicht gegen dieses Vorhaben, wohl aber Hans und Katalina.»

«Und Dietrich und von Trotta?»

«Ich wiederhole, sie zählten nicht. Hans wollte für das Archiv, das wir seit Gehlens Tod in alleinigem Besitz hielten, eine Menge Geld verlangen. Katalina ihrerseits ging es darum, eine gewisse Kontrolle über ihre eigene Geschichte und die Weltgeschichte zu behalten. Die Hartnäckigkeit ihrer Schwester und der Druck, den sie ausübte, machten sie wütend. Sie ging bis zu der Drohung, sie zu denunzieren, und als Tatjana in diesem Jahr ihr Kommen ankündigte, beschloß sie, ihr einen ‹beschwichtigenden› Empfang zu bereiten, wie sie es nannte.»

«Sie engagierte Frisch.»

«Jawohl. Seine Aufgabe war es, Mrs. Simpson zu beschatten, sie im Auge zu behalten, und wenn sie lästig werden sollte, ihr einen schönen Schrecken einzujagen. Leider kannte sie ihren Henker nicht genügend. Er war ein infantiler Psychopath, als Killer auf dem absteigenden Ast, der nicht mehr wußte, wo die Grenze war. Er entwickelte einen persönlichen Haß gegen Mrs. Simpson. Als Katalina ihm den Auftrag gab, sie ernsthaft zu verwarnen, nachdem sie festgestellt hatte, daß sie in der Nacht, in der Sie den Überfall des Jahrhunderts durchgeführt haben, im Innern des Pavillons herumgeschnüffelt hatte, führte Karl Frisch die Anweisung bis zum bitteren Ende durch. Die Verwarnung fiel so gründlich aus, daß er sie dabei gleich erwürgte und in den Swimmingpool warf. Aber er hatte oder wir hatten Pech. Von Trotta sah ihn dabei, wie er die Leiche zum Schwimmbecken schleppte, kam heraus und verlangte eine Erklärung, ausgerechnet von Trotta, ein so diskreter Mensch mit so viel Taktgefühl...»

«Und so elegant... Sein Tennisstil war sehr elegant. Sie haben mir kaum etwas über ihn erzählt.»

«Seine Geschichte ist uninteressant. Er war ein Nazi *malgré lui*[1], den die Schwestern Ostrowsky verführt hatten. Den Rest seines Lebens verbrachte er in ihrem Kielwasser.»

«Karl Frisch brachte von Trotta um.»

«Und wir erstarrten alle zu Eis. Dieser Skandal konnte das Kurbad für immer ruinieren. Nicht einmal die Lösung, auf die Serrano verfiel, nämlich den armen Luguín vorübergehend als Sündenbock zu benutzen, schien uns ausreichend. Außerdem hielten wir Frisch für eine Gefahr. Er war eine Gefahr, man mußte ihn ausschalten, aber außerhalb, um die Aufmerksamkeit nach draußen zu lenken.»

«Wer erledigte das?»

«Katalina hatte ihre Kontakte.»

«Und das Detail mit dem ‹eliminierten Exterminator›?»

«Katalina war eine Künstlerin. Sie hatte Sinn für das Tragische und das Dramatische. Sie sagte, auf diese Weise würden alle möglichen Spekulationen angestellt werden, und die Presse würde schließlich wie immer von Mafia und Rauschgifthandel sprechen.»

1 wider Willen

«Rechnete sie nicht mit Helen?»

«Nein, und das zu Recht. Helen zählte nicht. Helen zählt nicht.»

«Sie planten, den Fall dadurch abzuschließen, daß sie den Mörder ermordeten, den ‹Exterminator› eliminierten. Aber es bleiben noch zwei Leichen übrig: Die von Mme. Fedorowna selbst, oder besser gesagt Katalina Ostrowsky, und die von Hans Faber.»

«Diese Morde verstehe ich nicht. Es ist richtig, daß die ganzen Vorfälle ein schlechtes Klima geschaffen haben und daß Hans Katalina beschuldigte, mit der Beauftragung Frischs übereilt gehandelt zu haben. Es kam zu lauten Wortwechseln und Disputen von der unlogischen und nervenaufreibenden Sorte, in denen man bis zum Ursprung aller Dinge, bis zu Adam und Eva zurückgeht.»

«Und Dietrich?»

«Nichts.»

«Dietrich ist nichts. Er ist mit seinen 60 Jahren ein Erbprinz, der nichts taugt.»

«Mehr oder weniger.»

«Welche offizielle Erklärung haben Sie mit Serrano und Fresnedo vereinbart?»

«Es wird keine geben, aber man muß den Anschein erwecken, als gebe es eine. Einen Verdacht. Dieser einfache Verdacht schließt den Fall ab, und es gibt weder objektive noch subjektive Elemente, die in der Zukunft dazu führen könnten, daß er noch einmal aufgerollt wird. Ich bilde den Schlußpunkt.»

«Ich bin noch nicht der Meinung, am Schlußpunkt angelangt zu sein. Zunächst, welche Rolle spielen die Amerikaner bei dieser Geschichte?»

«Als Serrano bei der Interpol Daten anforderte, bekam irgendein geheimer Kontrolldienst der Nordamerikaner davon Wind, und sie brachten diese Daten in Verbindung mit dem Auftrag, den sie Mrs. Simpson gegeben hatten. Was zunächst unser eigenes Problem gewesen war, hatte sich damit in eine Staatsaffäre verwandelt, denn die Botschaft unterrichtete die spanische Regierung von der Existenz dieses Archivs und äußerte den Wunsch, daß ihr eigener Geheimdienst in den Besitz desselben gelangte. Diese Verhandlungen wurden hinter unserem Rücken geführt.»

«Aber trotz allem hatten die Funktionäre, die das Archiv abholten, einen sehr genauen Lageplan.»

«Das stimmt.»

«Haben Sie ihn gesehen?»

«Und Sie?»

«Ich sah von weitem, wie sie ein Papier studierten, und daß sie die ganze Sache in einer halben Stunde durchzogen.»

«Ja. Ich ging zu ihnen, weil mich ihre Sicherheit überraschte. Diese Selbstverständlichkeit, mit der sie hier eindrangen, machte mich wütend. Kindisch, ich gebe es zu. Sie hatten eine handgezeichnete Skizze des Fango-Pavillons in Händen.»

«Wer könnte ihnen diesen Plan verschafft haben?»

«Tatjana, also Mrs. Simpson, nehme ich an.»

«Nein, unmöglich, es sei denn, sie hätte ihn in der Nacht gezeichnet, in der sie ermordet wurde, und ihn dann als Flaschenpost ins Meer geworfen. Mrs. Simpson entdeckte das Geheimnis des Kurbades in der Nacht, als wir unseren Streich ausführten. Das folgerte ich an Hand ihrer und Hans Fabers nasser Schuhe. Sie hatte also keine Zeit, diesen Plan abzuschicken. Aber was tat Faber in jener Nacht, als er dem geheimen Weg durch den Pavillon folgte? Er hatte es nicht nötig, das zu tun.»

«Stimmt.»

«Welche Erklärung haben Sie für die Sache mit dem Plan und die Ermordung von Hans Faber?»

«Ich persönlich würde sagen, dieselbe, die Sie auch haben. Aber ich bin nicht daran interessiert, ich brauche diese Erklärung nicht, und die Regierung genausowenig, und wenn Sie es noch genauer wissen wollen, keiner braucht sie. Das hier ist der Schlußpunkt einer Geschichte. Hören Sie, hören Sie die Musik und das Lachen? Unsere Gäste sind glücklich. Sie denken dasselbe wie Serrano. Alles, was hier geschehen ist, sind alte Geschichten, die keinen Sinn mehr ergeben. Sie leben nicht in der besten aller möglichen Welten, aber sie ist ihnen lieber als jede andere, die sie in der Vergangenheit erlebt haben, und vor allem jede, die sie in Zukunft noch erleben könnten.»

«Karl Frisch wurde im Auftrag von Ihnen allen umgebracht.»

«Im Auftrag von Katalina und mit dem offensichtlich zustimmenden Schweigen von uns allen.»

«Durch diesen Mord wurde eine weitere außenstehende Person in die Geschichte verwickelt, sicherlich ein weiterer bezahlter Killer.»

«Nicht ganz. Einer, der früher zu den Terrorgruppen gehörte, die Don Anselmo organisiert hat. Katalina pflegte den Kontakt zu ihnen, teilweise wegen ideologischer Affinitäten, aber auch, weil sie das Syndrom aller Vaterlandslosen hatte, sie brauchte einen Bezugspunkt.»

«Wieviel kostete sie dieser Auftrag?»

«300000 Peseten, glaube ich. Katalina drückte sich nicht sehr konkret aus. Sie übernahm gern selbst die Verantwortung dafür, was sie tat.»

«Und Helens Schweigen?»

«Helen weiß gar nichts.»

«Gastein, bei Ihren Erklärungen taucht plötzlich die Erinnerung an die Szene wieder auf, in der Sie und ich Serrano nahelegten, Karl gehen zu lassen. Ich bestand damals darauf, daß Helen mit ihm gehen sollte, aber Sie bogen meine Forderung ab. Er sollte gehen und sie sollte hierbleiben. Sie wußten, was geschehen würde, wenn Karl die Klinik verließ und es würde mich überhaupt nicht wundern, wenn Sie dies alles mit Helen abgesprochen hätten. Mehr noch: Diese Frau hat sich in ihrem Kampf darum, hier herauszukommen, sehr engagiert gezeigt, aber dann hörte sie plötzlich auf, einen damit zu belästigen, zog sich quasi selbst aus dem Verkehr und tauchte erst in Witwenkleidung wieder auf. Danach habe ich sie nicht mehr gesehen. Wo ist Helen, Gastein?»

«Ich bin kein fanatischer Anhänger der Gewalt! Sie ist gesund und wohlauf, das garantiere ich Ihnen.»

«Und der Mörder von Frisch?»

«Seit Katalinas Tod weiß keiner mehr, wie man an diese Leute herankommt.»

«Er könnte wieder auftauchen, sogar versuchen, Sie zu erpressen.»

«Ich werde ihm einen guten Empfang bereiten. Aber jetzt hören wir auf damit! Die Leute werden sich wundern, wenn sie mich nicht beim Ball sehen. Bevor ich abfahre, werde ich Ihre Blutwerte bekommen und sie Ihnen erläutern. Ich fahre um zehn Uhr vormittags nach Bolinches, wie mit Serrano besprochen, und erwarte Sie um neun.»

Er ging ihm voraus zum Festsaal, und je näher sie kamen, um so mehr ergriff sie die Feststimmung, und als sie durch die Seitentür eintraten und sich zwischen den Zuschauern durchkämpften, waren sie schon betäubt von dem Lärm und dem Licht, das ihre verdunkelten Augen blankputzte.

Juanito de Utrera, ‹El Niño Camaleón› war außer Atem, aber er strahlte wie eine Leuchtreklame.

«Hombre, heute ist was los! Heute ist hier Stimmung! Es ist sensationell! Einfach sen-sa-tio-nell!»

Er war jetzt an der Reihe, und während er sein Klatschen dem Rhythmus anpaßte, den der Gitarrist mit den Knöcheln auf dem Klangkörper der Gitarre trommelte, erkannte Carvalho, daß die Kurgäste im Gegensatz zu anderen Festabenden diesmal nicht jene Zurückhaltung von Genesenden an den Tag legten, die nach Handbüchern des guten Benehmens erzogen worden waren – was den Feierlichkeiten des Kurbades in gewisser Weise immer den Charakter eines Picknicks von 70jährigen mit falschen Zähnen verliehen hatte. Statt dessen bewegten sich heute abend die Körper, als sei das Fest wirklich ein Fest, und nicht ein Tagesordnungspunkt, der mit einer Reißzwecke an das Anschlagbrett gepinnt war.

Der Industrielle aus Essen hatte sich das Gesicht weiß geschminkt und trug zu Ehren von Alice im Wunderland einen Trichter als Hut. Dem Niveau dieser billigen Phantasie entsprach das Kostüm, das Colom an einem Nachmittag mit Schere und Ausdauer in seiner Fastenzelle zustande gebracht hatte. Er ging als Anhänger des Ku-Klux-Klan, wie er der spanischen Kolonie hier und dort erklären mußte, denn alle hielten ihn für einen Büßer der ‹Semana Santa› in Sevilla.

«Der Schnitt ist anders. Das Ku-Klux-Klan-Kostüm ist weniger durchstilisiert, es ist kein streng religiöses Gewand wie das der Büßer.»

Villavicencio hatte sich darauf beschränkt, Schnauzbart und Augenbrauen mit einem schwarzen Stift zu verlängern und in dem lustlosen Versuch, Groucho Marx zu imitieren, an einer Zigarre zu kauen. Doña Solita hatte sich das Gesicht geschwärzt und über die Haare ein buntes Tuch geknüpft wie Mamie in *‹Vom Winde verweht›*. Der Baske hatte seinen Baumstamm und seine Axt erhalten. Diese schwang er in den Pausen zwischen den Liedern wie ein professioneller ‹aizkolari› und ließ sie auf den Stamm niedersausen, während die Zuschauer ohne Unterschiede von Rasse und Hautfarbe applaudierten.

«Verehrtes Publikum, bevor wir für den Auftritt dieses genialen Tanzorchesters die Bühne freimachen, des Orchesters Tutti-Frutti, für das ich um donnernden Applaus bitte ...»

Donnernder Applaus.

«... wollen mein Partner Paco und ich unsren Auftritt mit einem sehr alten Volkslied beenden, das so alt ist, wie die spanische Rasse und die Rasse der andalusischen Zigeuner zusammen. Es erzählt von den Schmerzen und Freuden der Liebe, dem aller – allergrößten Gefühl, das die Menschen verbinden kann. Wenn man liebt, erduldet man alles, erträgt man alles...»

Die Stimme des Sängers versagte.

«... verzeiht man alles. Die Frau, die das Lied singt, sagt, sie wolle lieber an die Liebe ihres Mannes glauben, die Liebe des Menschen, den sie selbst am meisten liebt, als die Wahrheit erfahren, nämlich seinen verfluchten Verrat. Das Lied lautet etwa so:

I don't want to know
don't tell to me, neiborough.
I prefer, to live dreaming
than knowing the truth.

Er summte zart, während Paco die Saiten stimmte.

Que no me quiero enterar,
no me lo cuentes, vesina.
Prefiero vivir soñando
que conoser la verdá.

Das war sein größter Erfolg an diesem Abend, und dieser Abend war der erfolgreichste, den er in den ganzen 15 Jahren als ‹Cantaor›[1] im Dienste von *Faber und Faber* erlebt hatte. Er widerstand der Versuchung weiterzusingen, weil seine Stimme nicht mehr mitmachte, und weil plötzlich, ohne sein Schicksal den Göttern oder Teufeln des Ozeans anzuempfehlen, General Delvaux mit einem Sprung mitten auf der improvisierten Bühne landete. Er hatte sich als Nurejew kostümiert und trug Hot-Pants, die sich wie ein Gewitter heißer Sinnlichkeit an den Süden seines Körpers anschmiegten. In taubstummer Distanz begleitete ihn das Quartett, das versuchte, jeder auf eigene Faust, die erinnerungsträchtigsten Passagen von *‹Espectro de la Rosa›* nachzuspielen. Delvaux' Gesicht zeigte jene Unbeweglichkeit, die von den Geschichtsschreibern dem großen Nijinsky zugeschrieben wird, und sein Körper bewegte sich mit der provokativen Laszivität des jungen Nurejew in seinen besten Zeiten. Auch die Armbewegungen waren nicht schlecht, allerdings allzu grazil, dem beflügelten, aber beherrschten Schwung von Margot Fonteyn näher als der schwerelosen, aber kräftigen Muskulatur von Godunow. Seine eigene Erfindung war ein bestimmter kurzer

1 Flamencosänger

Sprung, bei dem er leicht verzögert in der Luft verharrte, wozu ihn die Begrenztheit der Tanzfläche zwang, die ihm die restliche Bevölkerung zugestanden hatte. Es war ein schwieriger Sprung, der die gut trainierte Muskulatur seiner Waden enthüllte und die bedauernswerte Schlaffheit seines kleinen welken hüpfenden Bäuchleins ans Licht brachte, das bei dieser harmonischen Einheit störte. Obwohl er mit fast geschlossenen Augen tanzte und sich selbst die Melodie vorsang, um die Fehler und Schwächen des Begleitorchesters auszugleichen, war er sich des Staunens und der Bewunderung genau bewußt, die er erregte. Er sonnte sich in seinem Glück, versunken in einem tänzerischen Rausch, der ihn ein ums andre Mal in die Luft springen ließ, um die Niedergeschlagenheit, die Vernichtung und euphorische Auferstehung eines Gespenstes zu mimen, das von sich selbst begeistert ist. Obwohl die ersten fünf Minuten der Darbietung ein Chor bewundernder Beifallsrufe ertönt war, in französischer Sprache, die für Lobrufe im Chor wie geschaffen ist, begann sich nach zehn Minuten ein gewisser Überdruß bemerkbar zu machen, bei den Ausländern immer noch lächelnd und wohlwollend, aber bei den Spaniern schon aggressiv und wenig tolerant.

«Dieser Pawlowa werden sie schon einheizen», schimpfte Sullivan, der in dieser Nacht wie ein jugendlicher Fensterputzer aussah, ein Opfer der Schwarzarbeiterwirtschaft wie auch der Dritten Welt. Er ging barfuß und trug ein schmutziges, zerrissenes Hemd, das ursprünglich aus dem Hause Armani stammte und mindestens 30000 Peseten gekostet haben mußte. Er war es auch, der die Señora aus Madrid, die in Toledo aufgewachsen und nun als Andalusierin verkleidet war, drängte, auf die Bühne zu gehen und dem NATO-General etwas entgegenzusetzen.

«Bring ein paar Sevillanas, meine Beste, sonst schläft uns der Typ noch im Stehen ein.»

So kam es, daß neben Nijinsky ein menschlicher Tanzkreisel auftauchte, besessen von einer Flamencoleidenschaft, die in dem energischen Absatzklappern ihren besten Ausdruck fand, mit dem sie die Stabilität des Tanzbodens auf eine harte Probe stellte. General Delvaux stutzte kurz, entschied sich aber dann dafür, sich den neuen Umständen anzupassen, und änderte fast übergangslos seine Bewegungen, ordnete die Finger, straffte sich mit eingezogenen Wangen und etwas herausgestrecktem Po zu einer grazilen Säule, und schon war er ein anderer und tanzte einen anderen Tanz. Schon war er El Greco oder Antonio Gades, der sich biegsam vor dem sinnlichen Wildbach des vielfarbigen Weibchens wand, die ihn mit ihrem Näherkommen und Zurückweichen herausforderte, mit diesem Blick, der bedeutete ‹Du darfst alles sehen, aber nichts berühren›, mit dem die spanischen Tänzerinnen dem Ziegenbock begegnen müssen, der sie wie ein Phallus umrundet und mit den Tentakeln seiner Finger das Pulsieren der dunkelsten Begierden andeutet. Aber wenn schon manche Traktätchenschreiber das Tête-à-tête des spanischen Tanzes als unanständig bezeichnet haben, wenn die Hirtenhosen des Mannes zu eng anliegen, so trieben die Hot-Pants des Generals die Körperlichkeit des Geschlechts an die Grenze der optischen Unerträglichkeit, das auf die geringste Unachtsamkeit des Weibchens lauerte, das eine derart ungeheuerliche Bestie zum Kampf herausforderte. Mit andern Worten, die Damen ließen kein Auge von den Lendenwölbungen des Generals. Die Männer, vor allem die Spanier, waren dagegen der Ansicht, ein derartiger Exhibitionismus sei bei einem vernünftigen Mann um die Fünfzig unanständig, vor allem, wenn er die Verantwortung trug, den Atlantikpakt zu repräsentieren.

«Das ist ein Skandal!» schrien zwei katalanische Damen auf. Villavicencio war derselben Ansicht. Es war ein ausgemachter Skandal für das ganze Militär, weil ein General immer im Dienst ist, wo er auch sei. Er hatte, wie es Spanier in den kompromittierendsten Situationen zu haben pflegen, eine plötzliche Inspiration, ging zu einer der deutschen Schwestern, schlug die Hacken zusammen wie ein Offizier der Husaren von Alexandra oder von Tschernopol, und bat sie um diesen Tanz.

«Aber was ist es denn für ein Tanz?» versuchte die verunsicherte Deutsche einzuwenden.

Villavicencio nahm sie an der Hand und führte sie mitten auf die Tanzfläche, drang also in das Territorium ein, das Delvaux mit seiner Dame aus Sevilla beherrschte. Ungeachtet der Verwirrung der bisherigen Nutznießer der Tanzfläche, der Musiker, des größten Teils der Ausländer und der Katalanen, die trotz ihrer Empörung über den mangelnden Anstand von Delvaux ein Gespräch einer derartigen Grenzverletzung vorgezogen hätten, schwenkte Villavicencio die Deutsche in einem majestätischen Walzer, den nur er allein hörte. Der Oberst baute darauf, daß das Orchester, von seiner löblichen Absicht angesteckt, ihn unterstützen und die Sevillanas mit einem Walzer vertauschen würde. Delvaux und die Frau mit dem kantabrischen Kranzgesims würden den Wink mit dem Zaunpfahl verstehen und die Tanzfläche verlassen, so daß die Ruhe wieder hergestellt wäre. Aber Delvaux war verärgert, er nannte es die zweite spanische Intervention am Abend seines Triumphes an der Spitze des ‹London Festival Ballet› und nahm seine Nurejewschen Kapriolen wieder auf. Die aus Madrid stammende, aber in Toledo aufgewachsene Dame fühlte sich ebenfalls beleidigt, einmal durch die ihrer Ansicht nach wenig ritterliche Art, in der ihr Partner sie stehengelassen hatte, und zum andern durch die ungehobelte Einmischung von Villavicencio und ‹dieser Kuh›. Sie fühlte sich andalusischer denn je und reduzierte ihre Tanzbewegung auf das Wesentliche, das Reine überhaupt, während Villavicencio und die deutsche Schwester ihren Walzer ohne Musik fast gezwungenermaßen fortsetzten, und die Musiker sich ihrerseits dafür entschieden, einen Cha-Cha-Cha anzustimmen, damit die Paare auf die Tanzfläche strömten und der Wettstreit ein Ende fand. Durch die unklare Situation stiegen Spannung und Irrationalität sekundenlang an, und die Folgen hätten gefährlich sein können, hätte nicht einer der Musiker rechtzeitig entdeckt, daß Rafaela Carrá in doppelter Ausführung den Salon betrat, fast identisch mit sich selbst, mit hübschen nackten Beinen, die sich beweglich wie Peitschen bewegten, und zwei gelösten blonden Mähnen. Der Musiker griff zum Mikrofon, deutete auf die beiden Italienerinnen, die zu spät, aber merkwürdig dynamisch hereinkamen, und präsentierte sie dem Publikum, damit sie die Hauptrolle des Festes übernehmen konnten.

«Verehrtes Publikum! Hier kommen Rafaela und Pepita Carrá!»

Diesmal paßte die Musik zu der angekündigten Attraktion. Die Musiker ließen sich von ihrer Erinnerung und ihrem Instinkt leiten und intonierten die Rhythmen von *‹Para hacer bien el amor hay que ir al sur›*[1], und die Mädchen sahen sich genötigt, Rafaela Carrá zu spielen und in einen Tanz einzuschwingen. Villavicencio führte die Deutsche feierlich zu ihren Schwestern zurück und ging wieder in seine Ecke, wo ihn die Aktiven der spanischen Kolonie erwarteten.

«Olé, du hast Schneid, Oberst!» rief Sullivan.

«Ich mußte es tun.»

Das war der einzige Kommentar, der über die zusammengepreßten Lippen des Obersts kam. Zwar von Ferne, aber herausfordernd blickte er Delvaux nach, der sich wie ein gerupfter und lendenlahmer Enterich in sein Winterquartier zurückzog. Es war die aus Madrid stammende, aber in Toledo aufgewachsene und in Sevilla tanzende Dame, die Villavicencios Einmischung tadelte. «Mehr Toleranz! Wir sind hier nicht in der Kaserne, Oberst!»

1 um gut Liebe zu machen, muß man in den Süden gehen

«Toleranter als ich ist nicht mal der liebe Gott. Aber es gibt einen Unterschied zwischen Toleranz und Unanständigkeit. Ich habe kein Vergnügen beim Anblick eines Alten, der mir etwas vorzeigen will, wo er nichts vorzuzeigen hat.»

Die Italienerinnen tanzten sehr gut und synchron, was Carvalho veranlaßte, die Empfangsdame nach dem Beruf der beiden Mädchen zu fragen.

«Sie sind Tänzerinnen», war die Antwort.

Carvalho war irgendwie verblüfft darüber, daß diese beiden depressiven Monster Ballerinen sein sollten, daß sie trotz ihrer Verkleidung nicht verkleidet waren und, obwohl sie tanzten, doch nicht als Ballerinen auftraten. Genauso seltsam war es, daß sich zwei Deutsche als Sanitäter verkleidet hatten und eine Bahre trugen, auf der ein weiterer Deutscher den Sterbenden mimte, obwohl der am ganzen Körper mit Binden umwickelte Sterbende aufgerichtet und fröhlich dem Spektakel zusah, in der einen Hand eine Flasche Mineralwasser mit und in der anderen Hand eine ohne Kohlensäure. Carvalho hatte den Eindruck, daß Sánchez Bolín genauestens Buch darüber führte, was im Saal geschah, mit der Berufskrankheit eines Voyeurs, der glaubt, niemals selbst angestarrt zu werden. Aber als er zu ihm hinging, bemerkte Carvalho, daß Sánchez Bolín gar nicht in der Lage war, etwas zu sehen. Sánchez Bolín schlief tief und fest und bemerkte weder die Hüftschwünge der blonden Italienerinnen noch das wohlanständige Tänzchen von Villavicencio oder Delvaux' Appell an die niedrigen Instinkte verbotener Blicke. Wenn er irgendwann einmal vor der Notwendigkeit stehen würde, ein solches Fest zu beschreiben, würde er es erfinden, aber nie erleben. Carvalhos Vorsatz wurde unumstößlich, nicht eins der Bücher am Leben zu lassen, die noch in seiner Bibliothek in Vallvidrera standen, gebunden, wie alle Bücher, in schlecht gegerbte Menschenhaut. Aber er hatte nicht allzuviel Zeit für diese Überlegungen, denn die Schweizer bereiteten im Zimmer nebenan schon den Schlußakt des Festes vor. Jemand aus dem Gefolge von Julika Stiller verkündete, daß alles bereit war, und der Salon leerte sich, die Menschen strömten durch seine drei Türen hinaus und hinab zum Swimmingpool. Das Quartett beschloß den Zug und spielte ‹*Suspiros de España*›, und als sich die Zuschauer um das erleuchtete Schwimmbecken herum aufgestellt hatten, kamen aus der Künstlergarderobe von Julika Stiller vier wie portugiesische Klageweiber gekleidete Frauen und gaben bekannt, daß im Kurbad kein einziger Portugiese anwesend sei und sich daher niemand beleidigt fühlen könnte. Zusammen mit den Klageweibern kam Julika Stiller. Sie war in einen der üblichen Morgenmäntel von *Faber und Faber* gehüllt, trug aber an den Füßen dieselben purpurnen Segeltuchschuhe, wie sie Mrs. Simpson getragen hatte, und jene Mickymausschleifen hielten ihre Haare zusammen, die dem Kopf von Mrs. Simpson – sie ruhe in Frieden – immer das fröhliche Aussehen einer gerade dem Karneval von Rio entsprungenen Närrin gegeben hatte.

Der Auftritt des Stars des Abends und seines Gefolges wurde mit gebührendem Applaus begrüßt, der sich frenetisch steigerte, als sie den Bademantel ablegte und sich in einem einteiligen Badeanzug präsentierte, dessen Ausschnitt hinten bis zum Ansatz der Pofalte und vorne bis zu dem Abgrund zwischen den Brüsten reichte, was in diesem Falle wenig verführerisch war, denn Julika Stiller war fast genauso mager wie Mrs. Simpson. Mit anderen Worten, es war derselbe Badeanzug, oder jedenfalls demjenigen sehr ähnlich, den die 70jährige getragen hatte, als sie die Serie von Leichen im Wasser des Schwimmbeckens der Klinik eröffnet hatte. Die Klageweiber nahmen an den vier Ecken des Wasserbeckens Aufstellung, und Señora Stiller begab sich zum Sprungbrett. Sie prüfte seine Flexibilität, trat ein paar Schritte zurück, dann zwei Schritte vor, nahm die straffe Grundstellung an und sprang einen Salto mit ausgebreiteten Armen, die sie dann allmählich an den Körper anlegte, bis sie wie ein sanftes Messer die Wasseroberfläche durchschnitt. Es kam zu dem ein oder anderen unbeherrschten Applaus – wie es hieß, aus den Reihen der spanischen Señoras, die Frau Stiller zu den elegantesten Damen der Kurklinik rechneten. Julika Stiller zögerte das Auftauchen etwas hinaus, vollzog es schließlich und erhielt dafür ein erleichtertes *Oh!*. Denn viele hatten gedacht, wo schon vier Leichen sind, kann es auch noch eine fünfte geben – denn die Mehrheit wußte ja nichts davon, daß auch Hans Faber in sein besseres Leben übergegangen war. So lagen die Dinge, als Carvalho mit seinen Blicken den bis dahin nicht aufgetauchten Dietrich Faber suchte. Er war nicht unter dem Publikum, auch auf keinem der Balkons, von wo aus man dem Spektakel zusehen konnte. Beunruhigt über die Abwesenheit des jüngeren Faber ging er zu Gastein, der die Szene mit undurchdringlichem Gesicht und Armen, die den Körper vor einer geheimen Kälte schützten, beobachtet hatte.

«Und Señor Faber?»

«Ich habe ihn nicht gesehen.»

«Er ist nicht hier.»

«Na und?»

Es blieb ihm keine Zeit zu beurteilen, ob Gasteins Frage eine Herausforderung oder einfach Überdruß gewesen war, denn Julika Stiller kam zur letzten Krönung ihrer Darbietung. Sie schaffte es, die horizontale Stellung des ‹Toten Mannes› einzunehmen, wobei sie sich mit leichtem Paddeln der Hände waagerecht hielt, und nun ging es darum, jene Hingabe an die Wellen zu erreichen, die nur die besten Leichen schaffen. Stunden und Stunden des Trainings trugen nun ihre Früchte, und Julika erreichte ihr Ziel. Die Versammlung explodierte in lang andauernden Ovationen, und die Klageweiber streuten mit vollen Händen gelbe Blumen ins Wasser. Julika schwamm in verschiedenen Stilarten ein paar Stöße, schließlich gab sie sich einen Ruck, schnellte mit dem Oberkörper aus dem Wasser, streckte einen Arm in die Höhe und machte mit zwei Fingern das Siegeszeichen. Noch mehr Applaus folgte, und dann der kollektive Entschluß, daß das Fest nun zu Ende sei. Man hörte wohlwollende oder begeisterte Kommentare, und es herrschte allgemeine Übereinstimmung, daß das, was eine unerträgliche Parodie hätte werden können, beinahe zu einer ehrenvollen Gedenkfeier geworden war.

«Ich bin ganz gerührt», sagte Doña Solita mit Tränen in den Augen.

«Diese Señora aus der Schweiz ist Lehrerin für körperlichen Ausdruck, und sie hat es sehr fein gemacht, sehr allegorisch und sehr elegant.»

«Elegant, das ist das Wort.»

Das war das Wort, das das Urteil der Ehefrau des Mannes im Trainingsanzug am besten traf, der an jenem Abend einen etwas zu engen Smoking trug. Er pflegte ihn immer mitzunehmen mit dem Satz ‹Man kann nie wissen› oder auch ‹Wenn man sich schon elegant kleiden muß, dann aber richtig. Immer aufs Ganze gehen, keine halben Sachen!›

Carvalho trat neben Gastein und wartete darauf, daß er sich an die Abwesenheit von Dietrich Faber erinnern würde. Aber Gastein blieb abwesend und wollte sich nicht zu einer Suche aufgefordert fühlen, weshalb sich Carvalho allein zur Rezeption begab und die gähnende Empfangsdame nach dem Verbleib von Dietrich Faber fragte. Sie hatte ihn nicht gesehen. Er öffnete die Tür zum privaten Direktionsbüro, aber dort war er nicht. Und er war weder im öffentlichen Teil des Direktionsbüros noch in seinem Zimmer. Carvalho eilte im Laufschritt in den Garten, um den erschöpften Geist von Gastein noch einmal mit Eile und Sorge zu erfüllen, als er die spontane Eingebung hatte, zum Videoraum zu gehen und die Tür mit einem Schlag weit aufzustoßen. Auf dem Bildschirm bewegten sich die Gestalten eines Films der Marx-Brothers, ‹*Duck Soup*›, und im Raum befand sich nur ein einziger Zuschauer, der unwillig den Kopf hob, als ein Lichtstrahl in die Harmonie seiner Einsamkeit einbrach. Es war Dietrich Faber. Als er Carvalho erkannt hatte, begann er zu lächeln, dann zu lachen, und hob dann den Arm, um dem Eindringling zu zeigen, was er zwischen seinen Beinen eines einsamen Zuschauers versteckt hatte: Ein volles Glas Whisky. Er reichte es Carvalho mit der Frage:

«Möchten Sie?»

Fahr zur Hölle, dachte Carvalho, als er wieder ging. Wenn dein Vater dich sehen könnte...

Ihre Triglyzeride sind praktisch ausgeglichen, Ihr Glukosewert ist genau richtig, der schlechte Cholesterolwert ist fast verschwunden. Der Gute hält sich brav! Die Lipide sind in Ordnung, ebenso der Blutdruck. Alles in allem, Sie verlassen die Klinik wie neu! Wenn Sie es schaffen würden, eine vernünftige Diät einzuhalten, müßten Sie nicht einmal wegen Ihrer Leber leiden. Wenn sie nicht über GebOhr strapaziert wird, erholt sie sich wieder, sie ist ein dankbares Organ.»

Er sprach mit der Natürlichkeit eines erfahrenen Arztes, einer in fast 40 Jahren Berufstätigkeit erworbenen Natürlichkeit, die Rolle des Medizinmannes zu spielen, der im Dienst einer höheren Gesundheit steht. Diese war nur für Menschen erreichbar, die die Fähigkeit besaßen, sich eine alternative Medizin, eine alternative Gesundheit vorzustellen; ein anderes Leben im jetzigen.

«Ich müßte bis ans Ende meiner Tage miserabel essen.»

«Aber Sie würden mehr Tage erleben. Außerdem bin ich nicht der Ansicht, daß das miserables Essen bedeuten würde. Wer nicht genug zu essen hat oder zuviel ißt, der ißt miserabel. Vergessen Sie nicht, Ihr Blut oft untersuchen zu lassen und die Werte mit denen zu vergleichen, die sie jetzt haben! Suchen Sie auf jeden Fall Ihren Hausarzt auf!»

«Ich habe keinen.»

«In Ihrem Alter braucht man unbedingt einen Hausarzt. Das ist der letzte Rat, den ich Ihnen gebe. Es kann sein, daß ich eine Zeitlang in die Schweiz reise, wenn ich das alles hinter mir gelassen habe. Lieber würde ich hierbleiben, aber man muß etwas Zeit verstreichen lassen, damit Gras über die Sache wachsen kann. Adios, Señor Carvalho. Haben Sie Faber Ihren Bericht gegeben?»

«Ja.»

«Was sagte er dazu?»

«Nichts. Er gab mir einen Scheck, und ich ihm ebenfalls. Die Differenz war zu seinen Gunsten.»

Gastein hob nur die Hand, aber nicht den Blick von der Karteikarte seines nächsten Klienten.

Carvalho war ungeduldig aufgewacht, hatte die letzte Unterwassermassage genommen und mit der Masseurin über die Vorfälle geredet, aber nur einsilbige und abstrakte Ausrufe als Antwort bekommen. Alle im Kurbad – bis auf vier oder fünf Leute – waren der Meinung, Señor Faber sei wegen einer dringenden Angelegenheit in die Schweiz zurückgekehrt. Am Abend zuvor hatte er eine gehaltvolle Kartoffelsuppe mit Karotten bekommen, und jetzt in dem Speisesaal, wo es Normalkost gab, stand ein Zichorienaufguß vor ihm, eine Scheibe Schwarzbrot mit Frischkäse, daneben zwei Pflaumen und ein Eßlöffel Roggenkörner. Die Mahlzeit eines Flüchtlings von der Ostfront aus den Romanen von Constantin Virgil Gheorghiu. Aber das Frühstück war reich an Nahrungskategorien, die der Gaumen akzeptierte: Käse, Brot und Obst. Man näherte sich also wieder dem Status eines Allesfressers und fühlte im Körper den leeren Raum, die verlorenen Kilos, und draußen die Welt wurde als ein verlockendes Objekt wahrgenommen. Als Bewohner einer durch die Ereignisse noch mehr abgeschlossenen kulturellen Insel fühlten sie sich durch eine mit Worten nicht zu fassende Erfahrung verbunden, duzten sich und tauschten mit der Naivität von Wehrdienstentlassenen Visitenkarten aus, weil sie sich die vor ihnen liegende Zeit einfach nicht ohne die anderen vorstellen konnten. Der Mann im Trainingsanzug blieb seinem Kostüm treu: «Es ist bequemer beim Fahren.» Seine ideologischen Vorurteile hatten sich zu zweifelnden Blicken auf einen geistesabwesenden Sánchez Bolín geläutert, der sein menschliches Frühstück mit einer Traurigkeit einnahm, wie sie angesichts dieses Schauspiels nur ein Feinschmekker empfinden konnte. Villavicencio dagegen schüttelte Hände und klopfte kräftig auf Männerschultern, ohne Ausnahme, bis auf Sánchez Bolín, bei dem er sich auf einen Händedruck beschränkte.

«Ich hole nur noch meine Sachen aus dem Badezimmer, dann bin ich bereit», teilte ihm der Schriftsteller mit. «Der Anzug sitzt göttlich!»

Carvalho schlürfte den Rest seines Zichorienkaffees, und als er die Tasse absetzte, sah er, wie Gastein sein spärliches Gepäck in einen zweisitzigen Sportwagen lud, sich von jemand verabschiedete, den Carvalho nicht sehen konnte, sich hinters Steuer setzte, gemächlich wendete und mit um so mehr Gas losfuhr, wie man aus dem Röhren des Doppelauspuffs schließen konnte. Carvalho schloß die Augen. Ohne Gastein war die Geschichte vorbei, und er hatte noch mehr Eile als zuvor, dieses Kloster der Dicken zu verlassen, die weiten tausend Kilometer zurückzulegen, die ihn von Barcelona trennten, das Leben, das vor 20 Tagen zum Stillstand gekommen war, wieder aufzunehmen und seine Wurzeln oder was auch immer wiederzufinden, seine Familie: Biscuter, Charo, ‹Bromuro›, Fuster, jeden mit seiner spezifischen Funktion innerhalb dieser eigenartigen Bande von Einzelgängern. Wenn er brav war und sich nach den Ratschlägen von Faber-Gastein ernährte, würde er länger und besser leben.

«Ich möchte mich verabschieden.»

Der junge Käsehändler war sich dessen bewußt, daß er Robert Redford ähnlicher sah als 20 Tage vorher, und Amalia an seiner Seite war stolz auf ihren Erfolg als Jägerin.

«Fahren Sie auch?»

«Nein, ich bleibe noch einige Tage, um mich völlig zu erholen.»

«Es kommen schon neue Klienten, aber die Journalisten dürfen immer noch nicht hereinkommen. An der Rezeption sagte man mir, daß sich die Zimmerbestellungen verdreifacht haben.»

Der Baske wollte rechtzeitig in Cordoba sein, um im *Caballo Rojo* ein Lamm in Eukalyptushonig zu verzehren, abgesehen von Lamm ‹a la Chilindrón›, das vorzüglichste, was man bekommt. «Ich habe während der letzten 20 Tage genügend Verdienste erworben, um für die restlichen 340 wie ein König zu speisen.»

Das war aber nicht die herrschende Lehrmeinung. Außer den Visitenkarten fand ein reger Austausch von Wunderrezepten statt, die die Erhaltung der frischgewonnenen schlanken Linie garantierten, oder die Adresse eines außergewöhnlichen Homöopathen, natürlich eines Franzosen, dem es genügte, einen aus drei oder vier Metern Entfernung nackt zu sehen, um einem auf den Kopf zuzusagen, wie es um den Stoffwechsel stand.

«Und wenn du nicht hingehen kannst, dann erzählst du ihm am Telefon deine Geschichte, und er schickt dir ein paar tolle Rezepte, die passen wie maßgeschneidert.»

Manche Körper waren süchtig nach experimentellen Heilmethoden, besonders die der Katalanen, von denen sich einige in gewissen

Zeitabständen Schröpfköpfe mit Glaskugeln ansetzen ließen, um sich zu entschlacken, oder kleine Bluttransfusionen geben ließen, die mit Ozon behandelt waren, um den Sauerstoffgehalt zu verbessern und den Stoffwechsel anzuregen.

«Manchmal packt mich, ich weiß nicht was, wenn ich meinen Rücken voller Blutergüsse sehe. Es sieht aus wie Vampirbisse, aber, ich fühl mich eben wohl damit, oder zumindest glaube ich daran, und damit basta.»

Er ging zum letztenmal auf sein Zimmer, nahm den Koffer und den mangelhaften Tennisschläger, mit dem er es nicht geschafft hatte, das Ideal des eleganten Tennis zu erreichen, von dem der ehemalige SS-Hauptmann Siegfried Keller geschwärmt hatte. Er ging zu dem Auto, das fast drei Wochen lang dagestanden hatte, und als er den Kofferraum öffnete, war es, als verfüge er zum erstenmal über etwas, das ihm selbst gehörte. Er setzte sich ans Steuer, um das Gefühl zu spüren, daß er beinahe zu Hause war. Aber Sánchez Bolín ließ auf sich warten, also stieg er wieder aus und sah sich noch einmal den Park an, den Swimmingpool, den Fango-Pavillon und die Schilder mit den Gesundheitsdevisen:

Dein Körper wird es dir danken.
Verachte dich nicht selbst! Pflege dein Äußeres!
Gott schenkt das Leben. Du mußt für die Gesundheit sorgen!
Iß, um zu leben! Lebe nicht, um zu essen!
Kaue auch das Wasser!
Jeden Bissen sollst du 33mal kauen!
Dein Körper ist dein bester Freund.
Die Diät ist ein Mittel, um das Leben zu verlängern.
Was für andere ein gesundes Essen sein mag, kann für dich Gift sein.
Es gibt keine Wunderdiät, aber auch keine Wundertabletten.
Stelle dir vor, du seist schlank und verhalte dich entsprechend!
Im Kühlschrank lauert dein schlimmster Feind!
Wenn das Essen zum Laster wird, hört es auf, ein Genuß zu sein.
Übermäßiges Essen ist eine harte Droge.

Er überflog in Eile die Buchstaben, um mit seinem Blick beim interessantesten Punkt dieser Landschaft anzugelangen, den er wohl zum letztenmal sah. Der Pavillon erstrahlte im Glanz seines Alters, nicht wissend, daß ihm sein höchstes Geheimnis entrissen worden war – oder vielleicht hatte man ihn von einem Antikörper befreit, der seinen eigenen Zweck verfälscht hatte: ein Monument der unschuldigen Erinnerungen zu sein.

Auf dem oberen Balkon des Fastenraumes zeigte sich das Profil

Dietrich Fabers, der die Grenzen seines Reiches überblickte. In der einen Hand hielt er ein Glas Fruchtsaft, die andere steckte in der Hosentasche. Plötzlich senkte er ruckartig den Kopf, als fühle er sich beobachtet, und er blickte Carvalho voll ins Gesicht, der ihn beobachtete. Er prostete ihm schweigend zu und neigte dann den Oberkörper vor, legte eine Hand an den Mund wie ein Megaphon und rief ihm mit Bauchrednerstimme zu: «Wie geht's, Señor Carvalho? Sie sehen großartig aus. Wie bekommt Ihnen die Kur? Aber ich brauche gar nicht zu fragen, Ihr Aussehen spricht für sich selbst. Ich werde für Sie eine Kerze anzünden, um Ihren Triumph über sich selbst zu feiern.»

Dann richtete er sich wieder zu senkrechter Stellung auf, leerte das Glas mit einem Zug und trat vom Geländer zurück, um sich wie ein Burgherr von den Zinnen seiner Burg zurückzuziehen, nachdem er die Grenzen der bekannten Welt überblickt hat. Aber da kam Sánchez Bolín, der alle Hände voll damit zu tun hatte, seine ganzen Bücher und seine Schreibmaschine zu schleppen, und dies nötigte ihn, den Auftritt der sprechenden Marionette zu vergessen und dem Schriftsteller dabei behilflich zu sein, zeitweilig seinen Kofferraum zu füllen.

«So würde ich auch gerne reisen... ein Koffer und ein Tennisschläger. Aber das ist nicht möglich. Die Bücher waren schon immer ein Teil meines Lebens. Da gibt es den Fall eines alten Kommunistenführers, der immer sehr skeptisch war, selbst als er eine leitende Position innehatte. Er hieß Rancano und hatte es im Bürgerkrieg bis zum Generaldirektor von irgend etwas gebracht. Jedenfalls mußte er bei einer seiner Reisen ins oder Rückreisen aus dem Exil inmitten von Tausenden von Büchern und vielen Kindern in Peking die Wahl treffen, ob er seine Bücher oder seine Kinder mitnehmen wollte. Und er entschied sich für die Bücher. Bücher oder Hunde darf man nicht im Stich lassen, Kinder schon. Irgend jemand wird sich schon ihrer annehmen, außerdem können Kinder sprechen. Und wie!»

Sánchez Bolín setzte sich ins Auto und wartete ab, bis Carvalho noch ein letztes Mal im Kurbad tief durchgeatmet hatte.

«Glotzen Sie nicht so, Sie werden sowieso wiederkommen. Es ist wie ein Laster, die Aufgabe der Verantwortung.

Was man das ganze Jahr über nicht selbst geschafft hat, dazu muß man sich 20 Tage lang zwingen lassen.»

Am Anfang der Fahrt schwieg er, nachdem er Carvalho gebeten hatte, ihn fünf Kilometer vor Bolinches am Flughafen abzusetzen.

«Ich bin gerne zwei Stunden zu früh auf dem Flughafen, dann haben diese Hurensöhne weniger Ausreden, einen auf der Erde zurückzulassen.»

Aber zunächst mußten sie die Barriere der Journalisten überwinden, die vor dem Gittertor Wache hielten, also entweder anhalten oder über die Leichen junger Männer und Frauen hinwegbrausen, die um die erste Reportage ihres Lebens kämpften, oder die Leichen alter, abgewrackter Journalisten, die zu beweisen versuchten, daß sie diesen eingebildeten Grünschnäbeln immer noch etwas vormachen konnten. Durch das Seitenfenster drängelten sich ganze Trauben von Armen und Mikrofonen.

«Sind Sie Klienten des Kurbades?»

«Was ist eigentlich passiert?»

«Stimmt es, daß Señor Faber einen Herzinfarkt hatte?»

«Was hat das amerikanische Kommando abgeholt?»

«Wer fand das geschmuggelte Heroin?»

«Hatte Mrs. Simpson Beziehungen zur italienischen Mafia?»

Jemand hatte Sánchez Bolín erkannt, und Mikrofone und Rekorder verließen Carvalhos Fenster wie Vögel, die herausgefunden hatten, daß das Korn in einer andern Scheune liegt. Sánchez Bolín hörte sich die ganzen angestauten Fragen an und verlangte einen Moment Ruhe, um antworten zu können.

«Meiner Ansicht nach, und nach allem, was ich mitbekommen habe, mangelte es bei dem ganzen am Sinn für das Maß. Die Zeit wird kommen, wo sie verstehen werden, wie wichtig das ist, der Sinn für das richtige Maß.»

Er nutzte die herrschende Verblüffung, um das Fenster hochzukurbeln, und winkte Carvalho loszufahren.

«Diese Jungs vertrödeln ihre Zeit. Sie sollten sich die Geschichte ausdenken, und alle wären ihnen dankbar.»

Carvalho war mit dem Auto zur Kurklinik gefahren, weil er gehofft hatte, sich nachmittags die Zeit mit Ausflügen in die Umgebung vertreiben zu können, an die Costa del Fulgor und zu der verlassenen Thunfischerei der Kalifen, eine Thunfischerei, die plötzlich ohne Thunfische geblieben war, ebenso wie Kelitea bei Rodas ohne heißes Quellwasser, und wie das Kurbad eines Tages ohne sein gelbes schwefelhaltiges Wasser bleiben würde. Aber die Ereignisse hatten alle seine Pläne über den Haufen geworfen und diese Rückfahrt war die letzte Gelegenheit, die Pracht dieser Oase zu bewundern, die das dunkelrote Wasser des Río Sangre geschaffen hatte und die sich scharf von der abrupten Dürre des Geländes abhob, sobald die Straße sich von dem Wasser entfernte, das unterwegs zu seinem eigenen Tod war.

«Haben Sie die neuen Klienten gesehen?» sagte Sánchez Bolín plötzlich, als Carvalho ihn schon eingeschlafen glaubte.

«Nein.»

«Sie sind genau wie die alten. Diese Kurbäder sind die spirituellen Reservate der Crème der alten spanischen Rechten.

Ich glaube, es ist von Zeit zu Zeit wichtig für mich, in dieses Milieu einzutauchen, um den Sinn für das Maß nicht zu verlieren. Wenn man das ganze Jahr über mit Verlegern, Roten und nationalen Literaturkritikern zu tun hat, läuft man Gefahr, den Sinn für die Realität zu verlieren. Dann sage ich mir plötzlich: Fahr ins Kurbad und sei ein wenig mit Reaktionären zusammen! Das bekommt mir sehr gut.»

«Dieses Mal war es interessant, aber nicht angenehm.»

«Ein Reinfall. Es war ein glatter Reinfall! Außerdem war da dieser fürchterliche Mann im Trainingsanzug, ein schrecklicher Typ, aber ein interessantes Untersuchungsobjekt. Man könnte ihn in jedem beliebigen anthropologischen Museum ausstellen. Ich würde ihn sezieren, bevor es mit ihm ein übles Ende nimmt und die Reste nicht mehr zu gebrauchen sind.»

Wieder Schweigen. In der Ferne tauchte Bolinches auf. Die Abzweigung zum Flughafen mußte bald kommen und tatsächlich, da war schon das erste Hinweisschild. Es waren noch zwei Kilometer. Während er das Schild las, entdeckte er das Auto, das halb über dem Abgrund hing. Eine Steineiche, die durch den Aufprall umgestürzt war, war mit eingeklemmt worden. Er erkannte den Wagen sofort, fand aber nicht die richtigen Worte, um Sánchez Bolín aufzuwekken, der fest eingeschlafen war, oder auch nur sich selbst zu sagen, daß das stimmte, was seine Augen sahen.

Er bremste scharf, der Schriftsteller fiel vornüber, hob aber instinktiv die Hand und verhinderte, daß er gegen die Scheibe prallte.

«Mensch, was machen Sie denn?»

Carvalho war schon aus dem Auto gesprungen und lief zum Straßengraben. Dann rutschte er von seinem eigenen Gewicht vorwärts gebracht zu Gasteins Sportwagen, der beängstigend zerknautscht kurz vor dem Abgrund gestrandet war. Es war nicht nötig, das Wageninnere genauer zu untersuchen. Gasteins Oberkörper hing zum Seitenfenster heraus. Der letzte Schmerz hatte den Ausdruck von Ausgeglichenheit und Adel aus seinem Gesicht getilgt, den er ein Leben lang sorgfältig gepflegt hatte, und Blut verdunkelte als endgültiger und alles zum Schweigen bringender Schatten seine Stirn. Aber er war nicht allein. Helen Frisch, die mutmaßliche Helen Frisch, war wieder aufgetaucht, um zu sterben. Ihr Genick war gebrochen und ihr Kopf gegen das andere Seitenfenster gefallen, als wolle sie den Tod von Gastein nicht mit ansehen.

Carvalho konnte sich einen professionellen Blick auf dieses über dem Abgrund hängende Grab nicht verkneifen. Ein Schubs würde genügen, um es in der fernen Tiefe des Vergessens zu begraben. Jemand hatte das Auto seitlich gerammt, die Karosserie war zerknüllt wie ein Stück sprödes Papier, und der Wagen war von der Straße abgekommen und hatte Gastein und Helen auf die Liste des Todes und der Abrechnung im Kurbad gesetzt.

«Jetzt ist die Geschichte wirklich zu Ende, Gastein.»

Er kehrte zum Auto zurück, von wo Sánchez Bolín mit kurzsichtigem, aber zweifelsohne interessiertem Blick die Szene betrachtete.

«Wer war das?»

«Gastein und Helen, die Schweizerin.»

«Die Schweizerin, eine herrliche Frau!»

Er wollte Sánchez Bolín so schnell wie möglich loswerden, um in Ruhe nachdenken und vielleicht etwas unternehmen zu können. Oder nein. Nichts unternehmen, um in Ruhe in der wohltuenden Einsamkeit seines Autos nachdenken zu können. Deshalb klang die letzte Bemerkung des Schriftstellers in seinen Ohren wie ein lästiges Geräusch, bevor er am Flughafen ausstieg: «Sieben Tote. Unglaublich! Ich sollte mal sieben Tote in einem Roman unterbringen; mein Verleger würde ihn mir an den Kopf werfen!»

Serientäter

Colin Dexter
Eine Messe für all die Toten (2764)
Der letzte Bus nach Woodstock (2718)
... wurde sie zuletzt gesehen (2726)
Die schweigende Welt des Nicholas Quinn (2748)
Die Toten von Jericho (2782)
Das Rätsel der dritten Meile (2806)

Henry Farrell
Was geschah wirklich mit Baby Jane? (2727)
Scheußlich, die Sache mit Allen (2736)

B. M. Gill
Zündstoff für das Parlament (2767)
Der zwölfte Geschworene (2738)
Seminar für Mord (2775)
Herzchen (2818)

Ross Macdonald
Camping im Leichenwagen (2361)
Anderer Leute Leichen (2436)
Reiche sterben auch nicht anders (2496)
Triff mich in der Leichenhalle (2594)
Tote ertrinken nicht (2640)

Peter Schmidt
Die Regeln der Gewalt (2686)
Ein Fall von großer Redlichkeit (2701)
Erfindergeist (2719)
Der EMP-Effekt (2765)
Die Stunde des Geschichtenerzählers (2743)
Der Agentenjäger (2784)
Mehnerts Fall (2774)
Die Trophäe (2809)

thriller rororo

C 2115/8

Klugmann/Mathews

«Da werden endlich wieder Geschichten erzählt, die so intelligent wie spannend sind, die zum Zittern und zum Lachen bringen. Allererste Empfehlung: die subtil anarchistischen Polizeikomödien der beiden Hamburger Norbert Klugmann und Peter Mathews» LUI

Beule oder wie man einen Tresor knackt
(2675)

Ein Kommissar für alle Fälle
(2700)

Flieg, Adler Kühn
(2734)

Die Schädiger
(2771)

Herausgegeben von Klugmann/Mathews:

Schwarze Beute thriller-Magazin 1 (2753)
Neues von Georges Simenon, Maj Sjöwall, Ruth Rendell, Janwillem van de Wetering, Martine Carton, Michael Molsner, Friedrich Glauser und andere Stories, Fälle, Täter und Autoren

Schwarze Beute thriller-Magazin 2 (2802)
Neues von Dashiell Hammett, Raymond Chandler, Per Wahlöö, Irene Rodrian, Richard Hey, Felix Huby, -ky und anderen

C 2307/1

Hansjörg Martin

Gefährliche Neugier (2069)

Kein Schnaps für Tamara (2086)

Einer fehlt beim Kurkonzert (2109)

Bilanz mit Blutflecken (2138)

Cordes ist nicht totzukriegen (2146)

Meine schöne Mörderin (2161)

Rechts hinter dem Henker (2167)

Blut ist dunkler als rote Tinte (2190)

Einer flieht vor gestern nacht (2218)

Feuer auf meinem Haupt (2256)

Mallorca sehen und dann sterben (2270)

Bei Westwind hört man keinen Schuß (2286)

Schwarzlay und die Folgen (2303)

Geiselspiel (2340)

Wotan weint und weiß von nichts (2386)

Die lange große Wut. Kriminalstories (2404)

Spiel ohne drei (2428)

thriller rororo

C 262/34

Hansjörg Martin

Der Kammgarn-Killer (2481)

Betriebsausflug ins Jenseits (2535)

Dein Mord in Gottes Ohr (2590)

Die grünen Witwen von Rothendelde (2609)

Das Zittern der Tenöre (2618)

Gute Messer bleiben lange scharf
Kriminalstories (2635)

Heiße Steine (2679)

Süßer Tod
(2877)

thriller rororo

C 262/35 a